PARADOXEM

ENCARE SEU FUTURO DE FRENTE

PARADOXEM

ENCARE SEU FUTURO DE FRENTE

PARADOXEM

ENCARE SEU FUTURO DE FRENTE

1ª Edição

Santa Catarina - 2022

Qualis

Esta é uma obra de ficção. Nomes, personagens, lugares, datas e acontecimentos descritos são produto da imaginação da autora.
Qualquer semelhança com a realidade é mera coincidência.

Editora Responsável *Produção Editorial* *Preparação de Texto*	Simone Fraga
Assistente Editorial	Bianca Jung
Revisão Ortográfica	Elaise Lima Simone Fraga
Ilustrador	Felipe Malini
Capa	Renato Klisman
Projeto Gráfico	Qualis Editora
Diagramação	Marcos Jundurian

DADOS INTERNACIONAIS PARA CATALOGAÇÃO NA PUBLICAÇÃO (CIP)

R334p

Reggiani, Laura - 2001 -
Paradoxem / Laura Reggiani. — [1. ed.] —
Florianópolis, SC: Qualis Editora, 2022.
296 p. : il. ; 23 cm.

ISBN Impresso 978-65-87383-89-7
ISBN Digital 978-65-87383-91-0

1. Literatura 2. Romance Brasileiro 3. Ficção científica
4. Ficção I. Título

CDD – B869.3
CDU – 821.134.3(81)

1ª edição – 2022

Qualis

Qualis Editora e Comércio de Livros Ltda
Caixa Postal 6540
Florianópolis - Santa Catarina - SC -
Cep.88036-972

www.qualiseditora.com
www.facebook.com/qualiseditora
@qualiseditora
@qualiseditora
contato@qualiseditora.com

Para Franciely,

que me empurrou durante cada centímetro desse livro e me apoiou mais do que eu achava ser possível, que torceu por *#jolina* desde o início mesmo pronunciando os nomes todos errados e até cedeu quando pedi para mandar áudios surtando no WhatsApp. Te amo, garota.

E também para os fãs de Doctor Who, que vão pegar referências nesse livro, mesmo que o fã clube brasileiro dessa série tenha um total de 3 gatos pingados.

Allons-y!

"O universo é grande. É vasto e complicado e... *ridículo* e às vezes, muito raramente, coisas impossíveis acontecem e nós as chamamos de milagres."

– 11° Doutor, Temporada 5, Episódio 12
(Doctor Who, 2005)

I

Criminosa é uma palavra muito forte

— Papai, de todas as ideias estapafúrdias que você já teve, tenho de te parabenizar agora pela maior.

Ronan Marchald abriu o sorriso caloroso pelo qual era conhecido, aquele que o maldito sabia que tirava a filha do sério quando ela já estava perigosamente perto de se irritar além da conta.

— Bom, querida, em minha defesa, a ideia não foi minha. — Ele ergueu as mãos em rendição. — Você foi pega se metendo em leilões de peças rokhar para os seus projetos ilegais pela *terceira* vez. Minha influência não vai tão longe quanto pensa.

— Sua influência vai bem mais longe do que eu ousaria pensar. — Evelina cruzou os braços, a sobrancelha erguida. — Por que acha que ousei negociar nos leilões pela terceira vez? O Sistema encobre ilegalidades dentro das próprias fileiras com a mesma facilidade com que manda infratores para a prisão — alfinetou. — E, da última vez que chequei, pelo menos nove infratores são apreendidos *por hora* atualmente.

— Já te avisei para ficar longe dos meus relatórios, mocinha. — O pai tentou fingir uma expressão austera, mas falhou miseravelmente.

O Ministro Marchald não era conhecido pelos semblantes sérios, mas sim pelas rugas nos cantos dos olhos e da boca, aquelas acumuladas ao longo dos anos pelos sorrisos fáceis. Por mais parecidos que fossem anatomicamente, com a pele marrom, a dele alguns tons mais escura, e os lábios superiores carnudos, pai e filha seriam diferentes neste quesito: a pele no rosto de Evelina com certeza formaria vincos na testa e no nariz com o passar das décadas, de tanto que a garota franzia ambos.

Ele digitou algo no visor da mesa administradora, um modelo de última linha cheio de *gadgets* e atalhos personalizados que a própria Evelina tinha criado e instalado para o pai. *Gadgets* e atalhos esses que permitiam que ela destrinchasse os relatórios ministrais (entre outras coisinhas importantes de acesso federal restrito) o quanto quisesse. O pai fazia seu trabalho de forma mais eficiente, prática e rápida com os *upgrades* de Evelina, mas o preço era ter a própria filha hackeando seus sistemas dia sim, dia não.

A maioria dos dias sim, contudo.

— O supremo tribunal não é tão misericordioso quanto eu, querida, e sua cabecinha genial devia ter se lembrado disso antes. Sempre peguei leve demais com você, e se acostumou à minha falta de pulso firme. — Ele soltou um suspiro resignado, os dedos batendo na tela de vidro interativo com uma lentidão culpada. — Mas agora não posso impedir as consequências de te alcançarem.

Ele clicou em mais algumas aplicações e digitou algo no visor, sem coragem para encará-la nos olhos.

— O que quer dizer com… — As palavras morreram em sua boca à medida que assimilava o relatório oficial à sua frente, que aparecera com alguns toques do pai nos botões digitais.

Aquilo só podia ser uma piada.

Mandado de custódia obrigatória e indefensável, dizia o documento que o supremo tribunal emitira. A punição que aplicara a *ela*, a filha de um dos homens mais poderosos do Comando Midocentrista.

— Eles vão me manter sob *vigia?* — guinchou Evelina, sem conseguir conter a indignação na própria voz. — Isso é a coisa mais absurda e ridícula que eu já…

— Se você não fosse minha filha, Evelina, já estaria numa prisão de segurança máxima, provavelmente sendo obrigada a usar esse seu cérebro prodígio em prol do Sistema em vez das suas tranqueiras tecnológicas. Devia estar agradecida por não ser nada mais sério — ele condenou, numa rara demonstração de insatisfação. — Em algumas esferas, poderia ser considerada uma criminosa.

Ela comprimiu os lábios com força para evitar a resposta que queria deixar escapar, por um lado porque seu pai expressava um desapontamento incomum nas feições cansadas, e por outro porque ficara mais magoada do que conseguiria admitir com as palavras *tranqueiras tecnológicas.*

Seu pai pensava que ela não passava de uma *hacker* habilidosa e de uma engenheira acima da grande média, inserindo *trojans* em programas secretos do Sistema por diversão e incrementando a eficácia de cafeteiras e motores automáticos em seu laboratório.

Por mais que ofendesse seu orgulho, era melhor que as coisas continuassem assim. E bom, ele tinha razão. Se não fosse parte da classe 1A e não tivesse tantos privilégios, provavelmente já estaria morta, não atrás das grades. Evelina fazia muito mais do que instalar opções de cappuccino e mocha em cafeteiras simples no seu tempo livre.

— Honestamente, eu preferia que apreendessem alguns dos meus trabalhos do que me obrigassem a andar por aí com uma babá. — Ela cruzou os braços, emburrada.

O Ministro Marchald respirou fundo, como se reunindo paciência ao encarar o escritório impessoal, decorado em tons brancos e metálicos, iluminados pela luz azul padrão dos visores e telas espalhados pelo cômodo. Depois de alguns instantes, como se tivesse apreciado os adornos modernos e minimalistas o suficiente para aplacar sua exasperação, suavizou a careta.

— Ele é um soldado condecorado por bravura em batalha — replicou o pai, abrindo no visor de hologramas o histórico de um jovem um pouco mais velho que ela, com cabelos castanhos curtos no estilo militar, pele clara e olhos azuis-escuros penetrantes. Um semblante fechado marcava suas feições, mas as íris ainda pareciam reluzir com um tipo de bom humor raro em soldados. — Capitão Jonathan Arantes, vinte e três anos, possui quatro medalhas de honra e foi promovido recentemente.

— Se é um capitão, por que está sendo designado como minha babá?

— Você é digna da melhor babá, querida, mesmo após a malcriação que colocou a dita babá no seu cangote em primeiro lugar. — O pai entrou na brincadeira dela, achando graça da sua expressão enfezada. Então percebeu que estava amolecendo como sempre fazia, e aprumou os ombros ao pigarrear. — Mas você não tem permissão para chamá-lo de babá, estamos entendidos? Quando ele chegar na semana que vem, demonstrará o respeito merecido ao Capitão Arantes.

Evelina bufou. *Ah, tá.*

Um capitão de regimento com vinte e três anos? Sendo obrigado a servir de guarda-costas de uma aristocrata introvertida e levemente rebelde? Ou ele tinha feito algo de muito errado, ou ele era o filho inútil de algum outro aristocrata que subira na hierarquia militar por causa do sobrenome.

Ela esquadrinhou o histórico que flutuava no ar em letras azuis-turquesa à sua frente, as sobrancelhas unidas em desagrado. Só quando Evelina chegou ao fim do relatório é que entendeu porque ele fora promovido mesmo sendo tão jovem.

Medalha de Capitania concedida por excelência em combate no conflito Ardósia-Ciano.

Por mais que não achasse possível, a carranca dela se acentuou com ênfase. O massacre em Ardósia-Ciano fora há pouco mais de dois meses, quando o Potentado enviara soldados para destruir um mercado ilegal conhecido pelo contrabando de itens na lista censurada do Sistema. Não teria passado de um evento praticamente cotidiano se um grupo de insurgentes não tivesse se dirigido ao mesmo local para se rebelar contra a investida. As ordens superiores tinham sido inclementes, com autoridade concedida para abater os que se recusassem à apreensão cooperativa.

Uma bomba tinha sido plantada num auditório abandonado perto do mercado, e terminara vaporizando 119 civis junto na ativação. Muitos rebeldes, sim, mas também crianças, mulheres, não-combatentes. A grande maioria inocentes que tentaram escapar do verdadeiro embate entre insurgentes e soldados do Sistema.

119.

Poucos sabiam ou haviam se preocupado com essa carnificina. O Sistema controlava todo tipo de informação que vinha à público e essa era especificamente perigosa para a reputação deles. Evelina só sabia a respeito porque metia o nariz onde não podia constantemente, já que tinha acesso à permissão de conhecimento abrangente do pai. O Gabinete do Potentado Central Aéreo, do qual o Ministro Marchald ajudava a administrar o Comando Midocentrista, tinha determinado que os relatórios chamassem o ocorrido de *ataque terrorista.* Teoricamente, a culpa era da Insurreição, mas os insurgentes raramente tinham poder de fogo para fazer um estrago tão grande, e pouquíssimos soldados do Sistema foram atingidos pela explosão, o que não fazia sentido se a ofensiva tivesse partido dos rebeldes. Os insurgentes podiam ser tolos e desesperados, mas não eram genocidas, e principalmente, *não* atacavam civis.

Aquilo era responsabilidade do Sistema, e o Capitão Jonathan Arantes tinha culpa naquele banho de sangue.

Evelina não demonstraria respeito nenhum a um oficial monstruoso e desumano. A grande maioria dos soldados não era cruel – eram apenas alienados, como o restante da Nação-Mãe. Mas um falso herói condecorado, promovido por não fazer nada além de assassinar inocentes…

Não merecia nada além da sua mais efusiva repulsa.

— Estou indo ao laboratório destruir algumas *quinquilharias tecnológicas,* já que são parte das evidências do meu desacato. — Evelina revirou os olhos ao avisar e se dirigir à saída. — Já que serei vigiada de perto, não quero nenhum soldado enxerido delatando meus projetos aos seus superiores.

O pai arqueou as sobrancelhas como se concordasse, voltando a atenção à mesa e suas notificações urgentes do ministério em um mero instante.

— Boa menina, faça isso.

Quando a porta automática se fechou em um deslizar suave atrás de Evelina e ela girou no corredor decorado com os mesmos tons brancos e metálicos do escritório – de toda a casa, se precisasse dizer, já que *menos é mais* era o atual mantra decorativo do seu padrasto naquele mês –, quase trombou com Baniwa.

Ele a segurou com cuidado antes que se chocassem na curva, sorrindo até notar a expressão descontente dela.

— Onde está indo com tanta pressa, Lin? — Os olhos castanhos a encararam com curiosidade. — E com essa cara de quem quer enfiar androides-bombinha na gaveta de cuecas de alguém?

Ela conseguiu dar uma risada fraca com a lembrança, o que o fez relaxar consideravelmente ao sorrir e tomar suas mãos nas dele.

Evelina tinha criado androides-bombinha para assustar o namorado do pai sete anos antes, quando ela ainda não o conhecia e temia odiá-lo. Baniwa foi surpreendentemente compreensivo com sua versão pirralha de treze anos, ainda mais quando se considerava que ela o colocara sob risco de ter uma parte importante do rosto seriamente tostada. Eles se aproximaram quando o pai lhe deu uma bronca, mas Baniwa a defendeu, dizendo que achara a invenção bastante criativa, e *androides-bombinha* se tornaram a "coisa deles". A relação dos dois evoluíra tanto que o pai se sentira confortável o suficiente para chamar Baniwa para morar com eles um ano após o incidente, e os dois se casaram dez meses após isso.

Desde então, seu padrasto era uma das pessoas em quem ela mais confiava e gostava no mundo, por isso não se sentiu nem um pouco hesitante ao confessar:

— Terei uma babá a partir da semana que vem e com certeza colocarei androides-bombinha na gaveta de cuecas dele. Obrigada pela dica.

A careca lisa de Baniwa refletiu as luzes artificiais quando ele sacudiu a cabeça para ela, ainda sorrindo apesar do tom repreensivo.

— Seu pai te contou sobre o Capitão Arantes, então?

Ela não ficou surpresa de Baniwa saber da informação antes dela. Seu pai compartilhava tudo com o marido. Evelina só desejava ter hackeado alguma das pastas dele e descoberto sobre o veredicto antes do tribunal emitir um mandado oficial. Ela talvez houvesse conseguido alterar algumas coisas no documento.

Como a parte do *obrigatória* e do *indefensável*.

— Sabe algo de útil sobre ele? — ela indagou, mordendo o lábio inferior. — Talvez qualquer coisa que eu possa usar para chantageá-lo a não entrar no meu laboratório ou a não ser um pé no meu saco?

Ele lhe deu tapinhas solidários no dorso da mão e enrolou um dos cachos castanho-escuros de Evelina no dedo.

— Não sei muito mais que você, imagino. Só tive acesso à parte do histórico dele que seu pai possui.

— Ele esteve em Ardósia-Ciano.

A expressão de Baniwa se fechou um pouco. Ele, assim como o pai dela, sabia sobre o massacre, e também que Evelina tinha conhecimento a respeito. Seu padrasto possuía muito mais noção das habilidades com quinquilharias tecnológicas dela do que o pai.

— Tive acesso a essa parte também, e preciso confessar que me tornou muito menos receptivo àquela carinha bonita de oficial do rapaz.

Evelina bufou, mas não retrucou. Ele era atraente sim, e ela não era parte dos tolos que negavam a existência de fatos. Beleza normalmente era um desses fatos: ou você dispunha dela ou não, e o Capitão Arantes não era um espécime integrante da família dos feios.

Outro fato inegável, contudo, era que nenhuma beleza no mundo costumava compensar o fardo de se ser uma criatura cruel e homicida.

— Bom, saiba que se ele chegar aqui e não passar de um idiota controlador, terá meu completo apoio para encher toda e qualquer gaveta do infeliz de pequenos robôs explosivos — concedeu seu padrasto casualmente, como se estivesse permitindo que ela usasse seu *tablet* ou pedindo que consertasse seu reprodutor de áudio favorito. — Talvez possa enfiar um dentro do xampu dele.

Uma gargalhada engasgada escapou dela, e Evelina se sentiu irrevogavelmente mais leve.

Eles eram parecidos em personalidade e em senso de humor, e esses foram alguns dos seus motivos para aprovar o novo relacionamento do pai de imediato, assim que conheceu Baniwa melhor. Ela sentia que podia falar sobre qualquer coisa com ele, até incidentes como o de Ardósia-Ciano. E talvez fosse a proximidade (consequentemente, a impunidade) com uma figura poderosa no Sistema, mas isso fizera dos dois um pouco irreverentes no quesito *assuntos vetados por decreto federal.* Ambos não aprovavam vários métodos do Sistema e falavam abertamente sobre isso sem muito temor de reprimenda, por mais que fossem discretos perto do pai de Evelina.

— Agora vá esconder aquelas suas engenhocas artificiais e canhões triplos de laser na sua caverna de cacarecos. — Ele a enxotou, como se lesse seus pensamentos. — Sei que vai levar pelo menos cinco dias para acobertar ou destruir de forma minimamente segura todas as atividades ilegais que executa lá dentro, e pelo que eu saiba, o bonitão chega em quatro.

Aquilo deles serem tão parecidos que ele às vezes aparentava saber o que se passava pela sua cabeça conseguia ser um pouco irritante, na verdade.

— São canhões triplos de *plasma* — ela corrigiu, educada.

— *Essa* é a parte que você quer discutir de toda a minha sentença, mocinha? — reclamou Baniwa, batendo os cílios de modo incrédulo.

Evelina deu de ombros, desviando dele e seguindo seu caminho como se os armamentos de nível bélico nuclear na sua *caverna de cacarecos* não fossem grande coisa.

Era muita coisa, muita mesmo. Evelina precisaria de pelo menos noventa permissões governamentais assinadas por várias pessoas e reconhecidas por inúmeros departamentos de tecnologia e segurança para mexer com apenas metade do tipo de material com que mexia, e um oficial do exército com certeza saberia disso. Consequentemente, ela tinha de arranjar um jeito de transportá-los para um lugar protegido e desconhecido ou então escondê-los de modo não suspeito, e nenhuma das duas opções seria fácil ou rápida.

A outra alternativa era não pisar no próprio laboratório ou em nenhum outro dos seus destinos habituais de moral duvidosa por tempo indeterminado para não levantar desconfiança, já que não sabia por quanto tempo teria de tolerar sua babá soldado, mas não considerava essa *realmente* uma opção.

Ficar sem trabalhar em seus projetos era como deixar um paciente mentalmente instável sem terapia ou suprimentos psicotrópicos.

Nunca terminava bem.

Ela atravessou os corredores suntuosos e modernos que compunham sua casa. Era um espaço amplo, luxuoso e inteiramente tecnológico, elaborado apenas com os aparelhos mais inovadores que o dinheiro do Potentado podia comprar. Evelina ajudara na estruturação digital e arquitetônica da casa, e até desenvolvera um *software* decorativo (entre outras pequenas funções mais) que permitia que Baniwa mudasse a cor das paredes e o estilo dos móveis sempre que tivesse vontade. Seu padrasto dizia que brincar de virar a casa do avesso no aplicativo de ornamentação dela era seu passatempo favorito.

O elevador a levou diretamente para o seu quarto, e uma vez lá Evelina ignorou completamente a bagunça de materiais sobre sua escrivaninha e cama para ir dar atenção à bagunça de materiais no seu andar privativo.

Ela usou a leitura biométrica de retina junto com o reconhecimento por voz e a senha manual em sua pulsotela (*prevenção nunca é demais*, por sua vez, era o *seu* mantra) para ter acesso ao seu próprio elevador particular, que conectava seu cômodo pessoal à sua área de trabalho profissional. Sua cabeça não parava de revirar o mesmo tema, focada em descobrir qualquer coisa possível para usar contra o Capitão Arantes. Se ela não conseguisse encontrar algo para subjugá-lo ou ao menos deixá-lo dócil, teria que se livrar de metade do conteúdo naquele lugar, e teria de fazê-lo bem rápido.

Toda Poderosa Nação-Mãe, havia uma edição limitada de uma Verantus (bom, agora *Verantem*) largada ali, a mais recente criação da Corporação Savór para transporte humano aéreo, blindado e exclusivo. O protótipo nem tinha sido liberado para os testes ainda, e Evelina já o havia estudado, aprimorado, construído e testado sob condições específicas e ligeiramente perigosas.

Pelo menos podia dizer que quase todo o local era revestido com chumbo, grafeno, kevlar e uma camada fina de vidro sinteticamente fortificado. Se algo explodisse, fosse eletrocutado, exposto à radiação ou pior, Baniwa e o pai estariam seguros.

Seus passos fizeram eco no enorme laboratório, e apenas alguns motores roncavam suavemente como ruído de fundo, quase como sua canção de ninar pessoal – ela já tinha adormecido sob a melodia daqueles mesmos sons inúmeras vezes, enquanto trabalhava até tarde. Ela construíra o lugar com a permissão do pai, por mais que o houvesse expandido nos últimos anos sem que ele soubesse, com os elevadores de condução exclusivos e as saídas clandestinas que usava para transportar matéria-prima. Era um armazém digno de uma indústria de grande porte, cheio de máquinas avançadas e projetos inacabados. As paredes de aço e as luzes azuis-turquesa (os aparelhos patenteados do Sistema tinham essa cor como padrão desde que ela se conhecia por gente) davam um ar um pouco soturno ao lugar no qual passava grande parte do seu tempo, mas Evelina gostava.

Colbie dizia que um vaso de plantas aqui e ali não machucaria ninguém, mas ela não enfiaria uma samambaia no laboratório apenas para ver a coisa morrer em uma semana com a falta de luz solar e cuidados. Evelina preferia gastar seu tempo com coisas inanimadas, com as quais ela lidava com muito mais facilidade.

Como a gigantesca pilha de esboços da última linha de aparatos que roubara das pastas confidenciais do Potentado sobre sua bancada principal. O que a lembrava... Seu próprio protótipo de transformador de energia precisava de calibragem e talvez algumas...

Se concentre, Evelina, ela sibilou para si mesma, dirigindo-se para a matriz central antes que seus dedos ousassem agarrar uma chave de fenda sônica. *Capitão Jonathan Arantes. Ele deve ter algum podre que eu possa destrinchar.*

Seus dedos voaram pelas teclas com familiaridade até que os relatórios do pai estivessem abertos na grande tela à sua frente. O pior (melhor? Isso era discutível) era que ele não escondera muito dela: o Capitão Arantes tinha ingressado em uma academia militar com catorze anos, e se juntara a um batalhão assim que se formara, aos dezoito. Após isso tinha acompanhado seu regimento em algumas campanhas meramente políticas, aquelas que o Sistema gostava de fazer para engrandecer a própria influência e impressionar os tolos que caíam pelo esquema. Ele havia subido para tenente e então para aspirante a oficial admiravelmente rápido, se precisasse ser honesta. Sua irmã mais velha era Major em outro batalhão, o que com certeza serviu como um contato e tanto, mas ambos vinham de Cobre-Magenta, uma área pequena e não muito povoada no principado de Íxion, então nunca foram de uma família famosa ou abastada.

Evelina conteve um suspiro frustrado e invadiu o sistema do Potentado em busca de informações mais conclusivas e sórdidas, mas uma voz robótica a fez pular no lugar de susto antes que conseguisse extrair algo de útil:

— *Ooh.* Ele é bonito.

— Colbie! — Ela pestanejou, os dedos apertados sobre os batimentos descompassados esmurrando suas costelas. — Toda Poderosa Na... É isso. Você não vai ter mais acesso ao óleo para rodas. Quantas vezes eu já...

— Pediu que eu não me esgueirasse pelas suas costas e quase te matasse do coração? — Sua autômata assistente riu com um som chiado, zombeteira. — Várias vezes, patroa. Mas bom, quem organiza essa desordem de lugar sou eu, então quem sabe onde o óleo para rodas está *também* sou eu. Você não poderia tirá-lo de mim nem se pedisse com muita educação, o que você não costuma fazer.

Aborrecida, Evelina fuzilou a figura robótica de silhueta vagamente feminina que regia seu laboratório quando ela não estava presente. C.O.L.B.I.E., ou *Controle Operacional de Laboratório Biônico Intro-Expressivo,* era a I.A. que ela tinha desenvolvido e que não devia passar de uma voz autômata no fundo de tela de Evelina, mas a coisa tinha ganhado tanta autonomia ao longo dos anos que passara até a assumir uma forma corpórea por manipulação magnética a partir dos restos de materiais espalhados pelo armazém.

A façanha sempre deixava sua silhueta um pouco instável, e naquele dia ela tinha uma turbina desproporcional encaixada no que deveria ser seu joelho, o que lhe fazia pender para a direita de um jeito cômico.

— Eu te *fiz* — Evelina replicou, seca, naquele embate que já durava há anos. Sua assistente era muito geniosa. Evelina achava engraçado na maioria das vezes, mas em certos momentos era apenas irritante. Como naquele. — Se alguém deve gratidão a alguém aqui, é você. A *mim*.

— Sabe, eu estaria grata se pedisse por favor. Estaria grata se você conseguisse ao menos limpar graxa das próprias ferramentas, mas *nãããão*. Patroa Evelina está muito ocupada construindo coisas que ninguém nunca verá ou ao menos saberá da existência direta.

Golpe baixo. Talvez ela realmente devesse atualizar o software de Colbie com um *gadget* de obediência. Talvez um de silêncio.

— Colbie?

— Hum?

— Por favor, cale a boca.

A figura torta de Colbie esticou a língua feita de peças de couro revestido na sua direção.

— Quem é o bonitão de farda? — A assistente autômata girou a cabeça bamba na direção do visor principal, no qual ela estava esmiuçando a vida de Jonathan Arantes há poucos segundos.

Sua careta se acentuou, não pela primeira vez no dia.

— Minha futura babá — suspirou, cruzando os braços e inclinando a cabeça junto com Colbie para inspecioná-lo. — Se ele algum dia tentar entrar aqui sem minha permissão, faça uma peça pesada atingi-lo na cabeça caso ele consiga passar pelo sistema de segurança.

— Ah, sim, pode deixar. — Ela bateu os cílios em forma de parafuso com uma ênfase sonora desnecessária para o holograma do Capitão Arantes. — Vou fazer questão de ser a peça pesada a derrubá-lo caso isso aconteça.

Evelina revirou os olhos.

— Ele não pode nem saber o que você é, muito menos que tem consciência o suficiente para desenvolver uma tara nele — avisou, austera. — Escolha, o bonitão de farda ou a sua existência.

I.A.s[1] eram permitidas em famílias poderosas como a dela, mas todas eram monitoradas de perto. Se o Potentado soubesse quantos cofres de distinção nacional Colbie já tinha invadido sob o seu comando, sua autômata não duraria nem dois segundos no júri do supremo tribunal.

Evelina já não estava com a moral alta com eles, não precisava piorar a própria situação.

As peças metálicas formando o rosto de Colbie armaram uma careta.

— Você tira a graça de tudo, patroa.

— Sim, bom, ele vai tirar a graça de tudo para mim também se eu não me livrar dele rápido — retrucou, voltando a atenção para o histórico hackeado. — Agora me ajude. Estou tentando achar alguma coisa, qualquer coisa para recriminá-lo e obrigá-lo a fazer vista grossa comigo. Um filho bastardo, uma promoção comprada, um antecedente sujo, qualquer indiscrição.

Ela levaria no mínimo uma prisão perpétua e no máximo uma sentença de morte dolorosa caso o senhor *Capitão de Araque* inspecionasse sua caverna de cacarecos, e Evelina não estava disposta a correr o risco de receber nenhum dos dois.

Ele podia ter experiência na batalha, mas ela ainda tinha os recursos para portar as melhores armas.

Aquela guerra havia acabado de começar, e Jonathan Arantes realmente não tinha ciência da aptidão ou da engenhosidade do inimigo à sua frente.

---

1 Sigla para *Inteligências Artificiais. WW*

II

Onde está seu lápis de olho e seu batom preto? Me prometeram uma adolescente rebelde retraída

Quando Luísa disse que se despediria pessoalmente dele no dia da viagem até o Potentado, Jonathan concordou apenas porque não sabia que ela seria sua escolta até a casa do Ministro Marchald.

Se soubesse, teria dito "não, obrigado" ou ao menos "desculpe, desenvolvi uma alergia a irmãs mais velhas".

É sério, reforçaria, fingindo uma tosse. *Os espirros atacam quando as ditas irmãs mais velhas fazem cara feia ou me dão uma lição de moral.*

Se a conversa tivesse se desenrolado dois meses antes, Luísa reviraria os olhos e tentaria conter o sorriso. Talvez lhe desse um murro na coxa. Sua irmã tinha uma relação de amor e ódio com seu lado piadista – amor, porque ele era uma das poucas pessoas que conseguiam substituir a expressão estoica e severa no rosto dela por uma leve, quase jovial. Ódio, porque ela achava que tinha que manter a tal expressão estoica e severa o tempo todo para que a levassem a sério.

Dois meses antes, a relação deles estava indo às mil maravilhas. Ele havia acabado de ser promovido a capitão, e o regimento estava finalmente aceitando que os irmãos Arantes eram verdadeiramente habilidosos em campo, não apenas tinham sorte. Sua irmã mais velha também enfrentava julgamentos por ser major aos trinta anos, mesmo que tivesse merecido cada uma das medalhas reluzindo em seu peito no uniforme. *Ao contrário dele.*

Ela estava explodindo de orgulho de Jonathan. Sempre quis conquistar uma boa reputação para o sobrenome deles nas fileiras, coisa que nem o pai dos dois tinha conseguido, principalmente porque vinham de uma família originalmente de classe

3A, humilde. Agora, depois de muito esforço de Luísa, eles eram 2B, e ela dera à mãe todo o conforto que merecia numa casa de porte satisfatório na sua área natal. Ela também achava que Jonathan estava indo pelo mesmo caminho, aquele que traria glória à ascendência Arantes.

Até ele meter o punho na boca de um tenente-coronel e todo aquele orgulho descer miseravelmente pelo ralo, rir da sua desgraça e lhe acenar um tchauzinho.

Ele podia ter ido para a corte marcial, podia ter sido sentenciado à perpétua. Mas a íntegra Major Arantes mexera os pauzinhos (o que custara muito à honra dela, porque Luísa não acreditava que ele mereceria seu favoritismo se não fosse seu irmão) e Jonathan apenas passara um mês e meio na solitária, à espera de um castigo mais severo, mas não tão prejudicial.

Então ali estavam. Ele, a caminho da casa de um dos três ministros que administravam o Comando Midocentrista junto com o Dirigente Jeong Su, a elite da mais alta classe da Nação-Mãe. A caminho de servir como guarda-costas de uma adolescente petulante, porque a fedelha precisava ser vigiada graças aos esquemas ilegais nos quais se metia com frequência e facilidade.

E ali estava Luísa, ao seu lado no banco acolchoado do veículo sônico, terminantemente em silêncio. O coque baixo no cabelo castanho como o dele, apertado sobre o quepe militar, a farda impecavelmente lisa abraçando sua figura musculosa, as botas pretas lustradas o bastante para que ele conseguisse ajeitar o cabelo no reflexo delas.

O meio de transporte deles era rápido, mas ainda levariam pelo menos uma hora para chegarem ao destino. Ambos costumavam atuar na parte terrena da Nação-Mãe, para onde quer que o exército os mandasse, entretanto, o Potentado do Comando Midocentrista ficava no meio do oceano, uma enorme ilha flutuante inteiramente planejada e tecnológica, projetada como um dos três maiores pontos de poder e status do planeta. Jonathan só estivera lá duas vezes antes, durante breves espaços de tempo, mas a visão o deixara igualmente deslumbrado em ambas as ocasiões.

Agora já não se sentia muito animado para passar um tempo indeterminado num dos mais luxuosos e avançados planos de controle da Nação-Mãe. E até gostaria de falar com Luísa a respeito, mas ela estava deixando definitivamente claro que não queria conversar.

Ele gostava de falar. Era uma pessoa genuinamente tagarela. Sua irmã reclamava disso o tempo todo, e ele costumava falar mais apenas para irritá-la, mas não trocava mais de dez palavras com Luísa já há semanas. Seus esparsos diálogos tinham sido monossilábicos e curtos.

Dolorosos.

Ele sentia falta da irmã, mas sabia que merecia todo aquele tratamento de decepção muda.

Então, Jonathan examinou o interior do veículo, a mira deslizando pelo vidro preto blindado, os bancos macios, o teto alto repleto de botões e luzes indicadoras de combustível, energia e relatórios de comunicação, tráfego e clima. Ele esquadrinhou os apoios de braço, a lataria reforçada, a tintura escura descascada em certos pontos no interior.

Sua perna estava batucando incessantemente no chão após meros dois minutos daquilo, e ele quase conseguia ver a fumaça saindo das orelhas de Luísa.

Sua irmã sabia que, quando ele não conseguia liberar estamina com a boca, ele o fazia com o corpo.

Sua hiperatividade lhe rendera boas notas nos exercícios de resistência física na academia de cadetes, mas também lhe rendera punições de todos os professores que não lhe aguentavam falando até perder o ar ou causando confusão pela mera falta do que fazer.

— Espero que tenha se preparado para isso — ela declarou de súbito, com certeza esperando que um diálogo o fizesse parar quieto. — Ao menos leu a ficha da garota?

Ele bufou alto, por sua vez esperando que o gesto escondesse a mágoa em seu rosto.

— Sabe, antes de todo esse fiasco como capitão, eu realmente era um bom soldado — retrucou, seco. O golpe em seu orgulho o fez continuar balançando a perna apenas para irritá-la. — É sério que acha que eu fui designado para uma missão e não fiz nem o mínimo? Ler a porra de uma ficha?

— Controle essa língua, soldado — Luísa recriminou, rápida feito um chicote. — Se eu souber que está causando desconforto na família do Ministro Marchald por causa desse seu palavreado, teremos problemas.

— Luísa, nossos problemas poderiam ocupar duas horas num monólogo em ordem alfabética, três na cronológica. O que é um arranhão no que já está quebrado, não é mesmo?

A irmã crispou os lábios, a expressão severa se acentuando.

— Você está aqui a serviço, Capitão Arantes, e vai agir como tal — criticou a voz de major dela. — Não faça com que eu me arrependa de tê-lo tirado da solitária.

— Para ser babá de uma aristocrata rebelde fujona — ele replicou baixinho, revirando os olhos. — Serei eternamente grato, Major Arantes.

Luísa soltou um suspiro longo, exasperado, daqueles que antecediam um discurso que o deixaria encolhido no assento, ou querendo tirar uma soneca.

Às vezes ambos.

— Essa é sua chance de se redimir, Nathan. — Os olhos perfurantes, azuis-escuros feito o oceano do Comando Norcentrista e exatamente iguais aos dele, lhe encararam com um nível de austeridade sufocante. Mais um pouco daquilo e o hino federal do Comando começaria a tocar no fundo. — Se impressionar a família Marchald, se fizer um *bom* trabalho, finalmente poderá recuperar uma parte da sua reputação. Ser readmitido como capitão combatente.

Ele nem sabia se queria ser readmitido como combatente. Ardósia-Ciano o deixara permanentemente traumatizado com qualquer tipo de embate direto envolvendo armamento pesado, ainda mais quando civis se viam inevitavelmente presos no conflito. Jonathan nunca se recuperaria dos pesadelos, muito menos do vermelho em seu histórico por ter atacado o tenente-coronel Bojaddin.

Sua reputação sempre estaria manchada, não importando o que fizesse para compensar seus atos.

Mas Jonathan não disse isso a Luísa. Ela ficava um pouco agressiva quando ele tagarelava *e* era honesto demais, em vez de só tagarelar.

Então apenas comprimiu os lábios e girou a mira na direção da janela.

Se contasse os segundos e minutos, talvez conseguisse se convencer de que aquilo era o melhor. Pelo menos não teria de carregar uma arma e apontá-la para civis se encolhendo de terror. Sua função seria consideravelmente menos exigente, exercendo custódia sobre a senhorita Evelina Marchald.

Talvez a tranquilidade do serviço fosse exatamente do que precisava.

O serviço não seria nada tranquilo, ele percebeu assim que se viu a sós com sua protegida.

A interação começara normal. O veículo deles passou pelos postos de controle rígido do Potentado e adentrou a imensa ilha com uma ou duas previsíveis burocracias. Os portões da gigante cidade centro de controle flutuante do Comando os receberam brilhando à luz da manhã, com o emblema do Sistema pintado em prata nas portas principais – um círculo maior com três linhas espessas e três finas se conectando das bordas ao centro, englobando o todo de um círculo menor com um triângulo no interior, rodeado pelo patrimonialíssimo lema da Nação:

A MÃE PUNE. A MÃE PERDOA. A MÃE PROTEGE.

Eles chegaram à mansão Marchald bem mais rápido do que Jonathan teria previsto e ele mal conseguiu aproveitar a vista dos arranha-céus e torres espelhadas diante da inquietação crescente. O céu estava limpo, um azul-claro e sem muitas nuvens, o que ele decidiu interpretar como um bom sinal. Era raro que o clima colaborasse naqueles dias, e manhãs ensolaradas como aquela não eram comuns.

A casa do ministro era uma monstruosidade não de dois ou três, mas cinco andares, mais luxuosa do que qualquer lugar em que Jonathan já tinha morado na vida. O ministro era classe 1A, então ele não deveria ter se surpreendido, mas foi difícil evitar que seu queixo atingisse o mármore com a visão do complexo composto pela estrutura principal, duas casas adjacentes com piscinas enormes, quatro jardins quilométricos e três pistas de pouso. Eles tinham seis veículos terrestres, dois *cargus* submarinos e nove (*nove*) naves, incluindo uma *Elantus* platinada, o modelo mais recente de cosmo planadores da Savór Corp. Ele quase desmaiou ao colocar os olhos na condutora aérea de doze eixos, seis turbinas sônicas, ignição automática e estabilizadores de aterrissagem de última geração.

Jonathan considerou *muito* pedir para pilotá-la, mas temeu que Luísa usasse o blaster em seu cinto para fazer mais do que apenas atingi-lo na nuca com a empunhadura de metal.

— Por aqui. — O androide doméstico que os recebeu na porta pegou os casacos e quepes dos dois ao se dirigirem ao hall de entrada luxuoso, decorado com um estilo moderno e quase sem adornos.

Interfaces avançadas com programas mostrando desde canais de notícias a desenhos animados e documentários geopolíticos estavam espalhados em visores pelas paredes altas.

Era tudo muito branco e azul para Jonathan, mas ele conseguia reconhecer o bom gosto.

— Major e Capitão Arantes — disse o Ministro Ronan Marchald com um sorriso receptivo e, ao que tudo indicava, sincero. Eles haviam se identificado na portaria a uma interface de segurança minutos antes. — É um prazer conhecê-los. Bem-vindos e, por favor, fiquem à vontade.

Ele tinha imaginado um dos homens mais poderosos no planeta como imponente e mais sério, quase como Luísa, mas a figura à sua frente soava gentil e calorosa. Feito um avô muito rico e bem influente de ombros largos, cabelos crespos um pouco grisalhos e uma leve barriga proeminente. Havia rugas no canto dos olhos e manchas na pele preta escura do homem, provavelmente graças ao trabalho estressante na administração do Comando.

Ao lado dele estava seu marido advindo do segundo casamento, pelo que Jonathan lera na ficha de serviço. Baniwa Ogani-Marchald abriu um sorriso mais contido que o do ministro para os dois, mas ainda educado. Com a tez retinta viçosa, a careca lisa, a expressão régia e as mãos unidas imperialmente na frente do corpo, ele sim parecia algum tipo de autoridade superior entre os dois.

Ambos trajavam vestes formais de tecido sintético, Ronan com um casaco adornado e Baniwa com uma túnica, que unidas às fardas militares de Jonathan e da irmã deixavam toda a situação com um ar mais rigoroso do que ele teria desejado.

— Evelina descerá em alguns minutos para o café — o marido do ministro revelou, conseguindo se mostrar só um pouco desconfortável pela pessoa que causara toda aquela confusão não estar nem ao menos presente. — Por aqui, por gentileza. Temos bolinhos de canela! São os preferidos de Lin.

Lin muito provavelmente era o apelido de Evelina. Adorável.

— Jonathan ama canela — sorriu Luísa, simpática.

Ele *odiava* canela.

Talvez ela não tivesse perdido completamente o senso de humor, afinal. Ele só lamentava que a irmã o houvesse recuperado apenas para atormentá-lo sem que ele pudesse reclamar.

Pelo menos descobriu que "café" era um código para "banquete digno de uma unidade de assalto de porte médio" ali naquela casa, então ele pôde alegremente ignorar os bolinhos de canela em favor do restante das opções oferecidas pela família Marchald.

Cafés, chás, sucos, licores, leite desnatado, leite integral, leite *light*. Bolos, torradas, rosquinhas, tostadas, rabanada, pães, sanduíches, tortas de geleia, tortas de patê, tortas de chocolate e tortas de frango. Também havia atum grelhado, lombo defumado, ovos com bacon e pelo menos sete opções de omelete *e* acompanhamentos.

Uma poça de saliva estava prestes a se formar aos pés dele, e Jonathan só conseguia comparar a antecipação que sentia naquele momento com a primeira vez em que pilotara uma nave sozinho. Sem "rodinhas", piloto automático ou trajeto pré-guiado. Só ele, o console, os motores e uma imensidão de céu adiante.

Podia muito bem estar soltando guinchos de deleite e executando um número elaborado de sapateado, agora.

— Você vai se adaptar muito bem aqui — Luísa murmurou baixo, as sobrancelhas erguidas para a mesa abastada de "café".

Jonathan se considerava um sujeito que ficava feliz com pouco, e comida daquela qualidade e quantidade era *muito*. Muito mesmo.

E o melhor de tudo, comida de *verdade*.

A Savór Corp tinha desenvolvido alternativas acessíveis, saudáveis e rápidas de se produzir há quase seis décadas para substituir por comida "real". Fora necessário, até porque pouquíssimos recursos naturais haviam se recuperado por completo após o Expurgo, e os Comandos tinham normas de preservação ambiental rígidas. Como os métodos agrícolas pré-Terceira Guerra quase sempre agrediam solo, fauna e flora de modo desfavorável, os suprimentos processados vieram bem a calhar. Hoje em dia era o que setenta por cento da população da Nação-Mãe comia, porque era instantâneo, barato e supria todas as necessidades básicas de um organismo. O exército sobrevivia quase à base dessas alternativas, que Jonathan chamava carinhosamente de *ração*.

Comida fresca, plantada, cozinhada ou caseira era *caro*. Só a classe 1C para cima podia bancar. As taxas de fome e desnutrição na Nação-Mãe eram quase nulas, mas pouquíssimas pessoas comiam com aquele luxo ou fartura.

Na parte culinária, pelo menos, ele tinha tirado a sorte grande.

Se a garota não passasse de uma pedra no seu sapato, pelo menos ele poderia descontar o estresse na comida.

— Por favor, sentem-se — ofereceu Baniwa, e Jonathan o fez mais do que prazerosamente.

— Fizeram uma boa viagem? — o ministro indagou, claramente tentando iniciar uma conversação amena e sem graça.

— Foi tranquila — Luísa sorriu de um jeito mecânico , um pouco tensa. Ela não era conhecida por ser a extrovertida e sociável da família.

Ele, por outro lado…

— Tivemos alguns contratempos na alfândega, mas nada sério — o Capitão comentou ao selecionar duas omeletes, quatro pães recheados, um pedaço de arenque ao molho pesto, bolo de nozes com avelã e suco de laranja no console do androide doméstico, para que ele pudesse servi-lo.

Jonathan só tinha visto robôs servindo convidados nas festas esnobes que seus superiores gostavam de dar por pura pompa. Que houvesse um na casa Marchald apenas para servir refeições era ostentação o bastante para entupir seus poros.

Não que estivesse reclamando, na verdade.

— A segurança no Potentado é mesmo muito rígida — concordou o ministro, arregalando um pouco os olhos para a quantidade de comida no prato dele.

— Comprovaram nosso tipo sanguíneo e atualizaram nossa ficha com três tipos de testes biométricos diferentes — disse Jonathan, entretido. — Acho que o sistema de identificação deles me conhece melhor que minha mãe.

Marchald e seu companheiro riram, as feições relaxando, e Luísa revirou os olhos de modo discreto ao selecionar seu próprio prato no console.

Ela teve a audácia de pedir apenas um chá preto e duas torradas com patê. Jonathan queria sacudi-la.

— Tenho certeza de que a mãe de vocês dois se sentiria insultada pela comparação — brincou Baniwa.

— Ela se sentiria pior se eu lhe descrevesse essa omelete e não enviasse nem ao menos um pedaço para ela. Minhas orelhas nunca se recuperariam da bronca.

Luísa o chutou por baixo da mesa, e o sorriso de Jonathan apenas se ampliou.

— Não seja por isso — pestanejou o ministro, solícito, ao se virar para o androide e requirir: — Peça Tiddy para fazer e enviar algumas omeletes para Cobre-Magenta, zona Sabugueiro, à residência da senhora Amona Arantes.

Ele sorriu, agradecido, e internamente memorizou o fato de que não fora o único a ler uma ficha. Sendo ministro, Marchald provavelmente tinha toda a vida dele destrinchada num arquivo, incluindo o endereço da mãe.

— É muita gentileza — concedeu Luísa, um pouco corada e definitivamente constrangida.

— Nossos cumprimentos à Tiddy e sua habilidade com a máquina de omeletes — elogiou Jonathan.

— Está mais para sua habilidade com a frigideira. — O ministro lhe lançou uma piscadela risonha, alheio o bastante para não notar a expressão chocada que os irmãos Arantes trocaram.

Ele tinha lido sobre frigideiras num livro de *História* na academia de cadetes. Assim como comida preparada, cozinheiros e utensílios de cozinha também eram matéria em extinção. O fato de terem uma chef fez Jonathan se sentir extremamente esnobe.

Essa era mesmo a casa na qual viveria pelas próximas semanas? Meses?

Talvez ele tivesse morrido e ido pro céu por acidente. Os quatro mantiveram o diálogo leve e bem-humorado pelos próximos minutos, mas logo ficou claro que em determinado momento o assunto acabaria e Evelina Marchald ainda estaria ausente. Havia um limite até para as habilidades de Jonathan de jogar conversa fora.

Além das tendências ilegais, a garota também era mal-educada.

Bom, talvez ele ainda conseguisse dobrá-la. O próprio Jonathan já tivera seu tempo rebeldia e atrevimento, e na verdade ele não tinha certeza se essa época havia acabado por completo.

Mas Luísa estava não muito sutilmente mostrando sinais de que desejava se retirar, e seus dois anfitriões estavam incomodados com o atraso da senhorita Marchald. Quando Baniwa finalmente se levantou e expressou a intenção de ir chamar a garota, passos leves se fizeram ouvir na antecâmara.

— Ah, Evelina! — O homem se apressou até a enteada, e o ministro, Luísa e Jonathan se ergueram nos assentos para recebê-la.

Como se a menina fosse a maldita da rainha.

Bom, lembrou, com uma careta. *Filha de quem é, ela poderia muito bem ser da realeza.*

Mas ele olhou para a filha do ministro, sua nova protegida delinquente, e se esqueceu do que estava prestes a dizer.

Evelina Marchald, notou Jonathan não com pouca surpresa, era mais velha do que sua ficha revelava, a foto no relatório era pelo menos de uns três anos atrás. Não era comum que o Sistema mantivesse os documentos dos cidadãos desatualizados, mas os arquivos da filha do Ministro Marchald eram incomumente sucintos. Curtos, essencialmente breves e com pouquíssimas fotos, o que era estranho para alguém importante como ela.

Ele lera que a moça tinha vinte anos, mas o cabelo castanho-escuro adornado num coque baixo trançado com pequenas mechas cacheadas emoldurando o rosto redondo a fazia parecer mais velha. As feições eram delicadas e ainda contidas, com bochechas coradas numa pele marrom distinta da do pai, apesar da semelhança ser inconfundível. O lábio superior dos dois Marchalds era mais cheio, e o nariz, igualmente largo na base. O corpo esguio estava enfiado num recatado vestido rosa claro de algodão sintético que se agarrava às curvas superiores, à cintura e se alargava nas inferiores.

Evelina Marchald era inconvenientemente bonita e perfeitamente decente, pelo que o Capitão podia analisar.

De algum modo, estava esperando uma adolescente revoltada vestida de preto da cabeça aos pés, com maquiagem pesada e um semblante de desprezo para tudo e todos no mundo. Na verdade, ele havia até se preparado para que ela os recebesse com xingamentos, batendo portas e gritando sobre como aquilo era injusto.

Jonathan achava que ainda preferia a adolescente revoltada àquela jovem atraente e silenciosa.

Ele só conseguiu uma breve amostra da voz cadenciada quando Evelina trocou algumas palavras rápidas e indistinguíveis com Baniwa no corredor e abriu um sorriso amarelo ao se dirigir à mesa com o padrasto.

— Peço que perdoem minha grosseria — desculpou-se, polida. — Eu me distraí e não vi os minutos se passarem. Foi rude mantê-los esperando.

Os olhos bicolores se abaixaram e ela mostrou a perfeita imagem da subserviência, mas Jonathan percebeu seu maxilar retesado e as mãos apertadas na saia do vestido.

Ela estava se desculpando, mas não que estivesse gostando de fazer isso.

— Imagine — ele amenizou o desconforto de passar quinze minutos matracando sem parar enquanto esperavam por ela com um sorriso brando. — Temo que os bolinhos de canela tenham esfriado, mas fora isso a senhorita não perdeu nada de substancial.

Os longos cílios escuros emoldurando um olho de cor marrom densa e outro cor de *estática* se ergueram, e ele esperou que Luísa não estivesse encarando muito. O arquivo dizia que Evelina tinha uma lente especial, o que fazia sua íris direita oscilar em cores chiadas como um televisor velho: branco, roxo, verde, vermelho e preto.

Será que servia para outra coisa além de corrigir algum problema oftalmológico? Tipo fornecer visão de raio X ou acesso instantâneo à navegação na rede? Se ela fosse capaz de vê-lo por baixo das roupas com aquilo, Jonathan esperava que ao menos estivesse apreciando a vista.

Era fascinante, sendo honesto.

Principalmente quando aqueles olhos inquietantes estavam focados nele.

— Bolinhos de canela — ela sorriu de um modo um pouco forçado. — Meus favoritos.

Ninguém poderia dizer que a garota não estava tentando.

Todos voltaram a se sentar, e Jonathan e Baniwa encabeçaram o diálogo durante todo o tempo. Eram obviamente os mais desinibidos, e todos pareciam felizes em deixá-los monopolizar as conversas. Evelina e Luísa raramente falavam. Ele experimentou abordar algumas das suas viagens no exército, citando algumas das suas naves e veículos favoritos, mas tudo que arrancou de Evelina foram algumas expressões relutantemente interessadas e sorrisos educados.

Ela era um desafio, então.

Também era extremamente inteligente, pelo que ele tinha lido, mesmo que não muito interativa. Com um QI estratosférico, Evelina era um prodígio que tinha se formado com honras antes de qualquer aluno comum. Ela se especializara em inúmeros tipos de engenharia – mecânica, tecnológica, civil, biônica, química, elétrica, computacional, mecatrônica, termonuclear, metalúrgica... E a que mais o interessara: aeronáutica. A garota era um gênio com meras duas décadas de idade, e havia conquistado mais prêmios acadêmicos do que ele tinha infrações por insolência.

Infelizmente, ela parecia usar essa genialidade para adquirir, construir e testar tecnologia não autorizada e potencialmente letal. Armas, motores, transformadores de energia, geradores nucleares, engenhocas radioativas. O supremo tribunal colocara Jonathan no pé dela por causa do terceiro (*terceiro*) flagra seguido num leilão clandestino de peças traficadas, mas havia vários outros incidentes menores na ficha dela que lhe renderam apenas pequenas advertências ou multas.

Ah, a doce vantagem do privilégio social.

Se Jonathan tivesse sido pego em alguns desses incidentes menores, com certeza passaria pelo menos dois anos numa solitária, não dois meses.

Por isso ele normalmente fazia questão de nunca ser pego, já que não era filho de um ministro superpoderoso como a beldade pródiga ali.

Sério, aquela menina tinha problemas de dicção? Porque ele já esquecera do som da voz dela.

Jonathan teve certeza de que Evelina abrira a boca apenas para enfiar comida dentro dela nos últimos dez minutos (o que ele de modo algum recriminava), e só assentia ou meneava a cabeça quando alguém lhe dirigia a palavra.

Parecia que estava tentando não chamar atenção, ou então convencê-lo de que aquela personalidade tímida e submissa era o seu comum. No entanto, as expressões confusas direcionadas a ela vindas do pai e padrasto com certeza não estavam fazendo um bom trabalho em colaborar com a artimanha.

Ele até poderia ter caído pela atuação se não soubesse que ela se enfiava em lugares feito o Beco da Graxa e se metia com gente da Máfia Arsênica para comprar maquinaria pesada.

Terá que fazer melhor que isso para me enganar, doçura.

Jonathan passou a sorrir casualmente e rir baixo a cada aceno de cabeça que Evelina dava, e isso a deixou piscando e franzindo a testa de um jeito incomodado para ele em menos de cinco minutos. Ele só não conseguiu provocá-la mais porque Luísa se levantou e anunciou que já tinha abusado demais da hospitalidade dos Marchald.

Curvando a cabeça na direção dos anfitriões e pedindo que não se incomodassem em levantar, já que ele mesmo acompanharia Luísa até a saída para se despedir, Jonathan se ergueu do assento e girou nos calcanhares para levá-la à porta. Eles claramente interpretaram a frase como um pedido de privacidade, talvez para um momento mais íntimo e afetuoso entre parentes.

Mal sabiam. Sua delicada irmã nem ao menos disse "tchau".

Luísa apenas agarrou sua nuca no portal e quase enfiou o indicador em seu olho ao ameaçar:

— Não estrague tudo, está me ouvindo? — Ela estreitou as pálpebras para os lábios trêmulos com a vontade de rir dele. — Eu vi como olhou para a senhorita Marchald. Sei da sua fama no regimento e não quero ouvir de um dos homens mais poderosos do Sistema te caçando com uma metralhadora de repetição sônica porque você deflorou a filha dele, fui clara?

Jonathan não conseguiu mais conter a risada depois disso, e a carranca da irmã dele apenas se intensificou.

— Deflorar? — repetiu, descrente e ainda tentando parar de rir. — Quem você *acha* que eu sou?

— O que eu acho é que ela é jovem, tímida e parece impressionável — avisou, séria. Luísa tinha caído pela personagem de Evelina, então. — E acho que você tem uma clara suscetibilidade em ceder aos seus hormônios. Mantenha a droga do pau dentro das calças ou vou me assegurar de que não volte a usá-lo tão cedo.

Ele devolveu a carranca numa imitação falsa e zombeteira.

— Controle essa língua, soldado — ecoou as palavras da própria irmã mais cedo, maldoso. — Se eu souber que está causando desconforto na família do Ministro Marchald por causa desse seu palavreado, teremos problemas.

Ela o empurrou de modo brusco ao revirar os olhos, soltar alguns impropérios e descer a escadaria de mármore marchando, a risada de Jonathan acompanhando seus passos irritados. Não era exatamente fã de socialização, aquela lá.

E Luísa podia reclamar o quanto quisesse, mas metade do repertório de nomes feios de Jonathan viera do aprendizado com a irmã mais velha. O exército expandia muito o vocabulário de palavrões de uma pessoa.

Ele estava prestes a girar nos calcanhares e retornar ao café – talvez ainda pudesse comer mais daquele bolo de nozes e avelã – quando a voz de Evelina Marchald se fez ouvir suavemente atrás dele:

— Capitão Arantes?

Jonathan se virou para encontrá-la perto até demais, talvez a meros seis passos de distância. A zombaria nos olhos bicolores lhe informou que ela tinha ouvido pelo menos *alguma* parte do diálogo com Luísa. Bom, que merda.

Ele pigarreou e aprumou os ombros, os lábios formando o sorriso irreverente que já tinha lhe tirado de inúmeras enrascadas antes no automático.

— Sim, senhorita Marchald?

— Posso falar com o senhor em particular?

III

Aceita alfinetes no seu chá, Capitão?

Ela não tinha descoberto nada de útil.

Descobriu que ele foi um cadete um pouco desobediente, mas terrivelmente popular na academia. Descobriu que era um exímio piloto e que tentou ingressar na aeronáutica primeiro antes de se juntar ao exército, mas não foi adiante nos testes por algum fator desconhecido. Também descobriu que seus níveis de insolência só não ultrapassavam seus níveis de eficiência, o que não exatamente ajudava. Em suma, ele era engraçadinho e respondia seus superiores com frequência nas horas erradas, contudo, também era um soldado habilidoso e um combatente exemplar. Ela também destrinchou os documentos do Marechal do batalhão dele até encontrar algo comprometedor, que foi um desapontante registro de desacato violento a um superior (ele socara um tenente-coronel) que deixou Evelina curiosa, mas não surpresa, considerando o histórico petulante do sujeito. Ela guardou a informação, mas não sabia o quanto valia ou o quanto afetava sua nova babá de farda.

Era frustrante.

O pior com certeza foi que, ao conhecê-lo pessoalmente, também confirmou que o Capitão Arantes era o grandessíssimo pé no saco que ela temia que ele fosse desde o início.

Não.

Na verdade, o pior *mesmo* era que ela era a única que compartilhava dessa opinião na casa.

— Ele não é um idiota controlador — sussurrara Baniwa ao encontrá-la no corredor, segundos antes dela avistar o Capitão Arantes em carne e osso. — Ele é carismático, engraçado e terrivelmente charmoso. Estaremos todos de joelhos em menos de uma semana, e se eu já não tivesse o dobro da idade dele e não estivesse num relacionamento estável e amoroso, até eu arriscaria agarrá-lo num canto escuro. Você não tem nenhuma chance.

— É o que veremos — respondeu com uma careta, que logo se transformou num sorriso plastificado quando Baniwa enroscou o cotovelo no dela com uma risadinha e a arrastou na direção da mesa.

Evelina estava completamente descrente do testemunho do padrasto até vê-lo em ação.

Jonathan Arantes sorria com uma frequência bajuladora, mas ela podia ver que eram sorrisos genuínos. Ele era naturalmente bem-humorado, uma daquelas pessoas que conseguia iluminar o ambiente apenas ao mostrar os dentes brancos e bem alinhados. Ele interagia e fazia aqueles ao seu redor se sentirem confortáveis com apenas algumas palavras bem observadas e uma ou duas piadinhas marotas. O maldito fez o pai de Evelina rir tanto que ele engasgou duas vezes com a comida. Não se parecia nada com uma criatura cruel e homicida.

Até Baniwa estava rendido pelo charme engraçadinho do sujeito, o mesmo que diria que lhe apoiaria caso ela colocasse androides-bombinha na gaveta de cuecas do capitão.

Agora ele provavelmente só a apoiaria se ela colocasse androides-*câmera* no lugar.

Evelina não tinha muito do que reclamar, na verdade, e não sabia por que estava tão irritada. Ele não parecia falso ou fingido, só muito *perfeito*, e isso talvez fosse o que a tirava mais do sério.

Ele dizia obrigado até para os *androides*. Era absurdo.

A mãe do sujeito obviamente lhe dera uma boa educação, mas Grande Nação-Mãe, eram *robôs*. Não o entendiam, não eram I.A.s como Colbie. Eles apenas registrariam o agradecimento como um não-requisito e se afastariam, assim como se alguém viesse até Evelina e lhe dissesse que seu cabelo era cacheado. Ela já sabia disso. Não precisava responder ou fazer nada.

Tudo parecia parte de um terrível esquema de personalidade que ele montara para conquistar todos eles. Simplesmente sendo todo simpático, todo prestativo, todo educado. Estava lhe enlouquecendo. Ninguém era tão agradável assim o tempo todo.

Nem mesmo ele, (in?)felizmente descobriu.

Mantenha a droga do pau dentro das calças ou vou me assegurar de que não volte a usá-lo tão cedo, dissera a Major Arantes, irmã mais velha do capitão.

O fato dele ser um mulherengo não surpreendia Evelina, mas a deixava um pouco apreensiva. Jonathan Arantes não era exatamente o seu tipo, mas com aquele senso de humor galante e aquela beleza clássica, ela realmente não sabia se conseguiria impedi-lo de se *tornar* seu tipo.

Foco, Evelina, caramba.

Tinha de lembrar de que ele era irritante, e provavelmente um canalha, e com certeza um assassino.

Uma risada cativante e olhos como as profundezas do oceano num rosto digno de esculturas não apagavam Ardósia-Ciano e suas 119 mortes do arquivo dele.

Ela o guiou para a antecâmara da ala leste, e notou quando a mira dele deslizou desejosamente na direção da sala de refeições, onde seu pai e Baniwa ainda conversavam em voz baixa. Um sorriso discreto, surgiu em seus lábios.

— Não vou tomar muito do seu tempo — prometeu, inexpressiva.

Ele repetira duas vezes desde o momento em que ela se sentara à mesa, e tinha a impressão de que não era a primeira vez que o fazia. O Capitão era musculoso, mas com certeza devia ter um metabolismo abençoado para processar aquele tanto de comida de uma vez só.

— O... o quê? — Ele voltou a cabeça na direção dela, confuso. — Ah, não se preocupe. Estou inteiramente disponível para a senhorita.

Ela reprimiu a careta em suas feições.

Não sei se ele está sendo apenas educado ou se seu lado canalha resolveu dar as caras antes do previsto.

Por precaução, ela fez uma nota pessoal interna de não ficar dando muitas liberdades a ele.

Evelina deixou a porta aberta ao levá-lo até o pequeno lounge de visitas, íntimo e confortável, cheio de sofás e divãs e cadeiras estofadas claras, repleto de mesas delicadas onde Baniwa gostava de servir chá aos convidados. Quase toda a casa tinha tons metálicos em prata, mas aquela sala em especial tinha detalhes dourados, e Evelina concordava com o padrasto quando ele dizia que aquela paleta combinava melhor com a decoração em estilo vitoriano. Era a ala *vintage* da estrutura.

— Por favor, sente-se — ofereceu, educada. — Sei que acabamos de comer, mas o senhor aceitaria café, biscoitos, algo mais leve? Talvez o bolo de nozes?

Ele comera nada mais nada menos que três pedaços da sobremesa durante o café.

Os olhos azuis reluziram como se ela tivesse lhe oferecido um passe livre para fora dali, e não uma iguaria culinária, e ela abriu o atalho de pedidos ao androide doméstico por aplicativo em sua pulsotela — o aparelho condensava todas as funções de uma TV, um celular e um tablet, fosse por toque digital ou holográfico, mas o fazia de um bracelete minúsculo —, pedindo o bolo antes mesmo que o Capitão confirmasse a oferta.

— Eu gostaria bastante. A senhorita é muito gentil.

— Humm.

— O que disse?

— Nada. — Ela bateu os cílios, dissimulada. — Me diga, Capitão Arantes, o que espera das...

— Jonathan.

Evelina pestanejou, piscando confusa com genuinidade dessa vez, e o androide 937 entrou instantes depois com o pedido dela de bolo para o Capitão.

— Perdão?

— Me chame de Jonathan. Ou Nathan, como minha irmã me chama, se preferir — ele sorriu, fácil, ao pegar o prato com o doce em mãos. — Vamos passar uma longa quantidade de tempo… *próximos*, eu presumo, então nos prender a formalidades parece infrutífero. E restritivo.

— Algumas coisas são restritas por necessidade, *Capitão*.

O único sinal de que ele não gostara de que ela não acatasse sua sugestão de chamá-lo pelo primeiro nome foi um dar de ombros e uma garfada displicente no bolo de nozes.

— Foi o que o supremo tribunal te disse quando você foi sentenciada por todos aqueles leilões *restritos?*

E as máscaras caem.

Não era como se a máscara dele tivesse caído, no entanto. Era como se ele apenas tivesse adicionado uma camada extra à que já estava usando. Uma que *não* estava disposta a colaborar com ela.

Evelina fumegou em silêncio, recusando-se a expressar uma reação diante do semblante convencido dele. Ótimo. Então com certeza ele não era simpático e principesco o tempo todo. Muito mais fácil de se lidar.

— Eu esperava que pudéssemos chegar a um entendimento — ela murmurou, entredentes, mas soando o mais diplomática possível.

— Um entendimento no qual eu viro as costas e você foge para trocar termoluminescentes radioativos no Beco da Graxa? Um no qual eu finjo que não sei que você continua a fazer as coisas que eu fui *encarregado* de impedi-la de fazer?

— Sim. — Ela ergueu o queixo. Se ele decidira ser direto, não havia motivo para Evelina se conter. Baixou o tom de voz, olhando para a porta aberta de soslaio para garantir que não estavam sendo espionados. — Eu poderia fazer com que fosse vantajoso para você.

— Ah, é? — Ele se inclinou para frente após terminar de mastigar um pedaço de bolo, as íris azuis se estreitando maliciosamente acima de um sorriso igualmente malicioso. — E que vantagens seriam essas?

E porque aquela expressão estava lhe deixando mais nervosa do que conseguia admitir, suas mãos voaram para a saia do vestido, baixando o tecido que antes quase estava expondo seus joelhos num gesto compulsivo.

O sorriso do Capitão se extinguiu antes mesmo dela terminar de ajeitar a peça.

— Esse tipo de oferta não faria nada além de talvez me colocar numa prisão de segurança máxima por coerção sexual, e é claro, me ofender. — O tom charmoso havia se tornado algo seco, silenciosamente revoltado. — Talvez possa tentar não afrontar as pessoas com as quais deseja ter um *entendimento* na próxima vez.

— Eu não… não quis dizer que… — Evelina grunhiu, tirando as mãos da saia de imediato, como se o tecido a tivesse queimado. Já odiava o quanto ele lhe fazia se sentir boba. — Eu não insinuei que você me coagiria com *isso*. Mas, sendo honesta, se não quisesse insinuar esse tópico automaticamente, devia parar de sorrir desse jeito para tudo e todos.

Ele quase sorriu "daquele jeito" outra vez, aparentemente recuperado da afronta, mas então pareceu se lembrar de que estava tentando ser sério, e seus lábios apenas tremeram de leve.

— Que jeito?

— Como se estivesse disposto a levar qualquer pilastra ou planta para a cama. — Foi a vez dela assumir o timbre seco.

Uma risada profunda ecoou do peito do Capitão Arantes, e ela tentou não se contorcer no assento.

Nem fora tão engraçado, mas ainda a fizera se *sentir* engraçada. Minha nossa, que desgraçado habilidoso.

Eu te odeio. Odeio, odeio, odeio.

— Se é que me permite a franqueza, senhorita Marchald, eu prefiro companhias mais… responsivas, suponho. Ainda não descobri como fazer pilastras flertarem de volta.

— Você nem ao menos percebe, não é?

— Do que está falando, dessa vez?

— Os tais flertes. Os sorrisos e piscadas de olho. Deve ser como respirar, para você.

Ele colocou um calcanhar sobre o joelho, se ajeitando no divã e cutucando o pedaço de bolo restante em seu prato com o garfo. Ainda conseguia parecer charmoso e confiante mesmo um pouco constrangido.

Odeio, odeio, odeio.

— Tenho a impressão de que minha irmã te passou uma ideia errada sobre mim, senhorita Marchald.

O Capitão notara que ela ouvira uma parte da conversa dele com a Major, claramente.

— Então não é um mulherengo? Não traça qualquer coisa com saias desde que lhe deem atenção o suficiente?

— Absurdo. Mulheres deixaram de usar apenas saias há mais de um milênio. Que sentença discriminativa.

Pátria dai-me forças. Evelina contou até treze antes de suspirar, fechando os olhos para não se imaginar pulando na garganta do homem insuportável à sua frente.

— Androide 937? — ela chamou em baixo tom, o lábio torcido em desagrado. — O Capitão Arantes já terminou o bolo, pode levar a louça dele embora.

Se ele não queria falar sério, ela também não se dignaria a ser séria.

O robô doméstico arrancou o prato das mãos de Jonathan com uma precisão voraz, e a satisfação mórbida que ela sentiu com a expressão arrasada dele ao ver o restante do bolo indo embora foi impagável.

— Muito maduro, senhorita Marchald — zombou o Capitão, espanando alguns farelos do colo. — E sério? Androide 937? Você não dá nem um *nome* a eles?

— O nome dele é Androide 937 — disse Evelina, a mandíbula retesada.

— Tudo bem, mas vou chamá-lo de Alfred, se não se importa. Sabe, como o mordomo?

— Eu me importo — ela rosnou, ao olhar freneticamente para os lados e sibilar numa ordem de discrição. — E você *não* deveria fazer referências a tempos anteriores ao Expurgo.

Ele piscou, sorrindo ao inclinar a cabeça, mordaz.

— Como sabe que o mordomo do qual falo é de tempos anteriores ao Expurgo?

Ela mordeu a língua, xingando internamente e percebendo que se delatara de forma estúpida.

Qualquer informação datada de antes do estabelecimento da Nação-Mãe ou, pior ainda, do Expurgo e da Terceira Guerra Mundial, quase meio milênio antes, era expressamente proibida. Coisas que não haviam sobrevivido à destruição em massa não valiam a lembrança, era o que o Sistema pregava, porque só trariam o caos e a ruína nociva daqueles tempos. Mesmo fatos inofensivos como um personagem de quadrinhos de super-herói antigo eram censurados com brutalidade.

Pouquíssimas pessoas tinham acesso àquele tipo de informação, até porque muito pouco de antes da Terceira Guerra sobrara – se Evelina mencionasse o *Batman* para qualquer um no seu círculo social, eles apenas a encarariam com caras engraçadas –, e ela era uma das incluídas nesse grupo escasso por causa da mania de invadir sistemas dos quais não podia nem chegar perto. Jonathan era um Capitão, um militar de patente considerável, então o conhecimento daqueles fatos devia ter algo a ver com isso.

Nenhum deles tinha autorização para falar a respeito, no entanto.

— Não insulte a minha inteligência, Capitão Arantes, e eu não insultarei a sua.

— Eu duvido bastante disso.

Suas feições se contorceram numa careta. *Quem aquele cara pensava que era?*

— O que quer dizer?

Ele deu de ombros, divertindo-se à beça, e se ergueu do divã com um movimento fluido.

— Sabichões tendem a insultar a inteligência de não-sabichões constantemente. É quase involuntário, feito um reflexo.

— Você não me conhece o bastante para me chamar de sabichona. Não me conhece o bastante para *nada*.

Um sorriso de canto que deixou o estômago de Evelina se revirando esticou os lábios do Capitão Arantes, e ele estava tomando sua mão na dele antes mesmo que ela notasse que o sujeito agora estava de pé ao seu lado.

— Justo, não conheço. — Ele beijou seus dedos de leve, num gesto cavalheiresco e ainda completamente atrevido. — Mas estou ansioso pelo momento em que o farei.

Ela comprimiu os lábios ao arrancar a mão do aperto dele antes que começasse a corar e resfolegar como uma pudica, e o sorriso do Capitão se expandiu como se o maldito soubesse perfeitamente disso. Ela manteve a compostura, no entanto. Se precisasse inventar um aparelho para mascarar as reações que aquele sujeito lhe causava, ela o faria. Não daria um mínimo grama de satisfação a ele pelas consequências da própria inexperiência com homens.

Era verdade que Evelina já estava um pouco velha para não saber muito a respeito de relações amorosas – beijara poucos rapazes e fizera mais do que isso com menos rapazes ainda –, e ela não gostava de *não* saber coisas, mas também era verdade que ela sempre preferira se enterrar embaixo de planilhas de proficiência e esboços inacabados até tarde da noite. Peças e maquinaria, placas e geradores, ferramentas e androides, tudo isso soava melhor do que encontros e troca de saliva (dentre outros fluidos corporais). Nenhum garoto fora o bastante para escolhê-lo acima da sua paixão pela engenharia. Esperava nunca precisar estar nessa situação, porque o tipo de amor que desejava nunca lhe daria um ultimato entre ele (quem quer que fosse) e o que amava fazer.

E esse amor *com certeza* não era Jonathan Arantes.

— Androide 937 — ela frisou o nome do robô quando ele retornou após levar o prato para a cozinha, fazendo questão de não dirigir o olhar ao homem enfurecedor ao seu lado. — Mostre o quarto do Capitão Arantes a ele, e se assegure de que ele esteja confortável.

Ele a analisou com outro sorriso irritante.

— Hum. Parece que uma parte da sua maturidade foi recuperada com sucesso, apesar da dispensa não muito sutil.

— Cuidado, Capitão de Araque. Coisas tendem a explodir quando fico me sentindo especialmente imatura.

A diversão no rosto dele pareceu triplicar de intensidade. Era contagiante de um jeito perturbador, e fazia ela querer começar a sorrir também. Estava no modo como os olhos azuis brilhavam e todos os dentes brancos reluziam quando ele ria.

Evelina queria tostá-lo com um maçarico e ver se Jonathan continuaria rindo, então.

— Do que me chamou? — Ele piscou, maravilhado.

Capitão de Araque, ela quis rosnar, mas apenas bateu os cílios, inocente.

— O quê?

— Já me deu um apelido, senhorita Marchald? — O tom de voz jocoso aumentou a vontade dela de ir pegar o maçarico. Talvez um canhão de plasma. — É engraçado, sendo honesto. Combina com meu sobrenome. De um jeito zombeteiro, é claro.

— Perde a graça quando você explica.

— Acho que concordamos em discordar. Tenho a impressão de que faremos muito isso daqui pra frente.

Grande Nação-Mãe, como odiava ser lembrada de que passaria as próximas semanas naqueles embates verbais ridículos.

— Eu te expulsei educadamente da primeira vez — ela sibilou, os olhos faiscando. — Se precisar me repetir, vou dizer ao androide 937 para se assegurar de que fique *desconfortável.*

Não era uma ameaça muito amedrontadora, mas ela ainda não queria revelar que tinha armas com poderio de fogo o bastante para não deixar sequer uma cinza dele para trás para manchar o carpete.

Preferia guardar as meninas para quando o Capitão a irritasse de *verdade.*

— Que nada — ele desdenhou, mas girou nos calcanhares para abraçar o robô de lado e se dirigir para a porta. — Alfred e eu já somos grandes parceiros, não é, Alfie? Ah, e senhorita Marchald?

Os olhos de Evelina escorregaram na direção dele outra vez, cheios de um escárnio exasperado.

— Vou virar essa casa de cabeça para baixo à procura dos seus brinquedinhos assim que terminar de me acomodar. Não pense que seu quarto vai escapar de uma revista minuciosa. — Ela se retesou por inteiro, e Jonathan lhe lançou uma piscadela antes de voltar a se virar e erguer a voz por cima do ombro: — Eu diria que você tem em torno de quinze minutos. Qualquer coisa da qual não conseguir se livrar a tempo, destrua. Você pode não gostar de mim, mas ainda sou muito mais agradável do que uma cela de segurança máxima, isso eu garanto.

IV

Voltagem!! Mínima!!!

— Foi a melhor coisa que comi em anos, e olha que já trabalhei no escritório do principado — confessou. — Às vezes meu chefe desistia de almoçar para trabalhar e eu conseguia um gostinho do que era comer coisas sem textura de borracha e gosto de sabão.

Jonathan abriu um sorriso enorme para o holograma extasiado da mãe. Eles eram iguais em muitas coisas, mas a revolta com as rações era o tema que costumava uni-los contra Luísa na hora das refeições, nos raros momentos em que os três estavam juntos. A irmã não se importava com o sustento sintetizado, prática e obediente como de costume.

Ele e a mãe, por outro lado, adoravam reclamar da textura de borracha e do gosto de sabão.

— Não acredito que mandaram mesmo a omelete para a senhora.

Jonathan não achou que realmente o fariam. Para ele o Ministro Marchald estava apenas sendo educado. Sua mãe morava a meio oceano de distância, em Íxion, um principado ao extremo sul do Comando Midocentrista, e um veículo rápido para levar um prato de omeletes até o fim de mundo que era Cobre-Magenta não era barato ou fácil de disponibilizar. Talvez ele tivesse dado mais sorte naquele serviço do que tinha percebido a princípio.

Seu quarto era uma prova fiel disso. Era um cômodo sem cantos, apenas curvas, as paredes brancas lisas e as luzes no mesmo tom imaculado se completando numa ornamentação minimalista, combinando com a neutralidade do restante da casa Marchald. Com todos os aparatos tecnológicos – a enorme TV projetável (o modelo colorido em 64K, não o azul-turquesa padrão), o refrigerador particular, a máquina de lavar, secar e passar, a matriz computacional de controle com alcance expandido por satélite... Ele se sentia num filme. Passar de ser obrigado a apontar armas para civis para viver numa mansão e vigiar uma garota bonita? Era só bom demais para ser verdade.

Isto é, se a senhorita Marchald não o obrigasse a amarrá-la à cama para se manter longe das ilegalidades. E sim, a mente de Jonathan tinha tomado alguns rumos inapropriados com a súbita concepção de Evelina Marchald amarrada a uma cama.

Talvez Luísa não tivesse dado uma impressão tão errada assim dele à garota.

— Foi muita gentileza mesmo. E obrigada por se lembrar de mim, querido — Amona Arantes abriu aquele seu sorriso conhecido por ser idêntico ao dele, só que numa versão menos sacana e mais maternal. — Como é a menina Marchald?

Ele suspirou, pensando enquanto tirava algumas camisetas da mala.

Inteligente, carrancuda, gostosa, pensou consigo mesmo.

— Geniosa. Um pouco temperamental. Mais bonita do que eu esperava — suavizou as palavras.

A mãe soltou uma risada alta, gostosa, fazendo o peito de Jonathan se apertar. Ele não a via há quase seis meses, e sentia uma saudade esmagadora daquela risada – sua versão ao vivo, não através de um reprodutor robô-holográfico.

— Luísa disse mesmo que você parecera mais interessado do que o recomendado na jovem. Tenho certeza de que ela te deu uma bronca de aviso melhor do que qualquer coisa que eu conseguisse pensar em dizer.

Ele revirou os olhos, colocando os uniformes no compartimento do armário amplo e automatizado. Seria tão fácil se acostumar com o seu novo e grande quarto quanto com o restante da casa Marchald.

— Já falou com ela, é?

— Hoje é terça. — A mãe lembrou, afiada, e ele conseguiu imaginá-la estreitando os olhos numa irritação exasperada. — Sei que o período da manhã desse dia é o único livre na agenda dela. Se eu não ligar, sua irmã esquece que eu existo.

Esquecia mesmo. Jonathan também sempre era o que tomava a iniciativa para fazer contato com Luísa, ou a irmã passava semanas sem ao menos lhe mandar uma mensagem para dizer que estava viva. Não era descaso, era apenas Luísa. Ela se esquecia, ficava ocupada com o trabalho e era muito mais desapegada que ele. Sua irmã era parecida demais com o pai deles em certos aspectos.

Jonathan era todo sua mãe, no entanto.

— Fico tão feliz de que esteja bem e confortável, agora. — O pequeno holograma equivalente à imagem roliça da sua mãe esticou a cabeça para observar seus movimentos. — Sei que está ocupado arrumando suas coisas, mas é que nos falamos tão pouco desde que saiu daquele lugar horrível.

— Da solitária, mãe — suspirou. — Os colchões eram decentes, e eu tinha um banheiro só para mim. Não foi tão horrível.

Foi sim. Mas ele realmente não podia reclamar, porque poderia ter sido muito, muito pior.

— Foi sim — a mulher replicou, sem cair por um segundo pela tentativa de amenizar a situação dele. — Luísa podia ter feito algo para tirá-lo de lá mais rápido.

— Luísa arriscou a própria carreira para salvar minha bunda e a solitária foi a menor das punições graças a esse fato. Não fique atormentando ela com isso.

A homônima holográfica da mãe bufou com tanta fidelidade à original que o fez sorrir.

— Bom, pelo menos agora pode se redimir com mais folga do que um cinto de três furos. — Ele riu da expressão interiorana de Íxion. — E na casa de um ministro, seu tratante! Só precisa se manter longe das saias da menina Marchald, é claro.

É claro. O futuro epicentro dos seus dias: Evelina.

O problema, na verdade, ele descobriu depois de se despedir da mãe, era permanecer minimamente *perto* das saias da dita cuja menina Marchald.

Jonathan tinha revistado o quarto dela no primeiro dia – uma monstruosidade em azul-bebê com mais peças aleatórias do que oxigênio espalhadas por aí –, mas desde então mal a vira. A garota o fuzilara com os olhos ardentes feito uma profissional de calibre durante a coisa toda, e apenas o expulsara com um grunhido quando ele desconfiadamente concedeu que não achara nada de ilegal no cômodo. Arriscado, suspeito, perigoso, talvez até letal, sim, mas ilegal, não.

Ele também fizera uma limpa cautelosa na casa. Teve acesso à planta da estrutura Marchald e revirou cada canto e buraco em busca dos possíveis esconderijos ou passagens secretas de Evelina. Infelizmente, não encontrara nada além de um bunker subterrâneo abandonado e um pouco úmido cuja entrada era atrás do jardim, o que lhe dera a entender que o armazém diminuto ficava embaixo de uma das piscinas. Jonathan ganhou liberdades com o sistema de segurança da propriedade, mas não achou a coisa tão vantajosa quanto realmente poderia ser. Com as habilidades de Evelina em cheque, aquela pequena meliante com certeza hackeava aquelas câmeras a torto e direito, então nenhum vídeo, áudio ou imagem era confiável.

Sua reclusa protegida passava os dias enfurnada no quarto, mal saindo para comer ou tomar ar. Gostava de interagir com o pai e com o padrasto, mas evitava Jonathan a qualquer custo, o que sem dúvida se tornaria um problema.

Ela estava arranjando algum jeito de sair, ele tinha quase certeza, já na metade do seu terceiro dia de exploração. Depois de revirar os jardins, casas adjacentes, quintais, armazéns, hangares e deques molhados, uma mistura de impaciência e frustração estava ameaçando acabar até com o seu bom humor provocado pelas refeições fartas e saborosas de Tiddy. Mesmo rodeando a área que ladeava os aposentos de Evelina, na parte norte da mansão, nada dava indícios de escapadas. Não havia saídas secretas, passagens clandestinas, nem pegadas ou rastros de calor, nem mesmo traços nos radares de pulso contínuo que ele escondera abaixo das janelas dela. E podia não ser tão versado em tecnologia quanto a herdeira Marchald, mas sabia que teletransporte ainda não havia sido inventado. A garota não podia desaparecer em um lugar e aparecer em outro despercebida.

Certo?

No quarto dia, Jonathan começou a suspeitar que o problema não estava nas habilidades gatunas de Evelina, mas sim na informação dada a ele. Ela passava o dia todo no quarto, e não saía para quase nada, mas com certeza fazia algo lá dentro, ou saía para outro lugar por alguma passagem interna desconhecida por ele. Uma garota com aquele tipo de atitude não desistiria de todas as atividades perigosas recorrentes que executava apenas pelo risco de ser pega – Grande Nação-Mãe, ela até tentara suborná-lo para deixá-la continuar com as tais atividades.

A planta da casa no arquivo de Jonathan supostamente deveria ser a original, mas é claro que ele também deveria ser mais esperto que aquilo. Evelina era uma técnica prodígio, poderia ter alterado a planta ou simplesmente expandido a estrutura sem atualizar o modelo cadastrado no Sistema. Fora pega e punida porque sua posição a livrava de consequências sérias e ela pouco se lixava a respeito, não porque era tola.

Ou irritante. Ou esnobe. Ou preocupantemente esperta. *Argh*. Ele não sabia se queria jogá-la em uma das piscinas da propriedade ou se queria beijá-la até perder o ar durante a maior parte do tempo.

Pelo menos sabia que preferia jogá-la numa piscina a beijá-la.

Por um lado porque não podia, já que era terminantemente errado (ele não tinha dúvida alguma que sua irmã o castraria de verdade), e por outro porque sua protegida era enlouquecedora.

Linda, insolente, brilhante e completamente enlouquecedora.

O fato de não poder a beijar não significava que ele não flertava com ela. Durante os últimos quatro dias, Jonathan flertara com ela durante todo o escasso tempo em que se viram, porque sabia que a tirava do sério, o que era extremamente divertido.

Esbarrava nela de leve quando se aproximavam, sorria de um jeito sacana quando Evelina o presenteava com algum comentário espertinho, deixava os olhos permanecerem mais tempo nos lábios e no sorriso dela do que era recomendável... Tudo enquanto estavam sozinhos, é claro, porque não passava de uma brincadeira. Se o Ministro Marchald o visse tomando aqueles tipos de liberdade, Jonathan não apenas levaria um provável esporro, ele seria rebaixado a cadete novamente e mandado para o regimento na região mais isolada e inóspita possível. Por isso ele apenas agia como um idiota quando não havia ninguém por perto para recriminar suas ações.

Jonathan levava sua regra de não ser pego bem a sério.

E porque realmente não queria ser rebaixado a cadete e enviado para uma geleira inabitada no Comando Norcentrista, ele se aventurou no quarto de Evelina naquela manhã com uma medida drástica, porém necessária.

— Um rastreador? — Vestida com uma blusa vermelha colada de malha e leggings pretas daquela vez, o cabelo volumoso e cacheado num coque desarrumado no topo da cabeça, ela olhou para o pequeno aparelho em forma de bracelete da sua mesa de trabalho como se a coisa fosse lhe dar brotoejas. — Não acha isso um pouco demais?

Ele chutou uma roda dentada de lado para adentrar mais alguns passos na bagunça que era o quarto da sua desorganizada protegida. Quase escorregou em cinco parafusos diferentes no caminho até ela, e uma chapa de aço mal localizada por pouco não cortara seu tornozelo fora. Havia ferramentas e peças avulsas por todos os lados, e todo o cômodo era maior do que sua casa em Cobre-Magenta. Jonathan teria chamado toda a necessidade de espaço de, bom, *desnecessária*, mas era bem o contrário. Não havia mais espaço livre nem para ele ali, quem dirá para mais quinquilharias. Mal conseguia ver a cama dela, soterrada embaixo de uma pilha de papéis holográficos azulados, provavelmente sendo transmitidos do tablet sobre o travesseiro.

— Não está me dando escolha, senhorita Marchald.

Ela cruzou os braços, impassível.

— Não vou entrar no mérito ético-metafórico dessa sentença.

— Faz você bem. — Jonathan sorriu, travesso. — A questão é que ambos sabemos que você vem escondendo a localização do lugar onde passa a maioria do seu tempo, e como chega até lá.

Para seu crédito, Evelina nem ao menos vacilou, olhando ao redor e fingindo confusão.

— *Aqui* é o lugar. Gosto de trabalhar sozinha e passo todo o meu tempo aqui. — Bateu os cílios, copiosamente inocente. — O quê? Uma garota precisa sair, comparecer a festas, bordar e tocar piano em bailes para não ser considerada suspeita de crimes de escala federal?

— Você colaboraria muito com o meu trabalho se achasse que sim, mas ambos sabemos que estaria me enganando — ele suspirou, inclinando a cabeça e apontando na direção de uma das dezenas de aparelhos largados no aposento. — Onde está a bomba de água daquele radiador?

Ela piscou, genuinamente confusa daquela vez.

— Perdão?

— A bomba de água. Está trabalhando num radiador sem bomba de água... — Jonathan estalou a língua para a peça. — Nem válvula termostática, pelo que estou vendo.

— Não está completo ainda.

— E onde estão as bombas e válvulas?

Ele não era versado em um milhão de sistemas e áreas como Evelina, mas sabia um bocado de engenharia mecânica e aeronáutica. Reconhecia várias das coisas ali, e notou que ela não estava contando com esse fato, porque um vinco não muito amigável estava se formando entre as suas sobrancelhas delicadas.

— Por que isso importa?

— Porque aquele é um silenciador sem cano. — Apontou para o outro lado do quarto, para as maquinarias sobre uma mesa larga. — Aquele é um modulador sem placa ou antena de transmissão, e aquela é uma roda de tanque tático, *adivinhe*, sem nenhuma carroceria de tanque tático.

Ela o encarou em silêncio, braços cruzados, desafiadoramente inabalada.

As bolas dessa menina devem ser de titânio.

— Você jogou todas essas coisas aqui — esclareceu, apenas para a própria satisfação. — Só queria me convencer de que é onde trabalha, mas apesar dos seus esforços em ocupar todo e qualquer centímetro possível desse lugar, ainda precisaria de *muito* mais espaço para montar ou terminar pelo menos metade dos projetos que essas peças requerem. Você não quer me dizer onde é, tudo bem. — Jonathan marchou até onde Evelina fumegava calada, gentilmente tomando o pulso esquerdo dela para si. — Ou para de mexer com o que não deve, doçura, ou arrisca entregar a localização da sua verdadeira batcaverna.

Evelina sibilou baixo, resmungando ao arrancar o braço das suas mãos assim que ele terminou de afivelar o bracelete. Jonathan conteve o sorriso ao notar que a pele onde seu toque resvalara estava arrepiada.

Nunca citara que conhecia o Batman para ninguém – ninguém que soubesse reconhecer que ele falava de um elemento da cultura pré-Expurgo, pelo menos. Ficara eufórico quando Evelina demonstrara saber a respeito, já que não tinha noção de que outros tipos de registros do homem-morcego haviam sobrevivido à Terceira Guerra. Jonathan só o conhecia porque, inacreditavelmente, seu pai herdara uma coleção de revistinhas mofadas, porém ainda muito bem conservadas com camadas de vidrofosco – um material inventado pela Savór Corp para preservar superfícies frágeis. A substância formava uma película impermeável, dura e ainda flexível, sobre qualquer que fosse o objeto, e funcionara muito bem para impedir as histórias em quadrinho passadas de geração em geração na família dele de se esfacelarem com o tempo.

Embora seu pai fosse um sujeito sem coração, leal ao Sistema de um jeito doente, ele ainda tinha um apego puramente materialista na coleção, e Jonathan achava que tinha a ver com o fato dele ser o único a tê-la. Era improvável que outra pessoa no mundo possuísse tais relíquias proibidas também.

Improvável, mas não impossível, já que Evelina era familiar com a história do antigo herói mascarado. Ele queria muito perguntar quais edições ela havia lido e o quanto sabia a respeito – tinha consciência de que a coleção do pai não estava nem perto de completa –, mas se reprimiu. Nem ele nem ela precisavam de mais pontos vermelhos no histórico com o Sistema e, assim como as de Evelina, as habilidades dos hackers deles eram incomparáveis. Os dois podiam estar sendo observados ou ouvidos naquele exato instante.

Os *gadgets* de espionagem eram instalados em todos os sistemas de segurança possíveis – uma lista de palavras ou termos censurados que, quando mencionados, ativavam o reconhecimento avançado e delatavam toda a coisa diretamente ao Departamento de Censura do comando. Qualquer simples conversa tola podia te ferrar, dependendo do contexto e assunto.

Evelina pareceu pensar o mesmo, porque cutucou um martelo de bola largado na bancada atrás de si e grunhiu:

— Às vezes acho que você quer ser preso tanto quanto eu.

— Você quer ser presa?

— Não, mas...

— Exatamente. — Ele piscou um olho, ela trincou a mandíbula, e Jonathan sabia que sua finíssima protegida estava prestes a cuspir em sua cara. — Não tente tirar. Vou saber se o fizer.

— Eu *sei* como um rastreador funciona. — Evelina revirou os olhos com tanta força que ele ficou surpreso deles não terem ido parar na medula espinhal dela.

— É disso que tenho medo, então não custa reforçar. — Ele se afastou alguns passos. — Se tentar enfiar qualquer coisa nos controles ou fiação para interromper o sinal, vai te eletrocutar.

— Vai me o *quê?!* — Evelina arregalou os olhos.

Saiu do alcance dela antes que levasse uma martelada na testa em vez de uma cusparada no rosto.

— Não enfie nada nos controles nem na fiação!

De súbito, a parte de trás dos seus joelhos bateu contra algo duro, e Jonathan caiu com *clanques* e *claques* desajeitados em cima de mais chapas de aço – arredondadas e não afiadas dessa vez, milagrosamente.

Míseros segundos depois, contudo, um *tump* alto contra o concreto da parede acima da sua cabeça lhe deu a certeza de que ela tinha mesmo jogado o martelo na sua direção. Suas mãos protegeram o crânio instintivamente quando o aço pesado caiu com um estrondo na chapa à sua direita, e nunca se sentiu tão grato na vida por um tombo. Seus tímpanos chegaram a se encolher.

Então silêncio, exceto pelo retinir do material onde o martelo caíra e do rugido em seus ouvidos.

Jonathan a encarou, boquiaberto, e Evelina parecia tão horrorizada quanto ele se sentia, mesmo que suas bochechas ainda estivessem avermelhadas e os olhos de cores diferentes, faiscantes.

— Aquilo teria me acertado se eu não tivesse caído! — acusou, em cólera.

— Só ia te acertar porque está tentando me eletrocutar!

— Só vai te eletrocutar se tentar tirá-lo, porra! — Ele se ergueu com dificuldade, trombando com mais chapas e regendo uma orquestra de cacofonias metálicas. — E seria um choque de voltagem mínima! Você por acaso é *doida?!*

— Você acha que pode me dar um choque de *qualquer* tipo de voltagem e *eu* é que sou a doida?! — vociferou, furiosa.

Passos apressados soaram no corredor e os dois giraram na direção da porta, corados e exaltados, quando ela se abriu com um deslizar suave para revelar Baniwa e Ronan, as feições alarmadas esquadrinhando o cômodo e a confusão num segundo.

— O que em nome da Toda Poderosa Nação-Mãe está acontecendo aqui? — o ministro inquiriu, as sobrancelhas arqueadas para a bagunça no quarto de Evelina somada à animosidade entre a filha e Jonathan.

Eles se encararam quietos na própria ira por longos segundos, trocando uma breve conversa silenciosa por íris inflamadas.

Vai contar que atirou um martelo na minha cabeça? As sobrancelhas arqueadas dele, por sua vez, indagaram.

Não, ela cruzou os braços, desgostosa, baixando a mira para o próprio pulso esquerdo. *Vai contar que seu pequeno rastreador é capaz de me eletrocutar?*

Não, curvou os lábios, resignado. *Fico calado se você ficar.*

Fechado, Evelina deixou os ombros caírem.

— Nada, papai, eu… — suspirou, convincente. — O Capitão Arantes derrubou uma ferramenta minha por acidente, eu achei que quebraria um dos meus projetos e me enervei um pouco. Mas não foi por querer, eu admito e o perdoo.

Anos no exército não forneceram a ele autocontrole o suficiente para não revirar os olhos naquele momento, mas felizmente só Baniwa notou, e sua reação foi apenas uma risadinha de compreensão.

— Entendo — articulou o ministro, o semblante ainda incerto.

— Sabe como Lin pode ser dramática quando seus projetos estão envolvidos, meu bem — amenizou o padrasto de Evelina, a mão afetuosa acariciando suas costas.

Ela abriu a boca em revolta, mas sabiamente a fechou logo em seguida, e Jonathan conteve o sorriso.

— Certo — pigarreou Ronan, desviando o foco da desordem no quarto da filha. Para Jonathan, era apenas mais uma prova de que aquele nível de bagunça era incomum e Evelina tinha realmente tentado lhe enganar. — É bom que os dois estejam aqui porque queria informar a ambos que o centésimo segundo aniversário do Gabinete do Potentado será na semana que vem na residência do dirigente Jeong Su, e eu confirmei a presença de todos nós.

Jonathan quase assobiou baixo. Um evento na residência do dirigente, o homem no controle do Comando Midocentrista. Era mesmo aquilo que sua vida havia se tornado?

— Papai… — começou Evelina, suspirando.

— Não há escapatória para você dessa vez, querida. — Ele lançou a ela uma expressão severa, como se aquele tipo de recusa da filha em relação a festas fosse frequente. — Vários integrantes do supremo tribunal estarão presentes, se não todos eles. Será bom que a vejam socializando e entrando nos eixos.

— Pátria os salve se ela encontrar porretes pela casa do dirigente — Jonathan murmurou baixinho para si mesmo, mas talvez não tão baixo quanto pensou, porque as íris bicolores tempestuosas de Evelina se cravaram nele feito pregos logo em seguida.

— Será divertido, Lin — ronronou Baniwa, entretido. — Você e o Capitão podem valsar em uma ou duas músicas. Você dança, Jonathan?

O queixo de Evelina se escancarou ao ouvir o padrasto chamá-lo pelo primeiro nome, e Jonathan sorriu, galante. Eles haviam topado um com o outro na cozinha na noite anterior e trocado algumas ideias. O homem era simpático, divertido e surpreendentemente liberal. Fez vários comentários sobre Evelina, como se floreando de modo proposital a enteada para cima de Jonathan, e fora inevitável não achar graça.

Pelo menos um dos pais dela não ajudaria Luísa a castrá-lo caso ele fizesse alguma besteira.

Mas Jonathan diria que, muito mais do que a ameaça da irmã mais velha, a quase martelada na testa fora o que fizera suas bolas se encolherem em definitivo com a menção de Evelina.

— Apenas quando minha parceira é uma pior dançarina que eu. — Fez charme ao responder Baniwa, inclinando a cabeça, e o homem bateu palmas.

— Perfeito! Lin tem os dois pés esquerdos de um ganso com labirintite.

— Baniwa! — ela esganiçou, e Jonathan não conseguiu resistir a uma gargalhada.

Desconsiderando os arremessos de martelo, se aquilo fosse mesmo o que sua vida havia se tornado, ele não tinha muito do que reclamar.

V

Mas e os carteiros desavisados?

Quando Evelina quase quebrou o tornozelo pela quarta vez na semana tentando saltar um propulsor de energia de vinte quilos, ela decidiu que aquilo tinha que acabar.

Por mais que odiasse admitir, o Capitão de Araque estava certo. Sua tática de tentar fazê-lo acreditar que trabalhava no quarto fora extremamente previsível, mesmo que uma parte dela fosse genuína – ela realmente tinha levado algumas coisas do laboratório para cima para conseguir executar o serviço ali. Porém, a grande maioria era quinquilharia que ela e Colbie haviam selecionado aleatoriamente para enganá-lo, e fora idiota de sua parte não suspeitar que ele notaria as peças e máquinas incompletas aos montes.

Era o tipo de erro que Evelina não cometia no geral, e agora estava pagando pela ingenuidade.

Já fazia cinco dias que não descia para o laboratório ou saía para uma das suas outras atividades ligeiramente criminosas corriqueiras, e cada hora sendo obrigada a se manter longe lhe enlouquecia um pouco mais. Aquela maldita coisa em seu pulso informaria o Capitão Arantes sobre um andar inferior – que ela retirara da planta original que ele recebera com muito custo – assim que ousasse pisar no elevador, e todos os seus esforços de esconder seus movimentos seriam cinzas ao vento.

E o maldito não estava brincando em relação ao rastreador.

No segundo dia usando a coisa, ela cobrira a pele do pulso embaixo do bracelete com fita isolante, tentara usar uma bateria magnética para redirecionar a corrente – ver se conseguia mandar os pulsos elétricos para outro lugar. No instante em que sua chave sônica tentou destravar a fechadura do bracelete, minúsculas ramificações de eletricidade se espalharam do aparelho como teias de aranha em forma de pequenos raios e lhe acertaram na mão que estava segurando a chave. Evelina gritara de susto, sentindo alfinetadas leves e ainda doloridas por toda a extensão do músculo, e por pouco não jogara a ferramenta longe. Era sua chave de fenda sônica favorita, e ela teria ficado muito, muito brava se tivesse terminado em pedaços por culpa daquele brutamontes. Infelizmente, a descarga de energia acabara por desnivelar inúmeras frequências na matriz da ferramenta, e ela desejou ter mirado melhor o martelo por um mísero e fantasioso instante.

Mais tarde naquele dia, Jonathan estava sorrindo convencidamente para ela durante o jantar de um jeito que lhe dizia que o imbecil sabia o que ela tinha tentado, e sabia que tinha falhado.

Desgraçado.

Como se os flertes e sorrisos quando seu pai não estava por perto já não fossem irritantes o suficiente. Ele já até tinha desistido de fingir perto de Baniwa – seu padrasto gostava tanto do sujeito que o encorajava nas investidas desavergonhadas. Estava prestes a uni-los em matrimônio no instante em que Evelina cedesse, e ele estava certo de que ela cederia.

Uma parte dela não se importava, a parte que queria rir de todas as gracinhas dele, porque o tolo sorridente era mesmo engraçado de vez em quando, e achava que até se sentia lisonjeada. Depois de tanto tempo sem contato contínuo com seres do sexo masculino que não fossem seus pais, era minimamente agradável receber atenção de um homem jovem e bonito que parecia gostar dela.

Então Evelina se lembrava de que ele *não* gostava dela, não de verdade. Talvez quisesse seduzi-la – e se sentia como uma anciã usando o termo "seduzir" daquele modo, como se ela fosse uma virgem ingênua para o Capitão malvado deflorar –, porque bom, ela não era exatamente feia ou qualquer coisa do tipo. Suas feições eram simétricas, sua pele era lisa e seus cílios, naturalmente longos, como os da mãe tinham sido. Ela se achava bonita de um modo considerável quando limpava toda a graxa das mãos e rosto, colocava seu vestido de verão favorito e lembrava de usar blush nas bochechas ou brilho nos lábios. Baniwa dizia que Evelina tinha uma beleza de boneca quando não se encontrava enfiada num macacão com três vezes seu tamanho e os cachos não estavam achatados num coque baixo e sujo de óleo de máquina.

No entanto, mesmo que ele a achasse bonita o suficiente para *seduzir*, não seria porque queria, mas porque *podia*. Homens como Arantes, com seus sorrisos charmosos e personalidades carismáticas, estavam terrivelmente acostumados a conseguirem quais e quantas mulheres desejassem. Ela podia apostar que se tornara um passatempo para ele. Flertar, conquistar, usar, abandonar.

Bom, depois do que ela estava prestes a fazer, queria mesmo ver se Jonathan iria tão docilmente para o altar idealizado quanto Baniwa pensava. O Capitão Arantes realmente não sabia com quem estava lidando.

— Não vou ser a próxima na lista dele — grunhiu para Colbie, depois de despejar todo um monólogo sobre como Jonathan era um canalha para a autômata.

— Bom, sobra mais para mim — replicou ela, alegre. — É engraçado como você gasta tanto tempo tagarelando sobre um sujeito que supostamente diz abominar.

Isso porque ela não sabe o quanto minha cabeça tagarela sobre ele internamente, também, Evelina fez uma careta para si mesma.

O sistema de áudio da sua assistente autômata estava conectado a transmissores em seus ouvidos, para que sua voz não fosse escutada fora do quarto. Já era um perigo que a figura disforme de Colbie estivesse chiando e derrubando coisas pelo aposento a cada vez que suas rodinhas batiam em alguma quina, ela não precisava que escutassem uma segunda voz vagamente humana junto do escândalo.

Também tinha que manter a voz baixa para que não pensassem que ela tinha perdido os parafusos de vez, falando sozinha com as roldanas e placas-mãe.

— Tudo preparado? — indicou o algoritmo na matriz com a cabeça.

— Não acha que isso é um pouco demais, patroa? — As peças no rosto de Colbie se contorceram. — A estimativa de alcance é de três mil e quinhentos metros. Vai fritar até a última cafeteira dos Powell.

— Isso é o que ganham por serem vizinhos tão reclamões. — Ela se dirigiu ao pequeno console principal do quarto com um dar de ombros.

— Eles reclamam porque você liga as naves no hangar para testes de proficiência às quatro da manhã! Nenhuma das pobres roseiras deles sobrevive aos seus motores superotimizados.

Foi a vez de Evelina e seu rosto humano armarem uma expressão desgostosa.

— Eles não vão saber — tentou argumentar, mais para si mesma do que para a assistente. — Você vem sabotando a rede há três dias, causando instabilidade, não vem? Dando sinais de que um problema pode ocorrer a qualquer momento?

— Sim, mas...

— Portanto, vão achar que foi uma queda de energia.

— É um pulso eletromagnético de proporções consideráveis! — guinchou Colbie, e ela crispou os lábios. Isso porque estavam usando o sistema do quarto. Se usassem a matriz do laboratório era provável que um quarto do Potentado afundasse no caos da completa falta de poderio de carga. — Vai desligar até os marca-passos!

— Nenhum dos Powell tem marca-passos — rebateu Evelina com firmeza, mesmo que as palavras da I.A. começassem a lhe deixar insegura. Ela não queria machucar ninguém no processo. Era uma frequência baixa, então não afetaria sinapses ou correntes neurais humanas, apenas máquinas e aparelhos diabólicos como o rastreador de Jonathan.

A autômata sacudiu seu pulso com os tubos de ventilação flexíveis que formavam seus dedos naquele dia.

— E se um carteiro desavisado com histórico de cirurgia cardíaca estiver passando por perto?! Alguém com uma prótese robótica na perna?

— Toda Poderosa Nação-Mãe, tudo bem! — reclamou, nervosa. — Vamos diminuir o tempo do pulso para dois minutos, ok? Não dá para ninguém morrer em dois minutos. Eu acho.

— Teremos de transferir o rastreador bem rápido — constatou Colbie, como se ela já não soubesse.

Evelina tinha o androide preparado para receber o bracelete-prisão logo ao seu lado. O aparelho acompanhava sua oxigenação, localização e compasso cardíaco (para Jonathan saber se ainda estava respirando, imaginava), então até isso precisara programar o robô para reproduzir. Ele desligaria e ligaria novamente junto com o rastreador depois do fim do pulso eletromagnético e, com sorte, Jonathan não checaria o histórico da coisa para perceber que fora reiniciada por completo. Ele e todos os outros precisavam achar que era apenas uma queda de energia prevista – enquanto isso, ela usaria um modelo igual e falso do rastreador original no braço.

Evelina estalou o pescoço, os ombros tensos com a antecipação.

— Pronta? — Esticou o pulso na direção de Colbie, a mão livre sobre a manivela que liberaria o P.E.M.

A assistente autômata assentiu, as peças chacoalhando.

— Vai! — Ela desceu a trava com tudo, e a casa estalou e se apagou com um grande *wuuush*.

Máquinas desligadas, refrigeradores interrompidos, geradores sem carga. Elas tinham dois minutos.

De imediato, Evelina dobrou os bastões fluorescentes (a única iluminação que tinham que seria imune ao pulso) para que se acendessem. Ela ouviu a voz do pai se sobressaltando com a falta de energia, gritando para checar se todos estavam bem na casa.

— Vamos, vamos, vamos! — Apressou.

Desparafusadeiras de calibre mínimo surgiram das pontas dos dedos de Colbie logo em seguida, e sua assistente não perdeu tempo em retirar peça por peça para desafivelar o bracelete. Elas precisavam desmontá-lo porque apenas Jonathan tinha a chave, e remontá-lo rapidamente no transmissor do androide que se passaria por ela no controle de rastreamento do Capitão. Uma parte de Evelina temeu tomar choque atrás de choque de todo jeito – aquela coisa já a tinha traumatizado –, mas achava que até isso aguentaria para conseguir voltar ao laboratório. O mais importante era apenas que Jonathan não ficasse ciente.

Foi um trabalho exemplar.

Elas conseguiram parafusar o bracelete novamente com sete segundos de vantagem ao fim do pulso, e quando as luzes se acenderam e o rastreador emitiu um bipe, ele já estava firmemente afivelado numa cavidade secreta no robô, não nela.

Evelina e Colbie bateram as mãos, e mesmo que sua palma tenha latejado contra a superfície metálica dos dedos da I.A, ela não se importou nem um pouco. Jonathan tinha derrubado um peão no seu jogo, e agora ela estava prestes a lhe fazer perder um bispo.

— O Capitão de Araque mal perde por esperar — ela sorriu, perversa, para o androide já ligado e à espera de instruções. — Colbie, baixe a rota que levará essa belezinha para o Beco da Graxa.

Jonathan não estranhou o fato de que havia um androide a seguindo pela casa após a queda de energia, por sorte. Como o problema foi resolvido rapidamente, ninguém suspeitou que se tratasse de algo que não uma instabilidade breve nos fornecedores de carga.

Evelina deu ao androide algumas coisas para carregar e disse aos pais que iria ao jardim, como se o robô estivesse ali apenas como seu ajudante, quando na verdade ele precisava ficar ao seu lado para que o Capitão Arantes não percebesse que o sinal do rastreador estava vindo de uma determinada parte da casa quando Evelina se encontrava em outra completamente diferente.

Ele lhe lançou uma piscadela travessa quando ela parou na sala para dizer que sairia, e Evelina teve que morder o sorriso que quase deu a ele em resposta.

Jonathan não perdia *mesmo* por esperar.

Sabendo que ele provavelmente a seguiria em poucos minutos, ela se apressou casa afora até chegar ao jardim mais próximo, sentou numa cadeira estofada perto de um arbusto de azaleias e esperou. Jonathan surgiu no seu campo de visão menos de dez minutos depois, assobiando baixo e girando uma maçã na mão. Fingindo que ele não existia, Evelina traçou esboços de redirecionadores de propulsão distraidamente no tablet, fiel ao teatro de trabalhar ao ar livre.

E esperou. Esperou.

Esperou mais um pouco.

Então Jonathan voltou para dentro, ou porque se cansara ou porque precisava ir ao banheiro (ela não ligava), e Evelina saltou de pé com suas coisas para correr até os hangares e heliportos, o androide leal em seus calcanhares. Assegurara-se de que não havia funcionários não-robóticos por perto naquele horário, assim ela logo alcançou um pod pequeno, rápido e discreto, jogou a bolsa e o tablet no compartimento traseiro e informou a Colbie pelo transmissor da pulsotela de que ela já poderia iniciar o trajeto até o Beco na diretriz do androide que portava seu rastreador.

O mesmo androide assumiu sua aparência diante dos seus olhos, a ilusão holográfica cobrindo a forma metálica por baixo, e Evelina abriu um sorriso gigantesco, porque a imagem se sustentava com perfeição. Gastara uma fortuna nas lentes espelhadas daquela coisa, o material que permitia que sua aparência fosse reproduzida à imaculada semelhança de todos os ângulos, e não o usava apenas para enganar babás irritantes. Era útil quando precisava fazer seus pais acharem que não passava quase todo o tempo no laboratório.

No dia em que descobrisse como fazer aquilo falar de modo convincente como ela própria, era provável que ninguém nunca mais visse Evelina pessoalmente.

Iniciou os motores, ligou as turbinas, ativou o console e já estava no ar quando a tela do pod se acendeu em azul-turquesa à sua frente. Dava para ouvir decolagens da casa – os Powell podiam confirmar – se estivessem prestando atenção, o que Jonathan com certeza estava, mas ela já teria avançado quilômetros quando ele conseguisse chegar ao hangar. Após isso, seu guarda-costas com certeza lhe xingaria de algumas coisas inapropriadas e se mobilizaria para segui-la pelo rastreador.

Evelina programara o androide-holográfico para despistá-lo, não ser pego e voltar para casa ao mesmo tempo em que ela o fizesse. Pretendia estar de volta antes que o Capitão percebesse sua pequena artimanha, e continuaria usando da tática por quanto tempo fosse possível.

O pod disparou sob o céu nublado por entre os edifícios brancos e arranha-céus prateados do Potentado, apenas um pequeno ponto zunindo entre naves maiores e mais impressionantes. Aquele modelo de nave individual que usava não era o mais potente ou confortável, mas com certeza era o mais genérico: não chamava atenção nem a faria ser identificada sem esforço. O trânsito estava misericordiosamente calmo – a meteorologia previa chuva, então teria que ser rápida se quisesse voltar enquanto ainda estivesse assim – e Evelina pegou o trajeto típico até a Base Abelha, desviando de postos de controle e rotas muito utilizadas. Sabia serpentear por aquelas zonas como a palma da sua mão após mais de um ano fazendo aquilo.

A sensação de liberdade acentuada com certeza era o diferencial daquela vez.

Sem pais com altas expectativas ou padrões, sem Capitães de Araque fungando em sua nuca. Ali, com seus projetos e ideias, ela era alguém completamente diferente. Havia um motivo pelo qual Evelina nunca ia a festas aristocratas ou porque sempre evitava ser vista – fotografada – em público com os pais.

Ali ela era livre, e o anonimato era o preço.

— Em! — Bee a recebeu na central da Base com os olhos reluzindo acima de um sorriso satisfeito. — Você está viva, caralho!

Evelina — *Em*, como era chamada dentro dos círculos duvidosos da sua vida – sorriu, revirando os olhos ao receber tapinhas nas costas de uma das mulheres não-aristocratas mais bem relacionadas do Potentado.

Beatrice Leverr era uma força da natureza com quase dois metros de altura de puro músculo, cabelos loiros curtos e olhos de um tom azul elétrico que fazia tanto estrago quanto as inúmeras armas coladas ao uniforme reforçado em metacouro dela. Cabeça de uma operação de tráfico disfarçado de pequeno negócio de mecânica conhecido como Base Abelha na zona Mangal, a parte sul e menos abastada do Potentado, ela fornecia para todo tipo de pessoas, incluindo Evelina, mas era conhecida principalmente por sustentar e abastecer insurgentes.

Ou, como eles carinhosamente chamavam uns aos outros ali, *órfãos*.

— Tive alguns contratempos com o supremo tribunal — Evelina admitiu sem rodeios, porque todos ali tinham pelo menos algum vermelho no histórico com o Sistema. — Não posso ficar por muito tempo.

— Que merda. — O rosto sardento cheio de linhas duras e cicatrizes de Bee armou uma careta. — Queria que desse uma olhada em um dos decantadores. Está cuspindo combustível em vez de separá-lo há duas semanas.

Ela prendeu os cachos num coque baixo enquanto se dirigiam à escadaria do andar inferior, o que levaria à verdadeira Base Abelha.

— E por que não chamaram Julio? — provocou, sorrindo para os outros funcionários de Bee que faziam o teatro da mecânica na entrada pública do lugar.

Eles retribuíram os acenos calorosos, sem nem ideia de que estavam interagindo com a filha de um ministro. Evelina Marchald era apenas Em ali, uma jovem brilhante que vivia suja de graxa e passava mais tempo com peças do que com pessoas, como eles. Ela havia trocado de roupa dentro do pod antes de entrar, trocando seu vestido e sapatilhas por leggings velhas, uma blusa larga manchada de diesel, um sobretudo preto com capuz e coturnos.

— Depois dele ter pifado metade da minha refinaria? — grunhiu Bee, digitando a senha de acesso ao elevador antes dele emitir um bipe e se abrir para as duas. — Aquele vagabundo vai ter sorte se eu vir o nariz dele perto dos meus controles outra vez e não transformar sua carcaça em gasolina aditivada.

Evelina ainda estava rindo quando alcançaram o subterrâneo e a imensidão da Base Abelha se assomou diante delas. Uma monstruosidade em concreto escuro liso e luzes cegantes cheia de naves de segunda mão, setores de armamento, armazéns lotados de peças e transportadores de materiais.

Ela quase se sentia em casa ali. Era tão grande quanto seu laboratório, talvez maior, cheio de sibilares e rugidos, engasgos e chiados, todos vindos de máquinas e mãos diferentes. Era o que mais destoava do seu laboratório, na verdade. A Base Abelha estava sempre repleta de gente, enquanto em casa eram apenas ela e Colbie.

As duas acenaram para o pessoal da elétrica ao atravessarem a caminho dos estoques.

— Conseguiu minhas baterias de neônio?

Bee suspirou, acenando para chamar um funcionário carregando um tablet perto de uma rampa de acesso, os coldres da mulher tilintando no cinto enquanto andavam.

— Essa porra é volátil, rara e perigosa. Não foi fácil, garota, nem barato — murmurou, observando-lhe de soslaio. — Mas isso nunca é problema para você, é?

— Você sabe que não. Mande a quantia e estará na sua conta no fim da tarde.

Um bufar anasalado de escárnio, e Bee autorizou algumas transações no tablet do sujeito.

— Sabe, sempre me perguntei como uma fedelha magricela como você tem tanta grana.

O canto dos lábios da boca de Evelina se ergueu. *Ah, Bee, se você ao menos soubesse.* Ela tinha uma família rica, mas só usara uma mínima parte do dinheiro do pai para começar todos os seus negócios. Ganhara bastante ao longo dos anos vendendo seus próprios protótipos otimizados, consertando maquinarias e aprimorando geringonças.

— Eu não trabalho apenas para você, Bee.

— Desde que não trabalhe para o Sistema e continue me fazendo os melhores preços, doçura — resmungou, cumprimentando alguns mecânicos pendurados em cabos sobre um dos modelos de nave aprimorados de Evelina, uma *Videllem*. — Estou pouco me lixando.

Sempre teve a impressão de que no fundo Bee sabia quem ela era – Evelina evitava fotos e exposição ao máximo quando se dignava a sair com os pais para um evento público, mas nem sempre conseguia escapar dos flashes – e se preocupava um pouco com isso. Porém, a comandante também parecera ter decidido que uma aliança entre *Em* e a Insurreição valia muito mais do que uma entre *Evelina* e o governo, com ou sem riscos.

— Em. — Um dos operários a reconheceu, tirando os óculos de proteção, e Evelina corou ao acenar de volta para Daniel Gabaglia quando ele ergueu a voz acima da cacofonia das máquinas. — Quem é vivo sempre aparece!

— Daniel — sorriu ao assentir com o queixo, sem jeito, e apressou o passo atrás de Beatrice, a desgraçada que estava rindo baixo da reação dela.

— Você o despistaria melhor com um *outdoor* na testa.

— Ele sempre me acha! — Evelina jogou as mãos para o alto, mortificada. — O olho biônico é meu, mas a capacidade de reconhecimento avançada daquele cara é uma que empresas militares pagariam horrores pra ter em drones.

Evelina tinha se aproximado de Daniel no ano anterior, poucos meses depois de começar os negócios na Base. Ele era gentil, inteligente, e entendia de mecânica como ninguém. Com seu cabelo preto sob a touca de lã, o sorriso contido e os olhos castanhos quentes observadores, eles tinham se aproximado rápido. Ela não sabia que ele a via como mais que uma amiga até que Daniel a beijara enquanto reparavam uma caixa elétrica de um dos consoles principais de Bee juntos. As coisas avançaram e Evelina perdeu a virgindade com ele semanas depois. Ela gostava mesmo do rapaz.

Nunca o amou, no entanto.

Ele era doce, atencioso, e lhe fornecera uma experiência muito melhor do que o esperado para sua primeira vez – e em todas as vezes que se seguiram –, mas Evelina não estava interessada no tipo de relacionamento que ele desejava, então se afastaram. Ela queria que tivessem permanecido amigos, mas ele tornava isso praticamente impossível.

Daniel sempre a olhava com uma expressão dolorida no rosto quando se esbarravam na Base. Sempre fazia uma pontada de culpa cutucar seu peito quando ele demonstrava ser capaz de encontrá-la em qualquer multidão, quando se dirigia a ela com tanta saudade e anseio.

— Ele pergunta de você todas as vezes, sabia? — confessou Bee, para piorar as alfinetadas em seu âmago. — Estava preocupado, já que ficou quase um mês sem dar notícias.

Ela resmungou, se encolhendo.

— Preocupado com o quê?

— Você mesma disse que teve problemas com o supremo, garota. — As sobrancelhas loiras se ergueram, desdenhosas. — Nunca sei por que recusa minhas ofertas de ficar aqui. Toda vez que some ficamos nos perguntando se não a encontraram, se sequer vamos vê-la algum dia de novo. — Bee, incrivelmente, parecia um pouco abalada. — Você e essa sua cabecinha de gênio valeriam milhões para os ratos do Sistema. Se descobrirem isso e não conseguirem fazer com que trabalhe para eles, você está basicamente morta.

Disfarçando o arrepio gelado em sua coluna, Evelina deu de ombros ao grunhir.

— Sei que só me quer ficando aqui porque não pifo metade da refinaria.

— Isso também. — A mulher nem tentou negar, mas então ficou séria de repente. — Mas às vezes eu acho que você não considera os riscos de verdade,

Em. Acho que nunca sofreu as consequências de uma batida do Sistema em primeira mão, não sabe como são cruéis.

Evelina sabia, na verdade, mas apenas em teoria. Todos os arquivos enterrados, os relatórios codificados e documentos secretos... Sabia de muita coisa. Era talvez uma das pessoas de classe alta mais conscientes do que o Sistema era mesmo capaz de fazer.

Mas Bee estava certa em partes, porque ela *não* considerava os riscos de verdade. Era a filha de um ministro. Podia correr para casa durante uma batida, trocar de roupa e voltar a parecer a menina rica e mimada para todo o resto do mundo, e quem ousaria desconfiar dela?

— O Sistema está agressivo desse jeito porque vocês vêm causando confusão por nada, Bee — acusou Evelina, referindo-se à Insurreição. — Lutas armadas no Beco da Seda porque um tenente tentou multar uma comerciante negociando artesanato censurado?

Desde Ardósia-Ciano, inúmeras bases insurgentes tinham sido desmascaradas e destruídas. O Sistema estava furioso com as repercussões do caso, e os rebeldes ficavam cada vez mais coléricos com a reação do Sistema. Era um ciclo de violência perigoso que não parecia ter fim.

— Artesanato censurado? — rosnou Beatrice, os olhos de tempestade de raios se estreitando. — Em, eles esmurraram uma senhorinha porque ela chamou seus pratos pintados de "Jiki". É como os ancestrais dela chamavam, é como a mãe dela chamava.

O coração de Evelina se apertou no peito. Era desumano, mas havia uma razão por trás das regras do Sistema.

— É um erro tolo — insistiu, questionadora. — Não justifica a agressão. Nada justifica isso. Mas por que infringir a lei tão abertamente se sabemos que a resposta será essa? Por que ela não chamou o prato apenas de "prato"?

Expressões idiomáticas de antes da fundação da Nação-Mãe eram proibidas. Todos falavam a mesma Língua Mãe nos três Comandos, e até sotaques ou dialetos eram reprimidos. A regra fora instituída para facilitar a comunicação e a integração das poucas milhares de pessoas que restaram após o Expurgo, mas também para evitar conflitos étnicos, comuns nos tempos prévios à Terceira Guerra. A mesma coisa acontecera com os antigos países e continentes; foram apagados da história, e Evelina só sabia a respeito deles porque, bom...

Ela não considerava *mesmo* os riscos. Seu privilégio a deixava relaxada, inconsequente. Sabia de tanta coisa porque acessava e hackeava o que não devia, e compreendia que o Sistema estava tentando evitar o retorno daquela época: povos que se desentendiam e matavam por bobagens como línguas diferentes, falta de diálogo diplomático. Linhas que dividiam territórios como muros e causavam batalhas sangrentas por conquistas materiais, pessoas que se sentiam superiores a outras por esses mesmos motivos.

Se todos soubessem daqueles fatos, será que condenariam tanto as ações do Sistema?

No entanto, agora esse mesmo Sistema estava sendo agressivo por bobagens como chamar um prato de outra coisa em vez de *prato*. Evelina achava monstruoso que o governo fosse violento com o povo para reforçar aquelas leis, mas ainda entendia porque as leis eram necessárias.

— Você não percebe? A cada coisa que padronizam ou censuram, uma parte da nossa identidade é extinta — devolveu Bee, com uma expressão decepcionada para ela. — E identidade importa, Em. Não era só um "prato", era toda uma cultura. Daqui a pouco nem sobrenomes serão permitidos, e quando menos esperarmos estaremos nos chamando de "civil 44" ou "indivíduo ATH-865".

O braço dela se ergueu na direção da enorme parede traseira da Base, onde letras estilizadas estavam pichadas em vermelho sangue no alto do metal, ao lado do símbolo da Insurreição. Evelina não precisou seguir o gesto para saber o que estava escrito. As palavras tinham arrepiado até seu último fio de cabelo quando as leu pela primeira vez, praticamente marcadas a ferro desde então em sua mente:

De todas, a mais antiga lição: morrer pela pátria ou viver sem razão?

Era a adaptação de uma música datada de muito antes do Expurgo. Fora transcrita originalmente de um dialeto latino antigo, prévio à Língua Mãe, oriundo da costa leste do oceano midocentrista, cujo território costumava ser chamado de América do Sul. Quando ela tinha pesquisado a tradução da letra da canção inteira a fundo, chegou a chorar um pouco sozinha em seu quarto após ler as palavras cruas e cheias de um significado dolorido.

— Tendo consciência disso ou não, Em — Beatrice murmurou, soturna, a expressão grave. — Somos todos órfãos.

Evelina crispou os lábios, sem querer estender o assunto. Ela sempre terminava se inflamando com os discursos de Bee. Sabia que era errado apoiar a Insurreição, sabia que poderia ser presa, mas não conseguia deixar de se importar. A causa fazia sentido, mas a violência usada de ambos os lados não. E, apenas porque o Sistema tinha mais recursos e poderio de fogo em um nível esmagador, ela decidira tentar ajudar aqueles sonhadores ingênuos a equiparar o nível. Poucos sabiam, mas a Insurreição só havia ganhado aquele espaço considerável por causa dos seus protótipos. Há pouco mais de um ano, ninguém sabia quem eram os rebeldes porque o Sistema os massacrava com eficiência à medida que iam surgindo, mas agora...

Talvez, dizia uma parte tola dentro dela, talvez se os insurgentes chamassem atenção o suficiente para o que importava, o Sistema escutaria e se adaptaria. Mas ela nunca poderia estar relacionada a isso. Evelina Marchald nunca sonharia em saber a localização da Base Abelha, muito menos em negociar com a comandante de operações dela. Tinha muito a perder – Baniwa e o pai, principalmente, tinham muito mais que ela.

Era um dos motivos para se manter calada, permanecer discreta, esconder seu laboratório e projetos. Por isso se desdobrara em duas – literalmente – para despistar Jonathan naquele dia. Jonathan, que era um Capitão do Sistema e lutara em Ardósia-Ciano contra os insurgentes.

Porque pior do que descobrir que Evelina mexia com maquinarias e leilões ilegais seria descobrir que ela era uma simpatizante vital à Insurreição.

VI

Vou definitivamente matar aquela garota (isso se ninguém chegar antes de mim)

Jonathan estava convencido de que passar tanto tempo sem convívio social inalando gases insalubres em meio a metais pesados tinha deixado Evelina Marchald biruta.

Completamente desorientada da cabeça.

Onde aquela garota achava que estava *indo?*

Ele checara o *prompter* do rastreador mais de três vezes enquanto corria até um dos pods disponíveis no hangar, xingando e arfando feito um infeliz. Ainda estava funcionando, o bipe que indicava sua desmiolada protegida estava se movendo na direção sul do Potentado normalmente. Ela tinha conseguido um modo de hackear e desviar o sinal, talvez? Impossível. Aquilo era tecnologia militar de ponta, normalmente usada para ser inserida na corrente sanguínea de prisioneiros de classe periculosa grave e históricos frequentes de fuga – insurgentes, em sua maioria.

Estava fazendo aquilo apenas para tirá-lo do sério, Jonathan não tinha dúvidas.

Ela saíra com uma vantagem de minutos inteiros, poderia fazê-lo rodar atrás dela como um idiota até que se sentisse inclinada a retornar para casa. E, se ele não a alcançasse logo e algo acontecesse com aquela garota gênio maluca no ínterim, ele muito provavelmente perderia o emprego.

E teria de deixar a casa Marchald. E sua cama com massagem e aquecimento regulado. E seu acesso a toda aquela tecnologia de última geração. E Tiddy e sua comida orgástica.

Nunca.

Evelina realmente não sabia o quanto ele era capaz de lutar por mais tempo se empanturrando com os pratos da cozinheira particular da família Marchald.

A vantagem de ser um militar de alta patente era que Jonathan conseguia pilotar a uma velocidade e nível de altitude bem acima do permitido quando a situação justificava, e ele não conseguiria dar justificativa mais adequada do que o precoce fim da sua carreira. Imaginar Luísa lhe dando uma surra e nunca mais falando com ele ajudou um pouco na pressa.

O pod gemeu e sacudiu sob suas mãos quando Jonathan o forçou um pouco mais além do seu limite, cautelosamente consciente dos controles apitando em amarelo e laranja acima da sua cabeça. Por mais agradável que fosse voltar a pilotar depois de mais de três meses – basicamente uma eternidade para quem costumava voar toda semana e cujo frio na barriga nunca perdia a graça –, ele estava preocupado demais com Evelina para aproveitar a viagem de forma satisfatória. Além disso, precisava ficar atento às nuvens carregadas acima; mais um pouco de altitude e ele seria derrubado por um raio.

Se aquela garota o fizesse persegui-la por aí durante um temporal, ela teria sérios problemas.

Jonathan começou a achar que o pod se desmantelaria no ar com ele quando Evelina finalmente desacelerou e reduziu o ritmo o suficiente para que ele pousasse; em um hangar pago de confiabilidade duvidosa ao lado do Beco da Graxa.

Isso só pode ser brincadeira, ele rosnou consigo mesmo ao saltar para fora do pod e dar as chaves a um manobrista com olheiras fundas e dedos ávidos. *Ela nunca seria tão previsível ou ingênua.*

O Beco da Graxa era um dos destinos mais frequentes de Evelina, de acordo com seu arquivo. Ela sabia que ele a procuraria ali, com ou sem rastreador. Por que iria para um lugar tão óbvio? Será que a entrada do lugar onde ela trabalhava era ali? Será que o tal lugar tinha um sistema de interrupção de sinal? Jonathan apertou o passo, por pura e ansiosa precaução. Alguns raros metais e antenas repulsoras conseguiam desestabilizar o rastreador, e ele não queria arriscar que Evelina tivesse um deles ao alcance na sua batcaverna secreta.

Ele desceu vários níveis terrestres de rampas escuras e escadas enferrujadas para adentrar o território do Beco, e um painel pichado em vermelho sangue o recebeu logo na entrada:

A MÃE ANIQUILA. A MÃE ALIENA. A MÃE ABANDONA.

E abaixo, ao lado do símbolo da Insurreição pintado também em escarlate – o emblema do Sistema invertido, com o triângulo dentro do círculo englobando a esfera de três linhas grossas e três linhas finas em vez do contrário:

Somos todos órfãos.

Após as palavras lançarem um arrepio gélido pela sua coluna, Jonathan se sentiu grato por não ter colocado o uniforme naquele dia, mas lamentou não ter vestido o colete à prova de disparos por baixo da camisa. Seu blaster estava no coldre afivelado em seu ombro, contudo, apenas uma jaqueta marrom cobria a arma, o tecido e sua pele abaixo, e uma calça escura com botas de combate finalizavam o visual que escolhera naquela manhã.

Se tivesse se decidido pela farda, provavelmente seria apedrejado e linchado por aquelas ruas. Qualquer militar que aparecesse por ali sozinho era ou burro, ou corrupto até a bunda. Ele se perguntou se não se encaixava na primeira alternativa, já que estava potencialmente exposto em uma área anti-Sistema rodando atrás de uma garota com pelo menos alguns neurônios disfuncionais na cabeça.

Ele iria sacudi-la até disfuncionar mais alguns quando a encontrasse.

A zona Mangal era quase na borda da ilha flutuante do Potentado, o epítome concentrado do que significava viver na parte sul. Basicamente todos ali eram classe C, e se houvesse alguma D, a zona sul seria onde estariam também. Todo tipo de atividade ilegal ocorria por ali, mas quem não pagava uma taxa aos militares responsáveis pela área sempre recebia batidas e tinha suas mercadorias apreendidas ou destruídas. O cheiro era terrível, as pessoas se amontoavam ao redor das tendas e estruturas precárias para tentar vender ou comprar o que quer que precisassem, e a baixa renda de todos ali era gritante. O Sistema "não deixava" ninguém passar fome com as rações de comida sintetizada, mas às vezes era muito mais sério que isso. Muitas pessoas ali estavam tão afundadas em dívidas e problemas que trocar comida por mais um dia de perdão no débito ou mais uma carreira de droga soava mais atraente que impedir a fome de te corroer.

Um dos colegas de regimento de Jonathan nascera na zona Mangal; numa noite de bebedeira o sujeito confessou que seus pais tinham trocado rações pelo dinheiro para mantê-lo na academia e só tinham parado de passar fome quando ele fora promovido a segundo-tenente, com sustento o bastante para tirar a família da miséria. Ele fora um dos que tiveram sorte. O Potentado Aéreo, por exemplo, era uma das poucas regiões populosas nos Comandos sem áreas com traços de radiação ou ruínas da Terceira Guerra. A zona Mangal era ruim, mas pelo menos estava limpa de energia alfa. Muita gente na Nação-Mãe ainda sofria com fome, recursos escassos *e* cânceres causados por vestígios seculares de bombas atômicas.

Jonathan odiava tudo aquilo. Com todas as suas forças. Odiava quem o exército lhe fazia ser. Depois do que acontecera em Ardósia-Ciano, principalmente... Soltou um suspiro resignado.

Odiava que mesmo após toda a evolução tecnológica da humanidade dos últimos séculos aquilo ainda fazia parte do cotidiano de uma parcela da população. Talvez o progresso e a miséria fossem irmãos opostos e ainda indissociáveis; uns não podiam avançar sem passar por cima de vários.

O Sistema dizia que ninguém estava preso à classe na qual nascia – se você conseguisse se elevar profissional ou financeiramente, sua classe era reavaliada e você subia acima na cadeia alimentar. Era uma meritocracia doentia que funcionava para poucos, porém iludia muitos. A família de Jonathan conseguira elevar o próprio status com as carreiras militares, mas o preço fora a lealdade deturpada ao Sistema que exigia que ele e Luísa lutassem em conflitos absurdos e ameaçassem civis indefesos. O Beco da Graxa estava cheio de gente como os dois, gente de quem o Sistema cobrava e consumia num nível mais doloso e imoral.

Antes de conhecê-la, Jonathan nunca teria imaginado que esse era o tipo de lugar no qual Evelina se embrenhava.

O bipe em seu *prompter* dizia o contrário, com a localização da sua protegida se movendo com rapidez para a área à sua direita. À medida que se apressava naquela direção e encontrava peças de segunda mão ao lado de geradores antigos e pilhas de ferramentas velhas, ele percebeu que era a parte de trocas do Beco da Graxa. A cal no chão deixara suas botas e calças escuras praticamente acinzentadas. Sua hiperatividade o fazia suar, se distrair com quinquilharias e mover as mãos de modo inquieto mesmo rodando há pelo menos quarenta minutos, seguindo o rastreador e sendo encurralado em muretas e barreiras de vendedores ambulantes tantas vezes que ele pensou ser capaz de abrir caminho até Evelina a tiros de blaster.

Ela provavelmente sabia se virar ali muito melhor do que ele, já que viera inúmeras vezes àquela pocilga, mas Jonathan não conseguia desfazer o aperto no peito. Grande Nação-Mãe, ele quase foi assaltado duas vezes e um sujeito grandalhão chegou a tentar lhe intimidar a ceder o *prompter* do rastreador para não ganhar uma surra, mas tudo que precisara fazer para se livrar dele foi afastar a jaqueta e mostrar a arma no coldre.

Jonathan tinha certeza de que perdera pelo menos cinco anos de vida caçando a maldita daquela garota e se preocupando pela segurança dela naquele lugar.

Ele seguiu o bipe de volta pela extensão do Beco, e percebeu que Evelina estava indo na direção da rampa de acesso principal – pretendia voltar e ir embora. Correndo na frente e esbarrando em vários transeuntes raivosos no caminho, seus pés o levaram até as escadas e elevadores para subir de volta ao nível civil do Potentado com o dobro da velocidade dela. Ele se posicionou numa curva na esquina quase vazia de entrada e saída pelas docas aéreas, e esperou.

Quando teve o vislumbre dos olhos bicolores sob o capuz escuro da figura se aproximando da saída, seus ossos quase derreteram de alívio. Ela parecia ilesa, graças a tudo que era mais sagrado.

Jonathan estava tomando fôlego para iniciar a maior bronca de toda a sua vida quando um enorme vulto surgiu do maldito nada e prensou Evelina contra a parede do corredor escuro com força.

Ele arregalou os olhos, xingando e correndo na sua direção de imediato, o peso confortável do blaster já em sua palma. Porra, de onde o sujeito viera?

— Você não quer fazer isso, amigo — rosnou para a figura que a prendia ao alcançá-los, de costas para ele e para a mira do seu gatilho. — Deixe a garota ir.

Nada. Nem ao menos um bufar de escárnio ou olhada de esguelha.

— Ei! Estou falando com você, porra! — ele ergueu a voz, a raiva permeando seu tom. Surpreendentemente, Evelina estava tão calada quanto um túmulo atrás da sombra do sujeito. E se ele tivesse alguma lâmina pressionada contra ela? — *Solte. A. Garota.*

O sujeito se virou, a garganta de Evelina firmemente presa no seu agarre, e o dedo de Jonathan quase escorregou no gatilho ao notar que não era um sujeito.

Era um androide.

Tinha uma aparência vagamente humana, como se não passasse de uma armadura para um soldado embaixo do metal, mesmo que fosse maior que um homem comum e um visor vermelho retangular sobressalente substituísse o lugar onde os olhos deveriam estar. A estrutura metálica era reforçada com peças largas nos ombros e outras articulações, e todo o material parecia de qualidade. Sendo honesto, agora que a coisa se virara parecia... parecia um autômato militar.

Será que estava ali para punir sua protegida por ter desobedecido o supremo tribunal? Rastreá-la e apreendê-la?

Jonathan estava muito estupefato para reagir até o androide erguer Evelina um metro acima do chão pelo pescoço, voltando o foco para ela.

— *Largue-a!* — ele gritou, os olhos arregalados, a arma firme no pulso. — Regimento 77B do Comando Militar Midocentrista da Nação-Mãe, capitão de encargo 111012, desativar protocolo de assalto ofensivo! — Ele não a largava, e o desespero começou a pressionar seus pulmões quase tanto quanto o robô fazia com os de Evelina. — Desativar protocolo! *Desativar sistemas gerais, porra!*

Mas o androide não obedecia. Não parava de apertar a garganta dela, e o corpo magro estava mole e inacreditavelmente inerte sob a pressão da força dele. O capuz escondia a maior parte do seu rosto, mas Jonathan imaginava que Evelina já devia estar roxa a esse ponto, o que não colaborou em nada para o pânico prejudicando a capacidade cognitiva dele.

Não era possível que tivessem deletado sua autoridade sobre agentes autômatos por causa da punição, ele ainda era um soldado. Algo devia estar errado com aquele modelo em específico, porque nenhum androide combatente era programado para atacar humanos daquela maneira – podiam ser hackeados e causar massacres, por isso os únicos modelos existentes eram feitos exclusivamente para patrulha ou supervisionamento de investidas militares, sem armas ou peças que conseguissem exercer aquele tipo de força. Nenhum podia engajar táticas possivelmente letais contra pessoas, era uma lei rígida do Sistema em todos os Comandos.

Podendo ou não, aquele estava muito possivelmente sufocando Evelina, por isso Jonathan não hesitou.

Seu blaster atirou três vezes contra o braço do androide que a segurava acima do chão, e o membro da coisa ardeu e chiou, danificado lateralmente em uma mistura estranha de metal, fios desencapados, um líquido verde estranho e... Aquilo era carne? Mesmo com todos os fluidos nojentos, parecera só um golpe superficial. O tiro deveria ter explodido metade do robô.

Evelina caiu com um clanque alto.

Jonathan se sobressaltou, e o androide demonstrou tanta surpresa quanto ele – e Jonathan realmente não sabia que androides conseguiam demonstrar qualquer coisa. Antes mesmo que se recuperasse do choque, a perna do agente autômato psicopata subiu e esmagou o torso de Evelina.

— *Não!* — Jonathan berrou, o blaster subindo no mesmo instante para explodir a cabeça daquela coisa, disparando sem parar contra a maldita da carcaça metálica mesmo enquanto seu coração parava entre suas costelas.

Apenas para que ele descobrisse que o material daquela região rechaçava os disparos como luz refletida num espelho. Ele se abaixou por instinto, os batimentos descontrolados, quando uma das descargas de calor quase acertou seu ombro, batendo nas paredes do corredor com estrondos e fazendo algumas pessoas gritarem nas proximidades.

Estava preparado para avançar, continuar atirando, fazer qualquer coisa para tirar Evelina de perto daquela coisa, quando o androide defeituoso de súbito estancou a ofensiva e se afastou por conta própria dela.

Ou do que Jonathan achava ser Evelina, pelo menos.

Era outro androide, coberto por uma ilusão gráfica assustadoramente bem-feita, que agora estava falhando. A imagem da sua protegida oscilava acima do robô, tentando substituir metal por pele e roupas, a reprodução holográfica congelando e vacilando com os danos feitos pelo androide que a atacara. Para montar uma ilusão convincente como aquela, o algoritmo do programa precisaria de horas e horas de vídeo e reconhecimento avançado da anatomia e aparência de Evelina.

Ou seja, a própria o desenvolvera e montara para enganá-lo.

— Aquela merdinha de garota gênio — ele sibilou consigo mesmo, baixando a arma e olhando para o androide em curto com uma irritação crescente.

Porém, não era Evelina, e o alívio diante dessa constatação quase o colocou de joelhos.

Não é Evelina. Não é ela.

Mas o rastreador… Aquilo não era possível. Ele o tinha colocado numa versão androide também? Sem chance. Tocara o braço dela, afivelara o bracelete em volta de pele quente e macia, não de uma peça metálica. Evelina arranjara algum jeito de retirá-lo sem notificar seu *prompter*. Essa era a parte impossível. Ele checou o histórico do rastreador e achou… nada.

Seu estômago pesou feito uma pedra e Jonathan piscou para todo aquele *nada* que agora preenchia o visor do *prompter*.

Nada além das leituras daquela manhã, sendo que Evelina já estava usando o rastreador há dias. Os relatórios de atividade dela daqueles mesmos dias não estavam mais lá. Seu aparelho fora reiniciado. Mas Jonathan estivera com ele o tempo todo! A única coisa que ocorrera de incomum fora… fora… A queda de energia, mais cedo.

Que não fora uma queda.

Puta merda, fora um pulso eletromagnético. Aquela maluca desligara absolutamente tudo num raio de quilômetro apenas para poder tirar o rastreador do pulso. Era brilhante, na verdade, e ele odiava admitir que tinha subestimado Evelina, e subestimado *muito*. Seu *prompter* fora resetado e Jonathan nem ao menos notara, porque quando o rastreador ligara de novo ele já estava reposicionado no androide holográfico daquela… daquela…

Porra, sua mãe lhe dera mais educação que aquilo. Ele realmente não queria xingá-la, mas por tudo que era mais sagrado na desgraça da Pátria… Jonathan achou que aquela coisa a tivesse matado. Ele não teria aguentado vê-la com o peito prensado com aquele golpe, o corpo mutilado e destruído, os olhos bicolores vazios e…

A irritação estava muito perto de se tornar cólera em seu âmago.

— *Você!* — Ele resolveu descontar a fúria na coisa mais próxima, avançando na direção do androide psicopata com os olhos faiscando, mandíbula retesada. Seu diafragma ainda parecia ter sido atropelado por um rolo compressor. — Que *merda* você estava fazendo?! Não me escutou desativando seu protocolo de assalto, porra? A qual unidade você pertence?

Será que o autômato ao menos sabia que era um androide holograma? Que estava destruindo outro robô e não uma pessoa? Não podia ser, ele... Ele teria sido informado se o Alto Comando tivesse decidido matar Evelina, não apenas a vigiar. *Certo?*

Certo. Aquilo era só um caça androides. Talvez fosse até programado para caçar aqueles tipos de rogue-trapaça, mas por que não se reportava nem respondia a Jonathan?

O androide o encarou, estático. Tinha uma forma humanoide, estranha e avançada. O braço que ele atingira (provavelmente não era feito do mesmo material refletor impenetrável da cabeça e do tronco) ainda pingava fluidos e chiava faíscas no chão. Jonathan empurrou o ombro metálico com o blaster, a ira borbulhando em suas entranhas.

Porra, todos queriam acabar com a pouca sanidade que lhe restava naquele dia.

— Responda, agente! — vociferou no rosto vagamente robótico, o visor vermelho imaculado mesmo após os tiros. Ainda nenhuma resposta. — Capitão de encargo 111012, seu superior *ordena que responda!*

Isso pareceu fazer o visor brilhar com outro tipo de luz de reconhecimento, piscando mais forte por um segundo.

— Ordem declinada. Superior não reconhecido — disse o androide de súbito, num tom mecânico.

— Não reconhe... — Jonathan piscou, incrédulo. — Que diabos? Quem é seu superior?

Talvez a coisa fosse programada para responder apenas patentes acima da dele, mas nunca tinha ouvido falar desse tipo de agente autômato. Todos estavam sujeitos à autoridade até mesmo de simples cabos, o soldado mais inferior.

— Superior não reconhecido — repetiu a coisa, apenas.

— Porra de aberração. — Ele empurrou o androide outra vez com força, e a carcaça mal cambaleou. *Nenhum* androide era tão pesado. Que merda era aquela? — Se dirija ao posto de operação mais próximo para checagem e reparos, ordem de caráter urgente.

— Ordem declinada. Superior não reconhecido.

Jonathan cerrou os punhos.

— Você claramente possui um defeito na programação e no reconhecimento de atividade externa. É substancial que se dirija...

— Ordem declinada. Superior não reconhecido.

E, só porque estava puto além de qualquer limite, Jonathan ergueu o blaster novamente e disparou até arrebentar o outro braço do androide, até a parte inferior do membro explodir e espalhar aquelas coisas repulsivas para todos os lados, então girou nos calcanhares e foi embora.

E Evelina teria sorte se ele não fizesse aquilo com todos aqueles brinquedinhos caros dela. Caralho, aquela fedelha não tinha o direito de o assustar daquele jeito, de enganá-lo para... Quando olhou por cima do ombro, incrivelmente, o androide permanecia parado, inerte mesmo com um braço danificado e o outro pela metade.

Ele inspirou fundo, tentando acalmar o sangue rugindo nos ouvidos, os dedos tremendo no gatilho da arma. Jonathan não dava a porra da mínima. Ele faria as orelhas de Evelina queimarem com a bronca que estava se acumulando na base da sua garganta já há mais de uma hora.

A garota gênio estava declarando guerra?

Ele iria mostrar exatamente o quão infernal conseguia fazer um campo de batalha se tornar.

VII

Será que ele consegue ser menos atraente me descascando verbalmente? Ou menos atraente no geral?

Quando ela voltou para casa e seu androide holograma não apareceu pouco depois, Evelina começou a ficar inquieta.

Depois, quando ela e Colbie checaram a localização do robô e descobriram que não havia localização nenhuma, a verdadeira preocupação se instalou na boca do seu estômago. O sinal fora interrompido. Nem os reprodutores cardiométricos ou de oxigenação estavam sendo emitidos para relatório.

Por fim, quando ela e seu nervosismo ficaram de olho nas câmeras de segurança da entrada e viram Jonathan – com uma expressão levemente homicida – passando pelo *hall* com um androide destruído jogado no ombro, a preocupação foi rapidamente substituída por descrença e então por raiva.

Batidas breves e secas na porta do seu quarto pouco depois precederam o Capitão Arantes, e uma incredulidade horrorizada a preencheu quando ele largou a carcaça metálica arruinada de qualquer jeito sobre a sua bancada.

— O que você *fez* com meu androide?!

Estava irrevogável e totalmente danificado. Havia um enorme rombo amassado na estrutura central, como se Jonathan tivesse jogado uma bola de bilhar de um lugar *bem* alto em cima da região. Ela mal conseguiria reutilizar o escasso resto daquela bagunça.

O Capitão soltou um bufar seco, ainda que sua mandíbula estivesse trincada e seus olhos azuis, inflamados num cobalto escuro e faiscante. Era um pouco estranho. Evelina estava acostumada a ver aquelas íris num tom vívido, reluzente e bem-humorado, e meio que queria sua versão amigável de volta.

Jonathan não estava feliz, mas bom, ela também não estava.

— Não quer perguntar o que seu androide fez com a minha sanidade? — grunhiu, num tom ameaçadoramente calmo.

— Claramente já havia algo de errado com a sua sanidade antes dele, garoto! — guinchou ela, aproximando-se para analisar a lataria irrecuperável, chutando algumas tralhas para fora do caminho. — Como você ao menos *conseguiu* fazer isso? Olha o estado das lentes do tronco! Sabe o quanto essas coisas custaram...

Foi a coisa errada a se dizer, porque qualquer fusível que estivesse mantendo o autocontrole de Jonathan em cheque simplesmente pifou e explodiu.

— Vou te dizer *exatamente* o quanto toda essa brincadeirinha custou, Marchald — vociferou ele, avançando até quase colar o rosto no dela e encurralando-a contra a mesa com um braço de cada lado do seu corpo. — E quero que preste muita, *muita* atenção.

Ele usou meu sobrenome, assimilou devagar. *Só meu sobrenome. Como se eu fosse um camarada soldado no qual ele pudesse meter um soco no nariz.*

Ah, ele não estava *nada* feliz.

E ainda que o Capitão não a estivesse tocando, a proximidade gritante ainda arrepiou cada centímetro da sua pele, fazendo os olhos de Evelina se arregalarem em choque e embaraço. Ele estava tão perto que ela chegou a perceber, pela primeira vez, que o nariz dele era pontilhado por sardas discretas ao longo do comprimento.

— Você não tem permissão para sair sem minha escolta. Não vai ficar nem a mais de quinze metros de distância de mim — a voz baixa e austera de repente tornou tudo pior. — Estou me mudando para o quarto ao lado do seu, e vou injetar o rastreador na sua corrente sanguínea dessa vez.

Os olhos de Evelina se tornaram pratos.

— O cômodo ao lado do meu quarto é uma sala! E você está louco se acha que vou deixá-lo colocar um rastreador nas minhas veias!

Os tons estavam escalando rápido ali. Baniwa e seu pai não deviam estar em casa, ou com certeza já teriam vindo checar toda aquela gritaria.

— Vou dormir em um tapete ao lado da sua cama se preciso, Evelina, e você é quem está louca se pensa que não levo meu trabalho a sério. — Seus olhos se reduziram a fendas, puro comando e ameaça. —Você pode ser a filha de um ministro, mas eu ainda sou um oficial de patente reconhecida e autorizada a exercer força sobre civis insubordinados, encarregado especificamente da sua segurança e custódia. Pirrace o quanto quiser, Marchald, mas nenhum juiz ou santo vai te dar razão nessa briga.

Ela não sabia daquele lado de Jonathan, e por mais que estivesse impactada de um jeito insignificante com sua revelação, Evelina ficou tão indignada que a atração se tornou apenas um zumbido irritante no fundo da sua cabeça.

Sou um oficial de patente reconhecida e autorizada a exercer força sobre civis insubordinados.

Será que ele dizia isso antes de apontar armas para inocentes? Dera um discurso semelhante antes de fazer vítimas em Ardósia-Ciano e receber uma medalha de capitania por isso?

Ela *sabia* que ele ficaria bravo se descobrisse o androide, por isso tinha feito de tudo para *não* ser pega, programado a rota com cuidado para que seu holograma passasse pelos lugares mais confusos do Beco, para desorientar Jonathan e fazê-lo se perder. Ela precisava falar com Bee, passar à comandante alguns documentos e buscar suas baterias, não podia arriscar que o Capitão a encontrasse e colocasse toda a Base Abelha em risco.

Mas ele a pegara, percebera sua artimanha e tudo bem, tinha o direito de ficar irritado. Mas *destroçar* o modelo daquela maneira? Agir como um babaca controlador e violento?

Evelina estava quase mais decepcionada do que enfurecida, e simplesmente não tinha saco para tolerar aquilo.

— Você *destruiu* meu androide e agora quer me tratar como um neandertal psicopata que...

— Não fui *eu* quem destruí a porra do seu androide, Evelina! — ele rugiu, do nada. — Por mais puto que eu esteja, eu nunca teria feito isso! Caralho, eu achei que aquele androide era *você*, e quase morri do coração quando um autômato defeituoso pra cacete atacou a merda do seu robô e fez parecer que sua caixa torácica tinha sido *esmagada, porra.*

Toda Gloriosa Nação-Mãe, ela nunca tinha escutado tantos palavrões condensados juntos.

Ela piscou, muito estupefata para absorver todas as informações (e os impropérios) de imediato.

Um autômato tinha atacado seu androide? E feito *aquilo*, quase achatado o meio do robô por completo?! Era a maior baboseira que ela já tinha ouvido. Um bufar de irritação e desdém deixou seus lábios.

— Nenhum autômato tem permissão ou programação corruptível para agredir huma...

— Você não escutou a parte do *defeituoso pra cacete?* — Jonathan arreganhou os dentes. — E seu androide *não era* um humano, era?

— Se parecia o bastante com um! — rebateu ela. — Fora que autômatos não têm nem peças com capacidade o suficiente para fazer esse tipo de estrago! São feitos com metais inferiores, justamente...

— E você acha que *eu* tenho?! Evelina, quer saber? *Foda-se* — ele rosnou, além de qualquer razão. — Não ligo para o que você pensa que eu fiz ou não. Tudo o que precisa saber é que você não vai mais respirar sem que eu saiba onde está, fui claro?

A boca dela se escancarou em revolta.

— O quê?! Não! Não foi coisa nenhu...

— *Chega, Evelina!* — Ele a agarrou pelos ombros e a sacudiu, os olhos injetados. — Eu não sei se aquela coisa estava lá pelo androide ou por você e não vou arriscar descobrir, caralho! Você não viu o que eu vi! O autômato te teria morta em *segundos* e o que diabos eu diria aos seus pais, Evelina?! *Como eu viveria comigo mesmo?!*

O peito dela se encolheu com a emoção crua nas palavras enfurecidas.

Preocupado, ele... Ele estava bravo daquele jeito porque se preocupara. Se preocupara muito.

Com ela.

Isso era no mínimo desconcertante. Evelina estava cética em relação ao autômato, mas não duvidava da reação de Jonathan. Porque algo que fizera *Jonathan*, sempre sorridente e divertido e zombeteiro, agir daquele modo... Tinha que ser sério. Ele não conseguiria fingir algo assim, e o dano em seu androide holograma era prova o suficiente do estrago que "aquela coisa" conseguia fazer, mesmo que tal fato não devesse ser possível.

E se o dito autômato tivesse ferido Jonathan também? Matado-o? Como *Evelina* viveria consigo mesma, sabendo que a culpa recairia sobre ela? Talvez o supremo tivesse colocado um autômato beta mais agressivo na cola de infratores como ela, para punir e assustar se tentassem infringir a lei novamente. Era uma possibilidade dolorosamente real.

Você não considera os riscos de verdade, Em, a voz de Bee ecoou em sua cabeça.

— Desculpe — Respirou baixinho, o coração pequeno no peito. — E-eu nunca quis machucar ninguém.

Doía no seu orgulho, mas doía mais na sua consciência.

Talvez ela se importasse... Só um pouquinho... com o que o Capitão Arantes pensava dela.

Bem pouquinho.

A expressão furiosa dele se desmanchou, e Jonathan pareceu cair em si, aquelas íris azuis suavizando com surpresa e remorso.

Suas mãos a soltaram de imediato.

— Mil perdões, senhorita Marchald, eu... — Ele se afastou três passos e deslizou a mão pelos fios castanhos já bagunçados, e tentou abrir uma versão pífia do seu sorriso charmoso. Sua jaqueta estava amarrotada e as calças escuras, manchadas da cal característica do Beco da Graxa. Só agora ela notara o quão desalinhado e exausto ele parecia. — Eu não devia ter gritado. Ou te tratado dessa forma. Eu é quem peço desculpas, não sei o que me oco...

— O que te ocorreu é que eu agi como a fedelha mimada e inconsequente que sempre fui — ela grunhiu, desviando a mira e esfregando os antebraços, os ombros ainda queimando com seu toque, as bochechas quentes com seu olhar. — E você se exaltou demais na reação a esse comportamento. Estamos quites, Capitão.

— Não estamos. — Ele tinha o foco angustiado concentrado em suas mãos, em sua posição retraída, sem sombra de sorriso à vista. — Eu a machuquei?

— Não — garantiu, e foi honesta, fazendo questão de encará-lo diretamente ao afirmar.

Colbie já tinha dado tapinhas nas costas mais doloridos que aquilo a ela.

— Me perdoe — ele pediu outra vez, sem jeito.

— Está perdoado — ela retorquiu, suavemente.

Jonathan assentiu, a cabeça baixa, os braços unidos atrás das costas.

Pela primeira vez, o clima entre eles ficou explicitamente desconfortável. Havia muito a dizer e nada a querer ser dito. Nem o Capitão Arantes, com seu habitual carisma e tagarelice, parecia disposto a quebrar o clima pesado e estranho que se instalara no quarto, e eles olhavam para qualquer lugar que não um ao outro, as mãos nervosas e as expressões hesitantes.

Jonathan parecia querer estar em qualquer lugar que não ali.

— Eu vou... vou começar a mover minhas coisas para a sala ao lado.

Não tinha mencionado o rastreador, mas ela sabia que era só questão de tempo.

— Vou instalar novos armários e equipamentos para você nela. — Evelina tentou ao menos cooperar.

Uma sobrancelha castanha se ergueu na sua direção.

— Instalar? Móveis e aparelhos?

— Eu criei um *gadget* que reorganiza a posição das peças e ornamenta a... — Ela se interrompeu e revirou os olhos para o semblante entretido dele. — Só vá arrumar suas coisas, Capitão de Araque.

Um pequeno meio sorriso repuxou o canto dos lábios de Jonathan, e ele levou dois dedos à testa num gesto displicente e charmoso, como se estivesse batendo uma continência informal para ela.

Seu coração errou duas batidas irritantes e, toda poderosa Nação-Mãe, agora teria que conviver com aquilo a poucos metros de distância todos os dias.

— Sim, senhora.

Ele se dirigiu à saída, mas por algum motivo incompreensível – verdadeiramente incompreensível, porque ela matutou a respeito mais tarde e não achou porcaria de razão *alguma* para ter feito o que fez – o chamou de volta logo em seguida.

— Jonathan?

Ele congelou no lugar, e ela percebeu que era a primeira vez que usava o nome do Capitão em voz alta, e isso tornou tudo pior. *No que é que estou pensando?*

Evelina pigarreou antes que fizesse papel de tola.

— Você pilota, não é? — indagou, sem graça. — Pilota *bem*, quero dizer. Profissionalmente.

Jonathan girou devagar nos calcanhares.

— Profissionalmente é um termo discutível — admitiu. — Eu piloto bem para caralho, porém já chamaram meus métodos de voo de controversos. Por quê?

As íris azuis se estreitaram com um interesse relutante, daquele jeito característico dele. Como se Jonathan fosse uma criança levada e Evelina tivesse acabado de colocar um androide-bombinha em suas mãos para fazer o que quisesse. Ela conteve o sorriso.

— Pode dar uma olhada em um protótipo para mim e opinar? É uma *Rinocus* otimizada. Costumo fazer isso, eu... pego um modelo comum e melhoro.

Nossa, era tão bobo. Mas ela não queria deixar aquele rombo na interação deles se expandir. O clima já estava estranho, Evelina não... não queria que piorasse. Suas brigas no geral eram todas tolas e infantis, mas aquela soara séria, soara grave.

Afinal, se eles se afastassem e Jonathan cultivasse um rancor dela, ele poderia ser ainda mais rígido ou controlador.

Você tem sérios problemas, acusou sua consciência, numa voz terrivelmente parecida com a de Colbie.

Tudo bem, sou uma maluca com distúrbios de personalidade e não quero me afastar de Jonathan desse modo, feliz?

Uuuuhhh, "Jonathan", fez a voz irritante da sua I.A. em sua cabeça.

— Sem problemas. — O Capitão Arantes se mostrou solícito mesmo perplexo com o pedido.

Pelo menos era perplexo de um modo curioso e interessado, não de um modo "o que essa esquisita quer agora?"

Ela seguiu na direção do console principal, onde seus três grandes monitores do quarto estavam posicionados paralelamente. Após logar e abrir sua pasta de projetos, rapidamente selecionou a da Rinocus com os dedos trêmulos no teclado para que ele não tivesse muito tempo para analisar o restante dos documentos no inventário.

Jonathan soltou um assobio baixo, os olhos arregalados para a tela superior quando o arquivo surgiu nos visores em diferentes ângulos. O ego dela sorriu e se esticou preguiçosamente feito um lagarto tomando sol. Quase se ouviu ronronando um *hehehe.*

Sou patética.

Sou patética, mas ainda sou genial.

— Caralho, Evelina. — Ele analisou os esboços e suas sobrancelhas foram parar na raiz do cabelo. — Como você ainda não está no comando técnico e criativo da Savór Corp?

— Muitas restrições regulamentares de lucro e segurança — admitiu, séria.

Jonathan riu, e ela deu zoom nos arquivos.

— Tenho avanços aqui e ali para melhorar a durabilidade da lataria externa com ligas metálicas extremamente resistentes a calor e desgaste, mas ainda encareceria a produção porque...

Durante os quinze minutos seguintes, deu um dos seus monólogos usuais de uma forma menos engajada, porque estava acostumada a vomitá-los apenas para Colbie, mas foi empolgante mostrar seu verdadeiro trabalho a outra pessoa que a conhecia como Evelina, não Em. Não era um modelo armamentista ou perigoso; a Rinocus era uma nave de transporte de carga, então não estava arriscando nada. Jonathan elogiou suas melhorias de forma efusiva, e era um ouvinte surpreendentemente dedicado para uma pessoa que gostava de falar tanto, mas por fim terminou por adicionar:

— Sabe o que eu queria nessa belezinha?

Evelina se manteve calada, expectante. Ele tinha opiniões interessantes e originalmente autênticas, e sua parte engenheira estava se coçando para mostrar pelo menos metade dos seus modelos e ver o que ele diria.

— Manivelas de flutuação e estrutura magnética para transporte — confessou. — Era sempre uma merda ter que carregar e descarregar os bunkers. Essa nave suporta mais de 900 toneladas com folga, mas as esferas costumam abastecê-las manualmente, com força de trabalho humana. Uma empresa sudocentrista está revolucionando o mercado com o transporte cargueiro por meio de ímãs, e seria incrível se conseguíssemos aplicar esse método nas Rinocus. — As íris azuis cintilaram com animação. — Não faz sentido ficar colocando carga dentro da estrutura com carrinhos se algumas partes podem ser tranquilamente "atraídas" e puxadas. A distâncias controladas, claro.

Era um fator a se considerar, na verdade. E aliás, se apropriadamente reforçada, a nave poderia transportar cargas dentro da estrutura *e* cargas presas a ganchos magnéticos, ganchos *externos*. A Rinocus era um dos veículos de transporte industrial mais vendidos pela Corporação Savór. Se fosse aprimorada para carregar mais peso com a mesma eficiência e mais rapidez, consequentemente traria mais lucro e mais economia em menos tempo às empresas associadas. Isso, por sua vez, poderia balancear os gastos da otimização da lataria, tornando seu projeto inteiramente viável e proveitoso para investidores.

Evelina tinha que admitir que era uma boa ideia, e uma na qual ela não teria pensado com facilidade.

A outra sugestão de Jonathan, por outro lado…

— A *Rinocus* já tem sistemas de flutuação automáticos. Não precisa de manivelas.

— É porque ninguém perguntou à porcaria de um piloto o que ele achava antes de inserirem uma função totalmente *disfuncional* em um console perfeitamente habilitado.

— É um avanço — protestou Evelina.

— É um estorvo — rebateu ele, bufando e apontando para as peças no esboço da nave. — A flutuação é uma parte delicada e vital da aterrissagem. É preciso sentir a cadência dos motores, a desaceleração das turbinas, até a porra da direção do vento. Um sistema automático desenvolvido por alguns cientistas engomadinhos de merda não sabe fazer isso.

Minha nossa, a cada vez que ele enfiava um palavrão sem pé nem cabeça numa frase um neurônio dela espasmava e era levado a óbito. Qual era o problema em se desenvolver uma sentença sem canonizar todo um inventário de impropérios junto?

— Os cientistas engomadinhos são aqueles dando duro para tentar melhorar o desempenho de pilotos arrogantes e reclamões — ela comentou com uma careta. — E você tem uma boca muito suja.

O canto dos lábios dele se ergueu, e Jonathan estreitou os olhos na sua direção.

— Achei que estávamos tentando só o mínimo de entrosamento reconciliatório aqui e você já está com os pensamentos na minha boca, doçura — estalou a língua, acusador.

Não pela primeira vez e certamente não pela última, ela resistiu à vontade de atirar a chave de fenda sônica da sua bancada na testa dele. Pelo menos agora tinha voltado a usar seu apelido zombeteiro como um termo amigável, não brandindo seu sobrenome como um arauto armagedônico.

— Tudo bem, acho que já chega. — Expirou pelo nariz, empurrando-o porta afora e tentando fervorosamente não corar.

Ele soltou um muxoxo desapontado.

— Você por acaso não teria um modelo otimizado desses para eu testar para você, teria?

Evelina quase tropeçou num rolo de capa plástica isolante.

— O q-quê? Por quê?!

Jonathan deu de ombros, fingindo não fazer grande coisa da sua reação defensiva um pouco suspeita demais.

— Um protótipo ousado assim? Com baterias solares e metroignição adaptada? Perigoso, senhorita Marchald. Muito perigoso. — Ele armou uma expressão teatralmente severa. — Como estou encarregado da sua segurança, bom...

— Você faria a caridade de testá-lo para mim — ela completou, seca. — Pela pura bondade do seu coração e não porque quer descobrir onde eu guardaria um modelo desses.

— Se eu descobrisse, com certeza me sentiria menos inclinado a dedurá-la caso tivesse a chance de pilotar aquela obra de arte.

— E o que aconteceu com o papo de "levo o meu trabalho a sério"?

— Ah, mas eu *estou* levando. Sua segurança é um assunto muito sério, Evelina, principalmente quando naves grandes, rápidas e potentes estão envolvidas.

Ela não conseguiu conter uma risadinha aguda, mas ainda o enxotou porta afora.

Não precisava mais entretê-lo, o clima já estava perfeitamente leve outra vez. O engraçadinho até voltara com os flertes. E nem fora... nem fora tão ruim. Como alguém como ele conseguia ser tão bem-humorado, como conseguia admitir erros e pedir desculpas tão facilmente? Jonathan era um soldado do Sistema. Ele provavelmente já matara pessoas. Lutara em Ardósia-Ciano.

E apesar disso sua personalidade só... só não batia com a de um militar cruel e insensível. Talvez ela estivesse sendo ingênua, ou apenas começara a lhe dar o benefício da dúvida; uma parte sua *não queria* que ele fosse um monstro. O mais lógico era que fosse, mas...

Mas Evelina estava começando a perceber que, mesmo com todo o conhecimento que adquirira ao longo de uma vida, não havia quantidade de informação alguma que a faria absoluta ou inquestionável. *Quanto mais eu aprendo, Lin, mais eu percebo que ainda há muito, muito mais para se saber,* Baniwa costumava dizer.

E talvez ela precisasse aprender mais sobre Jonathan antes de condená-lo.

— Tchau, Capitão Arantes.

Ele levou a mão ao peito no meio do corredor, fingindo ofensa de um jeito exagerado por ela tê-lo chamado pelo título militar.

— Justo quando eu achei que as farpas trocadas entre chaves sônicas e chapas metálicas estavam nos aproximando. — Curvou os lábios num bico dramático. — Tivemos tantos tropeços em comum nesse monte de porcaria que você deixa jogada aqui!

— Tchau, *Jonathan!* — Evelina mordeu o sorriso, mas ainda sacudiu um martelo de bola na direção dele de forma sugestiva.

Ele lhe lançou uma piscadela travessa por cima do ombro.

— Acha que te conheço o bastante para te chamar de sabichona agora?

— Cale a boca, Capitão de Araque.

A risada dele ainda flutuou em seu peito por pelo menos duas horas depois que Jonathan a deixou.

VIII

Bobó de camarão, fofoca e gente hipócrita: meu tipo favorito de festa

Uma das outras escassas vantagens de ser um militar era que você não precisava arranjar um terno caro para cada pequena ocasião formal como todas as outras pessoas: havia uma farda específica e pomposa para aquele tipo de situação.

Ele estava com a dita farda no corpo, saindo dos próprios aposentos – que Evelina fielmente transformara de sala para quarto, também com cama aquecida massageadora e refrigerador – quando topou com Baniwa, vestido em um de seus longos robes de cores fortes e marcantes, também pronto para o aniversário do Gabinete do Potentado. Aquele que usava era num tom escuro de roxo cujas mangas caíam soltas e precediam uma cauda imponente nas costas.

Jonathan tinha certeza de que pareceria um palhaço usando aquilo, mas Baniwa conseguia fazê-lo com a imperialidade de um rei.

— Ah, mas nem sobre o meu cadáver — grunhiu o padrasto de Evelina, ao escrutiná-lo dos pés à cabeça com uma careta. — O que está vestindo, pela glória da Nação-Mãe?

— O que é? — Jonathan olhou para baixo para checar se tinha alguma mancha de comida no tecido. — Fardas colam bem com as garotas.

Baniwa revirou os olhos, sorrindo.

— Jonathan, meu caro, por mais elegante que você fique de uniforme, essa será uma noite de diversão. Evelina estará em público, irá e voltará no mesmo veículo que nós, não precisa ser tão rígido com a custódia durante a festa.

— Com todo o respeito, senhor. — Ele meneou a cabeça, humilde. — Cometi o erro de subestimar Evelina recentemente e paguei o preço por isso. Estou tentando evitar repetir o equívoco.

O homem riu, nada surpreso.

— Estou vendo! Até se mudou para o corredor de Lin. É fácil cometer esse erro com ela. — Baniwa sorriu calorosamente à menção da enteada. — Eu sofri do mesmo mal, na verdade. Ela se adapta bem em círculos sociais distintos, mesmo que não goste de interagir neles. Sabe se passar por uma jovenzinha inofensiva, silenciosa e educada, e quando você menos espera…

— Está perseguindo uma versão holograma dela por aí no Beco da Graxa — Jonathan completou para si mesmo com um grunhido.

— Ou jogando o que restou das suas cuecas no lixo após uma guarnição de androides-bombinha ter explodido sua gaveta. — Baniwa arqueou as sobrancelhas.

— Ainda acho que minha situação ganha da sua — fungou, e o padrasto de Evelina gargalhou, um som grave e profundo.

— Então sua honra exige que me compense pelo desfalque. — Os olhos escuros e espertos se estreitaram. — Vá colocar um terno, meu rapaz.

Jonathan trocou o peso de um pé para o outro, inseguro talvez pela primeira vez na presença de um dos Marchalds. Ele não trouxera ternos. Não tinha terno algum que alcançasse os padrões de um evento na casa do dirigente do Comando Midocentrista, aliás. Sua família avançara três classes nos últimos anos, o que com certeza era um feito e tanto, mas ele ainda era apenas um militar e todos sabiam que o exército era a merda de um sovina com patentes médias ou baixas, em qualquer tempo ou lugar da história. Ele também ajudava Luísa a sustentar a mãe (numa proporção menor, porque é claro que sua irmã ganhava muito mais que ele), então usufruía de apenas parte do seu salário. Seus benefícios tinham sido cortados durante o período na solitária, e ainda estavam em processo de readmissão, portanto…

Ele suspirou, e o padrasto de Evelina franziu a testa para a sua incomum falta de palavras.

— Senhor, temo não ter nenhum…

— Oh, Jonathan. — Baniwa estalou a língua ao girar e agitar os dedos sobre o ombro para indicar que o seguisse. — Acha que não ter ternos será um problema? Use o nanossintetizador de tecido da Lin, ele produz tudo sob medida e demora apenas alguns minutos. Onde acha que consigo essas coisas extravagantes? — Puxou um dos lados da cauda com uma expressão cínica.

Bom, ele tinha um ponto. Aquele tipo de roupa quase poderia ser considerada uma forma de expressão étnica pré-Expurgo; o modelo do robe provavelmente não era vendido em qualquer lugar por aí, e se fosse, o Sistema logo arranjaria um jeito de acabar com a farra do modista.

Ele foi atrás de Baniwa no corredor, cético.

— Está dizendo que um daqueles apps chiquetosos de Evelina produz *roupas?*

— É meu favorito depois do de arquitetura e decoração — sorriu o homem.

Sintetizadores de tecido não eram incomuns, na verdade, mas apenas lojas especializadas costumavam oferecer esse serviço. Era tão surreal que Baniwa agisse como se fosse uma coisinha de nada, e ainda tão previsível dentro do padrão Marchald. Ele honestamente nunca se cansaria da ostentação daquela família.

O padrasto de Evelina o levou a uma sala naquele mesmo andar com um console especializado e um grande visor retangular, do tamanho de um homem adulto, e disse que ali era onde ele escolheria o modelo do traje e o veria em si mesmo. Era como brincar de vestir num jogo portátil. Baniwa o deixou pouco depois de explicar o básico das funções e Jonathan tentou não se demorar, antes que acabasse atrasando a todos.

Porra, aquilo era tão legal.

Ele selecionou um *smoking* de três peças preto, com camisa branca, colete, abotoaduras prateadas e uma gravata-borboleta. Se posicionou na plataforma de sintetização depois de tirar as próprias roupas e esperou pela leve ardência que precedia a criação do tecido na pele. Jonathan fizera aquilo poucas vezes, mas pelo menos se lembrava de que ficar parado era importante, à medida que o nanolaser trabalhava.

Não tinha se lembrado das cócegas, no entanto, o que tornava a parte do ficar parado bem difícil.

Após finalizar toda a coisa, Jonathan não precisava de nenhuma afirmação de que o traje lhe caíra bem, mas as palmas educadas de Baniwa quando ele o encontrou junto do Ministro Marchald no hall de entrada ainda amaciaram seu ego.

— Lin nem ao menos vai saber o que a atingiu — comentou baixinho, erguendo as sobrancelhas.

— É um modelo de muito bom gosto, Capitão Arantes — elogiou o pai de Evelina. — As medalhas deram o toque perfeito.

Colocar suas condecorações em uma peça que não fosse um dos seus uniformes fora estranho, mas ele também concordava que elas haviam combinado bem. Foi difícil enfiar o coldre num terno tão justo, mas ele também se virara com isso. Jonathan entreteve os homens Marchald por meros cinco minutos com algumas histórias próprias no quartel antes dos dois erguerem o olhar para a escadaria branca imaculada atrás dele, com certeza para alguém a descendo com suaves passadas de salto.

Ele soube que estava encrencado apenas pelo sorrisinho de canto de Baniwa, e chegou a se preparar psicologicamente antes de girar.

Ah.

Ah, nossa.

Ele realmente não sabia o que *lhe* atingira.

Evelina sempre usava vestidos mais abertos e, nos raros momentos em que estava de leggings e se esbarraram, Jonathan só a tinha visto sentada, ou com uma camisa larga por cima.

Aquele vestido era justo. Um tecido verde-escuro que se agarrava a ela como uma segunda pele acetinada, reveladora e ainda recatada, já que a saia era longa e o decote com alças mal permitia um vislumbre da fenda entre seus seios. Ele sempre a tomara como magra porque seu tronco e braços eram finos, mas com aquele vestido abraçando a curva da sua bunda e coxas…

As *coxas*, poderosa Nação-Mãe.

Espetaculares.

Ele então ergueu os olhos para o rosto dela e teve de conter um gemido rouco.

Seu cabelo estava solto. Jonathan nunca o tinha visto solto. Metros de cachos escuros num penteado lateral, jogado sobre o ombro esquerdo em uma cascata de ondas sedosas. Havia pouca maquiagem em seu rosto, mas o mínimo de esforço já lhe dera todo um destaque, a boca avermelhada sob os cílios longos o fazendo engolir em seco diante do pensamento de passar a noite toda gravitando ao redor de Evelina sem poder tocá-la.

Sem poder fazer absolutamente nenhuma das coisas nada recomendáveis que estavam passando pela sua cabeça naquele momento.

Aquele trabalho estava ficando cada vez mais complicado.

Não estrague isso, idiota, lembrou a si mesmo, antes de obrigar sua boca a abrir um sorriso charmoso. *Lembre da rabanada e do bolo de avelã e nozes de Tiddy.*

Ele realmente não queria perder o luxo do acesso àquele bolo.

— Oh, Lin. — Baniwa tinha um sorriso enorme nos lábios quando a enteada alcançou os três ao pé da escada. — Está deslumbrante.

— Não poderia ter descrito melhor. — Jonathan curvou a cabeça num gesto apreciativo.

Ela agradeceu educadamente, os olhos sorrindo mais do que a boca, estreitando as pálpebras em desconfiança quando ele ofereceu o braço em sua direção.

A mão delicada se enrolou no seu cotovelo hesitantemente de todo modo logo em seguida, e os quatro se dirigiram ao veículo motorizado esperando à frente da casa. Iriam por terra porque a residência do dirigente era perto dali e a distância simplória não requeria uma nave.

— Gravata-borboleta, Capitão de Araque? — Evelina sussurrou antes de entrarem, debochada. — Quantos anos você tem, oitenta?

— Ei — ele reclamou, os lábios se erguendo confiantes nos cantos enquanto ajeitava a peça no pescoço. — Gravatas-borboleta são legais.

— É útil que precise ficar no meu calcanhar mesmo hoje — ela confessou baixo, balançando a cabeça ao se ajeitarem nos assentos, mantendo o tom discreto para que Baniwa e o pai, no banco à frente e engajados em sua própria conversa, não ouvissem. — Vou estar praticamente pendurada em você quando a noite acabar, graças a esses saltos.

Jonathan riu, sem conseguir evitar uma piscadela sacana para disfarçar o modo como sua saliva desceu com dificuldade pela garganta com a sentença – ao imaginá-la pendurada nele. Usando apenas os saltos.

— É sempre um prazer servi-la, senhorita Marchald.

Um tapa de leve lhe atingiu no braço e ele nem precisou olhar para checar que Evelina estava revirando os olhos, mas também mordendo um sorriso.

Eles agora tinham uma trégua frágil em vigência e interagiam de forma “amigável” desde o incidente com o Beco e o androide holograma. Ela havia dado o passo na direção da reconciliação primeiro, para sua agradável surpresa, e lhe dado toda uma nova dimensão das suas habilidades quando lhe pedira para “opinar” sobre sua nave otimizada.

Evelina era brilhante. Ela era divertida, linda, teimosa, enlouquecedora e absolutamente brilhante.

Ele não tinha como superar um cérebro daqueles. Porra, ela emitira um pulso eletromagnético que desenergizara a vizinhança inteira apenas para tirar um rastreador do pulso. Fizera-o perseguir uma cópia robótica sua por um lugar perigoso apenas porque queria ir a sabe-se-lá-onde fazer sabe-se-lá-o-quê. E aquela Rinocus que ela melhorara inteiramente? Os superiores militares de Jonathan mutilariam e matariam por aqueles esboços, e aquela era uma mera nave de carga.

O que o cérebro de Evelina poderia fazer no quesito armamentista, ele honestamente não sabia se queria descobrir.

O que ele *descobrira*, no entanto, era que sua geniosa protegida tinha um coração doce.

Ela podia ser durona e esperta, mas quando se desculpara ao dizer que nunca quis machucar ninguém, Jonathan não viu nada além de vulnerabilidade nos grandes olhos bicolores hipnotizantes. Evelina tinha sido aquela a tentar reaproximá-los após o clima estranho, provavelmente porque vira a culpa gritante nos olhos dele, porque notara que *ele* não tinha se perdoado pelo que tinha feito.

E que a pátria *o* perdoasse, Jonathan percebera que não conseguiria sabotar a inteligência dela, mas conseguiria sabotar sua compaixão.

Forçá-la ou tentar enganá-la para que revelasse seus esquemas não daria em nada exceto por eventos como o do Beco. Ele precisava se aproximar dela para que Evelina confiasse nele e decidisse se abrir sobre eles por vontade própria.

O único problema era que se aproximar dela sem se aproximar *demais* estava se tornando uma inconveniência de tamanho considerável no seu plano.

Grande Nação-Mãe, até a coxa dela roçando na sua no banco estava deixando-o agitado. Seus dedos batucavam sem parar contra o joelho e sua perna esquerda tapeava no piso do veículo incessantemente. Talvez o exército o tivesse deixado carente. Jonathan não passava tanto tempo assim com uma garota que não fosse da família ou do seu regimento há anos – até porque nunca se envolvia com mulheres com expertise em combate e uso de armas letais que passavam quase dezoito horas dentro do mesmo raio de quilômetro que ele.

Eeeee se não parasse de pensar com tanta força, ele começaria a hiperventilar. Aquele carro estava apertado daquele jeito quando eles entraram? Caralho, como odiava o quanto seu humor conseguia mudar de oito para oitenta em segundos.

Estava *calor* ali dentro, porra.

— Jonathan?

Ele ajeitou o colarinho no pescoço, tentando aquietar os movimentos erráticos da perna ao voltar a atenção para Evelina.

— Hum?

— Sabia que a única parte do seu reflexo que você pode lamber é a sua língua?

A mente dele entrou num pequeno curto.

Quê.

Então uma risada borbulhou nos seus lábios sem querer.

— Porra, Marchald. — Arregalou os olhos quando viu que xingara perto dos pais dela, abaixando o tom de voz logo em seguida. — Que tipo de informação inútil é essa?

— Você também já viu mais da superfície da Lua com seus próprios olhos do que viu da Terra.

E, quando ele pensou a respeito, teve que se impressionar com aquele tipo de fato irrelevante sobre o qual nunca pensara. Meneou a cabeça ao projetar os lábios em assombro.

— Caralho.

— Vai, sua vez. — Ela desviou o olhar da janela e sorriu para ele. — Pense numa informação inútil de explodir os miolos.

— Qual é, doçura. Não sou nenhum gênio para pensar em algo do tipo assim, do nada.

Ela ergueu uma sobrancelha desdenhosa.

— Você não precisou ser um gênio para entender o que eu disse, por que precisaria ser um para dizer algo semelhante?

Um suspiro deixou os lábios de Jonathan, e sua testa se franziu em concentração.

— Justo — concedeu, tentando pensar em algo.

Então queimou tantos neurônios raciocinando que já estava ficando vesgo.

"Oficiais corruptos são apenas criminosos com aval para prender outros criminosos"? Não, sério demais. Iria arruinar o clima. "O objetivo do golfe é jogar o mínimo de golfe"? Não, era meio idiota. As dela tinham sido interessantes e inteligentes.

Evelina riu com a demora dele, e Jonathan estalou a língua ao olhar pelo vidro blindado, se recusando a admitir uma derrota. Nada de inspirador por lá também, exceto pelo fato de que estava escuro, e só se era capaz de enxergar algumas luzes das mansões distantes e… *Ah!* Perfeito.

Ele se voltou para ela, triunfante.

— A noite é o estado natural do universo, e o dia é causado apenas por uma imensa e aleatória bola de fogo queimando a milhões de quilômetros de distância.

Um sorriso satisfeito de Evelina foi a recompensa, e um calor gostoso se agitou no seu peito em resposta.

Carência, porra. É só carência.

Talvez ele devesse ter recusado a reconciliação e deixado o clima esquisito entre eles. Queria nunca ter descoberto o quão fácil era ser amigo dela, em vez de seu alvo de arremesso de martelos.

— Nada mau, Capitão de Araque.

— Admita que eu arrasei, doçura. — Eles pararam, e ele desceu primeiro ao segurar a porta para Evelina e seus pais. — E olha que nem precisei de vinte diplomas chiques diferentes. Qual foi o objetivo daquilo tudo?

Ela deu de ombros ao pousar a mão na curva do cotovelo dele automaticamente outra vez, desviando o olhar enquanto andavam. Uma larga estrada de cascalho precedia os gigantescos portões da residência do dirigente, e fontes iluminadas se alternavam ladeando o gramado estupidamente bem cuidado. Até os arbustos estavam modelados no formato do símbolo do Sistema como decoração, sem ao menos uma mera folhinha deslocada.

— Você tem hiperatividade, não tem? — disse baixinho, esquadrinhando os jardins suntuosos como se quisesse demonstrar que o tema não era nada demais. — Parecia nervoso antes… no carro. Achei que fosse ser o tipo de coisa que te distrairia.

Jonathan não conseguiu responder.

Ele *estava* nervoso antes – por causa dela. E Evelina, quem lhe inquietara, fora a mesma pessoa a lhe acalmar e deixar confortável logo em seguida. Ele pressionou livre a mão atrás das costas antes que corresse os dedos pelos cabelos e os deixasse bagunçados. Isso porque precisaria passar a noite toda ao seu lado.

Talvez pudesse convencê-la a ficar algumas horas no bar.

A família Marchald entrou com prioridade na longa fila de convidados sendo admitidos na entrada (mesmo após terem a identidade checada na portaria) e Jonathan ingressou atrás no privilégio. A enorme casa do dirigente se assomou sobre eles, ainda maior que a do ministro, toda em vidro espelhado, cantos retos e pintura clara.

E no pórtico, entalhado na cornija em enormes letras douradas – as palavras gravadas no Capitólio do Potentado, nas medalhas do uniforme dele, no emblema dos veículos oficiais estacionados ao redor, o homônimo oposto da pichação no Beco da Graxa:

A MÃE PUNE. A MÃE PERDOA. A MÃE PROTEGE.

— A Mãe acima de todos — Evelina grunhiu ao lado dele, os olhos desgostosos mirando a mesma frase sobre suas cabeças. — E ninguém acima da Mãe.

Ele notou o tom zombeteiro em sua voz, mas não conseguiu discernir o alvo do seu desdém.

Também não achou sábio fazer isso, de todo modo.

Após entrarem e serem guiados por funcionários ao enorme salão onde a festa tomava lugar, a primeira coisa que Jonathan notou foram os olhares alheios em Evelina. Talvez porque ela era uma figura pública e não se dava ao trabalho de aparecer nesses eventos, mas talvez também porque ela estava gostosa para caralho. Ele não se considerava um cara territorial, mas não soube justificar o fato de ter retesado o cotovelo para trazê-la para mais perto de si como outra coisa.

Pelo menos *era* o tipo de cara que abria um sorriso idiota e convencido pela mera consciência de que tinha uma das garotas mais bonitas do lugar agarrada ao seu braço.

Música instrumental suave tocava no fundo, robôs domésticos deslizavam servindo taças e entradas, ministros e regentes riam em seus ternos e vestidos longos. O salão de formato oval estava iluminado pelas luzes azuis e roxas dos visores reproduzindo propagandas do Sistema e a decoração tinha um tema futurista tropical esquisito, com grandes palmeiras em vasos nos cantos e traços metálicos retos lisos na ornamentação. Era definitivamente uma festa de gente rica, e foi estranho ser notado como uma dessas pessoas abastadas, não como militar. A farda o teria identificado, já que políticos também portavam medalhas por ali, mas Baniwa o fizera usar um smoking.

Portanto, naquela noite, ele era apenas o acompanhante da senhorita Marchald, e foi uma experiência curiosa.

Jonathan bebeu champagne sem ganhar expressões repreensivas de outros militares no lugar, teve mais liberdade oral com figuras de autoridade do que jamais possuiu na vida e muitas mulheres flertaram descaradamente com ele mesmo com Evelina ao seu lado quase o tempo todo.

Toda aquela atenção feminina normalmente era bem-vinda, mas daquela vez estava deixando-o desconfortável. A cada vez que uma delas dirigia a palavra a ele e ignorava Evelina por completo, um vinco novo surgia no cenho da sua temperamental protegida, e em apenas uma hora de evento a testa dela estava parecendo a barriga de um pug obeso e preguiçoso. Jonathan tentava incluí-la na conversa a todo momento, mas Evelina claramente já estava cansada de ser desconsiderada, o que era bem ridículo, já que *ela* era a figura importante entre os dois na roda de diálogo.

O único problema era que ele sabia que se Evelina o deixasse, a multidão de admiradores babando na saia do seu vestido e naquelas lindas coxas cairia matando.

Não no turno dele.

Além disso, Jonathan preferia a companhia da sua própria aristocrata mimada do que a de todas aquelas outras aristocratas mimadas.

— Se nos dá licença, vamos dar uma olhada no buffet. — Ele se retirou polidamente do pequeno grupo, guiando-a pela lombar na direção da comida.

— Você está mesmo com fome ou só está com vergonha da minha cara de tédio? — indagou, inexpressiva, ao abrir caminho pelo salão à sua frente. — Não se incomode, aliás. É meu comportamento padrão em todas essas festas.

Ela podia ser calada e não muito interativa, mas com certeza tinha presença. As pessoas saíam da sua frente sem pensar duas vezes, e Evelina caminhava com a confiança de uma elitista acostumada àquele meio, àquelas pessoas e àquele luxo.

Antes que ele pudesse responder, no entanto, a iluminação começou a diminuir devagar, e uma trilha de holofotes focou no homem de pele amarelada, olhos estreitos de pálpebras saltadas, cabelos escuros e porte orgulhoso na plataforma redonda no centro do salão. Jonathan sabia que o dirigente midocentrista tinha menos de cinquenta anos, mas ali parecia ter um pouco mais, provavelmente por culpa da função exaustiva que era reger um Comando. Todas as conversas se extinguiram de imediato.

— Há quase quinhentos anos, uma batalha como nenhuma outra já vista devastou nosso mundo. — Jeong Su girou a taça de champagne nas mãos, a expressão solene ao se dirigir aos convidados agora silenciosos. — Entre nações divididas e antagonizantes, em poder de armas e bombas com capacidade para arrasar estados inteiros, a Terceira Guerra colocou todo o destino e existência da humanidade em risco. Por motivos tolos e egoístas como monopolização de recursos naturais, diferenças étnicas com bases centenárias, hegemonia bélica total... Essa terrível batalha exterminou noventa e sete por cento da população na Terra.

Jonathan odiava aquela parte dos discursos. Ela sempre tinha sucesso em lembrá-lo de que o Sistema podia ser ruim, mas os tempos antes dele eram piores. Evelina trocou o peso de um pé para o outro ao lado dele como se solidária ao desconforto.

— Como todos sabemos, o período de quase trezentos anos que se seguiu foi chamado de Expurgo, no qual menos de cem milhões de indivíduos restaram após um ínterim de extrema miséria, violência, pobreza, níveis letais de radiação e extinção definitiva de inúmeras espécies de fauna e flora. — O pesar consumiu a expressão de Jeong Su, e Jonathan teve de admitir que ele era muito bom em parecer desolado mesmo repetindo aquelas palavras pela provável milésima vez. — A humanidade parecia perdida, fadada a sofrer as consequências finais pelos erros do passado de uma vez por todas.

Evelina suspirou dramaticamente ao seu lado, sussurrando em antecedência:

— *Porém, das cinzas de uma civilização condenada, um grupo de idealistas chamado Filhos do Futuro surgiu...*

— Porém, das cinzas de uma civilização condenada, um grupo de idealistas chamado Filhos do Futuro surgiu — o dirigente repetiu a sentença dela, as palavras já gravadas a ferro nas mentes e almas de todos os presentes desde que haviam aprendido a andar. — Se posicionando diante das calamidades e se organizando em uma sociedade devota a não cometer os equívocos dos seus antepassados, eles fundaram o que hoje conhecemos como a Nação-Mãe.

Uma salva de palmas educada sucedeu o termo pelo qual todos ali viviam e temiam.

Era o cúmulo da hipocrisia para Jonathan que aqueles relatos – a Terceira Guerra e o Expurgo, os países perdidos anteriores a eles – só pudessem ser mencionados em eventos oficiais do governo e instituições de ensino. Era como se o Sistema rosnasse *"se não vão falar para que eu possa ouvir e controlar, então vão se manter calados"*.

— Dividindo o planeta em três Comandos interdependentes: Norcentrista, Midocentrista e Sudocentrista, a Nação-Mãe teve sucesso em progredir onde outros regrediram, evoluir onde muitos falharam. — Um pequeno sorriso orgulhoso foi se abrindo no rosto marcado do dirigente, as sobrancelhas finas se erguendo. — Um acordo de igualdade, justiça e mérito foi estabelecido entre todos os povos restantes. Como um só, eles uniram seus idiomas, hábitos, vestuários, culinárias, religiões e tecnologias. Dessa gloriosa união, o Sistema foi criado para se assegurar de que os preceitos desenvolvidos pelos Filhos do Futuro fossem mantidos, onde o passado de guerra deve ser esquecido e o futuro de paz, venerado.

Esqueceu de mencionar o presente de ignorância, que deve ser convenientemente imposto e aceito, Jonathan grunhiu consigo mesmo. Era irônico que a união de vestuários e religiões fosse referenciada sendo que nenhuma dessas coisas existia mais; tudo fora padronizado, e a adoração a entidades que não fossem a Nação-Mãe era terminantemente proibida.

— Assim, desde a criação do Sistema e a fundação da Savór Corp, a tecnologia humana vem avançando como nunca antes. — Jeong Su ergueu a taça na direção do fundo da plateia, onde o próprio Ulrias Savór sorria em meio a um bando de magnatas e meneava a cabeça em gratidão ao reconhecimento. — Em menos de um século, graças ao apoio dos Comandos e à funcionalidade do Sistema, conseguimos o que nossos violentos antepassados não foram capazes de conseguir em milênios: extinguir guerras, fome, divergências, preconceitos fúteis. Sob uma bandeira de progresso e ordem, nós comemoramos a longevidade de uma paz frutífera e uma pátria unida. Hoje comemoramos a nós, ao sucesso de homens e mulheres do Gabinete que se esforçam para reger o Comando Midocentrista e viver sob esse legado. — Então um sorriso brilhante e plastificado, para o brinde final: — Hoje comemoramos à Nação-Mãe!

— *À Nação-Mãe!* — repetiram todos, taças no ar e mãos no peito, palmas acaloradas demais ecoando em seguida.

A névoa de assombro indolente instaurada pelo discurso se dissipou aos poucos, com pessoas piscando devagar e limpando lágrimas dos cantos dos olhos. Jonathan precisou franzir a testa e sacudir a cabeça para se lembrar que estava numa festa, não de volta no quartel.

A música recomeçou, e o dirigente desceu do pequeno palco para cumprimentar alguns convidados.

— Que bando de hipó... — Evelina começou a dizer baixinho, mas uma figura alta e magra se aproximou deles pela lateral, uma verdadeira passeata de acompanhantes em seus calcanhares logo após.

Jonathan não teve dificuldade em reconhecer o rosto tão frequentemente mostrado nas campanhas e propagandas do conglomerado empresarial mais rico de todo o planeta. Com a pele terracota, os cabelos pretos ondulados, os olhos escuros astutos e a cicatriz característica abaixo da bochecha, era uma das pessoas mais identificáveis nos três Comandos. Aquele sujeito não estava do outro lado do salão meros segundos atrás?

— Senhorita Evelina Marchald. — Ulrias Savór sorriu devagar, os dentes alinhados reluzindo, e Jonathan resistiu à vontade de fazer uma reverência ou algo do tipo. — Que surpresa agradável.

— Senhor Savór. — Sua protegida abriu um sorriso contido, e Jonathan notou a tensão em seus ombros com facilidade. Franziu a testa.

O solitário e reservado proprietário da maior empresa de desenvolvimento e pesquisa da Nação-Mãe meneou a cabeça. O Capitão estava tão desconcertado que nem notou que o magnata mal lhe deu atenção.

— Cavalheiros, estamos diante de uma das mais prodigiosas acadêmicas da Universidade Potentarial. É uma verdadeira honra que ela tenha deixado seus estudos e projetos de lado para nos agraciar com sua presença hoje. — Os homens e mulheres formando a seita de bajulação do sujeito sorriram e elogiaram Evelina de pronto, como robôs. Era um pouco perturbador. — A senhorita me daria a honra de uma dança? — Savór estendeu os dedos longos e finos na direção de Evelina, e Jonathan quis puxá-la pela cintura para longe.

— É claro.

O bilionário, magnata da tecnologia e renomado cientista tomou a mão dela e a conduziu para a pista de dança, e Jonathan não conseguiu relaxar durante nem um mero minuto daquela valsa fajuta. Evelina estava tão nervosa durante cada passo e giro que chegava a deixá-lo nauseado. Com certeza havia um motivo. O homem a assediava pelos esboços otimizados, talvez? Ele tinha fama de ser um pouco introvertido e agir de modo estranho, às vezes. Algumas pessoas o achavam levemente paranoico, e os boatos eram que o conglomerado era sua esposa, filhos e carreira. Não tinha família além do trabalho e demonstrava ser integralmente obcecado pelo sucesso da empresa.

Com aquele tipo de personalidade, o cara não podia ser completamente obtuso ao talento astronômico de Evelina. A Savór Corp era aquela a controlar a segurança e a vigilância de tudo e todos pelos seus aparelhos para o Sistema, afinal. Talvez lhe pressionasse para trabalhar para ele.

E quando Savór se abaixou para dizer algo contra o ouvido de Evelina e o rosto dela perdeu toda a cor, Jonathan só soube que não podia tolerar nem mais um segundo daquilo.

Estava ao lado deles no instante seguinte.

— Posso? — Ele tocou o ombro de Savór com educação, sorrindo amigavelmente, mesmo que seus dedos coçassem para empurrá-lo para longe dela. — A dama me prometeu uma dança.

Savór sorriu como se o achasse divertido. A vontade de empurrá-lo evoluiu para uma necessidade de socá-lo. Evelina tocou seu antebraço em aviso, como se tivesse notado.

— É claro, meu rapaz. — Acenou por cima do ombro ao se retirar. — Aproveite-a enquanto pode.

Que sujeitinho de merda. *O que ele quis dizer com aquilo?*

Só percebeu que estava plantado no lugar, punhos cerrados e olhando para as costas daquele imbecil como se quisesse lhe tirar alguns dentes quando Evelina pegou sua mão esquerda e levou até a cintura dela, erguendo a direita no ar ao pousar a palma na sua. Um arrepio o percorreu de modo involuntário.

Jonathan se voltou para ela quando começaram a se mover no ritmo lento da canção, e as íris coloridas demonstravam uma gratidão aliviada a ele. Sua raiva se dissolveu com facilidade, mas a preocupação logo voltou a substituí-la à medida que Evelina ia se mostrando cada vez mais distante, mesmo com seu corpo quente e macio bem ali colado no dele.

— Bem que Baniwa mencionou — Jonathan comentou de súbito, num tom leve.

— Hum? — Ela franziu a testa ao rodopiarem, distraída.

— Dois pés esquerdos de um ganso com labirintite, não foi?

Ela bufou, revirando os olhos e corando um pouco. Até tentou se concentrar mais para onde se movia após isso, mas sua cabeça estava claramente longe do tópico.

— Estou brincando, Evelina — disse Jonathan, com um sorriso metade divertido e metade consternado. — Savór deve ter remexido seus neurônios com um eletrobastão para te distrair assim. Nem ao menos uma resposta espertinha sobre como também não sou nenhum pé de valsa?

— Você até que não é tão ruim nisso — admitiu, baixinho.

— Porra, um elogio. É, ele fritou todas as suas sinapses. Pane generalizada — tentou brincar, mesmo com a apreensão revirando seu estômago. — Tem certeza de que está bem? O que foi que Savór disse?

Jonathan estava ali para protegê-la – viesse a ameaça dela mesma ou de figuras externas. Ele não sabia o quanto estava certo anteriormente, quando disse a ela que nunca se perdoaria se algo lhe acontecesse. Se aquele ricaço engomadinho a tivesse intimidado…

— Ele… — Evelina engoliu em seco, piscando como se para conseguir se concentrar. — Ele disse…

IX

Sim, tenho certeza de que só tomei duas taças de champanhe e não, não fumei cogumelo nenhum

— O Capitão Arantes passa uma primeira impressão e tanto, não é? — O proprietário da Corporação Savór sorriu para ela enquanto a guiava pela pista de dança. Toda a festa parecia apenas um ruído de fundo irritante no fundo da mente de Evelina. — Vocês formam um lindo casal.

— E-Ele é apenas minha escolta. — Ela se odiou por gaguejar.

— Ah. Erro meu — desculpou-se, mesmo sorrindo como se em vez disso dissesse *"tolinha"*. — Sabe, Evelina, você é uma jovem brilhante, e eu sempre odiei ver talento de qualidade desperdiçado. Nunca pensou em focar seus esforços em prol de uma causa maior? Sua Nação, quero dizer?

Sua Nação e não a Insurreição, era o que Evelina tinha escutado. Seu fôlego começou a rarear. A Savór Corp já tinha tentado lhe contatar diversas vezes para contratá-la ou comprar alguns dos seus modelos, mas ela nunca respondera ou aceitara.

— Eu doo vários dos meus projetos para as instituições de ensino do Potentado — disse ela, e foi honesta. Era uma atitude da qual se orgulhava, na verdade. — Incluindo a Universidade.

— Sim, sim, mas não acha… pouco? — Seu rosto demonstrava compaixão, mas sua voz denotava desprezo. — Não acha que é capaz de muito mais? Você poderia *revolucionar toda uma era* com suas habilidades.

Para que o Sistema terminasse de cerrar o punho sobre o mundo inteiro? Com ela e seus inventos por trás de toda a destruição?

Nunca.

— É muito gentil. — Evelina abriu um sorriso amarelo, as palmas suando contra as dele. — Mas não sei se me sinto confortável com esse tipo de projeção ainda. Quem sabe um dia?

Savór lhe devolveu um sorriso praticamente azul de tão frígido.

— É claro, querida. Entendo perfeitamente. — Então se inclinou, angustiantemente próximo, para sussurrar com a cadência de um amante ao seu ouvido: — *Dulce et decorum est pro patria mori.*

Apesar de suave, a voz fora como uma lâmina gelada em seu pescoço.

Aquilo era um dialeto pré-Expurgo. Ilegal. Sendo dito a ela por Ulrias Savór, uma das figuras mais poderosas e influentes de toda a Nação-Mãe. O significado, no entanto, criação de um poeta de um tempo já há muito esquecido, era bem pior que o gesto em si:

É doce e adequado morrer pela própria pátria.

Seus joelhos teriam falhado se não estivessem em movimento. A Nação-Mãe e o Sistema impunham noções exacerbada e preocupantemente nacionalistas aos civis – o discurso prévio do dirigente corroborava seu argumento –, mas aquilo já era loucura. Estava se referindo a si mesmo ou a ela? O que queria dizer? O que Savór sabia?

O que ele *faria?*

Sabia que era Em? Sobre Bee e a Base Abelha? Sobre qualquer um dos seus projetos? Evelina não era idiota. Ela tentava esconder seus crimes mais graves contra o Sistema do modo mais ferrenho possível, mas não era ingênua de pensar que não a espionavam de perto sempre que conseguiam. Eles sabiam que ela cometia pequenas infrações sem se importar, deviam saber que grandes infrações não estavam tão longe assim do seu cotidiano. Talvez tivessem uma pasta inteira sobre feitos delituosos para acusá-la. Talvez Jonathan tivesse sido um aviso para que parasse de brincar de insurgente e voltasse à sua vidinha de aristocrata introvertida.

Talvez eles apenas estivessem esperando a oportunidade certa para matá-la e jogar seu corpo por cima da amurada da ilha-flutuante.

Era o que aquele autômato defeituoso que o Capitão Arantes mencionara estava programado para fazer, então? Capturá-la durante uma das atividades ilegais e acabar com ela? Jonathan sabia de tudo isso, estava enganando-a para manter a farsa? Afinal, ele era um oficial do Sistema, não era?

Eles vinham se aproximando amistosamente desde o incidente que destruíra seu androide holograma, e considerar que ele estava apenas traindo-a pelas costas durante todo aquele tempo doía mais do que ela conseguia admitir. Ele nem ao menos injetara o rastreador em sua corrente sanguínea como dissera que faria, apesar de ter mesmo se mudado para o quarto ao lado do seu. Ela tinha pensado que era um modo dele dizer que estava lhe dando um voto de confiança, mas talvez aquela confiança estivesse sendo desejada por todos os motivos errados.

O próprio Capitão a salvou das mãos de Savór ao tirá-la para dançar em seguida, como se conjurado pelos seus pensamentos.

Ele estava tão bonito naquela noite que chegava a doer. O *smoking* abraçava seu corpo definido e lhe dava um ar elegante onde a farda costumava ser imponente. O cabelo castanho curto penteado para trás, o sorriso cafajeste e os olhos azuis profundos tiveram sucesso em distraí-la a festa toda – principalmente quando ele mostrou preferir conversar com ela a ceder às investidas insolentes de sedução de algumas mulheres no recinto –, mas nem isso conseguiria afastar o temor corroendo suas entranhas naquele momento.

Ela mal foi capaz de responder quando ele tentou chamar sua atenção com piadinhas, e nem o tronco torneado pressionado contra o dela durante os passos após os rodopios teve sucesso em arrancar o medo da sua mente.

Morta. Evelina já estava morta.

— O que foi que Savór disse? — ele por fim perguntou, e ela precisou sacudir a cabeça para se situar.

— Ele… — Sua garganta ardia. — Ele disse…

Ele disse que você está basicamente dançando com um cadáver.

Não teve coragem de dizer em voz alta. Seu estômago estava quase saindo pela boca. As coisas não deviam ter se desenrolado daquela maneira, ela… Ela era a filha de um ministro. Uma figura muito conhecida para ser eliminada assim sem mais nem menos, certo?

Não. O Sistema some com gente importante com a mesma facilidade com que some com gente irrelevante. Para esses eles apenas inventam uma história mais elaborada.

— Ei — Jonathan chamou, sério, diante do seu silêncio mortificado. — Sabe que pode confiar em mim, não sabe?

Não sei. Não sei mesmo.

Era um alívio que Jonathan soubesse guiar bem, porque Evelina não tinha capacidade para dar nem dois giros por conta própria direito naquele momento. Todos aqueles passos só estavam colaborando para deixá-la ainda mais zonza, na verdade. Ele ainda estava esperando uma resposta e parecia confuso de verdade, mas nunca entenderia. Não poderia entender, e ela nunca poderia explicar.

Seu Capitão de Araque ergueu as sobrancelhas para examiná-la com mais afinco, e era preocupação genuína nos olhos azuis-cobalto enquanto ele a deslizava pela pista de dança.

É porque ele já sabe? Sente pena porque vão me matar? Porque sempre soube que o fariam?

Foi quando se afastou dele de supetão, as pernas trêmulas.

— E-Eu… eu preciso de ar — ofegou, girando nos calcanhares e quase correndo para fora do salão e das portas principais. As pessoas abriram caminho para ela como formigas se espalhando ao redor de água.

Evelina correu na direção dos jardins, a grama macia quase a fazendo cair de cara quando seus saltos afundaram na terra e não no piso sólido.

— Droga de sapatos idiotas! — ela rosnou, arrancando as sandálias num gesto mais desesperado do que raivoso. — Festa idiota, *eu* idiota!

Será que devia ter aceitado a oferta de Savór? Trabalhar para o Sistema era melhor do que ter sua voz e vida silenciadas para sempre? Só ela seria punida ou seus pais também sofreriam as consequências?

Vão me matar, eles... vão mesmo me matar. Sua língua estava ficando dormente e respirar se provava mais difícil a cada segundo. Tinha a ligeira impressão de que estava tendo um ataque de pânico.

— Evelina! — A voz de Jonathan estava logo atrás dela. — Espere!

— Estou bem! — ela gritou por cima do ombro e continuou se apressando para longe dele mesmo sem saber onde estava indo, os saltos pendurados numa mão e a saia do vestido erguida na outra. — Só me dê alguns minutos!

Cliques metálicos próximos seguidos de um chiado elétrico responderam o som da sua voz, e foi apenas o puro pânico na voz de Jonathan que a fez obedecer quando ele vociferou:

— *SE ABAIXE!*

E justo quando ela sentiu a parte da frente do corpo se chocar com o gramado na queda, todos os pelos em suas costas se eriçaram e ficaram tostados com a rajada de puro calor que atingiu o local no qual se encontrava milissegundos antes.

Evelina ergueu os olhos arregalados, o coração quase atravessando suas costelas, para encarar uma figura humanoide a talvez dez metros de distância com o braço erguido na sua direção – um disparador com o cano soltando fumaça engatilhado acima do pulso. Aquilo teria aberto um buraco fumegante bem no meio dela se não tivesse escutado Jonathan e se jogado no chão.

Quando assimilou que iam tentar lhe matar, com certeza não imaginou que seria naquela mesma porcaria de minuto.

— Alvo identificado, biometria correspondente. — Uma voz robótica anunciou e a figura saiu das sombras de uma cerca viva para revelar um enorme e avançado androide com um visor vermelho reluzente. — Evelina Marchald, líder insurgente e procurada de nível alfa em três dos três Comandos. *Exterminar*.

Ela quase vomitou os canapés que comera no arbusto de sempre-verde ao seu lado.

Líder insurgente?!

Aquele era o autômato defeituoso que destruíra seu androide holograma, disso não tinha dúvidas. Talvez não fosse tão defeituoso afinal, considerando as insinuações de Savór.

A coisa tentou abaixar a mira para atingi-la com sucesso dessa vez, mas tiros avermelhados de blaster se chocaram com a carcaça escura e prateada de imediato em resposta.

— *Corra, Evelina!* — Jonathan gritou para ela, acertando rajada após rajada de energia na ameaça à vida dela. — Agora, *corra agora!*

Estava mesmo salvando-a? Ou atiraria nela pelas costas quando se virasse para correr?

Um dos disparos do autômato passou zunindo a meros centímetros do seu ombro, acertando e destruindo uma fonte cheia de estátuas de querubins gorduchos a poucos metros de distância, e Evelina guinchou ao obedecer ao Capitão, aterrorizada e sem muita escolha. Aquela rajada tinha obliterado *pedra*. Que tipo de blaster fazia isso? Sua única esperança agora era de que a reação genuína de a defender do seu suposto guarda-costas fosse exatamente isso: genuína.

Ela saltou de pé em segundos, jogando os saltos longe e disparando na direção da festa, das pessoas e da ajuda. Não queria deixar Jonathan sozinho, mas não tinha nenhuma arma e posaria de tanta ameaça para um androide letal quanto um daqueles arbustos de sempre-verde. Pátria misericordiosa, alguém tinha que estar vindo, alguém precisava ter ouvido os disparos, aquela era a propriedade do *dirigente* e todo centímetro era atolado de câmeras que...

Seus pés derraparam na grama e ela quase tombou outra vez ao girar para contornar uma grande cerejeira... E dar de cara com outro autômato.

Esse tinha um visor verde-água, mas parecia igualmente mortífero. Evelina gritou, voltando por onde viera, curvando-se ao correr para tentar evitar os possíveis disparos, mas sabendo que seria inútil. Poderosa Nação-Mãe, que jeito terrível de ir. Ela só conseguia pensar que ainda tinha muito para viver, para criar e construir – e nem ao menos se despedira dos pais.

Lágrimas pinicaram seus olhos e Evelina rezou para que eles fossem poupados dos crimes que a tinham condenado.

Só soube que algo estava errado quando Jonathan – ainda atirando feito um maníaco – e o outro androide entraram no seu campo de visão novamente após longos segundos de corrida e nem ao menos um ruído de disparo aquecera suas costas ou soara sobre ela.

Seu sangue gelou quando o segundo autômato disse de súbito atrás de si:

— Alvo identificado, biometria correspondente. — E Evelina achou que era seu patético e precoce fim, mas tudo de repente ficou pior quando o que ouviu a seguir foi: — Jonathan Arantes, líder insurgente, militar exonerado e procurado de nível alfa em três dos três Comandos. Extermi...

— *Jonathan, corra!* — ela berrou, ainda correndo a toda na direção dele. — O alvo do outro autômato é você!

O que é que estava *acontecendo*, em nome da glória da Pátria?!

— Que outro... — Um tiro quase arrancou a cabeça dele fora por milímetros, acertando a cerca viva e incendiando algumas roseiras inocentes, e Jonathan xingou o bastante para preencher uma página de impropérios ao se lançar numa corrida desenfreada atrás dela. — Você só pode estar *brincando* comigo, porra!

Os dois deram uma guinada pela direita para usar a cerca viva como cobertura para os disparos letais e continuaram correndo.

— O que são essas coisas?! — Ela arquejou, sem fôlego. Dois disparos atingiram uma parte do seu cabelo e Evelina soltou um grito agudo, o cheiro de queratina queimada ardendo no seu nariz.

Isso queria dizer que Jonathan era um líder insurgente também? Quer dizer, do que estava *falando?* Ela não era nenhuma comandante rebelde, era só uma simpatizante enrustida! Como tinham a coragem de atacá-la daquele modo, ainda mais na casa do dirigente do Comando Midocentrista?! Não era possível que Jeong Su tivesse conhecimento disso, que tivesse *autorizado* isso.

Pensando bem, Evelina tinha considerado a possibilidade até de Jonathan, seu guarda-costas, também saber sobre o ataque e armar todo um teatro para deixá-la morrer. Se não houvesse outro autômato atrás dele bem naquele instante, ela ainda estaria com a teoria em mente.

— Do que estão falando sobre sermos procurados de nível alfa?!

— *Porra, eu sei lá!* — rugiu Jonathan, ao se virar ainda correndo e atirar mais vezes contra seus perseguidores. — Só corre!

— Eu *estou* correndo, idiota!

— Mais rápido!

Ela apontou à frente para os grandes veículos posicionados à direita da mansão.

— As naves!

Eles correram na direção do estacionamento e hangar, os passos desesperados estalando no piso agora sólido em concreto. Mais tiros soaram por cima das suas cabeças, atingindo a portaria e cancela terrestre, e Evelina pôde jurar ter ouvido algum pobre manobrista gritar.

Esse modo executor escandaloso e violento? Não era *mesmo* o modo do Sistema.

Os dois aceleraram e um alarme finalmente começou a soar nas proximidades, luzes de emergência se acendendo e piscando nas amuradas e postos de controle. Evelina quase desmontou de alívio, diminuindo o ritmo para não se chocar com uma das naves.

E quase teve o ombro perfurado por uma rajada de calor.

Ela gritou ao desviar de lado para evitar o segundo tiro, correndo na direção da rampa de acesso do veículo mais próximo – era uma Dandarus, uma nave luxuosa de transporte humano: elegante, confortável e espaçosa, mas não exatamente rápida ou potente. Evelina esmurrou o painel de controle manual e a rampa começou a descer da elevação num ritmo agonizantemente lento.

— Vai, anda, *anda!* — urgiu à porcaria da nave, a adrenalina deixando seus músculos trêmulos com a tensão.

Porém, quando se virou para checar seus arredores, a mira do autômato de visor vermelho já estava erguida e travada, o cano a meros três metros diretos do seu rosto.

— Alvo identificado, biometria correspondente. Exterminar.

— *Não, por favor!* — Ela ergueu as mãos num último gesto desesperado para cobrir a cabeça.

E Jonathan, maldito fosse aquele idiota, surgiu do nada e entrou na sua frente logo antes do androide disparar.

Seu coração saltou com o estouro da arma, com o puro terror por Jonathan... Mas nem ele nem ela foram atingidos.

O autômato desviou no último segundo, o braço se deslocando para acertar um outro veículo terrestre próximo deles com um estrondo enorme seguido de uma explosão cegante.

E, sem uma mira limpa de Evelina, aquela coisa baixou o pulso armado e começou a se deslocar para conseguir um ângulo melhor dela.

— Suba na rampa — Jonathan ordenou, os olhos colados no robô, o corpo se movimentando junto da pontaria dele para cobri-la de qualquer possível lado. — Fique atrás de mim. Feche a escotilha quando passarmos pelo controle de acesso.

É claro, percebeu, os joelhos quase falhando em sustentar seu peso com a onda de alívio que lhe atingiu.

O androide vermelho estava ali somente por ela. Por algum motivo, não feria outras pessoas além do seu alvo primário. Quando encontrara Jonathan no Beco da Graxa, ele também o deixara ir sem aparentes medidas ofensivas. E não disparara contra ele nenhuma vez nos últimos cinco minutos de perseguição, apenas o androide de visor verde o fizera. O segundo autômato, por sua vez, era o carrasco apenas do Capitão Arantes – e por sorte, ele parecia ter despistado seu próprio androide assassino.

Ambos tinham executores particulares específicos. Que tipo de tortura psicológica era aquela?

Qualquer que fosse o jogo doentio do Sistema, a mira do autômato permaneceu incapacitada com a cobertura de Jonathan, e ambos conseguiram entrar e erguer a rampa outra vez, a sala de embarque com algumas seletas cadeiras brancas acolchoadas (reclináveis e espaçosas, como num jato) se acendendo e os recebendo com um robótico *"Olá, senhor e senhora Pillar. Desejam iniciar a rota programada de volta para a residência principal?"*

Tinham sorte que muitos ricaços naquele tipo de evento deixavam suas naves desbloqueadas – fosse para os manobristas, fosse por descaso. Quem invadiria ou roubaria veículos alheios numa festa cheia de gente que concentrava mais de setenta por cento da supremacia econômica mundial, num condomínio privativo recheado apenas do mesmíssimo tipo de pessoas?

Evelina encarou Jonathan com os olhos injetados, os ombros tremendo.

— Como tinha certeza de que aquela coisa não atiraria em você?

— Ele não o fez nenhuma vez — ele arfou de volta, se dirigindo à sala de controle com passadas determinadas e inclementes, um soldado encarnado por completo. Pelo menos um deles tinha o emocional sob controle. — Eu investi contra ele agora e no Beco, e mal me deu atenção mesmo quando destruí um dos seus braços, embora agora tenha sido reparado. Cada um deles está…

— Programado para atacar apenas um de nós — ela completou, vendo que Jonathan tinha chegado à mesma conclusão que a sua.

Ainda assim, tinha sido terrivelmente inconsequente e idiota. Mais alguns milissegundos de atraso e o androide não teria conseguido desviar o disparo. Com a potência daquela rajada de calor, o tiro teria atravessado direto por Jonathan e a atingido também, e os *dois* estariam mortos em vez de apenas ela.

— O que está fazendo? — As sobrancelhas de Evelina se franziram ao vê-lo iniciando a tela no console e apertando botões de ignição.

Era uma pergunta estúpida, na verdade, mas sua cabeça ainda estava girando de leve. Outro estrondo explodiu uma nave não muito longe deles, e Jonathan ergueu as sobrancelhas de volta como se o som em si já fosse a resposta.

— Para uma garota gênio, até que você é lenta quando sob efeito de choques traumáticos — ele grunhiu baixo, seus dedos voando pelos controles com uma naturalidade veloz. — Precisamos sair daqui, Evelina.

Bom, disso ela sabia.

— E ir pra *onde?* Aquelas coisas ousaram nos atacar na droga da casa do dirigente do comando! — exclamou, mais desesperada que raivosa. — Para onde poderíamos possivelmente ir?!

— Para longe daqui, para longe *deles* — rosnou Jonathan, também provavelmente mais estressado do que raivoso. — Ou você prefere ficar e ganhar um tiro na fuça, caralho?

Eles estavam roubando um veículo. Estavam fugindo no meio de uma festa e seus pais nem sabiam onde se encontravam.

Esse é o menor dos seus problemas no momento, garota, a voz de Colbie em sua consciência sibilou.

Os motores rugiram e as turbinas roncaram suavemente sob o comando de Jonathan.

— Não devíamos pedir ajuda? Contatar alguém, ou…

Ela soube que aquela pergunta também era estúpida no momento em que as palavras deixaram seus lábios.

— Aqueles eram autômatos executores. — Ele mal olhou para ela ao rebater. A flutuação foi ativada e a Dandarus deixou o chão com um tranco leve e firme. — O Sistema nos quer mortos. Ninguém vai nos ajudar.

— Mas isso é absurdo. — Sua voz saiu num esganiço agudo, e Evelina se obrigou a manter o controle numa rédea curta. Não queria começar a chorar feito uma tola, mesmo que a desolação tivesse aberto um caminho árduo em seu peito para fechar sua garganta. Pigarreou: — Não, meus pais… não sei o que farão com eles, preciso… preciso fazer alguma coisa, qualquer coisa! Não posso colocar a vida deles em perigo, a culpa é minha!

Isso o fez congelar por um segundo.

— Você… — Inclinou a cabeça na sua direção para perguntar, baixinho: — Você é mesmo uma líder insurgente?

— Não! Quero dizer… mais ou menos! — Evelina enfiou o rosto nas mãos, sem saber o que fazer ou pensar. — Não sou líder nenhuma. Você é?

Jonathan retornou a atenção ao console, tirando o casaco do *smoking* e jogando-o de qualquer jeito sobre uma das bancadas laterais da sala de comando.

— Não.

— Mas também tem culpa.

— O que exatamente você fez?

É uma longa história, quase resmungou.

Ela não sabia se gostava daquele Capitão austero e frio à sua frente. Uma parte sua queria que ele estivesse fazendo piadas para tentar acalmá-la, não que estivessem se interrogando com desconfiança explodindo pelos seus poros daquele modo.

— Me responda primeiro.

— Você não fez nenhuma pergunta. — Jonathan ergueu uma sobrancelha séria para ela.

Evelina engoliu em seco, o peito apertado e os lábios crispados. De que adiantava negar? Ela já era uma "procurada de nível alfa em três dos três Comandos" mesmo.

Toda Poderosa Nação-Mãe, onde é que tinha se enfiado?

— Olha, sou só uma simpatizante, tudo bem?! Faço projetos para os insurgentes, otimizo as naves deles e incremento seu poderio de fogo. Mas nunca me mobilizei abertamente em nenhum ataque, nunca ergui uma arma, eu… eu nunca quis isso — chorou, sem conseguir impedir a voz de se embargar. Era a primeira vez que admitia em voz alta que era uma criminosa, uma traidora do Sistema. — Agora me responda você, droga! Eles estavam atrás de nós *dois!*

Um ribombar sacudiu a nave após um impacto trepidante atingir o lado direito da Dandarus. Evelina conseguia ouvir os androides dizendo "alvo identificado, biometria correspondente…" lá fora, como num filme de terror. Jonathan xingou ao voltar a mira para os consoles outra vez.

— Os escudos desse modelo são feitos de íons de tração baixa. Não vão aguentar nada.

Pelo vidro da sala de comando – um recinto com talvez dez metros de diâmetro, com um console ilha e manchetes de pilotagem manual iluminados pelo azul-turquesa típico das telas espalhadas pela mesa matriz –, ela conseguia ver guardas e veículos de segurança se aproximando ao longe, que agora não seriam de uso algum para eles.

Se o azar dos dois fosse algum indicativo, estavam ali era para ajudar os autômatos a acabar com ambos.

A Dandarus subiu quinze, vinte metros acima do hangar, e os guardas apontaram para a nave, confusos. Os propulsores ganharam vida e no segundo seguinte estavam disparando pelo céu escuro, as luzes do condomínio residencial onde Evelina morara durante quase sua vida toda passando embaixo deles num borrão disforme. Ela precisou se segurar na mesa matriz para não ser atirada para trás pela força do engate.

Quando estavam longe o suficiente da confusão e seus batimentos cardíacos já não se assemelhavam mais a uma britadeira anômala, Evelina cerrou os olhos por um momento doloroso, fechando sua mente para qualquer possível temor que ameaçasse sua compostura naquele instante.

Papai, Baniwa, me perdoem.

Ela prendeu o cabelo num coque firme e baixo na nuca num gesto automático, então empurrou Jonathan de lado e assumiu o visor para digitar coordenadas de rota e destino no console, ignorando o protesto exclamado dele ao fazê-lo.

— Onde é isso? O que está…

— Eu conto quando revelar o que *você* fez, Capitão Arantes. — Ela voltou os olhos faiscantes na direção dele. Ainda não estava completamente convencida de que não se tratara de um esquema para fazê-la confessar tudo. — É sua vez de dizer por que também está sendo caçado.

As feições de Jonathan se contorceram numa careta, como se ele esperasse que ela tivesse esquecido a parte dele no tópico após sua própria revelação.

Depois de segundos inteiros de pura tensão, um suspiro longo e pesado deixou seus lábios. Foi quando ele ergueu a manga do pulso e arrancou sua pulsotela de pulseira preta fosca, que devia ser de origem militar, já que parecia mais rústica e resistente que uma civil normal. Evelina soube que Jonathan não queria que fossem possivelmente rastreados ou espionados quando atirou o aparelho ao chão e o esmagou com a bota num gesto decidido. Evelina tinha desenvolvido a própria pulsotela, portanto não seguiu o exemplo dele, pois não havia chance do Sistema hackear seu modelo com ou sem perseguição federal.

Os olhos azuis oceano profundos por fim se ergueram para encará-la, resignados.

— Já ouviu falar sobre Ardósia-Ciano?

X

Caros senhores passageiros, estamos passando por uma leve turbulência, ignorem o robô voador assassino passando pela janela e permaneçam sentados

— Foi um incidente acobertado pelo Departamento de Controle Midiático do Sistema — ele murmurou, a garganta seca, quando Evelina permaneceu calada, os olhos bicolores parecendo destrinchar cada vez mais fundo em sua alma. — A princípio, se tratava apenas de uma batida numa comunidade que abrigava insurgentes.

A nave estava deixando os arredores do condomínio luxuoso no qual a Mansão Marchald e a residência do dirigente se encontravam, seguindo o percurso misterioso que ela programara dentro dos conformes, então Jonathan se deixou cair sentado na cadeira do piloto com um suspiro audível. Não queria contar, mas Evelina merecia saber, principalmente após ter confessado o que a colocara na mira dos executores também. Ele devia ter previsto que alguém como ela – inteligente e bondosa – seria liberal o suficiente para ousar tentar ajudar os rebeldes com suas habilidades.

Nunca tinha falado nada a ninguém sobre o que fizera *ele* tentar o mesmo, no entanto.

— Ia ser algo violento, sempre era. Eu estava no contingente selecionado para abordar o lugar, mas… — Seus dedos desligaram a manutenção automática e ele se lançou a apertar medidores de estabilização e resfriamento no console manualmente, apenas para ter algo para fazer com as mãos. — Eu tinha um amigo ex-militar em Ardósia-Ciano. Ele perdeu um braço num teste de armamentos explosivos, ganhou uma prótese e uma aposentadoria precoce como compensação do Sistema, e terminou se juntando à Insurreição pouco depois. Ele me pedia ajuda para passar por certas regiões naquele principado quando precisava transportar mantimentos aos insurgentes.

— Olhou para ela, um pouco desconfortável de revelar aquelas informações mesmo após Evelina admitir ter tomado parte em coisas piores. — Eu só informava os horários das patrulhas e trocas de ronda para que não fossem pegos, coisas pequenas assim.

As sobrancelhas dela mostraram o primeiro sinal de reação ao ouvir aquilo, erguendo-se no mais suave dos modos com a confissão. Era algo pequeno, quase bobo, mas ainda era traição ao Sistema, deslealdade à Pátria. Ele teria sido morto de todo jeito, fosse sua transgressão maior ou menor.

A Mãe pune, e ela não é misericordiosa.

Mesmo assim, Jonathan nunca parou de ajudar, nunca negou informações vitais àquele seu amigo. A cada pequena infração que ele cometia seu peito se aliviava em vez de pesar, como se as mínimas rebeldias em prol de um verdadeiro bem amenizassem todas as vezes em que fora obrigado a cometer atrocidades em nome do "bem comum" que o Sistema tanto pregava.

Evelina tinha que compreender seu lado.

— Mas eu sabia que muita gente dependia do apoio daquela comunidade, e ela estava prestes a ser exterminada junto com todo qualquer possível cúmplice. — Sua voz ganhou firmeza com a falta de culpa em seu peito. Ele sempre temera as represálias das suas ações, sim, mas nunca se arrependera delas. — Eu avisei meu amigo sobre a batida com o máximo de antecedência que consegui, mandei que ele e os outros fugissem — seus ombros tombaram, e ele passou a mão pelo cabelo num gesto frustrado —, mas não me antecedi o bastante. Muitos insurgentes ainda estavam tentando deixar o local quando meu regimento chegou, e meu comandante dobrou seus esforços quando viu que os rebeldes estavam escapando.

A expressão de Evelina tinha suavizado consideravelmente após suas palavras, atenta e receptiva ao relato, e isso lhe deu confiança para continuar contando:

— Eu juro a você, Evelina, não atirei contra ninguém, muito menos matei civis. Estava usando o cassetete elétrico, não os blasters, porque precisava agir de acordo, mas eu sempre os deixava fugir.

Ela hesitou, as pálpebras descrentes se estreitando para ele.

— Como... como ganhou a medalha de capitania, então?

Jonathan bufou, checando o console de soslaio enquanto a nave seguia o trajeto normalmente. Sua medalha era praticamente uma piada, uma doce e hilária ironia. Ele na verdade até gostava da merda da coisa, porque era uma representação física e pomposa de um equívoco do Sistema nas próprias fileiras: um militar simpatizante sendo promovido por auxiliar a Insurreição bem debaixo do nariz deles.

Ele fora recompensado por um crime, e tinha achado a coisa toda muito engraçada na época.

— Os insurgentes estavam usando uma passagem subterrânea em um auditório público para fugir. Havia uma barricada na porta, mas meu comandante estava prestes a derrubá-la com canhões de laser quadriogênicos — explicou, os olhos no vidro imaculado à frente, nas evidências de aproximação do núcleo comum mais populoso do Potentado, outras naves voando nos arredores com mais frequência. — Eu entrei pela ventilação da área de serviço e ajudei o restante dos insurgentes a escapar. Quando todos estavam fora e meu comandante estava quase colocando as paredes abaixo, eu o informei pelo comunicador que tinha entrado sozinho e pedi autorização para plantar uma bomba no interior e impedir que os supostos insurgentes restantes fugissem. — Um sorriso zombeteiro curvou os lábios dele. — E ele concedeu permissão.

— Deixe-me adivinhar — Evelina grunhiu. — Você também explodiu as câmeras do lugar, os rastros biométricos e a passagem que delatava por onde os rebeldes tinham saído, convenientemente apagando as evidências das suas transgressões.

— A Insurreição já tinha sabotado as câmeras do lugar há meses, mas sim. — Jonathan meneou a cabeça. — Eu sabia que meu comandante iria atrás deles pela passagem se conseguisse entrar, e mandar tudo pelos ares foi no que consegui pensar para evitar que aquelas pessoas fossem perseguidas e capturadas, ou pior.

Ela mordeu o lábio inferior, as íris mais preocupadas do que ele gostaria.

E ele gostaria muito, muito mesmo, que ela compreendesse. De algum jeito, Evelina Marchald tinha se tornado seu único bote salva-vidas em mar aberto violento e tempestuoso. Não podia mais contar com Luísa, sua mãe ou seus amigos no regimento, não sem colocar todos em perigo por ajudá-lo. Ela também tinha entrado na mira do Sistema, precisava entender o porquê dele ter feito o que fizera.

Por isso Jonathan estava um pouco desesperado – só um pouco – com a possibilidade dela rechaçá-lo. Mas era bem improvável.

Certo?

— Mas eu… — Evelina soltou um fôlego inseguro, abraçando o próprio corpo ao desviar o foco para o visor principal, como se não quisesse encará-lo. — Eu li os relatórios de Ardósia-Ciano, meu pai foi informado sobre o ocorrido. Jonathan, aquela bomba…

— Não fez uma vítima sequer — ele esclareceu de imediato, sério como nunca. — Pela minha vida, Evelina, juro que é verdade. Era um explosivo de curto alcance, nem chegou a danificar a estrutura externa do auditório. Todas aquelas 119 pessoas mortas… — engoliu em seco, a voz pesarosa. — Foram vítimas diretas e indiretas do conflito durante todo o caos, principalmente de soldados do Sistema.

E aquele era um número estrondosamente grande.

Revoltantemente grande.

Grande o suficiente para que o Sistema precisasse maquiar a história, porque não conseguira censurar os fatos por completo. Havia muitas testemunhas, muitas famílias de luto, e muito sangue nas mãos dos soldados do governo. Eles tinham colocado a culpa do massacre na bomba de Jonathan, então, mesmo tendo atribuído sua autoria à Insurreição, mesmo condecorando-o após isso por bravura em combate.

Era absurdo e era repulsivo, mas pelo menos a consciência dele estava limpa.

O mesmo não ocorrera com seus colegas, no entanto. Dois soldados em seu contingente cometeram suicídio pouco depois do incidente, e inúmeros vomitaram noite adentro pelo quartel inteiro durante os pesadelos que se seguiram. Muitos eram apenas bons homens e mulheres sendo obrigados a fazerem coisas ruins. Ele consolara uma amiga por horas enquanto ela tremia e chorava incessantemente porque atirara contra um adolescente por desespero – porque pensou que ele estava carregando uma granada, e só descobriu que se tratava de um simples comunicador quando o aparelho caiu das mãos frias e imóveis do garoto.

E depois, quando a mãe daquele garoto aparecera aos prantos na base do regimento exigindo explicações, exigindo respostas que o comandante de Jonathan não podia dar, um tenente-coronel tinha esbofeteado a mulher quando ela ousara agarrar as lapelas do seu uniforme em meio à agonia do luto.

Jonathan o socara por aquilo, e quase foi para a Corte Final pela ofensa.

Luísa salvara seu traseiro por pouco, aplacara sua punição e por isso ele terminara como guarda-costas de Evelina, confessou, com um aperto doloroso entre as costelas diante da constatação de que provavelmente nunca mais falaria com a irmã ou com a mãe. O Sistema devia estar rastreando as comunicações de ambas, e Jonathan não conseguiria nem ao menos mandar uma mensagem de despedida sem revelar a própria posição ou comprometer a segurança delas.

O pai de Evelina era um ministro, seria mais difícil se livrar dele ou do seu marido. Mas Luísa e sua mãe? Militares – mesmo majores – morriam com frequência nos conflitos com a Insurreição ou em missões a serviço da Pátria, e sua mãe não era ninguém para o Sistema. Elas seriam abatidas sem esforço algum, caso culpabilizadas pelos crimes dele.

E essa mera possibilidade o matava por dentro.

Ele, assim como Evelina, também nunca tinha pensado que precisaria se preocupar com sua família dessa forma, que seria descoberto, perseguido para execução daquela maneira. Apenas os rebeldes que ajudara a salvar sabiam da sua transgressão em Ardósia-Ciano e, a não ser que algum deles fosse um agente duplo, Jonathan duvidava de que tivesse sido um dos pobres infelizes a delatá-lo. Mas por que após três meses desde o massacre? Por que demorar tanto para acabar com ele? Por isso ele baixara a guarda depois de semanas inteiras: pensou mesmo que ninguém havia descoberto o que fizera.

Só não fazia sentido.

Quando ele finalizou sua confissão, a Dandarus já estava atravessando o núcleo central da ilha – tomando caminhos menos conhecidos e vigiados – e se dirigindo à zona Sequoia, o núcleo industrial. Evelina estava tentando ser discreta sem muito sucesso ao limpar uma lágrima no canto do olho e observar o trajeto na tela do console.

— O que vamos fazer, Jonathan? — Ela ergueu as enormes íris angustiadas para ele, e no segundo seguinte seus braços estavam envolvendo-a no automático.

Evelina enterrou o rosto em seu colete ao abraçá-lo de volta com força, soluçando baixo de forma contida como se não quisesse chorar, mas também como se não conseguisse evitar. E caralho, ele não podia nem falar nada, porque seus olhos estavam ardendo na mesma intensidade e Jonathan não sabia por quanto tempo mais seria capaz de se conter.

Porra.

Ele só queria gritar. Depois de admitir tudo aquilo, depois de confessar o que fizera e não sentir um mísero grama de arrependimento – exceto por talvez colocar sua família em risco –, era só injusto pra cacete que o Sistema perseguisse ambos por causa daquela merda. Tudo a respeito daquilo era injusto.

E todos eles eram sufocados há tanto tempo pelo silêncio que ele sentia que gritar não seria de porra de uso algum. De que adiantava berrar os próprios pulmões numa nação voluntariamente surda?

Tudo que podiam fazer era se encolherem na própria mudez. Se misturarem ao restante, se manterem calados e rezarem para que bastasse.

Sobreviver, um dia de cada vez.

— Para onde estamos indo? — Jonathan indagou baixinho, depois de longos minutos nos quais Evelina chorara tudo que conseguira retraída contra o peito dele.

Ela fungou, afastando-se um pouco e usando as costas da mão para enxugar as bochechas, os olhos inchados e a maquiagem borrada nos cantos. Ele limpou um pouco da tinta preta que se acumulara sob os cílios dela gentilmente com o polegar.

— Meu laboratório — confessou, quase num sussurro, e ele ergueu as sobrancelhas. — Vai enfim conhecer minha batcaverna.

— É, acho que agora somos eu e você contra o mundo. Não acredito que precisamos ser perseguidos por robôs assassinos para que me mostrasse onde trabalha, doçura — tentou brincar de volta, e valeu inteiramente a pena, porque conseguiu um pequeno bufar unido a um sorriso de canto de Evelina em resposta. — Seu laboratório é tão longe assim?

— Não, é bem embaixo da minha casa. Mas ir pela minha casa é suicídio, então podemos usar uma das linhas de transporte de matéria-prima com acesso a ele que construí, aqui na zona Sequoia. — Ela deu de ombros como se não fosse nada, e Jonathan não sabia porque ainda se surpreendia com o cérebro daquela garota. — Posso nos manter escondidos lá por quanto tempo for necessário se ao menos…

Um estrondo sacudiu a nave de súbito e quase jogou ambos no chão.

Ele segurou os ombros de Evelina para estabilizá-la, os dois de olhos arregalados e expressões alarmadas. Estavam em pleno voo, a noite apenas começando a clarear acima deles com o prenúncio da aurora, planando acima das enormes fábricas, armazéns e depósitos que compunham o núcleo industrial do Potentado. O que possivelmente poderia…

Outro estrondo, e os alarmes e indicadores de segurança do visor principal guincharam a todo volume.

— O que foi… — ela começou a murmurar.

— Estou checando — Jonathan respondeu já com as mãos sobre o console, verificando os osciladores e transmissores em busca de relatórios de geolocalização das ameaças.

A Dandarus não era uma nave militar, mas pelo menos toda programação simples de veículos de transporte tinha esse tipo de função. Era útil no tráfego.

— Dois pontos diminutos a leste, 170 pés de distância — ele leu no radar, a testa franzida. — Acha que podem ser mísseis de…

Outro ribombar chacoalhou a estrutura inteira, e mais luzes de emergência se acenderam e berraram na cabine.

— Esses impactos não foram mísseis — Evelina murmurou de repente, a voz angustiada. — *Jonathan.*

Ele voltou a cabeça na direção dela ao som do seu nome, e só então conseguiu seguir seu olhar e perceber que as duas figuras próximas – perfeitamente visíveis pelo vidro da escotilha lateral, se ele apenas tivesse girado no lugar para notar – com certeza não eram mísseis.

Eram os autômatos.

— Puta merda — ele sibilou, indignado. — Essas coisas *voam?!*

Que tipo de tecnologia é essa, cacete?

— Tire a gente daqui! — Evelina guinchou, alcançando a mesa matriz ao mesmo tempo que ele.

Jonathan desligou o piloto automático e assumiu os manches quando outro estrondo fez várias janelas vermelhas de informe de dano ao escudo de íons e à estrutura externa da nave pipocarem no visor.

— Precisamos pousar — ele informou, os dentes trincados a cada desvio brusco para evitar o que quer que aquelas coisas estivessem lançando neles.

Não tinha projétil ou calor, eram apenas...

— Ondas sônicas. — Evelina arregalou os olhos ao esquadrinhar o radar. — De *onde* esses autômatos vieram, de outra *galáxia?!* Esse tipo de tecnologia não...

— *Precisamos pousar!* — repetiu Jonathan, acima da cacofonia de ruídos do pobre do sistema operacional da Dandarus.

Ele não queria nem ver o estado da lataria. Quem tinha a coragem de disparar contra uma nave daquelas? Era um modelo limitado de produção sudocentrista especializada em designs ergonômicos e sustentáveis. Devia custar três fortunas e meia, porra. Jonathan devia estar saltando de júbilo por ter a oportunidade de pilotar um veículo daqueles, mas em vez disso não conseguia nem abrir um sorriso mixuruca, eram ameaças à sua integridade e eventos trágicos contínuos demais, mesmo para um idiota sorridente e despreocupado feito ele.

— Não dá! Pelo menos não em segurança, não aqui! — gritou sua escandalosa protegida (ele ainda podia chamá-la assim?), as mãos voando em desespero pelas telas. — Se estivéssemos com uma turbina destruída ainda seria melhor. As ondas entortaram os aerofólios. A pressão do ar está nos empurrando para baixo em vez de nos sustentar em cima.

Jonathan soltou toda uma ode de palavrões. Se continuassem naquela velocidade e tentassem aterrissar, eles seriam papinha esmagada contra o solo em poucos minutos. O impacto faria mingau de cada osso no corpo deles antes mesmo que conseguissem gritar.

— Reverta a polaridade do fluxo de nêutrons — ordenou, seus dedos apertando e teclando com precisão mesmo diante do pânico tensionando seus membros a ponto de doer. Era uma das vantagens de ter sido treinado no exército.

— Isso não vai nos impedir de cair!

— Se redirecionarmos as turbinas também, vai nos dar tempo o suficiente para achar mochilas de impulsão.

Evelina piscou, então assentiu, concordando e correndo na direção dos volantes de motor. Jonathan não conseguiu evitar o alívio breve com o fato de que ela não discutira ou retrucara. Ela podia nem sempre saber controlar ou lidar com suas emoções, mas as máquinas a deixavam mais confortável do que qualquer pessoa jamais conseguiria. Ali, entre as luzes apitando, propulsores rugindo e fumaça chiando, era seu habitat natural.

Por sorte, o fato de estarem dentro de uma nave também fazia do lugar o habitat natural *dele*.

Formavam uma dupla surpreendentemente funcional quando confrontados com iminência de morte, descobriu. Enquanto Jonathan manobrava o manche e tentava evitar os golpes dos autômatos a todo custo, Evelina rosnava com tanta ferocidade para os controles danificados que era de se esperar que ela intentava fazê-los funcionar na base do ódio, mas ele não fez nenhum comentário negativo – principalmente quando os sons animalescos resultaram em engasgos hesitantes, porém efetivos da matriz condutora.

— *Isso!* — fez ela, a expressão eufórica à medida que os luminoindicadores no console foram passando de um vermelho berrante para um azul suave e enfraquecido.

Aquela mulher maluca e absolutamente brilhante conseguira convergir a força de dois geradores reservas para as turbinas, arriscando explodir ambos em pedaços, mas também fazendo a nave desacelerar de modo considerável no percurso de queda.

— Eu poderia te beijar, agora! — ele gritou, correndo para a tela secundária do console para tentar encontrar qualquer indicador do projeto da nave que lhes dissesse onde os aparatos de emergência estavam.

— Você com certeza sabe como arruinar o humor de uma garota! — rebateu ela acima dos apitos escandalosos e do rugido dos motores, mas estava sorrindo feito uma maníaca. — Assuma a direção, eu procuro as mochilas!

Jonathan ficou grato em obedecer, já que se sentia muito mais útil pilotando do que fuçando desesperadamente por programas. E bem a tempo, tinha o direito de dizer, já que a matriz apitou feito uma sirene e ele desviou bruscamente de outra onda sônica meros segundos antes dela atingi-los. Evelina guinchou com o tranco, quase sendo atirada do outro lado da grade da estrutura de comando.

— Idiota!

Ele revirou os olhos, a adrenalina disparando pelas suas veias. Será que ela preferia ter outra parte da nave reduzida a alumínio amassado apenas para o bel prazer da sua estabilidade motora?

— Foi mal!

— Um aviso cairia bem!

— Aqui vai um aviso, então! — Jonathan berrou, firmando os pés e apertando o manche entre os dedos. — *Se segura, porra!*

Outra onda sônica quase os jogou de cara no piso laminado, e toda a estrutura da nave tremeu, sem sustentação alguma. Tubos de resfriamento sibilaram, instáveis, e fumaça começou a se acumular acima das cabeças dos dois. O visor do console informou danos piores do que um pouco de gás tóxico a Jonathan, no entanto.

Sério, aquelas coisas eram animais. Destruir uma Dandarus devia ser crime. Aquilo estava ficando bastante pessoal.

— O comutador foi atingido — arfou, deixando os controles de lado (com o peito apertado), sabendo que não havia esperança alguma vindo dali mais. Evelina voltou a cabeça na sua direção com os olhos arregalados. — O radar já era. As ondas vão nos atingir sem pausa.

— Então me ajude a procurar! — chiou ela, dando alguns tabefes localizados no monitor secundário.

Nenhum deles perdeu tempo. Dois abalos praticamente sísmicos que ameaçaram desmontar toda a nave aos pedaços depois, um ponto esverdeado piscando na tela os fez exclamarem em uníssono.

— A sala de embarque!

Ele se certificou de pegar e recolocar o casaco do *smoking* ao saírem, porque um pouco de cobertura têxtil extra não faria mal nenhum. As botas de ambos ressoaram pelos corredores de metal assim que dispararam para fora, e mais um estrondo sônico sacudiu a Dandarus. Pelo nível daquele impacto, o escudo também já era.

— Era um pouco óbvio — Jonathan fez uma careta enquanto corria, referindo-se aos aparatos de emergência estarem localizados na sala de embarque.

— Eu precisava da senha de acesso. — Ela ofegou, sem fôlego, ao descerem uma pequena rampa até o deque suspenso.

— Eu podia ter apenas explodido a trava da caixa!

Porra, eles haviam gastado todo aquele tempo por causa de uma senha?

— E arriscar danificar as mochilas? — Evelina devolveu, descrente, quando alcançaram a sala e ela se dirigiu diretamente ao compartimento camuflado de emergência, atrás de uma das cadeiras estofadas. Por outro lado, eles talvez nunca o tivessem encontrado a tempo se tentassem procurar por conta própria. — Esse modelo foi feito para dois pilotos, então só tem duas mochilas!

— Estamos perto do ponto de acesso à sua linha de transporte?

— É atrás da Smith&Jones Inc. — Abaixou-se para digitar o código de acesso e destravar o compartimento. — Caso nos separemos, me encontre lá.

— Não gosto dessas probabilidades, garota gênio.

Ela nem piscou diante do apelido que ele lhe dera em sua cabeça.

— São as únicas que temos no momento, Capitão de Araque — retorquiu, atirando a mochila de propulsão no peito de Jonathan enquanto já enfiava um braço pela alça da própria. — Você é um soldado ou um pé de alface?

Ele soltou um pequeno ruído expirado de incredulidade.

Evelina já estava abrindo a escotilha de emergência, o vento entrando rugindo pela abertura circular e bagunçando o cabelo de ambos.

— … Espere!

— Vamos! — gritou ela, tomando um fôlego trêmulo e profundo logo antes de pular.

O que é que ele tinha pensado daquela garota no dia do incidente no Beco?

Ah, sim.

Biruta. Completamente desorientada da cabeça.

Ainda acho que vou me casar com ela um dia, Jonathan disse a si mesmo, antes de saltar atrás de Evelina em queda livre a mais de dez mil pés de distância do chão.

XI

Sou muito nova e academicamente promissora para ter um acidente vascular cerebral

Aquilo com certeza fora a maior maluquice que já fizera na vida, e isso vinha de uma garota que já brincou de lutinha com bastões eletromagnéticos com sua assistente I.A. e trocou baterias radioativas de motores de condução sem equipamentos de segurança.

Grande e Misericordiosa Nação-Mãe, *nunca mais.*

Evelina achou que vomitaria no ar durante toda a descida – realmente não entendia como certas pessoas faziam aquilo por esporte – e terminou mesmo se separando de Jonathan. Quando saltaram, ambos os autômatos se lançaram na perseguição do seu respectivo alvo, e ele e Evelina precisaram seguir caminhos diferentes para despistar os androides. Fora difícil, porque mochilas de impulsão eram feitas para pousos individuais de emergência, não para fugas alucinadas de disparos sônicos, mas ela se saíra bem o suficiente.

Uma última onda a jogou bem longe de onde pretendia aterrissar e quase estourou seus tímpanos, mas também lhe deu tempo o suficiente para descer de modo não muito gracioso (cair) entre alguns armazéns de pequeno porte e se misturar aos operários e civis nas ruas antes que o autômato a alcançasse. Evelina se aproveitou da confusão que a Dandarus causou ao atingir e mandar uma montadora automobilística pelos ares na queda e deixou que os grupos de curiosos e assustados a escondessem pelo caminho. Não viu nenhum sinal do androide por onde passou, mas não queria arriscar e levar um tiro pelas costas, o que deixou todo e cada um dos seus nervos à flor da pele enquanto se movia pelas ruelas e trilhas de puro metal e concreto do núcleo industrial.

Acabou adquirindo sapatos e roupas novas numa fornecedora têxtil (ela teria mais sorte se disfarçando usando apenas suas roupas íntimas do que um vestido de festa chique naquelas bandas) e alugando uma motoplanadora pública, colocando o débito da compra e da corrida em uma de suas contas clandestinas como Em, para que não rastreassem sua localização caso estivessem acompanhando suas movimentações bancárias como Evelina. Talvez a pé fosse mais seguro, mas a distância também lhe deixaria cansada e desatenta. Jonathan precisaria dela lá para saber como acessar os túneis de transporte.

Isso se Jonathan ainda estivesse vivo.

Jonathan.

Jonathan, que tinha lutado em Ardósia-Ciano, sim, mas não para contribuir com o massacre – ele fora o responsável por evitar uma chacina de proporções muito maiores. Salvara vidas em vez de condená-las. Evelina nunca ficara tão grata por ter dado uma chance a ele, por ouvir sua consciência quando ela lhe disse que o Capitão não podia ser um monstro cruel e desumano. Ele, que era a única pessoa no mundo que sabia pelo que ela estava passando no momento, que conseguiria compreendê-la e ajudá-la.

Por favor esteja vivo, rezou internamente, o coração inquieto e o vento fustigando seu rosto enquanto acelerava pelas ruas cinzentas e ruidosas da zona Sequoia. *Não ouse morrer e me deixar aqui sozinha nessa confusão agora.*

Um suspiro fraco de alívio escapou dos seus lábios quando ela girou na esquina que dava para o beco traseiro da Smith&Jones e uma figura definitivamente humana e masculina entrou no seu campo de visão.

Jonathan já tinha encontrado o painel de acesso ao túnel, camuflado numa caixa de controle de fiação na parede do fim da viela, e Evelina estava definitivamente impressionada. Os olhos azuis se arregalaram com a surpresa quando ela estacionou a motoplanadora perto da entrada e pulou do assento para correr até ele. Jonathan também tinha trocado de roupa, vestido com um tipo de uniforme verde militar desgastado e puído nas mangas. Talvez tivesse negociado o smoking em troca das roupas de um baixo oficial local – a parca iluminação do beco e suas altas paredes de tijolo vermelho bloqueando o nascer do sol do dia nublado não lhe davam muitos detalhes da classe e patente.

— Não foi seguido? Deu tudo certo? — indagou ela, arfante, alcançando-o entre algumas caçambas incineradoras e uma porta de serviço da Smith&Jones. Precisavam ser rápidos antes que alguém os visse.

Ele sacudiu a cabeça, piscando em sobressalto durante mais alguns instantes enquanto a analisava por inteiro ainda com uma expressão meio pálida. Ela nem tinha escolhido uma roupa tão destoante do seu normal: era apenas uma legging azul-escura, uma blusa rosa de mangas longas e um casaco um pouco maior do que sua numeração correta, mas ainda assim…

— Jonathan? — Ela estalou os dedos à frente dos olhos dele, impaciente. — O autômato bateu sua cabeça em um poste, por acaso? Licença! — Evelina o empurrou de lado para ter passagem ao painel de entrada e digitou a sequência alfanumérica nos botões escondidos da fiação.

Por mais que ele tentasse, nunca conseguiria acertar a combinação. Apenas ela e alguns poucos fornecedores especiais sabiam o que e onde digitar ali.

— Evie? — Jonathan articulou atrás dela, um pouco hesitante.

Isso a fez prender a respiração por dois segundos e meio.

— Passei de *doçura* a *garota gênio* e então para *Evie* tão rápido assim? — ela replicou sem olhar para ele, em parte porque estava concentrada e em outra porque estava corando um pouco.

Baniwa a chamava de *Lin*, mas "Evie" conseguia ser ainda mais intimista e carinhoso. Ainda mais no tom afeiçoado com o qual pronunciara, ele... De onde ele tirara aquilo?

Não importa, Evelina, foco!

O painel de acesso apitou e uma luz azul se acendeu ao lado do teclado, fazendo a parede sibilar e deslizar para trás, para logo em seguida deslizar para o lado num movimento igualmente suave e silencioso. Ela adentrou o corredor sem hesitação à medida que as luzes automáticas com sensores iam se acendendo no teto, e logo estava descendo o enorme elevador velho para os túneis subterrâneos com Jonathan ao seu lado.

Ele ainda estava lhe encarando de forma estranha, a larga caixa de metal rangendo e sacudindo sem muita estabilidade ao redor deles.

— Tem certeza de que não é um androide disfarçado? — indagou, desconfiado.

Evelina revirou os olhos. Era com isso que ele estava preocupado?

— Não seja bobo. A tecnologia de quem quer que os tenha criado é bem avançada, admito, mas eu duvido muito de que tenham desenvolvido um tipo de disfarce montado à perfeita imagem da aparência, trejeitos comportamentais e voz de alguém. Aqui — ela agarrou a mão dele, deixando que sentisse o calor em sua pele, sentindo a palma calejada dele contra a sua em resposta —, humana, viu?

Jonathan estremeceu de leve, apertando seus dedos com feições resignadas.

— É você mesma, não é?

— Vamos, Capitão de Araque. — Ela o puxou para fora do elevador quando este atingiu o subsolo com um *clanque* brusco. Por mais que Evelina tivesse vários recursos modernos e avançados, nem todos os seus fornecedores usufruíam do mesmo luxo. — É um longo caminho até o laboratório e queremos colocar o máximo de distância possível entre nós e aquelas coisas.

— Os bioandroides?

Ela ergueu as sobrancelhas para ele quando subiu os degraus da plataforma móvel de carga mais próxima, o enorme túnel se iluminando com a fotoluminescência azul-turquesa em bastões de luz laterais aos trilhoplanadores. A tecnologia de transporte flutuante fora cara, mas valera a pena. Era mais rápida, mais discreta e bem mais silenciosa.

Jonathan se ajeitou no assento ao lado dela na cabine de controle, estranhamente quieto à medida que Evelina iniciava os motores no console e a plataforma decolava e avançava com um suave engate.

— Como sabe que possuem funções biônicas além das robóticas?

Ele piscou.

— E-eu não sei. — Deu de ombros, desconcertado. — Só achei bioandroides um nome maneiro.

Ela meneou a cabeça, franzindo a testa.

— Soa maneiro, mesmo — cedeu, com as sobrancelhas unidas. — Só não vai ser muito maneiro se conseguirem nos explodir em pedaços caso nos peguem. Coloque o cinto.

— Sim, senhora. — Pareceu feliz em acatar suas ordens, quase aliviado com a familiaridade da inclinação autoritária dela.

Os olhos de Evelina o escrutinaram de soslaio durante todo o trajeto. O cabelo de Jonathan estava coberto por uma touca escura que ele ficava ajeitando de tempos em tempos, seus dedos batucavam em seu joelho com frequência e sua perna balançava contra a lateral da porta da cabine sem parar. Não era um espaço tão grande – fora feita para um condutor apenas, de metal fundido e vidro blindado – e era difícil girar a cabeça para observá-lo sem ser notada.

Aquela roupa o deixava mais musculoso? Havia um pequeno corte em sua maçã do rosto esquerda, também.

— Você se machucou na queda?

Ele quase caiu pela janela da cabine com o susto.

— O q-quê?

— Seu rosto. — Ela indicou com o queixo, franzindo a testa ainda mais para a reação exagerada. — Está ferido? A mochila de impulsão falhou?

— Não, eu... — ele pigarreou, e pareceu querer passar a mão pelos cabelos (ela já tinha notado que Jonathan fazia isso quando estava nervoso), mas então lembrou que estava de touca e baixou o braço. — A mochila não falhou, mas eu caí... Na queda. Bati a bochecha numa quina de calçada.

— Ai. — Ela fez uma careta, solidária.

— É.

Ela achou que ele teria perguntas sobre o laboratório ou sobre seu trabalho – a especialidade de Jonathan era tagarelar para jogar conversa fora, afinal –, mas ele continuou terminantemente mudo após aquele mísero diálogo. Talvez estivesse surtando por dentro como ela fizera mais cedo na festa, mas Evelina duvidava. Ele era um soldado treinado afinal, por mais que *parecesse* estar surtando um pouco. Mas não era um surto de medo e desespero como o dela, era só um surto... estranho.

Ele estava estranho.

— Tem certeza de que está bem? — tentou, quando chegaram ao posto de controle final e desceram da cabine para alcançar a grande entrada de garagem do laboratório após longos quinze minutos de silêncio incômodo.

— Claro — Jonathan respondeu de imediato, abrindo um dos seus sorrisos charmosos de canto. A iniciativa pareceu forçada, contudo. — Por que não estaria?

— Porque estamos sendo perseguidos por, como você disse, robôs assassinos do Sistema? — Ela ergueu as sobrancelhas, pousando a mão no antebraço dele no que esperava ser um gesto reconfortante. — Não é vergonha alguma se sentir perdido num momento desses, Capitão de Araque. Você me segurou na nave, quando eu desmoronei, e quero... — Respirou fundo e tentou sorrir, encorajadora. — Quero que saiba que eu vou segurá-lo caso precise desmoronar também.

As feições de Jonathan suavizaram com algo parecido com afeto, a mão larga envolvendo a sua sobre o antebraço coberto pelo uniforme, e ela relaxou um pouco com a melhora na postura tensa dos ombros dele.

— Vou lembrar disso, garota gênio.

Evelina abriu um pequeno sorriso.

Ela preferia *Evie*, mas garota gênio também era adorável.

Antes que começasse a corar, rapidamente se afastou e digitou a senha de acesso à garagem dos fundos do laboratório, e a voz de Colbie a recebeu nos alto-falantes externos:

— Patroa Evelina? — A voz da I.A. soou confusa. — O que está fazendo aí? Por que não entrou pelo elevador?

Os grandes portões se abriram, e a visão abençoada do laboratório de Evelina se estendeu por centenas de metros à sua frente, luz após luz acendendo a cada setor de criação, teste e armazenamento. Suas máquinas e projetos lhe receberam com os zumbidos e chiados característicos, e ela quase começou a chorar novamente.

Talvez precisasse desmoronar outra vez, agora que estava de volta à segurança.

— É uma longa história, Colbie — suspirou ao atravessar a garagem, tirar o casaco e lançá-lo de qualquer jeito em cima de uma das bancadas que viu primeiro.

Seu laboratório era pesadamente protegido, com vigilância ininterrupta e armamento especializado para camuflagem eletrônica e defesa de calibre militar. Seus emissores de frequência disruptiva o tornavam invisíveis a radares, sonares, satélites, termorrastreamento e localização pulsogeográfica. Ela nunca tinha se sentido tão grata por ser tão paranoica em relação ao seu esconderijo e porto seguro.

Jonathan a seguiu de perto.

— Patroa Evelina? — A figura de Colbie montou sua silhueta magnética e surgiu a alguns metros de distância deles, preocupada. Quase *temerosa*. — Quem é esse?

— Colbie, esse é o Capitão Arantes. — Ela franziu a testa para sua assistente. — Você já o viu nos arquivos e nas filmagens de segurança da Mansão. Jonathan, não se assuste. Essa é minha inteligência artifi...

— Esse não é o Capitão Arantes das filmagens de segurança da Mansão — Colbie sussurrou, e o coração de Evelina errou uma batida no peito.

O tempo pareceu desacelerar quando ela se virou de imediato para trás. Seus olhos se arregalaram feito pratos quando o homem que achara ser Jonathan bradou, antes mesmo que ela conseguisse pensar:

— Colbie, iniciar protocolo fantasma de procedência urgente. Acesso 181099.

As peças que formavam sua assistente caíram no chão no mesmo instante com uma sinfonia de ruídos metálicos, e diversas telas antes alimentadas pela consciência de Colbie se apagaram ao redor deles.

Evelina não sabia se estava respirando.

Impossível.

— *Como* — ela balbuciou, quase sem voz. — Como *sabia* como fazer isso, como... Você... A s-senha de acesso...

Ele, aquele estranho... desativara a atividade de Colbie no laboratório por completo. O protocolo fantasma fora feito no caso de uma batida surpresa ou invasão do Sistema, no qual sua assistente não podia ser descoberta ou rastreada pelo governo. Era para ser usada em emergências, e ela não conseguiria voltar a convocar Colbie por pelo menos mais quinze minutos. Se ninguém iniciasse seu programa outra vez nesse período, ela ficaria desativada por mais vinte e quatro horas. Era uma medida protetiva da qual só ela e sua I.A. sabiam, como a medida do algoritmo de backup emergencial de Colbie.

O Sistema tinha hackeado as câmeras e painéis do laboratório? Isso não devia ser possível. Evelina desenvolvera seu próprio *firewall* e deixara pelo menos dez vírus diferentes engatilhados no caminho até ele. Se estivessem tentando rastreá-la, ela saberia.

Então *como*...

— Evelina — disse o estranho ao erguer as mãos num gesto que ele provavelmente achava ser tranquilizador, mas que só a deixou mais aterrorizada. Esse não era *seu* Capitão Arantes, disso podia ter certeza. — Por favor, me escuta.

Estava escuro durante o trajeto. Ela não tivera a chance de analisá-lo de perto num ambiente claro antes, como... como fora tão idiota?!

Aquele homem era Jonathan e não era, ele... ele estava completamente diferente. Aquele sujeito tinha pelo menos trinta anos. O uniforme não o deixava mais musculoso, era ele quem estava *maior* de vários ângulos, mais encorpado. Havia uma sombra de barba por fazer em seu maxilar, e uma cicatriz feia de queimadura marcava seu pescoço onde ela conseguia enxergar a partir do colarinho da camisa. Quando ele tentou dar passos na direção dela e sua calça subiu no tornozelo, Evelina conseguiu um vislumbre de peça metálica em sua perna direita.

Ciborgue.

Pátria misericordiosa.

Ela se virou e correu.

—*Evelina!* — o homem gritou atrás dela, os passos pesados se lançando em sua perseguição em segundos. — Espere!

Nem o tom soava exatamente igual ao de Jonathan. Estava mais grosso e mais rouco... Como ela pudera se enganar tanto? Que tipo de tecnologia era capaz de fazer aquilo?!

— *Espere, eu posso explicar!* — A voz dele ecoou pelo ambiente amplo do laboratório outra vez.

As pernas de Evelina ardiam com o esforço, mas ela não desacelerou em momento algum. Girou entre as bancadas elevadas e máquinas e caixas de ferramentas atoladas com a visão se embaçando de desespero, e ainda assim não se permitiu hesitar. Seus pés a levaram direto para a seção mais próxima de testes com segurança reforçada.

A seção de armas.

Seu perseguidor era maior e mais rápido, e a alcançou em poucos instantes.

Evelina já tinha um disparador de repetição automática com cano triplo nas mãos quando ele o fez.

— *Fique. Longe. De mim.* — ordenou entredentes, as mãos tremendo no gatilho mesmo com a mira firme e apontada diretamente para o peito daquela coisa.

Aquela era sua casa. Todos os projetos da sua carreira estavam condensados naquele lugar, naquelas telas e consoles. Ela daria sua vida pelo seu trabalho, e aquele sujeito estava tremendamente enganado se achava que Evelina cederia todo o seu legado sem uma boa briga. Se caísse, cairia lutando.

Jonathan-falso ergueu as mãos em rendição sob a mira da arma, tão arfante quanto ela.

— Evelina…

— *Saia* do meu laboratório — rosnou, o coração disparado. — Não sei como desativou Colbie, mas te garanto que ainda posso chutar sua bunda para fora daqui muito bem sem ela.

Ele soltou uma risada engasgada súbita com o comentário, e uma expressão incrédula tomou as feições dela. O cano triplo da arma se ergueu mais alguns centímetros com um gesto das suas mãos, enfático e mortal, e a gargalhada do estranho morreu na hora.

— Está zombando de mim? Acha que estou brincando?! — ameaçou ela, tentando soar mais segura do que se sentia.

— Não! — Ele sacudiu a cabeça freneticamente. — Desculpe, desculpe, é sério. Por favor, acredite em mim. Não estou aqui para machucá-la.

— É difícil acreditar em você depois de ter fingido ser meu amigo por todo esse tempo para me enganar — acusou, cínica. — O *que é* você?!

Ela devia ter notado. O modo como ele tentara abrir o painel antes dela chegar, como estava nervoso no caminho até ali, como não sabia responder suas perguntas. Ele até lhe chamara de *Evie*. Jonathan nunca a chamara de Evie.

E seu coração tolo a fez achar que era um apelido carinhoso, não um termo de tratamento evasivo.

— Estou com um blaster no cinto. Podia ter atirado em você quando se virou para correr, mas não fiz isso — insistiu o estranho, angustiado. Não era Jonathan, mas *era* muito desconcertante o quanto ele se *parecia* com Jonathan. Chegava a ser perturbador. Evelina não se culpava tanto assim por cair na artimanha. — Eu nunca a machucaria. Se me deixar…

— Chega — ela cortou, os dedos tensos na coronha metálica do disparador. — Vá embora antes que eu…

— Seu nome é Evelina Audrey Finn Marchald, você é especializada em dezesseis tipos de engenharia e se graduou aos dezoito anos na UP. Você tem alergia a poeira, fica empolada no frio e só gosta de ler quando os livros são didáticos ou de romance — ele despejou de uma vez, como se tivesse ensaiado, e a arma quase caiu da mão de Evelina.

Se ela fosse dada a impropérios, já teria ficado rouca de tanto xingar.

Como?

Apenas *como*.

O estranho pareceu tomar a mortificação dela como incentivo:

— Eu saberia de tudo isso se não fosse Jonathan?

— Não! — guinchou ela, o disparador chacoalhando na mão trêmula. — Porque eu nunca contei *nada* disso a Jonathan! E sou especializada em apenas quatorze tipos de engenharia!

Como aquela coisa sabia daquilo tudo? *Como* parecia tão dolorosamente fiel ao Jonathan que ela conhecia? Que tipo de ilusão ótica ou apropriação anatômica holográfica era aquela? Uma parte sua estava muito, muito assustada, mas seu lado inventor e engenheiro estava terminantemente impressionado.

Ele revirou os olhos e estalou a língua para depois grunhir, frustrado:

— Certo. As duas últimas ainda não aconteceram. Porra, amor, às vezes eu odeio seu cérebro.

Ele a chamara de quê?!

— Você me chamou de quê?! E o *que* ainda não aconteceu?

— Evelina, escuta. — Aqueles olhos azuis que costumavam transformar seu estômago em massa corrida lhe encararam diretamente, intensos e mais profundos do que nunca. — Seu segundo nome é Audrey porque sua mãe adorava os filmes pré-Expurgo da atriz norte-americana Audrey Hepburn. Seu pai conseguiu uma permissão especial de "análise sociocomportamental" das cópias dos longas-metragens com o próprio dirigente para que ela pudesse vê-los sem ser punida. Você assiste *Breakfast at Tiffany's* no aniversário dela todos os anos, sem falta.

Qualquer resposta morreu na ponta da língua dela.

Aquilo não era possível.

Só ela sabia daquilo. Absolutamente apenas ela. Seu pai nem ao menos se lembrava de quem era Audrey Hepburn, muito menos que o segundo nome dela era esse por causa de uma atriz que vivera mais de meio milênio antes.

— Você lê mentes — ela concluiu, horrorizada. Era a única coisa que fazia sentido. — Algum tipo de manipulação de ondas Q por cybermetria, uma absorção específica direcionada de frequências neurais que...

— Caralho, mulher, você avançou alguns passos demais na cadeia evolutiva tecnológica aí — ele murmurou, as sobrancelhas erguidas. Então tirou a touca, desafivelou o cinto do coldre e deixou o blaster cair no chão ao implorar: — Olhe para mim, Evelina. *Só olhe* para mim.

Ela o fez, para a própria surpresa.

Sem largar a arma, mas baixando um pouco a mira do cano, seus olhos hesitantemente analisaram toda a figura do estranho – não tão estranho assim – e sua parte pesquisadora absorveu elementos que antes tinham passado batido. Estava no jeito como as mãos dele ainda se mexiam em tiques nervosos, o jeito como sua risada se tornava um fôlego inspirado no fim do som: soava exatamente como Jonathan. *Perturbadoramente* como Jonathan. Até as sardas charmosas no nariz estavam ali. O corpo podia estar maior e mais robusto, o cabelo mais longo, as feições mais destacadas, mas ainda era ele, de algum modo impossível. A forma como ele respirava, como portava os ombros e até como mexia a cabeça, *era* o Capitão Arantes.

Só não era seu Capitão de Araque.

E aqueles olhos, as íris cobalto escuro feito um oceano profundo no qual ela pateticamente sempre pensara poder se afogar caso se permitisse encará-lo por muito tempo... eram as mesmas.

As mesmas, apenas mais desgastadas, mais conscientes e sérias – e ainda mantendo o toque de irreverência que fazia cada ângulo no sorriso de Jonathan puxar mais para o sacana do que para o simplesmente bem-humorado. As mesmas íris, apenas...

Apenas mais *velhas*.

Não podia ser. Podia?

A voz de Evelina saiu num sussurro fraco, mas ainda audível:

— Quantos... quantos anos você tem?

Ele soltou uma expiração trêmula, assentindo em aprovação para a pergunta dela.

— Tenho trinta e um.

Oito.

Oito anos mais velho que Jonathan. Aquilo... Aquilo não era possível.

Era? Aquele homem agia como ele, piscava e andava como ele. E sabia de coisas... Coisas que apenas a própria Evelina poderia ter contado. O que ela não tinha feito.

Ainda, sua consciência indubitavelmente atônita e ávida completou. Ela não tinha contado *ainda*. Algum dia no *futuro*, contudo...

Grande e Poderosa Nação-Mãe.

Ela baixou a arma.

— *Como* você está aqui, como... — As palavras se misturavam em sua mente com o absoluto turbilhão de questionamentos e indagações surgindo aos milhares por segundo. — *Por que* está aqui? Isso não devia ser... digo, claramente algo aconteceu, mas não...

Jonathan do Futuro tentou se aproximar alguns passos, ainda movendo as mãos naquelas tentativas idiotas de gestos tranquilizantes. Não estava funcionando tão bem quanto ele pensava.

Jonathan do Futuro, por tudo que era mais sagrado na boa e gloriosa Pátria, ela não conseguia nem raciocinar. O mundo como conhecia dois minutos antes tinha sido atropelado por uma Rinocus de dezesseis eixos.

— Respire, Evelina — ele lembrou, quando o peito dela começou a descer e subir num ritmo descompassado e frenético. — Eu não...

— Mas você estava confuso no caminho até aqui — ela interrompeu, as teorias a mil em sua cabeça. — Não agiu como se soubesse o que aconteceu comigo. Estava mais perdido que o próprio Jonathan. *Como*, se você vem do futuro e sabe o que ocorreu?

— Eu...

Minha nossa. A não ser que ele não soubesse.

— Minha nossa, você *não sabe*. O futuro estará mudando, porque o passado também está. — Levou as mãos à boca, horrorizada. — *Você* está mudando o passado. Sabe as consequências que isso traria na hipotética linha fixa do espaço-tempo contínuo?

Aquilo era uma teoria em base, mas todos os fatos consumados na história tinham começado como uma teoria. O efeito borboleta, loopings temporais infinitos, a relatividade do tempo e sua dilatação como a quarta dimensão da realidade e era perigoso e era estúpido e era insano, *como sua versão do futuro tinha deixado ele fazer isso?!*

Jonathan do Futuro tentou começar:

— Na verdade...

— Trágicas, todas elas! Consequências terríveis! O que é que você tinha na cabeça?!

— O que é que *nós* tínhamos na cabeça — corrigiu com um suspiro, soando familiarmente exasperado.

Evelina abriu e fechou a boca, como um peixe asfixiado e envenenado por radiação. *Ah, não.*

Não, não, não.

— É claro. Se você sabe de tudo o que sabe porque eu te contei, eu continuo próxima de Jonathan, d-de você — concluiu, engolindo em seco. Próxima o suficiente pra contar coisas bem pessoais, pelo visto. *O acesso ao protocolo fantasma? A origem do meu segundo nome? O que mais eu revelei?* — Eu estou aqui também, não estou? Minha versão do futuro.

Minha nossa.

Nossa, nossa, nossa.

Contato paralelo direto consigo mesmo no passado nunca terminava bem e *todo mundo* sabia disso. Se ela tinha arriscado o suficiente para bagunçar a continuidade do espaço tempo e vindo (ido?) para o presente (passado?) também, então algo muito sério devia ter acontecido. Algo terrível e decisivo e...

— Os autômatos executores! — Evelina lembrou de súbito, quase dançando nos calcanhares com a percepção dos rumos que aquela conversa estava tomando. — Você os chamou de bioandroides. *Sabe* o que são. Se tentarem nos matar e tiverem sucesso, significa que vocês nunca chegam a existir! Espere, estão aqui para nos ajudar, então? Isso explica muitas coisas.

Os autômatos eram do *futuro*, é claro! Evelina sabia que aquele tipo de tecnologia não podia ter sido inventada naquela década. Era simplesmente muito avançada, e agora sabia o porquê. Quando os bioandroides tinham se referido a ela e Jonathan como "líderes insurgentes, procurados de nível alfa em três dos três comandos", não estavam se referindo a eles no presente, mas sim às suas *versões do futuro*.

Evelina não sabia se queria gritar, dar pulinhos no lugar ou ficar paralisada por pelo menos dez minutos. Era muita coisa para assimilar de uma vez só, mas Pátria misericordiosa, seu cérebro meio que estava gostando de se desdobrar em vários para cobrir todas as possibilidades.

Aquilo era assustador, mas também era absolutamente fantástico e revolucionário.

Viagem no tempo existe no futuro.

— Nós nos tornamos líderes insurgentes! — Ela notou de repente, boquiaberta. — E foras da lei mundialmente procurados? O que é que...

— Qual o sentido de me fazer perguntas às quais você mesma responde segundos depois? — Jonathan do Futuro sacudiu a cabeça ao interrompê-la com uma careta, como se tentando se concentrar após toda aquela falação teórica incessante. — Honestamente, isso pode ficar pra depois. Agora que aceitou que sou quem sou, precisamos...

— Não pode ficar para depois! — protestou, indignada. — Ainda tenho dúvidas, eu...

— Evelina, sua versão do futuro e minha versão do passado *ainda estão lá fora.* — Ele ergueu as sobrancelhas incisivamente ao lembrar, e ela caiu em si com um baque violento. — E aquelas coisas estão perseguindo qualquer coisa com nosso rastro biométrico. É apenas uma questão de tempo até que os encontrem, então precisamos ser aqueles a encontrá-los primeiro.

Jonathan.

Ah, Poderosa Nação-Mãe, *Jonathan!* Ela tinha se esquecido completamente da *sua* versão dele, a versão do presente. Ele ainda estava em perigo, nunca chegara a descer o túnel com ela. Podia estar em qualquer lugar, podia ter sido capturado ou estar morto, e...

Fique calma, Evelina, ordenou a si mesma, o peito apertado. *Ele deve estar bem, deve estar no beco da Smith&Jones te xingando por fazê-lo esperar tanto, e a versão dele do futuro teria desaparecido se ele já estivesse morto, certo?* Espere, teria um pequeno atraso tempo-dimensional no óbito, talvez? Ou a morte não o afetaria até que ele voltasse para o futuro já que estava numa linha temporal que não a sua de origem fixa?

Aquilo era *tão* confuso, e ainda assim uma parte sua não conseguia deixar de se empolgar com toda a coisa. Seus neurônios amavam desfazer os nós que o desconhecido atava nas possibilidades, um por um, cada vez mais rápido.

— Evelina!

Ela soltou um gritinho de susto.

Jonathan do Futuro já estava girando a esquina e se dirigindo à área central do laboratório, onde o console principal da matriz ficava.

— Desculpe! — ela balbuciou ao correr atrás dele, desorientada.

— Não temos um segundo a perder — ralhou a versão mais velha do seu Capitão Arantes quando alcançaram o painel de controle, as mãos avançando nos controles de monitoração e vigilância.

Era incrível como ele sabia se localizar e mover perfeitamente ali. Com certeza já visitara o lugar diversas vezes antes e talvez até mexera naqueles mesmos painéis, na própria linha temporal.

— Onde viu minha versão mais jovem pela última vez? — indagou Jonathan do Futuro, sério.

Versão mais jovem: o Jonathan dela, dali do presente. Certo.

Isso é tão maluco.

— Nós nos separamos na queda da Dandarus. Era para ele ter vindo para cá, mas...

— Evie também... Quero dizer — pigarreou. — Sua versão mais velha também devia ter vindo para cá. — Ele passou a mão pelo cabelo, preocupado, bagunçando as mechas mais longas e desalinhadas que aquelas com as quais Evelina estava acostumada. Não era inteiramente ruim. Ficava bem nele, na verdade. — Evie foi atrás de suprimentos, eu circulei o perímetro por precaução e aqui foi onde combinamos de nos encontrarmos.

Evie. Sua versão do futuro. Por isso ele usara esse nome mais cedo, percebeu, estupefata. Estava esperando uma Evelina mais velha, não sua variante mais nova. Por uma coincidência paradoxal absurda, as quatro versões deles, presente e futuro, tinham marcado de se encontrarem ali. E *Evie* era como Jonathan do Futuro se referia a ela, oito anos à frente.

E talvez estivesse imaginando coisas, mas soava como um termo carinhoso *sim*. Será que ela e Jonathan chegavam a...

Naquele instante, uma sirene de alarme berrou no quadrante noroeste do laboratório, e janelas de visualização das câmeras de segurança daquela região surgiram na tela principal no automático.

— Invasão ofensiva no perímetro — Jonathan mais velho arquejou.

— Está vindo da garagem. — Evelina acessou a vigilância do túnel de acesso feito um raio logo em seguida.

Um dos autômatos — o de visor verde-água — tinha alcançado o território periférico do laboratório e estava perseguindo duas figuras pela enorme cavidade mal iluminada, ambas as silhuetas atirando loucamente contra as investidas do bioandroide... Que por sua vez só estava tentando atacar uma delas.

Jonathan, reconheceu com facilidade.

Seu Jonathan, daquela vez.

E uma mulher negra agonizantemente familiar com uma longa trança escura caindo pelas costas, vestida em roupas pretas e um sobretudo de couro, coldres no cinto e blasters nas mãos, correndo mesmo enquanto disparava sem trégua na carcaça metálica reforçada.

Ela mesma.

Sua versão do futuro estava ali.

XII

Devo ter batido a cabeça com muita força mesmo

Quando quinze minutos inteiros se passaram desde que ele já estava esperando Evelina no beco atrás daquela fábrica, Jonathan começou a se preocupar.

Sendo franco, ele já estava preocupado dez minutos antes, quando o androide quase o viu costurando por entre as vielas e ruas industriais da zona Sequoia após ele ter cometido o erro idiota de tomar um trajeto muito exposto. O autômato não estava se movendo por terra (não no mesmo nível terrestre que ele, pelo menos), tinha então percebido, ao ver o brilho metálico escuro reluzindo contra o céu nublado no telhado de uma indústria de processamento alimentício. Por algum motivo, estava se mantendo longe da vista alheia, como se não quisesse ser notado por civis, e esse foi o único motivo pelo qual Jonathan conseguiu se esconder antes que o robô de visor verde-água se virasse e quase o pegasse em pé bem no meio da rua, um alvo pronto e praticamente morto.

Ele tinha acabado de tirar o colete e a gravata-borboleta do smoking depois de invadir um armazém de estoque primário e roubar o casaco de um dos carregadores, pendurado numa prateleira nos fundos de uma salinha de controle. Jonathan deixou suas próprias peças no lugar, sabendo que um tecido de qualidade daqueles valeria mais que qualquer casaco de um operário de núcleo industrial, o que ajudou a amenizar a culpa por estar furtando um bem alheio. Ele podia passar pelas ruas com a calça, mas não com a camisa social branca quase imaculada, chamava muita atenção.

Era estranho passar de um militar condecorado para um procurado em nível federal em menos de doze horas.

O que era ainda mais estranho e mil vezes mais preocupante, no entanto, era que Evelina estava demorando demais.

Tinha sido pega? Morta? Levada? Jonathan não tinha visto sinais do autômato de visor vermelho, mas podia ser porque o androide já tinha cumprido sua função: exterminar sua ex-protegida.

Ex o caralho, ele rosnou para si mesmo ao inspirar fundo, checando o nível de bateria energética do blaster antes de girar nos calcanhares e ajustá-lo no coldre outra vez. Não importava que talvez ela estivesse apenas atrasada, ele não conseguia somente ficar ali e esperar enquanto Evelina possivelmente corria perigo.

Jonathan tinha sido designado para protegê-la e era o que faria, com ou sem obrigação militar envolvida.

E então...

— Ainda está aqui? Que doce. Não precisava ter... — a voz de Evelina vindo da entrada do beco subitamente o fez girar a cabeça de imediato na direção do som, as palavras morrendo na boca dela à medida que o assemelhava parado ali. — ... esperado. Minha nossa.

Puta merda.

É a mãe dela.

Era a única resposta plausível.

Não havia outra.

Mas nem era tão plausível assim, porque ele lera os arquivos de Evelina e a mãe dela, na verdade, morrera quando ela era bebê. O pai se casara novamente após treze anos, com Baniwa. Bom, as pessoas fingiam mortes o tempo todo quando se estava lidando com o Sistema, mas aquilo... Era simplesmente impossível.

Ele não aterrissara exatamente como um profissional com a mochila de impulsão em suas tentativas de se esconder do autômato. Talvez tivesse batido a cabeça com força o bastante para não se lembrar do ocorrido.

A mulher à sua frente era muito jovem para ser mãe de Evelina, mas também aparentava ser um pouco mais velha do que sua desaparecida protegida. Carregando alguns pacotes do que parecia ser comida, vestida em roupas pretas táticas e um sobretudo de couro marrom que batia abaixo dos joelhos, ela tinha uma trança jogada por cima do ombro, olhos grandes e cílios longos com uma cicatriz de tom mais claro que a pele indo da sua pálpebra à têmpora direita – era a única coisa destoando de modo gritante da Evelina que ele conhecia; em vez da lente especial, havia aquela marca no olho dela, o que fazia de ambas as suas íris castanhas agora.

Jonathan estava congelado no lugar encarando-a de um modo que imaginou ser desconfortável já há alguns bons segundos, mas não sabia como reagir.

Era ela. Com certeza era, mas... não era?

Para seu crédito, a estranha parecia tão estupefata quanto ele, os braços inertes ao lado do corpo com as sacolas de suprimentos penduradas displicentemente.

— Você... c-como você... Eu não... — As palavras sumiam a cada vez que tentava expeli-las, porque nem uma pergunta coesa Jonathan era capaz de formular naquele ponto.

Então, a clone mais madura – mais crescida? Mais experiente? Velha ela com certeza não estava. A moça era o epítome da expressão *inteirassa* – de Evelina deu aquela risadinha aguda, exatamente o *mesmo* som espertinho que o tirava do sério e já era tão familiar, e o ruído foi o equivalente a um tapa na orelha de Luísa.

Funcionou muito bem para tirá-lo do estupor, ainda mais quando ela se recuperou da surpresa e começou a andar em sua direção com toda a calma do mundo.

— *Como, porra?!* — ele chiou para a mulher, incrédulo e atônito e levemente assustado, tudo ao mesmo tempo.

Talvez fosse um daqueles androides biônicos dos filmes. Um experimento do governo, uma ilusão holográfica. Ele vivia numa sociedade altamente tecnológica, afinal. Um robô em forma de *Evelina-madura* não era tanta loucura assim perto do que ele já tinha visto naquele dia, ainda mais considerando que sua protegida já tinha feito um androide holograma de si mesma – ele só não falava e interagia e respirava como a coisa à frente de Jonathan.

Mas caralho se aquela coisa ainda não era muito desconcertante.

Será que ele batera a cabeça e dormira por uma década?

— Quais as chances? Eu tinha esquecido como seu cabelo ficava curto desse jeito. — Ela moveu a mão na direção dos fios rentes em estilo militar na cabeça dele, e Jonathan pôde jurar que pelo menos cinco neurônios seus entraram em pane com o gesto naturalmente afetuoso. — É atraente, sendo honesta. Meio rústico e...

Ele pulou para trás antes que o toque dela alcançasse seu couro cabeludo, a boca se escancarando no processo.

— O *que* é você?! — exigiu da mulher, o rosto contorcido em descrença.

— É uma longa história — ela suspirou. — Posso explicar no caminho para o laboratório, o que acha?

Jonathan piscou, estático. Ela sabia sobre a batcaverna, então. Porra, ele não queria ter mesmo dormido uma década por acidente após bater a cabeça. Fora só uma brincadeira em forma de hipótese.

Não seja idiota, cara, ele grunhiu consigo mesmo, estreitando os olhos para a mulher. *Você continua você, ela é quem pulou alguns anos na frente. Mesmo que não tenhamos a mínima ideia do como.*

— Certo. O laboratório...

— Cuja entrada está bem ao seu lado — sorriu Evelina-madura, e a pele dele se arrepiou por inteiro. Porra, era o mesmo sorriso, os mesmos lábios carnudos, o mesmo brilho ligeiramente desafiador no olhar. Aquilo era tão fodido em tantos sentidos. — Prometo que vou te dar as respostas, tudo bem? Só me deixe... Bem aqui... Segura pra mim, sim?

Ela entregou um dos pacotes de comida a ele como se fizesse isso toda semana, abrindo uma caixa de controle de fiação na parede à direita deles e revelando todo um painel avançado de luzes e teclas onde apenas travas de fusíveis deveriam estar. Os dedos longos apertaram uma sequência de botões diferentes, e fissuras se abriram nos tijolos para revelar uma porta camuflada que deslizou para trás e então para o lado, expondo todo um corredor parcialmente iluminado com um elevador enorme no fim.

Jonathan engoliu em seco.

Se estivessem num filme, aquela moça se revelaria um ciborgue maligno e o mataria antes mesmo de chegarem ao elevador. Se ele quisesse saber que caralho estava acontecendo, entretanto, teria de agir como um garoto grandinho e enfrentar a possibilidade de ser exterminado por uma versão mais velha da garota gênio. A estranha não se parecia com um ciborgue. Na verdade, ela parecia mesmo era *saber* o que estava fazendo, diferente dele, mas…

Mas Jonathan não precisava de respostas tanto quanto precisava encontrar sua *verdadeira* garota gênio.

— Desculpe — ele começou a dizer, balançando a cabeça em negativa. — Não me entenda mal, eu quero compreender que porra está rolando, mas preciso encontrá-la antes. Preciso encontrar *você*, só que mais nova, e não…

— *Alvo identificado, biometria correspondente.*

Os olhos de Jonathan se arregalaram junto dos da versão mais velha de Evelina, ambos se virando para cima ao mesmo tempo em que o autômato verde-água baixava o braço armado para mirar nele. O filho de uma puta tinha vindo por cima da Smith&Jones, usando o telhado como da última vez em que Jonathan o vira.

— *Entra, entra, entra!* — Ela o empurrou bruscamente corredor adentro, largando as sacolas e afastando o sobretudo para revelar dois coldres presos à cintura, um de cada lado. — *Agora!*

Um disparo atingiu o batente da entrada de acesso e Jonathan se abaixou com um xingo sibilado, obedecendo mesmo a contragosto.

— Mas Evelina…

— Podemos encontrá-la depois! — gritou a mulher de volta, armas já em mãos, enquanto disparavam pelo corredor.

O elevador se abriu automaticamente para eles por um milagre, e os dois quase se arremessaram lá dentro. E bem quando as portas estavam se fechando, o autômato surgiu na entrada a alguns metros de distância, a mira erguida e engatilhada. Jonathan e a estranha se encolheram um de cada lado da parede, preenchidos pelo horror.

O elevador se fechou um segundo antes do disparo atingir as portas, atravessando metal, abrindo um rombo na fenda central do aparato e fazendo ambos gritarem. A grande caixa feita para mobilização de grande porte rangeu e chacoalhou de modo precário quando eles começaram a descer numa lentidão excruciante, o buraco da rajada ainda fumegando numa cratera carbonizada, e o coração de Jonathan parecia prestes a ser expelido pelo seu estômago junto com todo o parco conteúdo que ele conseguira ingerir na festa do dirigente horas antes.

— Puta merda — ofegou, os ouvidos pulsando com o surto de adrenalina. — Puta merda.

— A distância não vai mantê-lo afastado por muito tempo — murmurou a mulher que se parecia com Evelina, com expressão e tom sombrios. — Precisamos chegar ao laboratório, e rápido.

— Você precisa ir por outro caminho, é mais seguro. Ele não vai persegui-la, eu sou…

— Você é o alvo primário dele? Sim, eu sei — revelou, acenando com descaso quando a incredulidade preencheu as feições de Jonathan. — Longa história. Sua única chance de retaliação eficiente sou eu, então não vou a lugar nenhum. Além disso, preciso de você bastante vivo, Capitão de Araque.

Ele tinha plena certeza de que seu maxilar estava no chão. Conseguia até sentir o gelado do metal em seu queixo. Porra, sua pele estava permanentemente arrepiada naquele ponto, feito um ouriço embasbacado.

E tudo que a mulher impossível à sua frente fez foi lhe dar uma piscadela marota e sair pelo elevador quando este alcançou o subsolo e se abriu com um rangido não muito tranquilizador. Jonathan duvidava de que aquela pobre carcaça de ferro conseguiria retornar à superfície tão cedo.

Cambaleando atrás dela com os eventos dos últimos cinco minutos fazendo um ótimo trabalho em derreter sua capacidade responsiva neural, ele mal se viu absorvendo o imenso túnel cavernoso iluminado em azul ou subindo numa cabine de plataforma movida a trilhoplanadores. Tudo em que conseguia pensar era que aquela mulher à sua frente era Evelina, e ainda assim não era. Sabia de coisas que apenas Evelina sabia, e o tratava com uma familiaridade até maior do que a que sua contida protegida costumava oferecer, mas ainda inegavelmente similar e distinta da original.

Por mais contraditória que aquela merda fosse.

— O que houve com sua lente? — estupidamente, essa foi a primeira pergunta que seu cérebro preenchido por mingau cinzento conseguiu montar.

Sentada ao lado dele em uma pequena guarida de controle da plataforma localizada à frente da estrutura de transporte móvel, Evelina-madura inclinou um pouco a cabeça para encará-lo de soslaio ao responder, achando graça:

— Ela foi hackeada, quatro anos atrás. Quase perdi a visão do olho direito. — Ela usou o dito cujo olho para piscar para ele, então sorriu um pouco. — Você é adorável, sabia? Aposto que as perguntas da *minha* variante serão muito mais chatas e longas de se responder.

Sim, confirmações de que sua indagação fora estúpida não eram exatamente necessárias mais.

Ele nem ao menos sabia que *lentes* podiam ser hackeadas.

— E-eu não entendo.

Ela suspirou, a todo tempo checando os visores de vídeo traseiros e acelerando mais do que o recomendável quando se pilotando uma plataforma de carga daquele tamanho.

— E eu prometi respostas. Bom, isso vai parecer insano, mas…

— Você não veio do futuro, veio? — ele tentou com uma careta, meio esperando que Evelina-madura jogasse a cabeça para trás e risse escandalosamente alto da ingenuidade dele.

Quando em vez disso ela apenas piscou e projetou o lábio inferior de um jeito um pouco resignado, o rosto de Jonathan executou fenômenos expressivo-anatômicos o bastante para lhe dar câimbra até na cartilagem do nariz. Suas sobrancelhas se ergueram, seus olhos se arregalaram, sua testa se encheu de vincos, suas bochechas se contraíram e seus lábios se abriram num atônito e descrente "o".

— Até que foi fácil — murmurou Evelina-madura, mais para si mesma do que para ele.

— Você veio *mesmo* do futuro?! — A voz dele subiu algumas oitavas.

— Ahn... Vim? — outro suspiro, dessa vez acompanhado de uma tentativa de sorriso engraçadinho. — Legal, não é?

Ela devia estar drogada. *Ele* devia estar drogado. Ou com os canais auditivos seriamente comprometidos. *Foi uma brincadeira, porra,* Jonathan queria se explicar. *Não era pra você ter concordado.*

— Olha, eu sei que é difícil de acreditar, mas...

— Prove — ele grunhiu repentino, inquieto no assento enquanto disparavam velozes pelos trilhoplanadores.

Ela hesitou, a testa franzida.

— Prove que é do futuro — insistiu Jonathan.

A mão da mulher se moveu até o blaster em sua cintura, tirando-o do coldre e entregando a ele.

— Você acabou de colocar uma arma na mão de um sujeito que não confia inteiramente em você — apontou, levantando a sobrancelha. — Tem certeza de que a intenção foi essa?

Os olhos castanhos se reviraram para ele, mesmo reluzindo com um toque de humor.

— Os gatilhos possuem identificadores biométricos, você não conseguiria disparar nem se quisesse. — Isso era a cara de Evelina mesmo. — Abra o compartimento de núcleo de energia da munição. E cuidado.

Ele o fez. Era um modelo relativamente parecido com os que ele tinha nos quartéis, mas muito mais ergonômico e minimalista, leve e ainda firme no pulso. Um holograma sobressalente se acendeu no cano quando seus dedos tocaram a coronha, flutuando em azul-turquesa acima do metal, e um assobio baixo escapou dos seus lábios de modo involuntário. A holografia tinha medidores de disparo e alcance, mira otimizada, relatórios de proximidade térmica e até mostrava a porra das horas.

A data e o ano estavam levemente desatualizados no cronomedidor primário, no entanto.

18'04CMP, 2613.

2613.

Oito anos no futuro.

Puta merda, caralho, cacete, porra.

Jonathan abriu o compartimento de onde uma bateria simples deveria estar com os dedos trêmulos, e em vez disso encontrou um pequeno tubo transparente e largo com uma luz amarela cegante em seu interior. Ele conseguia sentir o calor e a vibração do que quer que fosse aquilo mesmo com os dedos afastados do vidro e firmemente posicionados no metal.

— O que é? — indagou, curioso.

— Uma estrela. — Evelina-madura sorriu, e ele arregalou os olhos. — Uma sintética, mas ainda assim. Produz o próprio tipo de energia autossuficiente e dura décadas a fio.

— É um brinquedinho bacana — ele concedeu, entregando a arma de volta com cautela.

Uma risada expirada deixou os lábios dela quando a mulher balançou a cabeça e a encaixou novamente no coldre.

— Também sei que sua cor favorita é magenta apenas por causa da esfera onde nasceu, que o doce que mais gosta é jujuba, especificamente as azuis e vermelhas, e que você já não fala com seu pai há anos, mas não se importa de verdade porque gosta do fato de que ele ainda não tenha descoberto que você roubou a coleção de revistas em quadrinhos do Batman dele.

Jonathan soltou um ruído engasgado.

E após isso, silêncio, longo e ecoante.

Pela porra da glória e prosperidade da Pátria.

Tão fodido de tantos jeitos. Viagem no tempo era loucura. Só loucura. Se já não estivesse sentado, ele teria caído duro há uns bons minutos. Ela era mesmo Evelina, oito anos no futuro. *Porra.*

— Sei de tudo isso porque você me contou — ela adicionou suavemente depois de se assegurar de que ele não pularia aos berros pela janela da cabine.

— Tecnicamente aquelas revistinhas são minha herança de todo jeito — Jonathan grasnou num tom meio sufocado.

Evelina futurista soltou uma gargalhada melodiosa.

— É exatamente o que Nate diz quando…

Um estrondo sacudiu a parte traseira da plataforma, e os dois chacoalharam com o tranco dentro da guarida. Os alarmes de estabilidade e integridade da estrutura apitaram no visor do console, e a mulher sibilou alto ao olhar por cima do ombro para checar o que Jonathan sabia já estar ali.

O autômato verde-água lançou outra sequência de disparos contra a carroceria, e ele xingou ao girar no assento e abrir a janela do seu lado da cabine. Seu blaster já estava entre seus dedos quando se inclinou para fora para conseguir uma mira limpa do androide.

A figura humanoide do carrasco dele se aproximava rapidamente pelo túnel, sobrevoando os trilhoplanadores a pelo menos vinte metros de distância deles e da plataforma.

Uma mão o puxou pelo cangote do casaco com brusquidão antes mesmo que Jonathan conseguisse erguer o cano da arma.

— O que *pensa* que está fazendo?! — Evelina futurista berrou, ainda acelerando a toda pelos trilhoplanadores. As coisas eram rápidas, mas a desvantagem era que não podiam sair da trajetória determinada nos flutuadores para desviar dos tiros. — Te matar é o objetivo desse bioandroide e você está se colocando à disposição de uma partida de tiro ao alvo?!

— Ele vai explodir essa coisa em pedaços se não retaliarmos!

— Assuma a direção! — Ela abriu a própria janela e tirou os próprios blasters dos coldres, quase jogando metade do corpo para fora ao se posicionar para devolver a investida do bioandroide, levando pelo menos cinco anos de saúde dele junto.

— Evelina!

— Acelera! — gritou ela por cima do rugido do vento, das turbinas da plataforma e dos tiros, sem nem girar no lugar para checar se ele havia obedecido.

Ele tinha, é claro, mesmo que o nível da velocidade daquela pobre máquina já estivesse em seu máximo. Jonathan não estava gostando nada de ter os veículos que pilotava para se livrar daquelas coisas sendo continuamente destruídos.

A versão mais velha de Evelina atirava sem trégua contra o autômato, e ele nunca teria imaginado que sua protegida tinha um lado tão feroz a ponto dela mesma pegar nas armas para derrotar a ameaça, não sendo apenas aquela que construía as tais armas. Era bem atraente, se Jonathan tivesse de ser honesto. Nos poucos vislumbres que conseguiu dela em meio ao caos, os olhos castanhos faiscavam, o semblante ardendo em desafio, a mira estoica e obstinada ao lançar disparo após disparo contra o androide.

O único motivo pelo qual aquela cabine não tinha sido obliterada provavelmente também se devia aos brinquedinhos bacanas da garota gênio do futuro; os núcleos de energia superpotentes e estrelados daqueles blasters faziam muito mais danos do que o dele, e uma chave clicou na cabeça de Jonathan com aquela constatação.

Os autômatos eram do futuro também, é claro. Apenas armas tão avançadas quanto fariam algum estrago em tecnologia daquela estirpe.

Loucura. Só que loucura do futuro.

Foi quando um disparo direcionado à cabine arrebentou os vidros laterais e quase jogou a garota gênio do futuro voando para longe. Ela gritou com a explosão de cacos afiados, perdendo o equilíbrio, e Jonathan a agarrou pelo sobretudo para puxá-la de volta à segurança com gestos afoitos. Sem a retaliação dos tiros, no entanto, o bioandroide teve mais que sucesso em terminar de fazer sucata tostada da carroceria.

A plataforma gingou num ângulo agudo demais para a direita com as rajadas de calor inimigas ininterruptas.

— Se segura! — Ele a içou de volta por completo para dentro da cabine ao caírem, antes que ela terminasse esmagada contra o que restara dela.

Eles tombaram para o lado com um estrondo trepidante, e Jonathan envolveu a versão mais velha de Evelina nos braços ao girar e receber a maior parte do impacto nas próprias costas quando foram atirados pela gravidade na direção dos trilhos. Pelo menos três costelas suas gritaram de dor pela colisão com a porta lateral da cabine, mas ele estava mais do que acostumado com aquele tipo de sequela de conflito.

— Vamos! — Ela estava de pé em segundos, ajudando a puxá-lo para cima e para fora da guarida destruída com uma urgência desesperada. — O laboratório não está longe agora, precisamos continuar.

Era verdade. Ele conseguia ver imensos portões de aço a menos de cem metros de distância, como uma visão sólida e milagrosa. O único problema seria percorrer aquela mesma distância tão exposto aos disparos do autômato. Parecia impossível.

Mais tiros atingiram a lataria do que sobrara da cabine, quase atravessando o metal em rajadas ferventes. Jonathan sibilou com a dor no tronco, sem muitas esperanças.

— Dizer para você ir sem mim não vai me render muito mais do que um tapa, vai?

— Que bom que já sabe. — O rosto da mulher se tensionou com a austeridade, nenhum relance de hesitação. — Você corre, eu atiro, entendeu? Não olhe para trás. Se tiver a audácia de morrer, eu juro que te mato. — Ela ergueu os blasters e saiu debaixo da cobertura da estrutura metálica. — *Agora!*

Jonathan correu.

Fazendo desvios aleatórios e costurando pelos propulsores de flutuação dos trilhos, ele correu como se a porra da sua vida dependesse disso, porque dependia para caralho. O único motivo pelo qual aceitara o arranjo era porque sabia que o autômato não atiraria contra a garota gênio do futuro, ou ele nunca a teria deixado para trás. O fato de que ela estava tão disposta a salvar sua bunda era tocante, porque morrer de forma precoce e dolorosa realmente não estava nos seus planos naquele dia ou no próximo.

— Mais rápido! — Evelina futurista gritou por cima da cacofonia de tiros e propulsores sendo atingidos e destruídos a cada vez que o androide errava Jonathan.

Ele forçou as coxas e controlou a respiração, mesmo com a lateral do peito latejando a cada passo da corrida frenética. Faltava menos da metade do caminho. Eles tinham de conseguir.

Uma rajada potente queimou os pelos do seu antebraço direito ao quase atingi-lo no ombro, e Jonathan tropeçou ao xingar e por pouco não cair por cima dos trilhos. Ele tinha certeza de que o mísero segundo de atraso teria dado ao androide uma abertura perfeita para atingi-lo pelas costas, e aceitou que seu triste fim seria num túnel escuro e caótico com a versão futurista da garota pela qual ele talvez estivesse se apaixonando tentando salvá-lo em vão.

Era tudo muito teatral, sendo honesto. Daria um ótimo enredo de sci-fi ruim.

Mas, naquele mesmo instante, os gigantescos portões da entrada do laboratório se abriram com um rangido magnânimo, e *ele mesmo* saiu de lá de dentro atirando feito um demônio num ponto atrás dele com um blaster idêntico aos de Evelina futurista.

Jonathan tropeçou e caiu de verdade daquela vez.

— Nate! — gritou a versão mais velha e consideravelmente mais horrorizada de Evelina, também atrás deles. — *Não!* Volte! *Saia daqui!*

Nate? Repetiu consigo mesmo, mais desorientado do que jamais esteve na vida. *Ela me chama de* Nate, *no futuro?*

Grande e Poderosa Nação-Mãe, aquele sou eu.

— *Evie!* — gritou o Jonathan futurista, avançando a passos firmes e ganhando terreno para ele, que infelizmente ainda continuava caído e boquiaberto feito um idiota. — Corra!

Pelo menos continuava tão obtuso quanto sempre. Será que sua versão mais velha não conseguia ver que tudo que ela basicamente estava fazendo era correr?

— Eu *estou* correndo e salvando seu traseiro, seu grande pateta! Corra *você!*

— Alvo identificado, biometria correspondente. — Fez o androide diante do surgimento do outro Jonathan, direcionando seus disparos para a versão mais velha dele.

Ele estava mais alto? E mais encorpado, com certeza. O cabelo também estava grande, e várias cicatrizes que ele não conhecia marcavam aquele corpo de oito anos no futuro.

Puta merda, puta merda, puta merda.

Foi quando a voz de Evelina – *sua* Evelina – o alcançou em meio à névoa da mais absoluta confusão paradoxal.

— *Droga, Jonathan, LEVANTA DAÍ E CORRE!*

Era ela, por tudo que era mais sagrado, no limiar dos portões, e estava viva e estava bem, e parecia não saber se queria abraçá-lo ou socá-lo por estar paralisado no mesmo lugar já há quase vinte segundos.

Ah, não, definitivamente socá-lo.

— *Anda logo!* — Um braço o guinchou para cima num tranco brusco e ele notou que Evelina futurista já o havia alcançado em meio ao torpor, agarrando-o e puxando-o com força na direção da segurança dos portões.

A Evelina dele tinha assumido a função da sua variante mais velha no apoio ofensivo, e um disparador de repetição triplo lançava tiro após tiro contra o autômato para que pudessem atrasá-lo e os dois retardatários conseguissem alcançar a segurança.

Quando ele já estava perto o bastante, Evelina baixou a arma e correu até ele, arfante, e a versão futurista dela o largou e a substituiu no ataque de prontidão, como uma máquina bem lubrificada.

— Vão logo! — a mais velha disse para os dois Jonathans, já que eram os únicos alvos do androide. Então encarou sua versão mais nova com os olhos faiscantes, sem interromper a ofensiva. — Precisamos cobri-los até que consigam entrar.

Evelina assentiu com o queixo, pura determinação, e ergueu o disparador em suas mãos outra vez.

Ele queria muito ter ficado e assistido àquela interação da primeira fila, mas concluiu que era melhor aproveitar o espetáculo em outra ocasião do que ver a estreia e morrer. Ele correu. Sua versão mais velha – porra, aquilo ainda era terrivelmente bizarro – o recebeu próximo à entrada, a expressão séria e contraída num foco letal. Era o semblante que ele assumia quando em verdadeiro combate aberto, quando vidas reais estavam em jogo, era o semblante que teria assumido se não estivesse tão desconcertado.

Era estranho pra caralho ver seu rosto ligeiramente envelhecido em outra pessoa bem à sua frente.

— Vamos — Jonathan futurista disse ao correr para dentro do laboratório. — Precisamos fechar os portões e ativar as defesas externas para que elas possam voltar sem serem seguidas pelo bioandroide.

Ele apenas obedeceu, sem conseguir fazer muito mais do que assentir e seguir sua versão mais velha estrutura adentro. Mal foi capaz de absorver a imensidão do local, só sabia que o laboratório se estendia por centenas de metros e não havia tempo para apreciar a paisagem.

Os dois chegaram a uma plataforma elevada com um imenso console sobreposto por visores holográficos de mais de dez metros flutuando acima dos painéis, e imagens das câmeras de segurança da garagem revelavam que o autômato estava avançando e ganhando terreno no túnel apesar dos esforços das duas Evelinas. Mais um pouco e ele estaria ali dentro.

A versão futurista de Jonathan apertou um botão e vociferou por um alto-falante:

— Pra dentro, *agora!*

Ambas se viraram e correram de imediato, e o autômato avançou feito um raio-

Apenas para ser atingido por mísseis de curto alcance vindos das laterais superiores dos túneis, se chocando contra o robô com explosões sonoras e atrasando-o o suficiente para que as duas Evelinas atravessassem a entrada. No mesmo instante, a versão mais velha dele apertou alguns botões e os portões maciços se fecharam após infinitos e agonizantes segundos – isolando o bioandroide do lado de fora.

As duas garotas os alcançaram sem demora naquele setor de controle, e Jonathan mal teve tempo para sentir alívio.

— Bom trabalho — elogiou a versão do futuro dela, arfante. — Agora só precisamos…

Um ribombar de estremecer os ossos sacudiu os portões de aço com um impacto brutal.

— … impedi-lo de entrar.

XIII

Se uma garota não tem licença poética para surtar ao conhecer sua versão do futuro, então quando?

— Essa coisa não *cansa?!*

— Cansa — afirmou Evelina do Futuro, concentrada em comandar os painéis de controle com tanta naturalidade e familiaridade quanto ela, se não mais. — Ele só não se exauriu o suficiente ainda. Onde está Colbie?

Evelina bateu na própria testa com um tapa sonoro, grata pela distração mediante suas entranhas se revirando com a estranheza de ter sua própria versão oito anos mais velha parada ao seu lado.

Colbie. É claro. Ela tinha esquecido completamente.

— Console! — gritou. — Desativar protocolo fantasma, procedência urgente, acesso 181099!

As telas alimentadas pela consciência da sua I.A. voltaram a se acender, uma a uma.

— Você a tinha desativado? — Sua versão mais velha se indignou.

— Ele a desativou! — Ela apontou para Jonathan do Futuro, acusatória.

— Ela ia mandar a coisa me explodir em pedaços! — defendeu-se.

Bom, até que ele não estava completamente errado. Ela teria mesmo ativado os protocolos de defesa contra invasores por meio de Colbie se ele não a tivesse tirado de cena.

— Certo. — Evelina do Futuro franziu a testa para algo nos visores e se virou para ela, impaciente. — Onde estão os canhões criogênicos?

Ela franziu a própria testa de volta, confusa.

— Isso não existe!

— Estamos em 2605, amor — lembrou Jonathan do Futuro, como se isso fosse uma resposta.

— Certo! — repetiu a mulher. Então resmungou baixo consigo mesma: — Droga, ele não podia ter nos obrigado a voltar pra um ano menos pré-histórico?

Evelina poderia ter se indignado (a tecnologia dela era uma das mais avançadas na Nação-Mãe considerando os padrões atuais!), mas estava muito ocupada assimilando o fato de que Jonathan do Futuro chamara a variante mais velha dela de *amor*.

Resolveu focar em questões mais urgentes antes que entrasse em pane:

— O que quer dizer com não se exauriu o *suficiente?* — exigiu, tentando compreender exatamente o que estava acontecendo.

— A nanotecnologia biônica dos autômatos se repara de forma contínua de acordo com as prioridades operacionais — esclareceu Evelina do Futuro, sem tirar o foco do console e do direcionamento das armas externas no ataque ao invasor. — Por isso não importa o quanto o danificamos, as armas sempre permanecem funcionais, porque ele conduz a reparação nelas quase que instantaneamente mesmo deixando outras peças e sistemas em sua constituição desfalcadas.

— Então ele vai continuar atacando até que consigamos destruí-lo? — Jonathan indagou, nervoso.

— Destruí-lo não vai ser tão fácil — a versão dele do futuro respondeu. — Mas armas criogênicas enfraquecem o metal do autômato por causa da baixíssima temperatura dos disparos, o que nos permite fazer danos o suficiente para que ele precise interromper as investidas e bater em retirada para se autorreparar em segurança, antes que sua matriz seja permanentemente avariada.

Certo, então eles precisavam de algo potente o suficiente para equiparar o alcance destrutivo de uma maquinaria bélica que nem tinha sido inventada ainda.

Evelina só conhecia um tipo de tecnologia à altura.

— Bombas de hidrogênio de extensão contida? — Evelina do Futuro ergueu as sobrancelhas quando ela selecionou o relatório de estoque delas no painel.

— Até que pode funcionar. As camadas de chumbo ao redor desse lugar estão em forma, certo?

— Ahn... Certo? — ecoou ela, um pouco insegura.

Todo o laboratório era revestido por diversos emboços de material preventivo a radiação, calor e inúmeras outras substâncias ou frequências periculosas, mas Evelina só tinha testado as bombas em suas salas de concreto e chumbo maciço fundido no setor sul. Tudo o que podia fazer diante daquela pequena emergência era rezar para que os portões reforçados da garagem aguentassem a pancada.

— Vocês vão mesmo jogar um explosivo nuclear ali na esquina e apenas torcer para que não acabemos todos reduzidos a cinzas? — Jonathan questionou, uma descrença levemente desesperada vincando sua testa.

— Você aprende a torcer junto, com o tempo — grunhiu a versão dele do futuro.

Isso não o tranquilizou em nada.

— O que está *acontecendo?*

— Não tenho ideia. Faça o que eu faço — o homem deu de ombros, calmo até demais para o gosto dela. — Segure firme e finja que faz parte do plano.

Jonathan soltou um gemido deprimente, e Evelina revirou os olhos ao erguer a voz para o reconhecimento de comando:

— Colbie, deslocar bombas de hidrogênio da área 3011 como carga de reabastecimento à munição dos túneis no quadrante noroeste.

— Agora mesmo, patroa Evelina. — A voz de sua I.A. voltou a ecoar pelo laboratório como um bálsamo de calmaria em meio à tormenta das últimas horas. — Erm... Patroa Evelina?

— Sim? — respondeu, se encolhendo sôfrega quando outro estrondo atingiu os portões da garagem e ribombou pelo laboratório inteiro.

— Por que tem uma outra patroa Evelina com leituras anatômicas e biológicas idênticas às suas, porém noventa e três meses mais evoluídas no quesito cronometabólico, bem aí do seu lado?

Com um suspiro exaurido, ela explicou:

— Ela sou eu no futuro.

E isso ainda é muita maluquice.

— Ah. — Colbie permaneceu previsivelmente silenciosa por alguns segundos, sua matriz absorvendo a informação com muito mais praticidade e rapidez do que ela. — Devo acatar as ordens dela como acato as suas?

Evelina fez uma careta.

— Não sei se...

— Deve — sua versão do futuro se adiantou, então se virou para encará-la com os olhos castanhos, sem lente, de forma direta e inabalável. — Confie em mim, Evelina. Estamos lutando pela mesma causa, aqui.

Ela respirou fundo após deliberar por alguns momentos, assentindo com o queixo trêmulo. Não sabia exatamente se *estavam* lutando pela mesma causa, mas concluiu que se não conseguia confiar nem em si mesma, em quem é que confiaria?

— Acate as ordens dela, Colbie.

Sua assistente soltou uma risadinha entretida.

— Isso vai ser interessante. — Então, num tom mais sério: — Reabastecimento concluído. Iniciando procedimento ofensivo nos túneis do quadrante noroeste. Permissão para explodir a bunda dessa lataria de quinta na nossa porta pelos ares?

Os lábios de Evelina se curvaram nos cantos, e Jonathan até conseguiu soltar uma risada fraca.

— Acabe com ele, Colbie.

Os quatro ficaram mortalmente silenciosos à medida que os canhões posicionavam os explosivos para lançamento e disparavam direto no bioandroide.

Uma explosão cegante sucedida de um trovoar que sacudiu até o último parafuso no laboratório devastou o túnel da garagem, chacoalhando toda a estrutura de leve e vaporizando todas as câmeras do setor no processo, várias das janelas ficando pretas no visor sem a conexão aos aparelhos. Talvez por um milagre e com certeza pela competência arquitetônica de Evelina, os portões permaneceram de pé, ainda que tenham estremecido precariamente junto com o laboratório inteiro. Com sorte, seus pais ainda estavam procurando por ela e Jonathan após o desaparecimento de ambos na festa e não estavam em casa para testemunhar o pequeno abalo sísmico.

Sem gravações audiovisuais remanescentes no quadrante noroeste, tudo que eles conseguiram fazer foi esperar.

Na mais completa quietude, dois minutos se passaram, corações acelerados e fôlegos suspensos.

Três minutos. Quatro.

— Acho que deu certo — Jonathan do Futuro ousou murmurar, e Jonathan do Presente lançou um *shhh* na direção dele.

— Não sabe que dizer esse tipo de coisa sempre dá azar, cara?

Evelina do Futuro balançou a cabeça.

— Não, acho que ele tem razão. — Os ombros antes tensionados dela relaxaram um pouco. — Ou ele iniciou a autorreparação ali fora mesmo, ou se deslocou o quanto pôde para longe.

Só por precaução, eles continuaram esperando por mais estrondos no portão por mais alguns minutos. Quando mesmo assim nada ocorreu, Colbie foi aquela a romper o silêncio e fazer todos eles pularem no lugar ao anunciar de repente:

— Devo criar um lembrete para avisar os fornecedores de não usarem aquele túnel a não ser que queiram contrair úlceras e cânceres de procedência terminal, patroa Evelina? E ligar a câmara luminocelular?

Ela se virou para as outras três pessoas no ambiente, imediatamente consternada. A câmara luminocelular era medtec avançada, desenvolvida por uma empresa sudocentrista para restituição e cura de ferimentos em nível molecular.

— Alguém se machucou?

— O Capitão Arantes possui duas costelas deslocadas e uma contusão leve — confessou Colbie, com um tom levemente tímido. — Sem sinais de hemorragia.

— Culpado — resmungou Jonathan, a mão automaticamente subindo para o lado esquerdo do tronco com uma careta, como se só agora que a situação tinha se acalmado ele conseguisse lembrar que estava sentindo dor. — Prazer em conhecer você também, sistema de controle dedo-duro.

— Sistema de controle? — a assistente esganiçou, indignada. — Senhor, eu sou uma Inteligência Artificial de nível…

— Por que não avisou, cara? — Jonathan do Futuro franziu a testa, alheio ao drama de Colbie, como se preocupado com a própria integridade física também.

Ele encarou sua variante de oito anos no futuro com um semblante um pouco cínico demais.

— Eu estava meio ocupado tentando não me mijar com a possibilidade de sermos mortos por um androide psicopata e depois disso obliterados por uma bomba nuclear, *cara*. Na próxima vou colocar minhas prioridades em ordem.

Apesar do tom um pouco rude – os ânimos estavam um pouco elevados ali, ela daria a ele um desconto – tudo que Jonathan do Futuro fez diante do sarcasmo gratuito foi piscar. E então rir um pouco.

— Ligue a câmara, Colbie — Evelina do Futuro ordenou, um pequeno sorriso despontando nos lábios também, e se virou para ela, sua versão mais nova. — Posso responder algumas das perguntas às quais tenho certeza de que está se coçando para perguntar enquanto Jonathan se cura.

— Apenas algumas? — Ela armou uma careta.

— Apenas algumas.

— Posso fazer companhia a ele — ofereceu a versão mais velha do Capitão.

— Não mesmo — Jonathan protestou, irredutível. — Antes de prometer respostas a ela, você as prometeu pra mim, então o que quer que tenha para explicar, e eu aposto que é coisa pra caralho, pode muito bem fazer na presença de nós dois.

A mulher suspirou, meneando a cabeça. Era como se olhar num espelho, e Evelina sentiu um arrepio na espinha não pela primeira vez na presença dela.

— Justo. Acho que todos podemos fazer companhia a você na câmara luminocelular, então.

Assim fizeram. Durante o caminho até o setor de tecnologias mais "passivas" do laboratório, foi a primeira vez em que ela conseguiu analisar sua homônima mais velha de perto com calma. Vestida com variantes mais estilosas das leggings e casacos que Evelina gostava, sua versão do futuro também estava armada e andava com uma segurança palpável no olhar – olhar esse que, diferente do dela, não tinha mais uma lente especial. Em vez disso, uma cicatriz fina e clara atravessava sua pálpebra e têmpora direitas, e ela engoliu ao seco ao cogitar o que possivelmente poderia ter ocasionado a marca.

Olhe pelo lado bom, consolou-se. *Você está bonita e confiante de um jeito maduro, e sua mira melhorou de modo considerável.*

Evelina estava tão perdida em pensamentos que quase chegou a se sobressaltar quando Jonathan soltou de repente, enquanto passavam pelo setor de produção:

— Aquilo é uma Verantus? — Os olhos azuis-cobalto se arregalaram em assombro. — Porra, essa nave ainda nem foi disponibilizada para testes de voo!

— Agora é uma Verantem — corrigiram as duas Evelinas, em uníssono.

Elas se entreolharam, achando graça.

— Por que Verantem? — Jonathan franziu a testa, ainda um pouco vidrado no veículo aéreo de transporte humano com eixos tracionáveis, duas cabines-dormitório particulares e capacidade atmosférica expandida.

— Ulrias Savór usa suas iniciais no fim de todo modelo que produz — explicou a versão do futuro dele, antes mesmo que ela conseguisse abrir a boca. — Evie usa as dela em todos os modelos que otimiza.

Jonathan olhou para Evelina com um sorriso impressionado, mesmo que sua variante mais velha tivesse se referido a *Evie.*

— Se não for pra fazer com estilo você nem faz, é? Nada mau, garota gênio.

Ela conseguiu notar as expressões cúmplices que suas versões do futuro trocaram mesmo enquanto corava de leve. E o deliberado pressentimento de que sabia o que aquela cumplicidade significava abriu um buraco oco e crescente na boca do seu estômago.

Eles já estavam posicionando Jonathan na câmara quando Evelina escapou dos próprios devaneios, uma grande cabine de vidro hexagonal espaçosa com uma cama acolchoada no centro, ladeada por refletores responsáveis por ativar e rotacionar as luminocélulas até que o indivíduo tivesse suas escoriações reparadas. Seu Capitão de Araque se deitou no leito e soltou uma expiração longa, como se valorizasse o breve momento de descanso com mais empenho que o normal. Colbie iniciou a câmara de modo remoto, e só então Evelina se permitiu sentir alívio e angústia e a mais absoluta exaustão, ombros tombando e pálpebras tremulando fechadas.

Só mais um pouco, disse ao corpo sobrecarregado e mais próximo de desabar do que pensava.

— Tudo bem — ela começou, inspirando, e Jonathan girou a cabeça para observá-los, ouvindo-os mesmo dentro da redoma de vidro. — Começando do início: por que estão aqui?

Jonathan do Futuro analisou a postura dela com cautela.

— Acho que podemos todos nos sentar para ter essa conversa.

Evelina assentiu, apenas porque talvez começasse a hiperventilar e espasmar durante algumas das revelações daquele diálogo. Queria saber tudo e ao mesmo tempo não queria, porque as implicações eram perigosas e imprevisíveis.

— Estamos aqui porque viemos impedir os autômatos de completarem a missão para qual Savór os programou — respondeu *Evie*, sua versão do futuro, depois que Colbie magnetizou assentos confortáveis o bastante até eles.

— Aniquilar nossos traseiros — supôs Jonathan, a voz saindo abafada pelo vidro.

— Basicamente.

A voz de Colbie estalou a língua pelos alto-falantes.

— No que se meteu dessa vez, patroinha?

— Eles não têm culpa, não ainda — justificou Jonathan do Futuro. — Savór está punindo os dois por nossas ações… Coisas que fizemos no futuro.

Coisas que eles não podiam revelar, aparentemente.

Espere. Ulrias Savór do *futuro* tinha enviado os androides?

— Nossa versão de Savór, a do presente, está por dentro desse esquema também — ela lembrou, a mente fervilhando. — Ele me ameaçou indiretamente numa festa ontem, logo antes de sermos atacados pelos autômatos juntos.

Evie estremeceu, e Jonathan do Futuro ficou um pouco pálido. Evelina sabia que era porque estavam cogitando que, se suas versões do presente tivessem morrido, eles seguiriam pelo mesmo destino, e seus esforços para retornar ao passado teriam sido em vão.

— Patroa Evelina vivendo perigosamente — Colbie murmurou, as telas principais vibrando na frequência das suas palavras. — Quando eu dizia que era para você sair mais um pouco, não era a isso que eu estava me referindo, sabia?

— Disso não sabíamos, na verdade. — A mulher olhou para o colega de viagem no tempo. — Savór deve ter contatado sua versão mais jovem em busca de auxílio. Vocês foram atacados pelos dois bioandroides ao mesmo tempo?

— Vocês não?

Ela agora sabia que os robôs tinham dois alvos primários cada, já que estavam programados para exterminar uma determinada bioassinatura: as versões deles do presente *e* do futuro, considerando que ambos compartilhavam dos mesmos traços genéticos.

Jonathan do Futuro sacudiu a cabeça em negativa.

— Topamos com o vermelho há dois dias e com o verde hoje, mas sabíamos que eles estavam no encalço de vocês — explicou, ligando os pontos. — Estávamos vindo para o laboratório também por causa disso, por pura coincidência. Concordamos que, se a própria Evelina já não estivesse aqui — a indicou com a cabeça —, esse também era o único lugar no qual teríamos fácil acesso a métodos para rastrear ambos, para que pudéssemos avisá-los e mantê-los a salvo até que conseguíssemos destruir aquelas coisas.

Tudo bem, fazia sentido. Por isso ela o havia encontrado mais cedo e pensado que era seu Jonathan na entrada de acesso ao túnel. Quando questionou há quanto tempo estavam no presente (passado para eles, supunha), sua versão do futuro respondeu:

— Hoje é o terceiro dia. Os bioandroides vieram quarenta e três horas antes de nós.

Evelina arqueou as sobrancelhas.

— E sabem disso porque…?

— Porque uma frequência sonora incomum somada a um pulso de energia gigantesco foram emitidos na hora em que os bioandroides atravessaram o tecido dimensional — disse Evie, como se fosse óbvio. — Nós rastreamos o fenômeno e invadimos o laboratório no qual Savór estava trabalhando neles antes de fugir. Um dos nossos cientistas, Oscar Greenwich, destrinchou os aparelhos e relatórios do lugar e descobriu o que aquele desgraçado vinha fazendo.

— Criando robôs assassinos viajantes do tempo para aniquilar nossos traseiros — completou Jonathan outra vez, com um grunhido amargurado. — Mas por que aqui e agora? Por que não quando éramos crianças e menos difíceis de matar?

A própria Evelina sabia responder essa:

— Porque ele quer evitar represálias temporais caóticas. Voltar tanto tempo na escala cronológica causaria consequências imprevisíveis no tecido da realidade, como deixar uma pedra cair em um lago e observá-la formando ondas.

Evie assentiu, os olhos reluzindo com o que parecia aprovação para a resposta dela.

— O lago retorna ao aspecto estático anterior, mas não da mesma forma, porque um objeto estranho agora se alojou no fundo dele, e todas as moléculas naquele ambiente precisaram se reajustar à nova posição. — Cruzou os braços, as feições sérias. — Ele poderia nos matar quando bebês e nossa morte poderia originar toda uma reação em cadeia que terminaria com uma quarta guerra mundial, ou uma nova multinacional surgindo acima da Savór Corp, porque toda a linha do espaço-tempo teria sido alterada, mesmo que por um fator tão minúsculo quanto o óbito de duas crianças.

— Além disso — continuou Jonathan do Futuro. — Vocês ainda são jovens e muito tementes ao Sistema. Não iniciaram... uhn, as *coisas*, que... fizeram Savór ficar com raiva no futuro.

— Você quer dizer que ainda não nos tornarmos líderes da Insurreição? — zombou Evelina, estreitando os olhos com um escárnio condescendente.

Ela ainda não conseguia acreditar que tinha ido tão longe. Uma *líder* insurgente, caramba?

Até Colbie soltou um guincho horrorizado acima deles com a revelação.

— É, porra, que palhaçada é essa de líderes da Insurreição? — Jonathan ecoou de dentro da câmara, o ar ao seu redor reluzindo com esferas diminutas de tons amarelados com a ação contínua das luminocélulas. — Onde é que vocês estavam com a *cabeça?*

— Isso não vem ao caso no momento — Evie cortou, severa. Era um tópico sensível, aparentemente. — O negócio é que, agora, vocês ainda não se juntaram integralmente à causa insurgente, a empresa dele está no topo do mercado e ele está prestes a dobrar as dirigentes sudo e norcentrista ao monopólio da Savór. São as circunstâncias perfeitas para ele tentar manter as coisas como estão antes que comecem a dar errado por nossa culpa.

Os dois outros Comandos tinham governantes resistentes à absoluta hegemonia da Corporação. Sada Okane, a dirigente ao sul, era abertamente contrária aos métodos do Sistema (incentivados pela Savór) no Comando Midocentrista, conhecido por ser o mais populoso e mais rígido política e estruturalmente. Arlene Dallas, em poder ao norte, tinha seu próprio conglomerado de indústrias tecnológicas e não queria vê-lo consumido e esmagado pelo poderio da Savór.

Nos últimos anos, contudo, a influência da Corporação tinha aumentado de modo exponencial e irrefreável. Com a resistência ao Sistema e à tecnologia Savór, as duas dirigentes estavam perdendo bastante apoio político, financeiro, diplomático e mercadológico do Comando Midocentrista, que também era o maior e mais rico, menos afetado pela Terceira Guerra e o Expurgo. Nunca tinha parado para pensar a respeito, mas talvez estivesse à sua frente o tempo todo: Savór era a verdadeira força por trás do Sistema, o verdadeiro dirigente da Nação-Mãe. E, se não fosse, em breve seria – em breve, todos não teriam escolha a não ser ceder, e aquele crápula assumiria o controle de uma vez por todas em três dos três Comandos.

Procurados de nível alfa em três dos três Comandos, ela se lembrou da acusação do androide.

A acusação às versões *futuras* deles, exclusivamente.

Gloriosa Nação-Mãe.

— Então isso quer dizer — Evelina se aprumou na cadeira de repente, tensa como um arpão, as revelações dos últimos minutos fazendo outros fatos ficarem mais claros em sua mente —, que se quem está por trás de tudo isso é *Savór*... não somos procurados pela Nação-Mãe inteira? Nem condenados federalmente? O Sistema não sabe o que fizemos, a ameaça está vindo puramente de um único homem?

— Dois, considerando o do presente e o do futuro — comentou Jonathan mais velho, com uma careta.

Evie pareceu confusa, e Evelina achou ser capaz de desmaiar de alívio com as palavras que deixaram sua boca:

— É claro que não são condenados federalmente. Do que estão falando?

— Espere — Jonathan se sentou na cama com brusquidão dentro da câmara, e ela considerou um bom sinal que ele não tivesse sibilado de dor com o movimento repentino —, então quer dizer que não somos criminosos? Estávamos fugindo de tudo e todos à toa?!

— Não exatamente à toa — opinou a voz de Colbie, dos alto-falantes. Evelina achava que ela não tinha assumido uma forma corpórea ainda porque estava acuada com as duas versões de Jonathan presentes. Era testosterona demais para uma inteligência artificial de uma vez só, supunha. — Considerando que Ulrias Savór tem acesso a quase todas as câmeras de vigilância e aparelhos transmissores do Potentado, foi útil que tenham se mantido discretos.

E, já que era o único atrás deles, Savór não podia colocar o Sistema inteiro à procura de Evelina e Jonathan porque não teria um motivo plausível o suficiente para condená-los – ninguém realmente sabia da extensão dos crimes dos dois, como tinham pensado. Ela não havia sido exposta como simpatizante rebelde e Jonathan não foi acusado de auxiliar a Insurreição em Ardósia-Ciano. Suas pernas teriam falhado com a constatação se Evelina estivesse de pé.

Até porque eles seriam uma ameaça real somente no futuro, não no presente, e apenas Savór tinha conhecimento disso. No fim, caso desmascarado em sua tentativa de assassinar dois "inocentes", Savór podia alegar não ter relação nenhuma com os autômatos, já que realmente não os tinha desenvolvido – sua versão do futuro o fizera.

— Então podemos expor aquele patife? — Jonathan cogitou, parecendo seguir uma linha de raciocínio parecida com a dela, as mãos se movendo em gestos efusivos. — Acusá-lo por tentar nos matar, capturar um androide como prova ou trazê-lo a público para julgamento?

Evelina não achava muito prudente. Ela não tinha a mínima ideia de como capturariam um autômato com aquela superioridade tecnológica, e também não sabia quantas informações Savór verdadeiramente tinha sobre eles e suas "pequenas" infrações ao Sistema. Talvez pudessem estar tentando montar uma armadilha apenas para cair direto em outra.

— Não será tão fácil. Savór sabe que está arriscando muito mexendo na linha estrutural do espaço-tempo dessa maneira. Ele é um maníaco por controle, mas ainda é um cientista — admitiu Evie. — Os bioandroides são programados para evitar o máximo de danos, atenção e mortes que não as nossas.

Então não seriam simplesmente "capturados", era o que a mulher queria dizer.

— Por isso eles nos atacaram apenas quando estávamos nos jardins, na festa — lembrou Evelina.

Também devia ser o motivo pelo qual o autômato que tinha como alvo a bioassinatura do Capitão Arantes não a atacava, e vice-versa.

— E por isso o autômato verde estava me perseguindo pelos telhados da zona industrial — adicionou Jonathan. — Tomando a rota menos vigiada.

Bom, pelo menos isso parecia uma vantagem. Os bioandroides queriam matá-los? Ótimo, para isso precisavam ser sutis e alterar o mínimo possível dos eventos já premeditados na linha do tempo.

— Para piorar, eles também emitem frequências específicas para inutilizar câmeras, transmissores e gravadores de áudio num raio de cinquenta metros. E se regeneram após conflitos, sim, mas pelo menos precisam fazê-lo em lugares isolados, sem testemunhas — Jonathan do Futuro revelou.

Ah, isso era simplesmente *adorável.*

— Como minhas câmeras do túnel conseguiram pegar o verde em vídeo, então? — Evelina se perguntou, mais curiosa que cética.

— Minha teoria é que nossos disparos tenham danificado o emissor de frequência disruptiva dele — Evie respondeu no mesmo tom, aquele que denotava reflexões inconscientes da sua parte pesquisadora.

É claro. Como a prioridade era eliminar Jonathan, a nanotec não tinha se dignado a reparar o emissor de imediato. Terem sido capazes de ver os dois pelas câmeras externas ainda funcionais fora muita sorte, ou talvez nunca soubessem que a versão dela do futuro e seu Capitão de Araque estavam em perigo.

Evie continuou a explicar que tudo nos bioandroides fora programado para discrição, para que não fossem vistos ou reconhecidos pelas autoridades e apreendidos. Sua matriz interna e carcaça principal eram feitas de kobaranium; o metal sintético mais forte já produzido no mundo, com ligas metálicas absurdamente compactas, resistentes a calor, desgaste e colisões diretas, com um mecanismo que redistribuía o impacto em vez de concentrá-lo em apenas um ponto.

Isso devia torná-los praticamente imbatíveis, refletiu Evelina.

— E suas armas? Como conseguiram atravessar o material da cabeça dos robôs? Meu disparador não conseguiu.

Jonathan apontou para os coldres de Evie, de repente feliz em contribuir para a parte explicativa da conversa.

— Ela tem brinquedinhos futurísticos bacanas.

Evie meneou a cabeça, dando tapinhas nas armas ao confessar que, no futuro, a Savór conseguiu sintetizar e concentrar a estrutura molecular de magnetares e pulsares como fonte energética, e a invenção revolucionara toda a tecnologia mundial. E ela, para seu crédito, tinha conseguido adaptar os núcleos como munição armamentista, e era a única coisa que conseguia atravessar kobaranium.

Estrelas.

No futuro, um modo de reproduzir estrelas – astros de nêutrons extremamente densos e quentes que rotacionavam em enormes velocidades – como potencial energético tinha sido descoberto, assimilou Evelina, com um arrepio subindo pela sua espinha ao absorver o verdadeiro significado da sentença. Ao rotacionarem, os polos das magnetares e pulsares emitiam radiação x... E *radiação gama*, engoliu em seco. Era o que alimentava aquelas armas, o que movia os sistemas e matriz dos bioandroides.

Podia xingar Savór o quanto quisesse, mas ela nunca negaria o quanto aquele homem era genial.

— Está me dizendo que só armas com núcleos de energia *gama* conseguem fazer algum dano naquelas coisas?

— Também estou dizendo que aquelas coisas possuem armas de energia gama igualmente letais às nossas — replicou Evie com uma careta solícita ao tirar o sobretudo e pousá-lo sobre a bancada mais próxima, revelando a blusa preta de gola alta e mangas que iam até seus cotovelos por baixo.

Tudo bem.

Tudo bem, Evelina repetiu a si mesma. Eram motivos o bastante para se desesperarem num nível meio preocupante, mas também eram alguns fatos não completamente terríveis. Pelo menos seus pais estavam em relativa segurança ao que tudo indicava, assim como a família de Jonathan. Pelo menos eles agora tinham uma perspectiva interna da situação, e estavam a par das ameaças e consequências.

Com sorte, um pouquinho de esforço – certo, um bocado de esforço – e a ajuda das suas versões do futuro, eles conseguiriam se livrar dos androides e não bagunçar muito as leis do espaço-tempo.

Molezinha.

Talvez ela estivesse passando tempo demais com Jonathan. Tinha certeza de que nunca pronunciara algo como "molezinha" na vida.

— Algo mais? — perguntou Evelina sem exatamente querer saber, porque seu psicológico já fora abalado o suficiente nas últimas doze horas para lhe traumatizar por uma vida inteira.

Mas Evie e Jonathan do Futuro — *Nate,* como agora lembrava de ouvir sua versão do futuro chamá-lo — se entreolharam, hesitantes, e quando a variante mais velha dela levou a mão à clavícula para esfregar a área (era um hábito que tinham quando ficavam muito distraídas ou muito concentradas em pensar), um reluzir metálico ficou visível em seu pulso, agora descoberto pelo sobretudo.

Todo o ar se extinguiu dos pulmões de Evelina.

Ela... Ela tinha suposto que a relação deles estava mais próxima, mas... mas aquilo...

Evie seguiu seu olhar mortificado e tampou a região de imediato com a mão livre, a expressão se desmontando em horror com a frustração.

Então murmurou baixinho, quase uma respiração inaudível:

— Não era assim que eu queria que descobrisse.

A Insurreição possuía uma forma diferente de matrimônio, já que a maioria dos insurgentes não gostava de ter o nome da pessoa amada ligada a eles nos registros do Sistema, para evitar que seus entes queridos fossem culpabilizados e punidos por seus crimes. Em vez de alianças, os noivos trocavam uma tatuagem translúcida, visível apenas como uma marca metálica em determinados reflexos na pele, num lugar fácil de esconder, cujo significado os amantes escolhiam, normalmente um símbolo representando o outro. Evelina já tinha visto várias nos rebeldes da Base Abelha.

E ali, no pulso da versão mais velha dela, um pequeno pod tinha sido tatuado em linhas finas, minimalistas. Uma nave inferior, mas ainda uma *nave*, para todos os efeitos.

E ela não tinha dúvida nenhuma de que o símbolo representava Jonathan.

XIV

A negação é uma vagabunda hipócrita e desdentada

— Procedimento finalizado — fungou Colbie, mediante o silêncio sepulcral ecoando no laboratório. — Câmera luminocelular desativada.

"Não era assim que eu queria que descobrisse", dissera Evie, quando Evelina ficara pálida num tom meio doentio ao vislumbrar algo na mão dela.

— Evelina? O que houve? — Ele saltou da cama e abriu a porta da câmara de dentro mesmo, postando-se ao lado dela de imediato. Então encarou Evie, desconfiado. — O que não queria que ela descobrisse?

Parecia o único disposto a se mexer no ambiente, percebeu, já que todos estavam congelados como quando aquela I.A. saidinha tinha atirado uma bomba nuclear apenas a algumas dezenas de metros de distância. A variante mais velha de Evelina estava estática, lábios crispados e respiração irregular, e a variante dele tinha os olhos colados no chão, a perna batucando no piso como ele fazia quando ficava nervoso.

Sua trêmula protegida então puxou uma inspiração falha ao finalmente responder:

— Que eles são casados.

Jonathan achou ter ouvido errado.

Ficou quieto por alguns segundos, tentando raciocinar e se convencer de que o que estava fazendo seu coração acelerar era confusão, e não uma euforia patética que, pela cara de Evelina, provavelmente a faria lhe dar um tabefe naquele momento.

Talvez ela tivesse dito "que eles são tapados".

— Perdão, você disse que eles são…

— *Casados* — ela repetiu, quase num rosnado, os olhos faiscando com a impaciência e com um toque de pânico. — Disse que são casados, que namoraram e que noivaram, que são marido e mulher.

Casados. Certo.

Caralho.

Quando eu disse que achava que me casaria com essa garota um dia, eu realmente não pensei que a coisa fosse ficar literal, porra.

— Como sabe que…

— Isso importa?! — ela ergueu a voz, o semblante afogueado. — Eles não estão *negando*, estão?!

O humor dele murchou um pouco com aquela réplica superentusiasmada e receptiva à hipótese deles terminarem juntos e unidos em matrimônio. Evelina poderia muito bem ter soltado fogos.

E enfiado em sua bunda, para que Jonathan morresse explodido por foguetinhos e ela nunca precisasse se casar com ele.

Muito animador mesmo.

Ele estava desnorteado com todos os últimos acontecimentos, mas não era imbecil. Tinha notado a forma como Nate, sua versão do futuro, e Evie interagiam no geral; trocando olhares afetuosos, sempre orbitando perto um do outro, agindo com uma familiaridade reservada apenas para pessoas bem próximas ou casais… Ficara surpreso, é claro, embora gostasse de Evelina (e já tinha cansado de negar isso para si mesmo), mas perceber que dali a *oito anos* ainda estaria com ela fora um baque. E não um ruim, se precisasse ser franco.

Nunca fora contra algo com sua protegida, ele literalmente tivera de se controlar e policiar para não fazer alguma besteira durante todo o tempo na casa Marchald. No entanto, era um sujeito de casos, não relações. De dias e noites, não meses e anos. Jonathan só tinha percebido que sua atração por Evelina evoluíra além da mera luxúria recentemente, quando começara a se aproximar e vê-la como uma amiga, mas descobrir que tinham se *casado* no futuro também não era exatamente tranquilo de assimilar para ele. Também estava assustado, só que pelo menos não estava ostentando uma expressão de mais puro pânico e desprezo para aquela pequena revelação.

E, porque era um idiota e porque seu ego estava um pouco ferido por ela estar agindo como se aquela fosse a pior sina possível no universo, ele se aproximou de Nate e ofereceu a mão fechada em punho, um cumprimento em forma de soquinho masculino.

— Mandou bem, cara.

Sua versão do futuro apertou as pálpebras com as pontas dos dedos, o que fez Evie rir enquanto Evelina soltava um ruído engasgado de descrença.

— Você era terrível — comentou a versão mais velha dela, e Jonathan sentiu que as palavras eram divertidas e afetuosas, apesar do timbre reprovador.

— Você gostava — replicou Nate, grunhindo mal-humorado ao se virar para a variante mais jovem da esposa, daquela vez. — Você gosta, certo?

— Ah, pelo amor e glória da Pátria — reclamou ela. — No momento, não posso dizer que estou gostando muito de nenhum de vocês. E não podem me culpar em nada porque fui ameaçada por um magnata psicopata, quase terminei morta por um bioandroide do futuro, conheci eu mesma oito anos mais velha e descobri que ela é casada com meu guarda-costas tudo no mesmo dia. Também estou sem dormir há mais de trinta horas, então me deem um *desconto*.

— *Guarda-costas?* — repetiram Jonathan e Nate ao mesmo tempo, a pura e genuína imagem da revolta.

— Ai. — Evie fez uma careta. — Isso foi meio babaca até pra mim, garota.

Evelina bufou ao jogar os braços para cima. Ao perceber que o punho dele ainda estava erguido na direção da sua versão mais velha, Evie avançou e deu um tapa suave no dorso da sua mão para tirá-la de perto da variante do futuro.

— Ei — reclamou.

— Regra número um de contato paralelo direto entre versões temporais distintas da mesma pessoa — grasnou a mulher, assumindo feições sérias. — *Não pode tocar.* Em nenhuma circunstância. Nem nós — ela olhou para Evelina, para logo em seguida encarar Jonathan e o marido. — Nem vocês.

Marido.

Isso ainda é esquisito pra caralho.

— Por quê?

— Não sabemos com certeza, nem queremos arriscar checar — respondeu Nate. — Mas provavelmente envolve nossas versões se fundindo em um passado e presente que pode colocar a integridade da linha temporal em risco permanente, então...

Certo, pensou Jonathan, com um arrepio transpassando sua pele. *Sem tocar.*

— Tudo bem, eu preciso de um tempo. — Evelina começou a se virar, então parou, os olhos estreitos em fendas. — Mas ainda queria saber como viajaram no tempo. — Quando Evie lhe lançou uma careta, ela grunhiu: — Andem, não precisam ser detalhistas, eu só... quero ter uma ideia de como foi feito.

É claro que queria.

Mesmo parecendo a mais preocupada com toda a situação do desalinhamento do espaço-tempo, Evelina também era a mais empolgada com todas as questões científico-tecnológicas envolvendo o assunto. Ele conseguia ver no modo como os olhos dela reluziam, como se inclinava para frente sem perceber a cada nova informação mirabolante.

A versão mais velha dela suspirou em exasperação, como se não quisesse ceder e também como se não conseguisse resistir, porque se solidarizava com a curiosidade corroendo as entranhas dela.

— Tempo é uma questão de perspectiva, já que é relativo, certo? Oscar, o cientista que rastreou os traços do trabalho de Savór, basicamente conseguiu bolar a fórmula algorítmica necessária para calcular a distância temporal de um ponto a outro, encurtando dimensões cujas cronologias podemos desacelerar ao atravessarmos fusos horários com uma âncora fixa na realidade desejada. — Ergueu o pulso, no qual Jonathan notou um relógio que mais se parecia com um bracelete. Nate a imitou, mostrando o mesmo aparelho em seu próprio braço. — Considerando o angulo da trajetória, represálias do efeito Doppler, simultaneidade respectiva e...

— A coisa é que — a variante mais velha dele abreviou, muito para a sua felicidade —, Evie e seu cérebro brilhante ajudaram Oscar a construir um acelerador de partículas adaptado que colocaria a fórmula em prática, e aqui estamos.

— Eu fui uma das precursoras da viagem no tempo? — Evelina levou as mãos à boca, os olhos esbugalhados e perplexos.

Isso não o surpreendia em nada, no entanto.

— Tudo bem, já chega — Nate cortou, quando viu a expressão da esposa se iluminar em antecipação, a boca já se abrindo para desenvolver a sentença quando ele a interrompeu. — Lembra do que conversamos sobre você tentar não escorregar e fazer algo ser construído muito antes do recomendável, doçura?

Evie fechou a cara, corando de leve e revirando os olhos, porém assentindo.

Jonathan só conseguia pensar que ele ainda a chamava de *doçura*, mesmo oito anos no futuro. E isso porque o termo genérico e atrevido tinha começado como uma forma de irritá-la.

Talvez ele também precisasse de uma pausa na interação com aqueles dois.

— Onde pensam que estão indo? — indagou Evie, cética, quando ambos começaram a se dirigir ao elevador com semblantes ainda desorientados.

— Para os nossos... quartos? — replicou Jonathan, com uma careta confusa. — Sabe, aquele cômodo com uma cama e um guarda-roupa, onde as pessoas normalmente descansam ou fazem outras coisas interessantes...

— Precisamos dormir — Evelina argumentou, cansada.

— Não podem deixar o laboratório — Nate repreendeu, sério. — Esse ambiente é muito mais seguro do que qualquer cômodo da casa Marchald. Não podemos dar brecha alguma para os autômatos encontrarem qualquer um de nós e vocês querem se oferecer de bandeja?

— Sem chance — completou Evie, sem que ele ou Evelina conseguissem dizer alguma coisa. — Vocês dormirão aqui, conosco.

— Onde? — zombou Jonathan. — Na câmara luminocelulosa?

— Luminocelular — corrigiu sua protegida, suavemente.

— A Verantem tem duas cabines-dormitório — lembrou a mulher. — Vocês podem ficar com uma delas, eu e Nate ficamos com a outra.

Ele nem precisou olhar para ver que o estômago de Evelina tinha ido parar nos pés.

Jonathan estreitou os olhos, e eles se encararam num momento esquisito de *"você ouviu o que eu ouvi?"*, e em seguida *"acho que sim"* e então ele estava dando de ombros e abrindo um sorrisinho de canto ao murmurar, cafajeste:

— Por mim tudo bem.

— Garoto! — guinchou ela.

E aí Nate estava rindo baixo, tentando disfarçar com uma tosse fajuta, e Evie estava tentando desesperadamente não seguir seu exemplo, portanto, Evelina se recusou de forma veemente a se comportar feito uma criança e exigir que ela e sua versão mais velha ficassem em um quarto e eles, no outro, como Jonathan via que ela queria fazer. Mas isso nem ao menos faria sentido, porque as cabines-dormitório tinham sido feitas para longos passeios familiares, então as duas camas disponíveis eram de casal – e as variantes deles do presente e do futuro não podiam se tocar, mediante catástrofes temporais ainda desconhecidas, porém certamente não recomendáveis.

Ela teria de dividir uma cama com Jonathan.

Piscando e corando de leve, Evelina respirou fundo e ele cruzou os braços ao observar sua reação, entretido. Ela era uma das pessoas mais academicamente premiadas e respeitadas em sua área de todo o Comando, mas estava tremendo diante da possibilidade de dormir com ele, mesmo que apenas no sentido literal da palavra. Jonathan brincava de bancar o canalha na maioria das vezes, mas nunca a deixaria desconfortável ou a desrespeitaria de qualquer forma, e disso Evelina não podia duvidar. Ele flertava com ela durante grande parte do tempo, mas nunca a tocara sem permissão ou se insinuara de modo invasivo.

Além disso, ele era a porra do seu futuro marido. Pior que aquilo não ficava.

Evelina jogou os braços para cima, derrotada.

— Tudo bem, ainda precisamos avisar meus pais que estamos vivos — ela contrapôs. — E comer.

O estômago de Jonathan roncou em resposta, como se subitamente desperto e cooperativo à menção de comida. Nate hesitou, considerando as variáveis.

A verdade era que Jonathan e Evelina não só queriam se afastar um pouco daquela loucura de variantes do futuro, realmente precisavam de sustância e descanso, e deixar os pais da sua protegida em pânico por tempo indeterminado não era muito recomendável, sopesando que o progenitor dela era um dos homens mais poderosos e com mais recursos no planeta.

— Não saiam da casa — ordenou a versão mais velha dele, cedendo com uma expiração longa e deliberada. — Fiquem próximos a pessoas de carne e osso durante todo o tempo, testemunhas humanas, e voltem para cá assim que possível, entenderam?

Eles assentiram, revirando os olhos com o tom paternalista, mas um sentimento intenso havia marejado os olhos de Evie com a menção ao ministro e Baniwa naquele ínterim, as íris subindo como se pudessem vê-los através das camadas de metal e concreto no teto se desejassem com força o suficiente. O fôlego de Evelina, congelada ao lado dele, ficou preso na garganta com a suspeita do que aquilo poderia significar.

— Não — balbuciou, a voz trêmula, e Jonathan chegou a sentir na pele o terror em seu tom. — Não, eles não estão…

Evie já estava balançando a cabeça:

— Não! Eles não estão mortos no futuro, só… — engoliu em seco, fungando. — Só distantes. O que fazemos não permite que eles fiquem próximos de mim, eu... — pigarreou, piscando para afastar as lágrimas. — Eu só sinto saudades. Principalmente de tê-los ao alcance de um elevador assim, de forma… de forma tão casual e tranquila.

Jonathan conseguia ver no rosto de Evelina que ela não gostara nada da revelação – do fato de que se afastava dos pais pela segurança deles, porque se metera no mais perigoso dos esquemas ao se unir à Insurreição. E ele? O que acontecera com Luísa, com sua mãe, os amigos no regimento? Também tinham se afastado? Tinham morrido?

Seu olhar encontrou o de Nate, e o tom pálido que o rosto da sua versão futurista assumiu não foi nada reconfortante.

Como se percebendo o inquirimento se formando em seus lábios, Evelina se voltou na direção do elevador outra vez e latiu:

— Vamos logo.

Ele franziu a testa para ela, contrariado.

— Espere, eu só…

— *Agora, Jonathan.*

A expressão frustrada dele se tornou uma careta com a entonação descaradamente inflexível.

— Por favor — ela suavizou o tom, os olhos implorando para que ele não fizesse aquilo.

Não faça isso consigo mesmo, as íris bicolores pareciam dizer. *O que quer que aquela reação tenha significado, você não quer saber. Não mexa com o que não deve antes da hora.*

Bom, era um pouco tarde para isso, considerando que estavam interagindo com eles mesmos do futuro há uma boa hora, mas ele decidiu anuir. Uma parte sua não queria mesmo saber.

Seus ombros tombaram, um suspiro escapando, e ele a seguiu andar acima. Antes que entrassem no elevador, no entanto, a voz da Inteligência Artificial de Evelina ecoou pelo ambiente num murmúrio vingado:

— A patroa manda, vagabundo obedece!

— Colbie! — repreendeu Evie, mais atrás deles.

— O quê?!

Jonathan não conseguiu conter uma risada alta enquanto adentravam a caixa metálica.

— Nem nos casamos ainda e eu já virei um pau-mandado. Muito animador.

Apertando alguns botões e senhas de acesso, Evelina parecia prestes a estapeá-lo depois que o elevador iniciou a subida. Era bom voltar para um ambiente sem as variantes mais velhas deles assombrando os arredores a todo momento. Parecia uma ilusão confortável de que tudo aquilo não passara de um sonho.

Mas ele não teria nem ao menos visto o laboratório dela se tudo não tivesse passado de um sonho. Sua imaginação não era tão fértil nos detalhes assim.

— Como consegue fazer *piada* disso?

— Consigo fazer piada com qualquer coisa, doçura — ele desafiou, mais para distrair a si mesmo do fato de que precisava ignorar a incógnita do futuro da sua família do que para qualquer outra coisa.

Um grunhido deixou os lábios comprimidos dela.

— Só vou te deixar continuar me chamando assim porque você já fazia isso antes... deles.

— E vou continuar fazendo por quase uma década, pelo visto.

Ela soltou um pequeno som frustrado, enterrando o rosto nas mãos mesmo enquanto o elevador parava e se abria com um deslizar suave para um estreito corredor que dava para uma outra abertura – que também se escancarou logo em seguida, revelando o quarto de Evelina e a bagunça magnânima lá dentro.

Como nenhum bioandroide psicótico pulou de um canto escuro ou de debaixo de uma chapa para atacá-los, Jonathan considerou o ambiente desordenado seguro o bastante e liderou o caminho até a saída.

— Espere — ela o segurou pelo braço antes que chegassem à porta, e o soltou na hora ao inspirar de modo afiado, como se o contato queimasse. Ele reprimiu a expressão irritada diante da reação ridícula —, o que vamos dizer a eles?

Certo. Eles estavam desaparecidos há mais de doze horas, depois de um evento catastrófico na casa do dirigente midocentrista. O Ministro Marchald e Baniwa deviam achar que estavam mortos, ou pior.

Não seria algo fácil de explicar... Pelo menos não sem usar parte da verdade no relato.

Nossas versões do futuro estão no andar de baixo fofocando depois de nos salvarem de autômatos executores feitos pelo homem mais poderoso no Sistema, que está tentando nos matar para que não nos juntemos à Insurreição e nos tornemos as tais versões do futuro daqui a oito anos. Alguma pergunta?

Ah sim, os pais de Evelina iriam amar.

— Com certeza não o que realmente aconteceu. — Jonathan armou uma careta.

— Estou falando sério, Jonathan, que droga! — Ela se afastou alguns passos, aborrecida. Seu pé chutou uma chave de fenda com um ruído metálico de impacto quando a peça atingiu um carburador. — Você ao menos sabe o que é isso, *falar sério?* Não consigo acreditar que...

— Ei — ele avisou, antes que ela dissesse algo como *"não consigo acreditar que me casei com você"* e o fizesse cuspir uma resposta rude da qual se arrependeria. — Pare de projetar suas inseguranças sobre os pombinhos lá embaixo em mim. Sou tão culpado nessa história quanto você.

— Eu não tenho culpa nenhuma!

— Exatamente — apontou, cruzando os braços descontente, com ênfase na porra do descontentamento. — Não temos culpa nenhuma *ainda*. Portanto, pare de me crucificar por coisas que eu ainda nem fiz, combinado? Essa situação já está enfiada o suficiente na merda sem nós dois brigando por eventos que não aconteceram.

Evelina se encolheu, mas ele não sentiu remorso por ser incisivo ou jogar a verdade na cara dela. Era Jonathan quem vinha recebendo alfinetadas de rejeição sem pausa durante os últimos quinze minutos. O que queria na verdade era arranjar uma cena, escancarar o quão mal ela estava deixando-o, mas não tinha saco para ouvi-la chamando-o de infantil ou sentimental. Ele nunca teria cogitado que se sentiria julgado ou desconfortável por causa dela daquela maneira.

E isso doía mais do que conseguia admitir.

— Você não está... surtando nem um pouco? — inquiriu ela, os grandes olhos bicolores cheios de mágoa e descrença. — Sua cabeça não está explodindo em todas as direções?

— Numa proporção menor, graças ao alcance reduzido dos meus neurônios comparados aos seus, é claro que sim — ele bufou, cínico. — Mas não está me vendo descontando em você, está?

Evelina desviou o olhar, os cílios tremulando com o sopro vacilante de ar que deixou seus lábios, mas permaneceu convenientemente calada, e a mensagem foi explícita o suficiente: ela não se desculparia.

Ótimo, cacete, ele quis rosnar. Também não se arrependia e não pediria perdão, mesmo que não houvesse nada pelo qual se desculpar da parte dele. Ela queria ser hipócrita? Tudo bem. Evelina era muito mais inteligente que ele, com certeza tomaria ciência das próprias atitudes antes que conseguisse explicar com eloquência o bastante o quão covarde ela estava sendo. O quão tola e infantil e fria e…

E o quão tolo e infantil e sensível Jonathan também estava sendo, reagindo daquele modo.

Um suspiro cansado e frustrado o deixou, e ele passou as mãos pelos cabelos ao grunhir:

— O que noticiaram a respeito do ataque de ontem?

Erguendo o rosto para ele, Evelina esquadrinhou sua expressão resignada por alguns segundos antes de assentir de leve para a pequena trégua silenciosa sendo oferecida.

— Podemos dizer que estávamos mesmo nos jardins quando… — ela começou, a mente habilidosa discorrendo as possibilidades e contingências de todos os possíveis ângulos com facilidade.

Ele a deixou bolar grande parte da história, comentando apenas aqui e ali quando achava necessário. Não queria estender o assunto, muito menos a presença da companhia de Evelina. Infeliz, Jonathan percebeu que naquele momento precisava muito mais da ausência dela do que o contrário, se fosse para entender o caos pesando em seu peito.

Para entender o que o futuro traria e o que isso poderia significar.

Se Evelina ao menos estaria nesse futuro – e as consequências com as quais ele estaria disposto a lidar ou não, qualquer que fosse o veredito dela a respeito.

XV

Até tu, Maria Tidéia?

Silêncio não devia ecoar, devia?

Mas, na cabeça de Evelina, era o que estava fazendo. Ribombando e badalando como sinos de novo e de novo, aquele absoluto nada, aquela infinita quietude. Silêncio também não devia cair, mas ela se sentia em queda livre, metros e metros sem previsão de chão ou fim para o salto.

Casada. Casada com Jonathan.

Ela notou então, apenas depois de longos segundos, que o ribombar era sua pulsação ensandecida rugindo em seus ouvidos. A queda também devia ser apenas sua pressão despencando.

Talvez estivesse a alguns segundos de desmaiar.

É claro que ela tinha cogitado uma relação entre eles, sabia… sabia que, se continuasse próxima a Jonathan, inevitavelmente desenvolveria sentimentos. Maldita e gloriosa Pátria, ela tinha a impressão de que já havia começado a sentir algo por ele, mas casamento? Selado e predestinado?

Um futuro inevitável?

Ela tinha surtado. Ainda estava surtando. E *tinha* descontado nele. Afastando-o sem nem perceber até que a coisa já tivesse explodido em seu rosto.

E se arrependia tanto.

Mas como explicar que o horror dela era em relação à imutabilidade de uma sentença e não à passagem dessa sentença com ele? Jonathan não entenderia, até porque a imutabilidade em si tinha a ver com ele sim, com sua versão do futuro e o que isso acarretaria em consequência. Nem ela sabia se entendia.

Ela se desculparia, o faria compreender assim que descansasse, assim que parasse um instante e só… Só respirasse…

— Papai? Baniwa? — ela chamou, o peito apertado e a voz já embargada ao dar passos instáveis para fora do quarto, a presença muda e descontente de Jonathan logo atrás de si.

Silêncio a respondeu, perdurando por longos segundos na enorme casa.

Então passos frenéticos em algum lugar do andar de baixo, velozes e desesperados.

— *Filha?* — gritou seu pai, os sons cada vez mais próximos, parecendo vir da ala do escritório.

— *Lin?* — chamou seu padrasto, logo depois, e ela quis chorar. — *Lin, é você?*

— Estou aqui em cima! — ela gritou de volta, o alívio desesperado pesando em sua garganta, seus membros.

Então ambos surgiram no fim do corredor, rostos esperançosos e incrédulos com a inusitada presença dela, e uma lágrima teimosa escorreu pela sua bochecha. Seus pais ainda estavam com as roupas da festa, os tecidos amarrotados e tortos nos corpos, como se tivessem dormido nelas, ou mal tivessem dormido no geral.

Quase devia tê-los matado de preocupação, mesmo não sendo proposital. Por outro lado, Evelina também tinha passado as últimas horas acreditando que nunca mais os veria, e nem ao menos tivera a chance de se despedir. Pensando que poderiam ter sido sujeitos a exonerações humilhantes, interrogatórios, torturas ou pior. Evelina toleraria morrer pelos seus atos, mas nunca toleraria causar o mesmo destino às duas pessoas que mais amava no mundo.

Respirou fundo, controlando a emoção, e afiou o foco para não escorregar no relato que ela e Jonathan tinham combinado de contar no lugar da verdade quando correu para abraçar Baniwa e o pai.

Eles dispararam em euforia na sua direção e a apertaram com força ao alcançarem-na, cada um envolvendo-a de um lado, tagarelando numa mistura pândega compreensível de alívio e fúria.

— Onde vocês *estavam*, mocinha?! — ralhou seu pai. — Como pôde sumir daquela maneira e nos deixar morrendo de aflição sem mais nem menos? Sabe quantas pessoas eu mobilizei para encontrarem-na?!

— Não podia ter mandado ao menos uma pulsomensagem de voz, sua menina desmiolada? — adicionou Baniwa, para depois erguer um olhar severo na direção de Jonathan, parado quieto à porta do quarto dela. — Capitão Arantes, Evelina tem seus acessos de fuga, mas eu esperava mais de você.

Ele meneou a cabeça em humildade, como se aceitando a reprimenda, e ela se viu na obrigação imediata de defendê-lo, mesmo depois da briga tola. Sabia exatamente o que Baniwa estava pensando – com o fato dos dois terem surgido juntos do quarto dela, desconforto nas feições de ambos. Gostaria de pensar que o padrasto a conhecia melhor do que aquilo (fugir para namorar, *sério?*), mas não podia exigir tanto dele assim considerando toda a angústia das últimas horas.

— Não foi culpa de Jonathan — fungou, piscando para afastar as lágrimas. Era bobo o modo como não passara nem metade de um dia longe deles e ainda assim sentisse como se tivesse sido uma vida. — Nem minha, na verdade, mas eu devia mesmo ter dado notícias.

— O que quer dizer com...

— Nós estávamos nos jardins quando aqueles robôs horríveis atacaram a propriedade do dirigente.

Os pais arquejaram em uníssono, a preocupação gritante substituindo o desapontamento em suas faces no mesmo segundo.

A pesquisa sobre as repercussões do incidente da noite anterior na mídia revelara, previsivelmente, que os jornais e sites diziam não haver gravações digitais de nenhum tipo para comprovar o que ou quem causara o ataque – graças a uma sabotagem prévia, alegavam –, mas algumas poucas testemunhas oculares diziam ter visto androides humanoides com um poderio de fogo incomparável. Seus objetivos não pareciam ter sido nada além de destruição generalizada, e o fato de que ninguém tinha notado os autômatos perseguindo Evelina e Jonathan, em específico, tinha sido um golpe de sorte muito bem-vindo. Os estardalhaços e explosões no hangar-estacionamento tinham atraído vários curiosos após a fuga deles, e muitas pessoas se chocaram diante da ausência de um aparente elemento hostil, porém não havia questionamentos da veracidade da devastação que tinha deixado boa parte dos veículos lá em pedaços.

O dirigente estava indignado com tamanho desrespeito, e garantia que os culpados seriam desmascarados e punidos. A mídia estava especulando que a culpa provavelmente se devia à Insurreição, mesmo com a maioria da população tendo ciência de que os rebeldes não tinham recursos para bancar tamanho estrago, muito menos numa área tão restrita e bem protegida. Qualquer um que pensasse direito saberia que alguém de dentro precisaria ter colocado a ameaça lá (descontando a parte da supertecnologia futurista sobre a qual ninguém sabia), mas não que o Sistema deixasse as pessoas pensarem direito.

— Como assim, Lin? — Seu padrasto arregalou os olhos, embasbacado, somente agora parecendo cair em si sobre o estado das roupas deles; Evelina, com as vestimentas amassadas de origem desconhecida e Jonathan, com o traje sujo e rasgado em diversos pontos. — Quando trocaram de roupa? E o que estavam fazendo nos jardins?

— O senhor Savór me fez uma proposta de emprego ontem — mentiu, apenas porque precisava adicionar aquele monstro à história caso seu contato com ele fosse checado, porque ela realmente falara com o homem durante a festa. — Uma bem importante, na verdade, e eu fiquei muito nervosa, precisava de ar para pensar. Jonathan foi atrás de mim, preocupado, e foi quando aqueles androides terríveis começaram a destruir tudo que viam pela frente no gramado.

— Vocês viram aquelas coisas? — o pai questionou, horrorizado. — Se machucaram?

— Jonathan me levou para longe em segurança de imediato, mal conseguimos ver os robôs — Evelina garantiu sem remorso, porque essa parte era mesmo verdade, exceto pela última. Eles não podiam ser intimados a testemunhar sobre o ocorrido caso o pai pensasse que pudessem ajudar nas investigações. — Ele apreendeu uma nave e nos trouxe para cá, para o laboratório, onde estaríamos seguros. Entramos por uma das portas de serviço, não pela casa, por isso não nos viram nas filmagens de segurança.

Eles provavelmente tinham checado por registros em vídeo dela, caso tivesse retornado para casa, enquanto procuravam.

— Seu laboratório tem portas de serviço? — O pai franziu a testa, surpreso.

— E o Capitão Arantes viu... Seu laboratório? — Baniwa crispou os lábios, inquieto, ao observar Jonathan de soslaio com um temor relutante.

Seu padrasto sabia bastante sobre uma parte dos projetos dela lá embaixo, e sabia que não era bom que um oficial do Sistema tivesse conhecimento dessas mesmas coisas.

— Também vi como a senhorita Marchald é uma inventora, cientista e engenheira brilhante — disse Jonathan, a expressão impassível, e o coração dela se encolheu até virar um nanoparafuso. — A Nação-Mãe tem sorte de tê-la zelando pelo nosso avanço e prosperidade por meio dos seus projetos.

Ele só estava confirmando ao padrasto dela de que não a delataria ao Sistema, mas ainda assim... estava sendo tão maduro. Superior, mesmo após Evelina tendo o tratado tão mal.

Você ao menos sabe o que é isso, falar sério? Vociferara antes para ele.

Como pudera ser tão cruel?

Relaxando só um pouco após deliberados instantes escrutinando o rosto do Capitão em busca de sarcasmo ou falsidade, Baniwa assentiu.

— Sorte, de fato.

— E por que não nos disseram que estavam logo aqui embaixo? — o pai intimou, um pouco desgostoso. — Coloquei mais agentes à sua procura do que achava ser possível, mocinha.

— Desculpe, papai. — Ela armou sua melhor cara cansada de choro, o que não foi nada difícil, porque vinha mesmo chorando e estava mesmo prestes a convulsionar de exaustão. — Eu apaguei com o estresse depois de chegarmos ao laboratório, e só acordei há pouco. Jonathan não sabia como chegar aqui em cima e deixá-los saber que estávamos bem.

— Onde você dormiu, rapaz?

— Não dormi, senhor — respondeu Jonathan, abrindo um sorriso fraco na tentativa de amenizar a sentença.

— Poderosa Nação-Mãe, deve estar exausto. Alfred! — chamou Baniwa ao levar a mão ao peito, consternado, e o robô doméstico surgiu na ponta do corredor segundos depois.

Jonathan chamava o Androide 937 tão frequentemente de Alfie ou Alfred que até mesmo os pais de Evelina tinham passado a usar o nome tolo (e ilegal), e ela fora obrigada a ajustar a matriz reativa do androide para que atendesse ao novo termo afeiçoado.

Aquela era apenas mais uma prova do quanto Jonathan tinha se infiltrado em sua vida, em suas relações. Em como fazia parte da sua rotina, como mesmo seus pais tinham se acostumado à presença constante dele e dos seus hábitos não convencionais, como praticamente já o adoravam. Todos esses pequenos fatores que a fariam terminar se casando com ele.

Desmaie daqui a pouco, disse a si mesma. *Só mais um pouquinho, Evelina, e poupe seus pais dessa outra taquicardia desnecessária.*

— Prepare um banho para o Capitão Arantes — Baniwa continuou a instruir o androide doméstico, alheio ao turbilhão de pensamentos na cabeça dela. — E peça Tiddy para preparar um café da manhã reforçado, para quando ele sentir fome, caso queira comer antes ou depois de descansar.

— Antes, por tudo que é mais justo e sagrado na Pátria — Jonathan resmungou baixinho, quase numa súplica fervorosa.

Ele se retirou para o quarto, bem ao lado do dela, e Evelina queria ter respondido às outras perguntas dos pais (*não*), mas alegou ainda estar muito sobrecarregada, implorando por um tempo para se lavar também e organizar os pensamentos. Eles permitiram, é claro, pedindo que gritasse se precisasse de qualquer – *qualquer* – coisa e ela, não pela primeira vez, se sentiu indigna daquela família, daquele lar e daqueles privilégios.

Ela quase jogara tudo aquilo no lixo e pelo quê? Por uma rebelião fadada ao fracasso. Uma nação condenada à eterna cegueira, surdez e mudez.

Evelina chorou tirando as roupas ásperas do núcleo industrial do corpo, chorou ligando o chuveiro e chorou ao entrar no box, escorregando até cair contra os azulejos e se encolhendo no chão, os jatos quentes de água batendo em suas costas e abafando os soluços.

Ela não tinha morrido por *tão*, tão pouco.

E agora ainda estava viva, mas com um problema imensamente maior em mãos. Não sabia se o choro algum dia teria fim, considerando todas as perspectivas catastróficas assombrando seu futuro. Seu *futuro*, que fora completamente desordenado, ameaçado, alterado além do conserto. Futuro esse sobre o qual ela não devia saber a respeito, porque tornava tudo pior.

Então ela chorou, chorou e chorou mais um pouco, até seus olhos arderem e seus pulmões esvaziarem.

No fim foi bom, contudo. Uma parte da sua alma tinha sido lavada após toda a poeira da zona Mangal escorrer ralo abaixo junto das lágrimas. O estresse sólido e esmagador já não pesava tanto nos seus ombros, e seu cérebro parecia ter voltado a funcionar para coisas além do desespero irracional.

Chega, Evelina. Hora de colocar as calças de menina grandinha outra vez.

Ela desceu para a cozinha quase correndo depois de se vestir, o estômago lhe corroendo em doze velocidades diferentes depois de tê-lo renegado passando quase uma hora se acabando de chorar no banho. Podia ter pedido no quarto, mas tinha requerimentos culinários extensos – as versões do futuro deles também precisavam comer, afinal – então resolveu falar com Tiddy pessoalmente.

A *chef* particular da casa Marchald era uma mulher baixinha de sessenta e poucos anos, a pele âmbar preenchida por rugas, sempre armada com uma colher de pau ou um sorriso caloroso. Ela sempre vira a cozinheira como algo como uma tia ou uma parente próxima, já que moravam sob o mesmo teto há mais de uma década, e a relação delas era muito boa. Tiddy sempre lhe fazia bolinhos de canela quando se sentia triste, frustrada ou doente, porque sabia que eram seus favoritos.

No entanto, quando chegou à cozinha e Tiddy quase abriu um furo na sua testa com a intensidade do semblante acusador em seu rosto, Evelina teve a impressão de que ganharia uma colherada de pau no nariz se ousasse pedir um mero bolinho de canela.

— O...lá? — ela chegou a hesitar na segunda sílaba, tamanho era o desagrado contido nos vincos no cenho da cozinheira.

Apesar de ser a única funcionária humana frequente na casa em si, não era como se Tiddy trabalhasse sozinha. Quase tudo no ambiente amplo era moderno, automatizado. Aparelhos para lavar, higienizar, fritar, cozinhar, assar, bater, esquentar, esfriar ou manter na temperatura requerida se espalhavam por todos os cantos. A cozinha tecnológica em tons pastéis e metálicos com uma enorme bancada no centro era composta pelos melhores aparatos que o dinheiro e o avanço podiam comprar, e a mulher sempre dizia, feliz, que seu trabalho era mil vezes facilitado por esse fato.

Ela já não parecia tão feliz, contudo.

— O que a *madame* vai querer agora?

— Maria Tidéia! — reclamou Evelina, indignada.

Ela só ouvia a *chef* usar aquele tom quando tinha feito alguma besteira – como sujar um prato de graxa colante ou usar uma das facas da cozinha para apertar parafusos – e ela com certeza não se lembrava de nenhuma coisa que pudesse ter desencadeado a reação.

Bom, exceto pelo desaparecimento das últimas doze horas, mas aquilo até poderia explicar, porque não fora sua culpa.

— Não venha com esse Maria Tidéia pro meu lado, mocinha – ralhou, estreitando os olhos castanhos e agarrando uma colher de pau sobre a bancada de granito apenas para sacudi-la na sua direção. — O que você fez àquele pobre rapaz? E isso de sumir por horas a fio e quase nos matar do coração?

— Não foi de propó… Hã? — Piscou. *Rapaz?* — Está falando de Jona… uh, do Capitão Arantes?

A carranca de Tiddy se acentuou.

— Não se faça de desentendida, menina Lina! Eu me ofereci para preparar o bolo de nozes e avelã que ele tanto gosta, porque juro que nunca o vi tão cabisbaixo desde que chegou aqui e pensei que isso fosse animá-lo, e o garoto não conseguiu nem sorrir direito! — Plantou as mãos na cintura, desolada. — Quando pedi a ele para te perguntar o que você iria querer, o menino só faltou se encolher numa bola e sair rolando de constrangimento. Sabe o que ele disse?

Foi a vez de Evelina se encolher com o tom incisivamente recriminador. Aquilo só podia ser brincadeira.

— …Não?

— Disse que você provavelmente não queria vê-lo, então se desculpou por não poder atender meu pedido. — A colher de pau se aproximava cada vez mais do rosto dela, e Evelina estava começando a se preocupar pela integridade da sua cartilagem nasal. — Saiu daqui com um mero prato de ovos, rabanada, pão com geleia, duas maçãs e uma xícara de café.

E isso podia parecer muito para uma pessoa comum, mas era miseravelmente pouco para Jonathan.

É claro. Tiddy o adorava porque Jonathan amava a comida dela, e porque sempre lhe fazia companhia em consequência disso. O Capitão quase montava tenda na cozinha toda vez que vinha pedir uma refeição à *chef* da casa. Evelina sabia que eles já tinham passado horas conversando enquanto a senhora simplesmente lhe assava salgados, ou lhe fazia doces, ou tentava chutá-lo para fora da cozinha quando ele se oferecia para ajudar a preparar alguma receita. *Um desastre nas panelas,* Tiddy contara em certa ocasião, com um sorriso bobo e carinhoso no rosto. *Um desastre de olhos azuis e sorrisos devassos jovens até demais para os meus velhos ossos, infelizmente.*

Evelina tinha começado a achar que a cozinheira passara a gostar mais de Jonathan que dela, e toda aquela reação acusadora à melancolia dele foi uma confirmação mais que explícita.

Pátria a livrasse se *Baniwa* também descobrisse que a dor de cotovelo dele era culpa de Evelina.

Ele não pode ter dor de cotovelo por minha causa. Nem tínhamos nada ainda. Isso é ridículo.

— Isso é ridículo — repetiu em voz alta. — Eu nem fiz…

— Está me dizendo que não tem *nada* a ver com o fato do espírito daquele rapaz ter murchado como uma margarida seca num dia quente de verão?

A metáfora foi bem tosca, mas o desconforto causado por ela foi mais que passável.

Jonathan entendera tudo errado. Ela suspirou, desejando nunca ter sido tão rude e querendo que ele compreendesse que seu psicológico estava em risco quando dissera tudo aquilo. Quando insinuara que casar com ele era a última coisa à qual se sujeitaria.

Mas não tinha tempo para aquele drama. Jonathan era grandinho o suficiente para superar uma briga no relacionamento que nem chegara a começar de verdade entre eles. A realidade era que ele estava pensando com a iminência de oito anos depois tanto quanto ela, se sentindo mal por algo que nem ocorrera, e era o que Evelina vinha temendo desde o início.

O futuro, assombrando cada minuto e hora da vida deles a partir dali.

— Você nem sabe o que aconteceu! Por que está tomando o partido *dele?* — rebateu Evelina para Tiddy, ligeiramente revoltada. — Já me conhece tem uma década, Jonathan está aqui há pouco mais de um mês!

— É justamente porque te conheço melhor que sei do que é capaz, menina Lina. — Tiddy fechou um olho e arregalou o outro de modo reprovador, a colher de pau voltando a chacoalhar perto do nariz de Evelina. — Sua cabeça é tão cheia de vento quanto de fórmulas matemáticas enormes. Um rapaz tão vistoso e simpático, sinceramente…

— *Vento,* Maria Tidéia, sério?

— É. Seu cérebro cresceu demais e seu desconfiômetro cresceu de menos, menina Lina.

Ela soltou um ruído agudo de indignação. O que era essa tendência casamenteira possuindo todas as pessoas daquela casa?

— É avoada sim! — a cozinheira a interrompeu antes mesmo dela conseguir formar uma frase, se virando para pegar uma bandeja cheia de comida na câmara de preservação e entregar a ela. — Agora vá, leve isto e converse com o Capitão. E faça aquele moleque comer esse bolo, porque não gastei creme de avelã à toa! Sabe quanto custa essa coisa?

Evelina grunhiu um muxoxo, mas não discutiu. Apenas pegou a bandeja bufando e se virou, gritando por cima do ombro para Tiddy mandar mais alguns quitutes pelo pequeno elevador de serviço com acesso para os quartos, porque, *sabe como é*, o estômago de Jonathan precisaria de mais suborno caso quisesse mesmo convencê-lo a voltar a falar com ela.

Sua única resposta foi *"aproveite pra lavar a minha alma junto com a do seu padrasto e agarre aquele homem até ele pedir arrego, visse?"*

Honestamente, nem ela nem Jonathan tinham o direito de ficarem surpresos com a coisa do *daqui a oito anos vocês já estão casados*. Havia todo um esquema de cupido acontecendo pelas suas costas e Evelina nem se tocara.

E se sentiu culpada por não procurar os pais para se explicar, mas estava tão cansada e com tanta fome que o remorso não a corroeu nem metade do que deveria a caminho do laboratório. Nenhum bioandroide saltou de um canto escuro no trajeto, o que foi positivamente encorajador, e a reação das versões deles do futuro quando ela apareceu com a bandeja na área de controle foi impagável.

— Bolo de avelã e nozes! — exclamou Nate, júbilo arregalando os olhos azul-cobalto.

— Bolinho de chuva! — gritou Evie ao mesmo tempo, os dois correndo na direção dela com o mais puro êxtase iluminando suas feições.

Tiddy *tinha* preparado os quitutes para ela, mesmo condenando-a por fazer o que quer que achasse que fizera com Jonathan. Nunca tinha ouvido o termo que sua variante mais velha usara, contudo.

— Bolinho de chuva? — repetiu, as sílabas formando as palavras de forma hesitante.

A mulher já tinha enfiado três na boca, as íris castanhas iguais às dela preenchidas pelo mais absoluto prazer. Nate já tinha arrancado a bandeja da mão de Evelina e voado no bolo de nozes sem piedade alguma. Ela tentou não pensar no que aquilo significava, ou há quanto tempo eles já não tinham o luxo de uma refeição quente e caseira, como ela costumava ter todos os dias. O jeito como atacavam a comida era um pouco preocupante.

— Humm? — indagou Evie, confusa diante da sua expressão inquisidora, a boca cheia de farelos de açúcar nos cantos, e sorriu para a roupa que ela escolhera usar depois de tomar banho. — Ah, eu amava esse vestido! Minha cintura não cabe mais num desses, infelizmente.

Ignorou o comentário com um floreio de mão.

— Você chamou os bolinhos de canela de *bolinhos de chuva.*

— Ah. Era como a mãe de Tiddy chamava. Bolinho de chuva é o nome dessa receita, nosso quitute preferido — suspirou, o olhar perdendo um pouco do brilho ao esclarecer. — Tiddy me contou uma vez que, como trabalhava para nós, provavelmente só seria multada se fosse pega usando esse termo. A avó dela, por outro lado, ganhou uma sentença de 3 anos de trabalho forçado não remunerado por chamar seus pratos por como eles eram originalmente nomeados.

Chefs como Tiddy quase sempre cresciam em famílias de cozinheiras e cozinheiros, normalmente muito requisitados por famílias de classe 1A e bastante raros, portanto, os ensinamentos eram passados de geração em geração. Era um dos motivos pelos quais a maioria dos deles sabiam os nomes e origens da comida – tratavam-se de informações passadas junto das receitas. Muitos acabavam punidos por fazer uso desses mesmos nomes, no entanto, já que o Sistema considerava alguns termos expressões étnicas e idiomáticas pré-Expurgo consequentemente ilegais.

Evelina lembrou de Bee e seu discurso inflamado sobre a senhora que fora atacada no Beco da Seda por cometer uma infração similar, o evento que desencadeara uma resposta armada da Insurreição, e seu peito queimou com a injustiça bárbara. Apesar do incômodo, apenas sacudiu a cabeça e murmurou para Evie, seca:

— Acho que deviam parar de compartilhar informações do futuro conosco no geral.

— Você perguntou! E foi uma coisinha boba de nada — Evie se defendeu. Então estreitou os olhos, desconfiada. — Você brigou com Jonathan, não foi?

Evelina abriu e fechou a boca, sem ideia nenhuma de como ela tinha descoberto aquilo em menos de dois minutos de interação inofensiva.

— Como você...

— Ele chegou aqui calado, sumiu laboratório adentro depois de mal nos cumprimentar. E você, bom... você sou eu. Sei como soo e como pareço quando estou irritada ou incomodada com algo.

— Sua testa se enruga permanentemente — comentou Nate como quem não quer nada, a boca cheia de bolo. — Você fica ainda mais monossilábica e desdenhosa que o normal, e faz mais bicos em uma hora do que faria em uma semana inteira.

Sim, era uma descrição bem precisa, e ainda era... *trabalhoso*... assimilar o quanto aquele estranho a conhecia bem. Evie suspirou depois de mostrar a língua para a versão mais velha de Jonathan, cruzando os braços e acenando com a cabeça para longe ao intimar Evelina:

— Venha.

Uma careta contorceu as feições dela.

— Realmente não acho que devo.

— Anda. — E seguiu na direção da área de armazenamento sem nem conferir se ela tinha seguido.

Ela tinha. Queria evitar reações caóticas na linha do espaço-tempo, mas ainda não havia descoberto como dominar sua curiosidade a troco disso. *Quem sabe depois de um pouco de prática?* Tentou se consolar de um modo pífio ao obedientemente acompanhar sua sósia mais velha.

E, quando elas chegaram aos estoques, armários de latão altos e largos cercando-as por todos os lados, tudo que Evie fez foi recostar o ombro numa prateleira, apoiar uma panturrilha contra a outra e resmungar:

— Desembuche.

Depois de hesitar por 3.8 segundos, Evelina o fez.

Não foi uma decisão tão difícil assim. Ela estava diante da única pessoa que conseguiria compreender o que estava sentindo por completo, afinal.

Jonathan nunca fora o problema.

Seu futuro com ele era. O fator iminente em seu histórico, pressionando-a e fazendo algo que era para ter sido genuíno virar uma obrigação, praticamente artificial. Não só ele, mas também e principalmente a Insurreição, seu papel a ser desempenhado nela, como ela deveria agir e o quanto não estava preparada para se tornar quem se tornaria.

A noite anterior fora traumática o suficiente para lhe dar horror a qualquer correlação com os rebeldes; ela sentira na pele o que significava ser perseguida pelo governo, temer pelos seus familiares e pela própria vida como uma foragida e condenada. A ameaça do Sistema em si não fora real, descobriram, mas a sensação sim. Evelina não queria aquelas responsabilidades, aquele futuro violento e instável nas mãos. O evento tinha irrevogavelmente alterado suas perspectivas, suas decisões, seu emocional.

Como aceitar que se tornaria uma líder insurgente agora?

E Jonathan... Evelina gostava de Jonathan. Não seria esforço algum se casar com ele, sendo franca. O tolo sorridente tinha conquistado espaço aos poucos como um amigo em seu peito, e em algum momento ela passara a se importar de verdade com ele sem nem perceber. O modo como a fazia rir e às vezes a observava como se fosse a coisa mais interessante na qual já botara os olhos era doce, cativante. Ela já imaginava que não, deixar sentimentos florescerem por ele não seria nada difícil.

Mas agora a única coisa em que conseguia pensar era: *tudo mudou.*

Sabemos de coisas que não deveríamos saber. O curso dos eventos foi alterado de modos irreversíveis. Não consigo evitar querer fugir na direção oposta da sina que me foi predestinada.

Ao final de tudo, Evie ficou em silêncio por tempo o suficiente para lhe dar nos nervos, e quando finalmente abriu a boca, o que Evelina estava esperando como resposta com certeza não era:

— Eu nunca tinha percebido que já estava gostando dele nessa época.

Ela piscou por vários segundos, estupefata por sua versão mais velha ter focado justamente *naquela* parte do relato.

— Isso é *sério?*

— É claro que é sério. Está te deixando muito mais nervosa do que o normal, não está? — alfinetou, esperta. — Você está se comparando comigo. Está deixando uma vida sopesar outra e está tentada a decidir que as coisas boas não valem as ruins.

Evelina trocou o peso entre os pés, mexendo-se nervosamente e desviando o olhar da homônima do futuro. Estava falando consigo mesma, afinal. Uma versão mais madura e experiente. Não era como se Evie não soubesse do que estava falando, por mais que Evelina achasse que sim. Falar com a única pessoa que conseguiria compreender o que estava sentindo por completo já não soava tão vantajoso quanto pensara a princípio.

Uma expiração longa e cansada deixou os lábios de Evie.

— Eu não sei como as coisas serão daqui pra frente, e isso também me assusta. Pensar que a linha temporal pode mudar e minha essência pode se perder numa versão sua que será alterada além do reversível por causa das últimas horas é aterrorizante — confessou, e Evelina só conseguiu se solidarizar. — Mas eu queria poder demonstrar o quanto não me arrependo. De nada.

Ah, tá.

— Nada? — insistiu, cautelosamente descrente.

— Da Insurreição? De *Jonathan?* Não mesmo — confirmou, sem nem piscar. — Eu fiz o que achei ser certo, e é o que ainda acho hoje em dia. Eu sei que você os teme, sei que ainda não está preparada, mas... não deixe o medo ser aquilo que te move. A covardia é uma muralha alta, mas ela também tem paredes frágeis. É sempre mais fácil se esconder do que enfrentar o que nos assusta, mas fingir que o perigo não existe também nunca salvou ninguém.

Não? Quem disse? Evelina quis rebater, as entranhas se revirando com o pavor. *O que estamos fazendo agora se não nos escondendo? Tentando sobreviver porque o perigo é mais rico, mais poderoso e mais letal?*

Líder insurgente. *Rá.*

Não, isso ainda era maluquice. Ela se revoltava com as monstruosidades do Sistema, mas não era como se ficasse parada olhando. Aquilo era injusto. Evelina sempre se posicionara. Ela ajudava os rebeldes, patrocinava projetos, oferecia formas de defesa e retribuição ofensiva. Tentava auxiliar, mesmo que do seu modo indireto. A Insurreição só tinha conquistado tanto no último ano por causa *dela.*

Por que não querer subir num palanque e atirar com as próprias mãos fazia dela uma covarde?

Por que precisava colocar em risco tudo que conhecia e todos que amava para se provar uma heroína? Se colocar em constante perigo por uma nação que não faria o mesmo por ela? Evelina não era uma mártir. Não se tornaria uma.

Algo em seu rosto devia ter mudado com a constatação interna, porque sua variante mais velha de súbito pareceu desesperada para postergar o assunto *Insurreição:*

— Sabe, se já gostamos tanto dele assim, você devia era aproveitar. — Evie sorriu com um toque de malícia que a deixou se revirando nos calcanhares. — Jonathan, quero dizer. Ele com certeza sabe o que fazer. Dura horas.

Isso lhe fez arregalar tanto os olhos que ela temeu que sua lente pulasse para fora, atônita demais para emitir uma resposta rápida articulada o bastante.

Como elas tinham ido de rebeldes e sacrifícios para *aquilo?*

— É a hiperatividade, entende? — a mulher continuou tagarelando, como se não sentisse nem um pouco de culpa pelas imagens completamente infames que fez o cérebro de Evelina conjurar. — Quando não libera estamina com a boca, Nate o faz com o corpo. — O sorriso dobrou de tamanho e de intensidade diabólica quando o calor subiu pelo pescoço de Evelina e fez seu colo e clavícula começarem a se assemelhar a um pimentão. — Ele é muito bom com ambos. A primeira vez em que nós...

— Pare! — ela finalmente guinchou, horrorizada e tentada e dolorosamente curiosa. — Você *não devia* me contar essas coisas. Pode bagunçar todo o espaço-tempo caso eu faça algo antes do...

— Ah, eu realmente espero que faça — riu Evie, entretida com a total falta de jeito para abordar o assunto dela. — Sempre me arrependi de ter resistido tanto a isso. Se tivesse cedido mais cedo, já teria desfrutado muito mais. Conseguimos ser muito cabeça-dura, sabia?

Sim, sabia. Mas realmente não queria discorrer a respeito.

Ela notou com facilidade o que Evie estava tentando fazer. Distraindo sua mente e seu pânico com a vantagem diante da desvantagem. A Insurreição era a parte ruim do seu futuro – Jonathan era a boa. Uma parte dela sentia *sim* que as coisas nunca pareciam tão ruins quanto realmente eram quando seu Capitão de Araque estava ao seu lado, mas... mas não podia ser suficiente. Não ainda, e Evie não entendia essa parte.

Além disso, eles já tinham bagunçado toda a linha fixa predestinada de eventos, não precisavam ficar se jogando de cabeça no estrago. As consequências seriam *catastróficas,* poderosa Nação-Mãe.

— Como pode dizer isso? — Evelina realmente não entendia como tinha amadurecido quase uma década e ainda assim perdido toda a maturidade. Comprometer a integridade da linha temporal por sexo com um cara? — Como pode querer que eu arrisque tanto por...

— Sendo honesta, eu não acho que se deitar com seu futuro marido mais cedo ou mais tarde fará alguma diferença. — Deu de ombros. — Não é como se o futuro inteiro dependesse da nossa vontade de tirar as roupas um do outro.

— Você não *sabe* se depende — rosnou Evelina, muito escandalizada para comentar sobre qualquer outra parte daquela sentença. Ou sobre o termo que vinha lhe assombrando nela.

Futuro marido. Futuro marido. Futuro marido.

Fazia um arrepio descer pela sua espinha toda vez, e o pior de tudo era que não era um arrepio completamente ruim – por isso sua variante o usara para tentá-la, supunha. Evie ficava provocando-a com aquelas histórias que inseriam imagens condenáveis no seu imaginário de propósito, feito um vírus risonho e inconveniente de vídeos pornô.

Ela ficara mais velha, mais imatura e mais virulentamente pornográfica, era ao que seu futuro havia se resumido.

E o pior de tudo era que Evelina via que aquilo se devia a Jonathan. Eles haviam se integrado tanto nos oito anos de relacionamento que tinham acabado suavizando e endurecendo um ao outro, como um equilíbrio gradual. *Nate* ainda era debochado, mas passara a falar e agir com mais autoridade e seriedade. Evie – *ela* – por sua vez, tinha ficado mais bem-humorada, brincalhona, e ainda mantendo sua essência reservada.

— Valerá tanto a pena — continuou Evie, pura mordacidade no tom zombeteiro, quase como se para provar seu ponto. — A língua dele faz coisas muito melhores do que só falar na minha cabeça o dia todo. E as mãos, francamente... guiam meu corpo tão bem quanto guiam uma nave blindada de seis turbinas. Não vou mencionar o resto, já que parece prestes a ter um derrame nervoso, mas também não vou contar *quando* foi nossa primeira vez. — Ela se recostou calmamente contra a prateleira, agora pura tranquilidade. — Acelerar ou adiantar o processo ficará a seu critério.

— Você... *você* — Evelina acusou, o dedo indicador em riste e o rosto afogueado de irritação. — Você não é alguém de quem eu exatamente tenho orgulho de ter me tornado!

Evie soltou uma risada melodiosa.

— Ah, Evelina. — Balançou a cabeça, o tom de voz carinhoso. — Saiba que *eu* me orgulho muito de quem éramos e de quem nos tornamos.

XVI

Tentem pensar em algo mais humilhante que afundar na fossa por um casamento que ainda nem aconteceu e falhem

Depois de voltar a se sentir um pouco mais humano com a comida de Tiddy – acompanhada de uma sessão de terapia pela qual ele não pedira da cozinheira – e um banho quente, Jonathan só se tocou que esquecera de trazer comida extra para Evelina-madura e Jonathan-careta quando encarou suas expressões confusas ao marchar laboratório adentro. Colbie tinha permitido seu acesso remoto pelo quarto de Evelina, porque quando ele chegara ao cômodo sua adorável e espinhosa futura esposa ainda estava trancada no banheiro, e foi bom não precisar esperar por ela nem interagir além do estritamente urgente.

Não tocou no assunto da comida, apenas cumprimentou as versões mais velhas com a cabeça e serpenteou por entre as máquinas e motores da garota gênio como se nada estivesse errado. Queria falar com as variantes futuristas tanto quanto queria falar com ela, então fez questão de se embrenhar cada vez mais fundo no lugar e perder a noção do tempo se confundindo entre os setores e câmaras da enorme estrutura. Quando deu por si, já estava dentro da coisa que mais lhe chamara atenção no lugar inteiro; o modelo otimizado da Verantus.

Ou melhor, a *Verantem*.

Ele tinha namorado a premissa de esboço daquela nave desde os croquis iniciais. Como militar, Jonathan tinha acesso a protótipos de todo tipo de nível e relevância, e aquele modelo em especial integrava a alçada que ele teria gostado de testar como piloto. Se o pai não o tivesse obrigado a ingressar na academia, a aeronáutica teria sido seu destino de todo modo; *amava* voar. E mesmo uma nave privativa como aquela (feita para passeios mais longos e luxuosos, contemplativos e familiares), que estava longe de ser um dos modelos potentes e velozes que faziam a adrenalina rugir em seu sangue, ainda era digna de nota.

O painel não era lá tão diferente do original, uma longa bancada em formato de com controles inteiramente compostos por visores de vidro, todos iluminando a cabine ampla com espaço de folga para pelo menos oito pessoas em luzes azuis-turquesa suave. Foi uma surpresa encontrar a matriz principal ativada, e sua curiosidade nervosa quase o fez parar para inspecionar os controles.

Suas pálpebras estavam tão pesadas, contudo, que Jonathan acabou trilhando direto para a cabine dormitório – talvez, se desejasse com força o bastante, ele conseguiria apagar antes de Evelina vir dormir também e não a notaria se deitando ao seu lado. Esfregou os olhos ao atravessar a sala de comando, expirando com força.

Porra, quem ele queria enganar?

Tinha a impressão de que a merda de uma marreta poderia atingi-lo na testa e ele ainda despertaria com um mero toque dela. Tinha achado graça de Evelina por ficar nervosa ao dividir uma cama com ele e agora ali estava, se mordendo de indecisão entre a antecipação e o desagrado. Uma parte sua estava realmente começando a se irritar diante da maneira com a qual aquela garota o afetava. Principalmente porque Evelina estava fazendo um belo trabalho em esnobá-lo e porque ele se sentia um adolescente birrento com o ego ferido em consequência disso.

Perdido em pensamentos rancorosos, Jonathan teria passado direto pelos painéis ainda brilhantes da nave quando o motivo pelo qual estavam ligados subitamente se fez ouvir, interrompendo seu trajeto até o corredor:

— Posso ajudá-lo em algo, Capitão? — A voz da I.A. de Evelina ecoou pela cabine, algumas telas secundárias vibrando e piscando na frequência do tom dela. — Parece descontente.

Não era de surpreender que sua voluntariosa protegida tivesse se esforçado tanto para esconder aquele lugar, sendo sincero. Inteligências Artificiais eram comuns, mas não sem supervisão governamental minuciosa, nem com tanta direção administrativa sobre um local tão bem equipado e possivelmente perigoso quanto aquele laboratório. Uma personalidade autônoma e geniosa como aquela com acesso a bombas nucleares e *hacks* algorítmicos de última geração? Evelina devia confiar muito na cabeça de lata. Tipo, confiar *loucamente*.

— É Colbie, não é? — Sondou a reação dela, cauteloso.

Da última vez ele a tinha chamado de sistema de controle e levado uma patada. Não queria entrar na lista vermelha de uma I.A. desenvolvida por Evelina nem se o pagassem ridiculamente bem.

— É, sim. Algum problema com meu termo de identificação?

Certo, talvez merecesse aquela defensiva.

— Nenhum. — Ergueu as mãos em rendição, achando graça. Ela era bem topetuda, mas de um jeito fofo. — É um termo de identificação adorável.

Ele não era especialista em reações expressivo-digitais, mas tinha um pouco de experiência em comportamento feminino, e se Colbie fosse uma garota de carne e osso,

Jonathan teria interpretado o silêncio tímido que se seguiu como um correspondente de bochechas coradas.

Entretida, sua mira flutuou distraidamente pela mesa de controle principal em busca de algum indicativo luminoso ligado à I.A. que confirmasse seu palpite quando uma ideia lhe ocorreu.

— Colbie? — indagou, hesitante. — A conexão direta desse painel é segura?

Ela respondeu de pronto:

— Codificada assimetricamente e criptografada de ponta a ponta pela própria patroa Evelina. Toda a rede do laboratório é protegida com mais esmero que vários cofres digitais de relevância federal do Sistema — revelou, com um quê de orgulho nas palavras. — Sabemos porque já invadimos vários deles.

— Ah. Bacana. — Foi tudo que conseguiu oferecer em resposta, um pouco desorientado.

Bom, era segurança o suficiente para ele. Jonathan acessou o canal de comunicação de casa pelo transmissor por satélite sem pensar muito a respeito, ou desistiria.

Sua mãe atendeu depois de poucos instantes, a face se iluminando com a alegria ao vê-lo do outro lado do visor.

— Jonathan! Querido, que bom te ver bem. Não devia estar dormindo?

O peito dele encheu e se esvaziou com alívio, pesou e ficou leve com a saudade, tudo se assomando sobre ele ao mesmo tempo, e seus olhos chegaram a marejar com a intensidade da sensação esmagadora.

Luísa podia se cuidar, sua irmã era muito mais dura na queda que ele, até. A mãe vivia sozinha, no entanto, e embora fosse assustadora quando queria ser – como progenitora e ex-esposa de militares, ali *"tinha café no bule"*, como ela gostava de dizer –, Amona Arantes não posava uma verdadeira ameaça para o Sistema.

Evelina podia demonstrar mais seu desespero em relação ao bem-estar da sua família que ele, mas Jonathan estivera tão em pânico por dentro quanto ela nessa questão. Estava indescritivelmente feliz pelo fato de que a mãe estava bem, que estava segura. A súbita vontade de desmoronar e desabafar com ela chegou a tensionar seus músculos, porque dona Amona sempre fora sua amiga e confidente. E sempre o entendia.

Estou sendo perseguido por bioandroides assassinos do futuro, tenho uma versão oito anos mais velha que se casou com a filha de um ministro, e depois eu e ela nos tornamos comandantes rebeldes procurados pelo governo. Que paleta de cores acha que devemos usar no casório, aliás?

Em vez de entendê-lo, dessa vez sua mãe provavelmente ligaria para Baniwa para mandá-lo enfiar Jonathan num manicômio.

Fungando discretamente, ele abriu um sorriso que esperava ser tranquilizador e indagou à mulher depois de espiar o relógio do visor:

— São onze marcos de hora. Isso não são horas de ninguém estar dormindo no meio da semana.

Jonathan era o tipo de pessoa que só dormia porque precisava. Os níveis de estamina em seu corpo no geral não permitiam que ele descansasse mais que o absolutamente necessário e, por mais que agora fosse *bem* necessário que descansasse, preferia ouvir a voz da mãe mais um pouco.

— Ah, mas depois do que você passou é claro que são! — ela devolveu, e ele piscou, perplexo. — O marido do Ministro Marchald me contatou ontem, perguntando se eu tinha notícias suas ou da filha dele, dizendo que estavam desaparecidos. Imagine o meu desespero, moleque! Passei a noite em claro, de agonia.

Porra. Ela devia ter visto algo a respeito do incidente na mídia, as notícias do ataque tinham tomado proporções globais. Jonathan se esquecera completamente de avisá-la de que estava bem.

— Cacete. Desculpa, mãe. — Sacudiu a cabeça e passou a mão pelos cabelos, culpado. — Eu não liguei para te dar notícias, nem ao menos…

— Ah, não se preocupe, filho — a mulher cortou de pronto, despreocupada. — E olha a boca. A família Marchald me manteve atualizada de tudo. Eles me informaram de que estavam bem assim que vocês apareceram por aí. São uns queridos, aqueles dois.

Só sua mãe chamaria dois dos homens mais influentes e poderosos na Nação-Mãe de *queridos*.

Porém, sendo honesto, depois de tudo que eles haviam feito por Jonathan, ele também não saberia se outro termo se adequaria mais que aquele a Ronan e Baniwa Marchald.

— Pedi para falar com você quando me contataram, mas ele me informou que estava descansando e que era melhor que eu ligasse mais tarde — continuou, franzindo a testa. — Foi uma surpresa que tenha me ligado, mas uma muito bem-vinda, é só que… não foi esse o canal que usaram para me contatar. Onde está? Que conexão é essa?

— É a de Evelina. Particular, sabe como ela é, com todos aqueles brinquedinhos tecnológicos chiques — desconversou ele, pigarreando. — Você está bem, mãe? Os Marchald foram os únicos a fazerem… contato com você? Digo, contato no geral.

A tela reproduziu os vincos no cenho da mãe se acentuando, confusos. Ela estava sentada na pequena sala de estar da casa deles em Cobre-Magenta, o papel de parede creme dolorosamente familiar aparecendo atrás dela, descascando em alguns pontos. Ele e Luísa tinham coberto a antiga tinta azul ali com rabiscos quando eles eram crianças, e o pai ficara furioso. Só parara de berrar pela casa quando a mãe se mobilizou para comprar algo para cobrir os desenhos de última hora: aquele papel de parede tosco.

Amona dizia que a coisa toda se parecera muito com seu casamento, no fim, de um modo ironicamente metafórico: uma bagunça óbvia que tentaram esconder com um material ruim e frágil, mas que terminara se desfazendo pelo desgaste ao longo dos anos conturbados.

— Não, querido. Virgínia me ligou para contar do neto dela mais cedo, se é que faz diferença, mas nada fora do normal.

O ar deixou os pulmões dele numa lufada que Jonathan nem percebera estar suprimindo.

Certo. Nada fora do normal. Ela mesma estava dizendo. Suas tentativas inconsequentes de ajudar a Insurreição não tinham sido descobertas ou escancaradas, e não havia ninguém atrás da sua família. Savór isolado continuava sendo a raiz do problema e era melhor que o mantivessem assim, ou que bolassem algo para resolver aquilo tudo logo.

A preocupação parecia um tumor em suas entranhas, crescendo ou retrocedendo à medida que os eventos se desenrolavam. Mais um pouco e o nervosismo lhe daria gases.

— Mãe, a senhora não... — ele começou a dizer, distraído, mas se interrompeu de imediato.

— Eu não o quê, querido? — quis saber a mulher, curiosa.

Uma inspiração longa e afiada.

— Não se *revolta?*

Era uma pergunta idiota e, pior que isso, era um assunto perigoso. O arrependimento o tomou assim que a última sílaba deixou sua boca, mas já era tarde para tentar se calar. Ele nunca fora bom em se manter calado.

Silêncio se seguiu, deliberado e inquietante, e então:

— Me revoltar com Virgínia tagarelando sem parar sobre o neto a cada vez que ele baba numa roupinha diferente? É claro que não, meu bem. — Ela soltou uma risada travessa. — Para quem conviveu com você tagarelando sem parar sobre *qualquer coisa* durante vinte e três anos, aquela velha matraca é um bálsamo para os meus ouvidos calejados.

Ele não conseguiu evitar a gargalhada inesperada que borbulhou em seus lábios. A ligeira indignação com a alfinetada não representou muito obstáculo diante da gratidão imensa que sentiu pela leveza que o comentário adicionou à conversa. Sempre podia esperar respostas espertinhas da mãe – ele havia puxado o senso de humor dela, afinal –, mas não tinha percebido o quanto vinha precisando rir de algo nas últimas horas. Seus camaradas no regimento o chamavam de otimista inveterado, o eterno palhaço do batalhão, mas nem mesmo ele conseguia manter o bom o humor a todo momento. Principalmente não com tudo o que ocorrera naquela noite e manhã.

— Sua risada é tão gostosa, querido. Estava com saudades dela. — A mãe sorriu na pequena tela, os olhos se enrugando nos cantos, lembrando-o de que Jonathan pensara algo bastante similar dela há algumas semanas. — Mas ande, sei que não era sobre isso que queria perguntar. Não me revolto com o quê?

Ele engoliu em seco, o sorriso esmaecendo um pouco.

Com o mundo em que vivemos, porra, quis explodir.

Com a forma com a qual agimos, com as coisas que aceitamos e com os crimes diante dos quais nos calamos. Não se revolta com a vontade de gritar, com a vontade de sumir, com a vontade de ignorar tudo e todos e ainda assim querer que tudo e todos mudem?

O Sistema vivia do medo, gradual e cautelosamente disseminado, e da alienação, ampla e desregradamente difundida. Como apenas tão poucos erguiam a voz para protestar? Como simplesmente sentar e não fazer nada? E pior, como lutar contra toda uma instituição?

As chances eram desanimadoras, e as consequências terríveis. A verdade era que o Sistema era o que mantinha a Nação-Mãe rodando. Era quem controlava a economia, a política, o exército, a administração e direção de todos os Comandos. Tentar tirar toda aquela estrutura de cena seria como instaurar uma anarquia, um completo estado de caos. A Insurreição não estava preparada para assumir o controle do mundo, e o mundo não estava preparado para abdicar do Sistema ainda.

Então como?

Apenas *como*.

Mais um pouco daquilo e seu cérebro explodiria, cacete. Feito uma uva esmagada.

— Filho? — a mãe intimou, ainda esperando uma resposta à medida que seu silêncio se prolongava.

Foi quando um som discreto de batidas ocas fez Jonathan se sobressaltar e voltar a atenção para a origem do ruído: Nate surgira na rampa de entrada e estava com uma bandeja de comida na mão, como se silenciosamente pedindo autorização para entrar, os nós dos dedos ainda erguidos contra a parede metálica. Pelo jeito, ele se esquecera de trazer o alimento extra, mas Evelina não.

Sentindo-se grato pela interrupção, suspirou para a mãe pelo transmissor.

— Preciso ir, dona Arantes.

— Dona Arantes é a senhora sua avó, garoto — resmungou ela. — Tudo bem, vá lá fazer suas coisas importantes de oficial e salvar donzelas de ataques robôs malucos. Não se esqueça de me dar sinal de que está vivo depois!

— Está me confundindo com Luísa! — Ele lançou uma piscadela acompanhada de um sorriso carinhoso a ela antes de desligar.

Então girou para encarar sua versão mais velha, os olhos estreitos em fendas focados nos restos de café da manhã nos pratos que ele trazia. Também ignorou o anseio nostálgico no rosto de Nate por ter percebido que Jonathan estava falando com a mãe com bastante empenho.

— Isso é bolo de avelã e nozes?

Tiddy tinha se oferecido para preparar a sobremesa para ele quando aparecera lá com uma cara de "margarida murcha num dia quente de verão", mas estava tão desorientado e frustrado na hora que seu apetite encolhera feito roupa lavada a seco, e nem conseguira aceitar. A cozinheira quase tinha caído dura com a recusa. E não estava no clima para aquele bolo antes, mas a conversa com a mãe melhorara consideravelmente seu humor, então se adiantou para pegar o pedaço na bandeja enquanto sua variante futurista respondia:

— O que sobrou dele — sorriu Nate, sem um pingo de remorso. — Eu teria deixado mais para você, mas faz anos que não como isso, cara. Então me concedi um pouco de preferência.

Jonathan soltou um grunhido não muito satisfeito – ele ficava *anos* sem comer o bolo de Tiddy? –, mas deu de ombros e ignorou o lamento interno do seu estômago, até porque o sujeito lhe trouxera toda aquela comida extra para redimir seu caso. Enfiando a massa fofa e achocolatada na boca, aproveitou que estavam sozinhos para descer o foco até a perna dele e indagar:

— E isso aí? — Indicou a prótese metálica com a cabeça, mastigando devagar.

Tinha notado o brilho prateado quando voltara e o vira com o joelho apoiado numa cadeira da sala de controle, expondo metal onde calcanhar e panturrilha de carne e osso deveriam estar, e ficara uns bons minutos digerindo o fato de que perderia uma perna – ou melhor, meia perna. Apenas outra informaçãozinha de nada na sua lista de razões para justificar os surtos causados por futuras tragédias alheias. Ele só a adicionara na pilha.

Nate seguiu seu olhar com uma expressão cautelosa.

— Evie fez para mim, com a ajuda de uma médica especializada — murmurou, dando de ombros. — É perfeitamente funcional, e bem bacana, na verdade. Nunca mais tive uma mísera câimbra.

Não fora a isso que Jonathan se referira quando perguntara a respeito, e ele sabia. O sabor do bolo já não parecia tão doce em sua língua.

— Você não quer saber. — Nate suspirou, sério, quando a indagação permaneceu nos olhos dele mesmo após a tentativa de resposta evasiva da sua versão do futuro.

Então algum tipo de conflito violento em nome da Insurreição o fazia terminar com uma prótese.

Bom saber. Muito bom mesmo.

Não achou de bom tom perguntar sobre a marca rosada e grossa de uma queimadura antiga subindo pelo pescoço de Nate, ou sobre todas as outras cicatrizes que agora maculavam o corpo antes não tão estropiado dele. Será que não tinham mais câmaras luminocelulosas no futuro?

— Ah, e você brigou com Evelina, não foi? — acusou o homem de supetão, obviamente para desviar do assunto da prótese, e Jonathan limpou os farelos pontilhando sua mão na calça após terminar o bolo e pegar uma fatia de quiche de queijo e bacon já fria no prato.

— *Ela* brigou comigo — rebateu, fechando a cara e se sentindo como um personagem de desenho animado, quando uma nuvem carregada surgia trovejando acima da cabeça do infeliz assim que um tema desagradável era mencionado.

Até sua mordida na quiche pareceu rancorosa. A pobre massa salgada devia estar se perguntando o que diabos tinha feito para merecer tanto descaso.

— Devia falar com ela a respeito. Tentar conversar. — Nate balançou a cabeça, os olhos sérios. — Já devia saber que, nesse ponto, não adianta se esconder ou tentar ignorar Evelina. E além disso, antes dela se tornar minha esposa, ela já era minha melhor amiga. A pessoa em quem eu mais confio no mundo. Em quem *você* mais confiará no mundo. — As palavras o atingiram feito um soco, mas sua variante do futuro continuou com a surra sem dó nem piedade: — Não a afaste, nem permita que ela faça isso com você. A Nação-Mãe sabe o quanto a garota é boa nisso, mas não deixe, está me ouvindo? Ela vale a pena.

Para alguém tão bom em tagarelar, a mãe dele teria achado graça do completo silêncio reverberando em sua alma naquele instante.

Ela vale a pena.

XVII

Eu bebo, tu bebes, ela bebe, eles bebem, vós bebeis, nós beijamos

É claro que ela tinha acordado enroscada em Jonathan.

E é claro que só não tinha pulado dois metros acima do colchão para se jogar na direção oposta com um guincho horrorizado porque seu Capitão de Araque ainda estava dormindo quando ela abriu os olhos. Graças a tudo que era mais sagrado e honrado na Pátria, dos males o menor.

Não foi inteiramente uma surpresa; Evelina no fundo sabia que ia acabar se agarrando a ele graças ao seu sono irrequieto. Ela se mexia muito na cama desde criança, e gostava de dormir com um travesseiro entre as pernas e outro entre os braços – como ali não havia nenhum extra além daqueles para descansar a cabeça dos dois, sua inconsciência se enrolou ao redor da única coisa disponível para abraçar: seu futuro marido, também conhecido como o cara que estava além de furioso com ela por Evelina ter insinuado que preferia se picotar com uma navalha cega do que casar com ele.

Ela ficou imóvel por longos segundos depois de despertar, sem mal respirar ou piscar, apenas estática e temendo que um mero movimento acordasse Jonathan e lhe fizesse perceber que ela estava pendurada nele feito um chaveiro ainda sonolento e desgrenhado.

Depois da recusa em falar com ela na hora em que haviam se deitado, Evelina duvidava de que ele se sentiria especialmente lisonjeado.

Então, porque estava cansada de surtar, resolveu parar por uma porcaria de momento e só *cogitar*.

Como seria.

Jonathan estava de bruços, e tinha se virado na direção dela enquanto dormia, os braços definidos abraçando o travesseiro e as costas musculosas subindo e descendo a cada ressonar baixo. Ela, por sua vez, tinha se aproximado o suficiente para envolver a cintura desnuda dele com uma das pernas, a testa recostada no braço do Capitão adormecido enquanto sua mão serpenteara pelas omoplatas dele até se alojar no ombro magro. Boa parte da coxa dela estava pressionando o traseiro dele, Toda Poderosa Nação-Mãe. A posição deixou suas bochechas quentes, mas ainda se obrigou a ficar parada, tão maleável quanto uma estátua.

De onde sua cabeça repousava, Evelina conseguia ver uma parte do rosto dele, das bochechas para cima, o semblante relaxado e perdido na inconsciência dos sonhos. Encolhida contra o calor de Jonathan, ela pensou no que significaria acordar ao lado dele todos os dias.

Se enroscar em seu corpo sem o mínimo embaraço ou culpa, e senti-lo abraçando-a de volta ou lhe despertando com beijos e aqueles típicos sorrisos canalhas. Conversar com ele durante as manhãs na cama ou apenas observá-lo dormir daquele modo, sem loucuras ou pressões insanas pesando seus ombros. Se deixar assimilar aquele anseio como algo *dela própria*, não da sua versão mais velha, e não sentir medo ou desconfiança quanto ao futuro.

E, após todas as variáveis devidamente analisadas, sua barriga traidora estava mais para um borboletário do que para uma parte do seu organismo.

Não eram perspectivas ruins. Não mesmo. Evie sabia muito bem o que estava fazendo ao contrapor o futuro com Jonathan ao futuro com a Insurreição na conversa que tiveram, aquela dissimulada. Evelina estava horrorizada com seu destino como líder rebelde, mas estava começando a lamentar perder Jonathan junto ao recusar essa parte na sua linha premeditada de eventos.

Tudo era tão caótico. Ela não queria voltar a queimar neurônios com aquele tópico de novo tão cedo – ou melhor, tão tarde.

O relógio na cabeceira mostrava 04'10. Os dois estavam dormindo há dezesseis horas inteiras, o que a espantou por um momento, mas Evelina se livrou do remorso ao lembrar do quanto estava exausta antes de cair na cama.

Com a barriga roncando, ela se desvencilhou de Jonathan com todo o cuidado para não o acordar, levantou e calçou as sapatilhas no mais completo silêncio ao prender o cabelo num coque na nuca e deixar o quarto para se dirigir à cozinha vazia da Verantem. Não sabia onde Evie e Nate tinham se metido, mas não se encontrava exatamente infeliz por não estarem cochichando sobre ela nos arredores.

Como um modelo completo de viagem, a nave tinha suprimentos de longo prazo aos montes abastecendo suas prateleiras, e Evelina não teve dificuldade em encontrar um pacote de biscoitos recheados e uma embalagem de suco em pó. Muitos projetores como ela não chegavam a abastecer as naves por completo, inserido alimentos e combustíveis ou baterias, mas Evelina costumava vender os modelos em leilões clandestinos assim que os testava para comprovar sua funcionalidade e eficiência, e tinha o hábito de montar e melhorar cada aspecto na nave (estoque da despensa incluído) porque sabia que isso beneficiaria seu lucro, procura e reputação.

E bom, era comida processada, mas subir para pedir Tiddy por mais sustância autêntica significaria encarar suas perguntas e sua colher de pau rodeando o nariz dela por ainda não ter se desculpado com o Capitão, então preferiu se contentar com o lanche industrializado.

Ela estava na metade do pacote de biscoitos quando a porta automática da cozinha deslizou para revelar o *próprio* Capitão na entrada, os olhos azuis sonolentos se enchendo de hesitação ao vê-la no meio do cômodo, sentada numa das quatro cadeiras da mesa principal, rodeada pelos refrigeradores, aquecedores, aparelhos higienizadores e prateleiras de mantimentos.

Um pedaço de biscoito entalou no meio do caminho na sua garganta, e Evelina bebeu desesperadamente do suco antes que engasgasse.

— Boa noite. — Tossiu um pouco, meio sufocada e querendo se acertar no rosto pelo papel de boba ao qual se prestara.

Ela podia dizer noite? Estava mais para madrugada.

— Boa noite — respondeu Jonathan de todo modo, erguendo a sobrancelha e se dirigindo para as prateleiras sem mal lhe dar um segundo olhar de relance.

Pelo menos ele tinha colocado a camisa de volta. Sendo bem sincera, uma parte sua havia apreciado bastante vê-lo sem ela, mas não achava que conseguiria fazer jus ao seu QI por muito tempo caso se visse presa num cômodo com Jonathan seminu enquanto estavam conscientes. O abdômen trincado dele tinha uma conexão direta com os hormônios tolos que faziam seu encéfalo parar de funcionar da maneira apropriada. Quase tivera uma convulsão horas antes, quando percebera que dormiria com ele usando apenas calças.

Por sorte, o Capitão se encontrava irritado demais com ela para notar o quanto a afetara na hora.

— Precisamos… — sua voz saiu baixa e oscilante com a timidez num primeiro momento, então Evelina pigarreou e ergueu o queixo ao encará-lo de forma direta, mesmo que Jonathan estivesse de costas, concentrado em escolher algo para comer. — Precisamos conversar.

Um bufar sarcástico.

— Acha mesmo, doçura? — Os músculos das costas se moveram embaixo da camisa quando ele ergueu a mão para alcançar uma embalagem de salgadinhos nos suportes mais altos, e ela bloqueou a imagem do seu braço envolvendo aquele tronco esculpido. — Sobre o que devemos conversar, exatamente?

Tudo bem. Agora ou nunca, Evelina.

Ela puxou uma inspiração profunda e entrecortada antes de praticamente vomitar:

— Sobre como gostamos um do outro e como isso não chegou a evoluir como deveria por causa da história do "somos casados no futuro", mas principalmente sobre como eu reagi de forma péssima a essa informação e descontei em você. — Ele congelou no lugar com as palavras cruas atropeladas umas atrás das outras, mas Evelina não tinha acabado: — Sobre como estou terrivelmente arrependida por causa disso e como te devo desculpas.

E Jonathan ficou mudo por tanto tempo que pensou que ele tivesse esquecido de que ela ainda estava no cômodo. Quando estava prestes a se levantar, chacoalhá-lo e dizer algo como *"reaja, homem!"*, ele se virou, as íris cobalto faiscando com a relutância, porém com um pequeno lampejo do humor habitual dele reluzindo no azul profundo.

— Como *gostamos* um do outro, é?

Evelina mordeu o lábio inferior, envergonhada a contragosto e ainda assim se recusando a recuar. Ele não queria desculpas? Ali estavam, caramba. Ela não queria ser a hipócrita que o acusava de não saber falar sério quando ela mesma estava sendo imatura e ignorante com os próprios sentimentos.

Ele gesticulou com a mão num gesto universal de "continue" antes de cruzar os braços, se recostando quieto contra a bancada próxima à pia de metal.

Um suspiro discreto e ligeiramente aliviado deixou os lábios dela.

— Desculpe, Jonathan — sussurrou, atormentada, e ergueu os olhos sinceros para mirá-lo sem rodeios. — Isso tudo me assustou, me assustou muito. E acho que apenas descarreguei o estresse na pessoa mais próxima envolvida, sem nem considerar que você também podia estar assustado. É que meu futuro agora parece uma bagunça perigosa e caótica, e odeio pensar que não terei escolha nas decisões a seguir, ou que serei influenciada nelas por pura pressão pelo conhecimento de fatos dos quais não deveria ter ciência.

Ele a observou com cuidado.

— Também não gosto muito da perspectiva de me obrigar a seguir a sina daqueles dois — admitiu, devagar. — Mas isso não significa que as coisas não vão mudar ao longo do tempo.

— As coisas vão mudar ou *nós* vamos fazê-las mudar porque estaremos inconscientemente direcionando-as para o rumo que sabemos que elas, em teoria, deveriam seguir? — argumentou Evelina, desgostosa. — É tão frustrante. Como vou saber o que é genuíno e o que é minha cabeça achando que devo agir de certa forma para me tornar Evie?

As linhas no rosto dele suavizaram, compreensivas.

— Ei, olhe para mim.

Os olhos dela se pregaram às mãos de Jonathan em vez disso, ainda segurando o pacote de salgadinhos; os dedos longos, as palmas calejadas, as cutículas bem-feitas sob unhas limpas, a pele um pouco bronzeada de sol.

Guiam meu corpo tão bem quanto guiam uma nave blindada de seis turbinas.

As bochechas dela se aqueceram enquanto as palavras de Evie dominavam o fundo da sua mente.

Suas palavras, suas... futuras palavras. Experiências que ela adquiriria... envolvendo as mãos de Jonathan. Seus dedos, sua língua e o resto que sua versão do futuro não quis mencionar e que lhe deixaram cozinhando internamente a respeito por horas. Ela não sabia se teria *aguentado* o resto sem se derreter numa poça de gosma, na verdade.

Aquilo era muito, muito irritante.

Jonathan era atraente de um jeito clássico e charmoso, e ela soubera que seria difícil resistir a isso desde o início. Esses haviam literalmente sido os primeiros comentários de Baniwa e Colbie a respeito dele: sobre como era bonito. Mesmo naquele momento era fácil deixar seu foco deslizar pela figura dele, o corpo esguio e ainda definido, o cabelo castanho curto enquadrando seu rosto chamativo, os lábios comprimidos e os olhos azuis concentrados em sua expressão perdida.

Mas agora, além de lindo a ponto de lhe dar nos nervos, ela também sabia que ele era doce, e divertido, e corajoso e encantador.

Evelina teria chegado a essa conclusão sozinha, no entanto, ou as últimas horas presenciando a interação entre Evie e Nate apenas a tinham convencido da paixão que poderia vir a sentir por ele? Seu relacionamento com Jonathan seria baseado em expectativas e ilusões? Essas incógnitas eram sempre a pior parte.

Não sei se consigo fazer isso.

— Seus neurônios estão só tirando uma soneca ou fritando num forno elétrico, garota gênio? — A voz dele invadiu seus pensamentos corrosivos de súbito, e Evelina pulou no lugar de susto mesmo tendo encarado o rosto de Jonathan durante todo aquele tempo e visto os lábios dele formando as palavras.

— O quê? — Franziu a testa sem nem ter ouvido direito a pergunta, nervosa demais com a possibilidade dele ter notado algo em seu rosto que delatasse que ela passara o último minuto divagando sobre ele e superanalisando o futuro dos dois juntos.

Mas Jonathan não tinha julgamentos ou zombaria nas feições, apenas uma intensidade curiosa. A mira ainda centrada em Evelina a fazia se sentir muito mais exposta do que gostaria com o fato, como se seu rosto fosse um livro aberto.

— Consigo ouvir as engrenagens girando na sua cabeça daqui — revelou ele, não com acusação, mas com paciência. — Se você fosse um motor, estaria cuspindo peças e engasgando óleo. O que é?

Com medo de colocar tudo aquilo para fora e ofendê-lo de novo, apenas sacudiu a cabeça e balbuciou:

— Nada.

— Quem nada é peixe, Evelina.

Ela o encarou, piscando.

Então roncou uma gargalhada súbita que a fez tampar a boca com o som anasalado na hora, os olhos se arregalando com o embaraço contido. Ele arqueou uma sobrancelha indagadora, os lábios se curvando no mínimo dos sorrisos com a reação inesperada à piadinha. As borboletas voltaram a flutuar no estômago dela à visão do gesto. *Está voltando ao normal comigo,* percebeu, feliz de um jeito bobo.

— *Quem nada é peixe?* — ela ecoou, ainda rindo. — Sério?

— Não desvie do assunto, doçura.

Balançou a cabeça outra vez ao ceder, sorriso esmaecendo, impotente e frustrada:

— Vai me dizer que seu cérebro não está nem um pouco sobrecarregado? — inquiriu, descrente. — Com eles, com… com tudo isso?

— É claro que está, já discutimos essa parte.

— Então "*o que é*", é isso. Estou a duas novas revelações futurísticas bombásticas de entregar os pontos e me jogar da janela mais próxima. Fim.

Jonathan suspirou, abrindo o pacote de salgadinhos com um gesto vagaroso e deixando-o sobre a mesa à qual ela estava sentada, para depois se dirigir ao refrigerador e o abrir com uma careta.

— Acho que todos aqui sabemos que você provavelmente entregaria os pontos e *me* jogaria da janela mais próxima. — Esquadrinhou o conteúdo lá dentro com descaso.

— Viu! — Evelina soltou um choramingo frustrado ao apontar para ele, os gestos inflamados. — É exatamente disso que estou falando! É horrível!

— O que foi que eu fiz?! — As sobrancelhas de Jonathan se ergueram e seus ombros se retesaram, na defensiva.

— Me conhecer! Saber o que eu faria! Notar que estou incomodada com algo sem mal olhar na minha direção! — enumerou, quase aos tremeliques. — Me deixa *louca*. Me faz analisar cada pequena ação e comportamento nosso, pensando nessas minúsculas coisas que nos aproximaram e nos… nos…

— Casaram? — completou, seco.

— Basicamente! — Evelina jogou os braços para o alto, a mente a mil quilômetros por hora. — Você me elogia e eu penso "ele está amolecendo comigo. É como nos apaixonamos". Eu demonstro preocupação quando se machuca e penso "estou amolecendo com ele. Vamos nos apaixonar". Nós temos uma mísera conversa civilizada e eu concluo "estamos mesmo amolecendo. Vou ter que me casar com esse pateta" — resmungou, esfregando os olhos. — Vou sair dessa nave com pelo menos três tiques nervosos desenvolvidos a troco de estresse.

Ela se encolheu ao notar que tinha sido rude outra vez sem querer, mas relaxou quando a curva no canto dos lábios dele se tornou um sorriso à medida que tagarelava – para no fim escapar em forma de risada quando Jonathan balançou a cabeça para sua argumentação fervorosa e puxou duas garrafas de vidro escuro do refrigerador ao dizer:

— E minha irmã me chamava de dramático quando eu reclamava da comida do quartel.

Ela plantou as mãos na cintura de um jeito enfático, os olhos se estreitando com a precisão de um medidor de distância sniper.

— Você vai estar mesmo reclamando depois que eu terminar de substituir sua parte favorita com um alicate para colocar uma roda dentada no lugar.

— Quanta maldade. Que garantia você tem de que não vai se tornar *sua* parte favorita também? — provocou, a expressão travessa no seu corriqueiro tom canalha.

Pela conversa com Evie, se não fosse a parte favorita, com certeza era algo bem perto disso. E Evelina odiava o quão próximo ele tinha chegado da verdade. Ela nem sequer o havia tocado! E todo aquele paradoxo era muito perturbador!

Suas mãos quase voaram na jugular dele quando a expressão aterrorizada em seu rosto o fez soltar uma gargalhada escandalosa.

— Jonathan!

— Pare de focar nisso! — falsamente ralhou, tentando soar sério ao pousar a garrafa à sua frente na mesa e se deixar cair na cadeira ao lado da dela. — Vamos fofocar sobre coisas interessantes e deixar essa merda toda mais tolerável. O que achou deles, sendo bem honesta? Nossas versões do futuro?

Ela parou, piscando ao deixar o ar sair dos pulmões, tentando se acalmar. Ele estava distraindo-a, para o seu próprio crédito. A garrafa à sua frente continha cerveja, uma oferta de trégua um pouco duvidosa, talvez.

— Sabia que álcool causa cirrose, demência, câncer no pâncreas, prejudica o fígado, entorpece o sistema nervoso e desencadeia pelo menos quinze tipos de dependência compulsiva diferentes?

— A palavra-chave aí é *entorpece.* — O sorriso dele se alargou como se ela tivesse enumerado sua lista de compras, não um inventário de contraindicações para o que estavam prestes a fazer. — É exatamente do que precisa para tirar todo esse estresse e probabilidades loucas da sua cabecinha superdotada.

Evelina já bebera diversas vezes antes, e embora não fosse tão forte para a coisa e tivesse acabado de apresentar um monólogo de motivos para não botar o conteúdo alcoólico para dentro, recusar o cessar-fogo entre eles nem ao menos passou pela sua cabeça. Arrancou a tampinha da garrafa com os dentes sem hesitar, o que fez Jonathan rir e soltar um assobio, e tomou um longo gole.

Seu Capitão de Araque a tinha perdoado, ao que parecia, ou então algo bem próximo disso, e voltar a interagir com ele como antes – de um modo bem-humorado, leve – fez um nó se desatar no peito de Evelina.

Estava tão pateticamente aliviada que as palavras chegaram a sair fáceis ao, por fim, responder:

— Eu perdi boa parte do meu filtro. — Armou uma careta. — Evie é um pouco sem noção, às vezes, mas também mais confiante e corajosa. Nate é legal, mas... Você ficou meio sisudo, acho.

— Careta, você quer dizer?

Ela concordava um pouco. Nate era sério de um jeito que nunca tinha visto Jonathan sendo (exceto talvez pelo incidente do robô, contudo, aquilo fora mais raiva e desespero do que austeridade), e lhe deixava um pouco abalada ao considerar as experiências que poderiam tê-lo endurecido àquele ponto.

Mas ainda assim revirou os olhos, rindo. Não tinha vontade nenhuma de arruinar o clima despreocupado, então tomou mais um pouco da bebida amarga, porém agradavelmente gelada em suas mãos.

— É meio atraente, sendo honesta. Te dá um ar mais impactante.

— Cuidado, doçura. A esposa do cara não vai gostar dessa atração pelo *impacto* dele — provocou, malicioso.

Evelina lhe meteu um tapa estalado no ombro, mas então fingiu refletir apenas para alfinetá-lo de volta.

— Meu futuro marido me traindo comigo mesma, oito anos mais nova? Seria sequer uma traição? — projetou os lábios, pensativa. — Nenhum romancista de novela chegou a pensar nessa reviravolta, aposto.

Ele a encarou, cético e só um pouquinho temeroso.

— Só pra constar, eu estava brincando, porra.

Ela riu, se divertindo com a cara de *"ficou louca, caralho?"* dele.

— Ciúmes de si mesmo, Capitão de Araque?

— Você viu aqueles bíceps? E as cicatrizes descoladas de batalha? Eu não diria ciúmes, mas com certeza diria insegurança — admitiu sem um pingo de vergonha ao tomar um gole da cerveja, seu conteúdo já pela metade. — Diga que não sentiu um pouco de inveja do quanto o cabelo da sua versão mais velha cresceu, ou do quanto os peitos dela estão maiores.

Arregalando os olhos, Evelina emitiu um esganiço indignado ao estancar com o bico da garrafa a meio caminho da boca.

— Babaca! O cabelo dela não cresceu tanto assim, ela só usa ele solto mais frequentemente que eu! — defendeu-se. — E não te dou permissão para ficar secando meus peitos nem agora nem daqui a oito anos, está me ouvindo?

Jonathan escancaradamente se deleitou com o rubor leve colorindo as bochechas e pescoço dela depois de um sorriso preguiçoso esticar seus lábios.

— *Isso* você não quer apostar, quer?

O clima pareceu pesar com a insinuação em sua voz – não do jeito como ela vinha temendo, no entanto. Era mais uma forma densa e quente de ar se acentuando ao redor deles, que tornava o ato de puxar oxigênio difícil e a deixava tensa e com calor, desafiando seu autocontrole a correr os olhos além do rosto de Jonathan e abaixo, ver se ele ousaria fazer o mesmo.

Não era ruim.

Seu desconcertado Capitão pigarreou depois de extensos segundos na quietude daquela atmosfera intensa e carregada, como ozônio se condensando em nuvens de chuva antes de uma tempestade.

Talvez fosse o álcool falando, mas a impressão era de que Evelina não estava mais com medo de se molhar.

Jonathan olhou para a garrafa vazia de cerveja em sua mão com uma careta.

— Talvez precisemos de algo mais forte.

— Mas não somos importantes para a Insurreição porque nos casamos! — argumentou Jonathan, efusivo, a fala ligeiramente arrastada. — Somos importantes por causa de… de nós mesmos, eu acho! Você — apontou para ela com a quinta garrafa de cerveja vazia — pelos seus próprios talentos, e eu porque sou do exército, acho, e tenho acesso a informações privilegiadas. É uma vantagem de bosta comparada com a sua.

Estavam discutindo aquele tópico há uma boa hora.

Ambos concordavam que o relacionamento de Evie e Nate devia ter sido uma consequência da proximidade que a causa insurgente lhes forneceu, mas Jonathan achava que eram fatores isolados e podiam acontecer independentemente um do outro.

Evelina pensava o oposto: sem causa, sem relacionamento, porque não se integrariam ou uniriam o suficiente.

A reconciliação intensa de desculpas deles havia descido vários níveis no quesito seriedade graças à garrafa de pinga que Jonathan encontrara lacrada num dos armários, depois que tinham acabado com as de cerveja.

Evelina nunca havia bebido cachaça antes, e essa constatação estava se mostrando bastante óbvia a cada minuto que se passava.

— Não diga isso! — ela rebateu, a voz muito mais aguda que o normal, debruçando-se sobre a mesa para agarrar a mão dele com uma urgência fervorosa. — Você salvou a minha vida com seus talentos de militar!

— Tá, mas qualquer militar poderia ter feito aquilo. As coisas que *você* faz, pelo contrário, já são bem mais únicas e especiais. — Os olhos azuis a fitaram, aéreos e perigosamente suscetíveis. — Você é toda única e especial, Evelina.

Ela empurrou o peito dele com um grunhido dramático e aborrecido.

— *Pare* de me olhar assim! E *pare* de dizer essas coisas.

Um sorriso melancólico brincou nos lábios de Jonathan.

— Por que, doçura?

— Porque torna tudo mais difícil — choramingou, abraçada à garrafa de pinga com uma expressão desolada.

— Bom, você também não facilita muito — ele suspirou, cansado, passando a mão pelos fios castanhos e desarrumando o cabelo.

Estavam fazendo um ótimo trabalho em ignorar o elefante branco no meio da sala: os sentimentos entre os dois eram claros e perfeitamente subentendidos, mas até agora nenhum deles tinha feito nada a respeito.

O que era até surpreendente para ela, aliás, considerando o tanto de álcool ingerido na última hora por ambas as partes.

Talvez Evelina não fosse *obrigada* a casar com ele. Afinal, o tempo era fluido e mutável. Evie e Nate não precisavam tomar cuidado com o que diziam e faziam a todo minuto para não alterar ou revelar nada crucial na linha do tempo? Mesmo Savór não precisava de cautela com os robôs assassinos por causa das possíveis represálias caóticas?

O tempo podia mudar. *Eles* podiam mudar.

Mas... Era o que queriam?

Ela também queria que a sala parasse de girar, na verdade.

— O problema não é você, certo? Nem eu, só... é tão estranho pensar nisso — tentou justificar, as palavras se embolando na sua língua anestesiada, saindo sem nexo nem coerência nenhuma. — Seríamos nós mesmos juntos? Ao menos funcionaríamos?

Jonathan resmungou ao tirar a garrafa dos braços dela e virar outro gole garganta abaixo.

— Aqueles dois bobos apaixonados parecem não funcionar para você?

O amargor do álcool se acentuou em sua língua.

Não. Evie e Nate eram como uma máquina bem equipada e lubrificada, tudo que ela sonhava num relacionamento. Entrosados, companheiros, afetuosos, divertidos.

Eles se compreendiam sem palavras, complementavam-se sem esforços. O único o problema era que eles não eram Evie e Nate ainda, eram apenas uma Evelina e um Jonathan muito temerosos e despreparados.

Ela estava com medo justamente do trajeto que os moldaria em suas versões futuras.

Era para terem se aproximado de modo genuíno e sem pressão, se apaixonando devagar. Ela conseguia ver isso acontecendo ao longo dos anos. Em vez disso, agora tudo em que Evelina conseguia pensar era que ela se forçaria a amar Jonathan e esperaria aquele lindo relacionamento da tentativa. E, caso as altíssimas expectativas não fossem atendidas, eles criariam rancor um do outro. Já conseguia prever as brigas, os desentendimentos porque ela não ficara mais calma ou segura de si como Evie, ou como ele não a priorizava e entendia como Nate.

E a causa rebelde, a que não ousavam destrinchar a fundo... fazia um arrepio gelar sua espinha toda vez. Seu futuro assinado, selado e entregue ao destinatário. Sem devoluções.

Insurgente substancial à causa.

Traidora procurada do Sistema.

Engenheira-chefe da Insurreição.

Esposa de Jonathan Arantes.

Seu coração pareceu se encolher no peito.

— Aqui. Não bebeu o suficiente. — Jonathan lhe passou a garrafa, a testa franzida para seu semblante. — Você voltou a fazer aquilo de se estressar com as probabilidades.

— Agora estou me estressando mais é com as certezas — disse, mas aceitou a oferta e engoliu mais do líquido transparente até sua garganta ficar um pouco dormente. Já quase não queimava ao descer.

— Tudo bem, chega. — O conteúdo foi arrancado dos seus lábios e um pouco do líquido escorreu da sua boca. — Merda, desculpe, Eve. Só não quero que termine a noite presa no despejatório, vomitando as tripas e esse tanto de cachaça.

Ele limpou a fração de álcool que molhara seu queixo gentilmente com os nós dos dedos. Entretanto, ela só conseguiu assimilar que Jonathan lhe chamara de Eve. Não Evie, mas Eve, o que era quase isso.

Isso está acontecendo porque queremos? Ela se alfinetou emocionalmente ao indagar. Ou apenas porque já sabemos o que vai acontecer e nos sentimos obrigados a agir de acordo?

— Não me chame assim — se viu dizendo, mais entorpecida do que desgostosa. — Me chame de doçura ou de garota gênio, de qualquer coisa que já era nossa antes de ser deles. Mas Eve não.

Ele engoliu em seco, assentindo de leve para o pedido e deixando o olhar cair nos seus lábios quando Evelina os umedeceu com a língua de forma inconsciente.

Tudo bem, isso está ficando ridículo, ela pensou consigo mesma, exasperada e audaciosa graças ao álcool. Alguém precisa tomar alguma porcaria de atitude.

— Eu proponho um teste. Uma prova de protótipo controlada.

Um som de escárnio entretido deixou a garganta de Jonathan enquanto ele levava a garrafa à boca.

— Até trêbada você consegue manejar os termos científicos.

— Um beijo.

Ele se engasgou com a pinga.

Evelina esperou pacientemente até que parasse de tossir, os olhos azuis arregalados e as feições chocadas. Era um pouco engraçado, mas o temor da rejeição não a deixou rir.

— Evelina, você… — Jonathan engoliu em seco e esfregou o rosto com a mão livre, a voz rouca. — Estamos bêbados. Você está bêbada.

— Eu com certeza não estaria propondo te beijar se não estivesse.

— Exato — reiterou, enfatizando o próprio argumento com a confissão dela. — Você não quer me beijar. Só está com a mente cheia dessa história de *somos casados no futuro* que aliás nem o álcool conseguiu tirar da sua cabeça, meus parabéns. É uma façanha e tanto.

— Você não quer me beijar?

Ele pestanejou, piscando desconcertado.

— Não foi isso que eu disse.

— Então está acertado. — Ela se ergueu da própria cadeira, resoluta, com um gesto muito brusco para alguém que havia bebido mais álcool na última hora do que nos seus vinte anos inteiros de vida, e seu nariz quase foi de encontro ao chão.

Braços musculosos agarraram seu cotovelo e sua cintura, e a sala parou de girar por alguns instantes com a estabilidade do toque de Jonathan. Eles estavam sentados bem próximos, então ele mal precisou se erguer da cadeira para ampará-la. Depois que Evelina se aprumou com toda a lentidão que seu organismo alcoolizado permitia, ela se moveu alguns passos trêmulos para a esquerda e se deixou cair de lado no colo do seu futuro marido.

Ela soluçou ao rir do pensamento.

Futuro marido. Aposto que sento no colo dele sempre que tenho vontade, no futuro. Quem não sentaria? Aposto que não sinto vergonha desse tipo de coisa mais.

Não estava sentindo vergonha naquele momento, mas com certeza estaria se estivesse sóbria, e com certeza teria vontade de sumir de constrangimento quando voltasse a si. Bem que ele dissera que a palavra-chave para o álcool era *entorpece*.

Jonathan xingou baixo ao segurá-la antes que suas costas tombassem para trás e ele fosse junto, e Evelina o ajudou a equilibrá-la ao envolver os ombros dele com as mãos.

A respiração do seu Capitão de Araque estava acelerada e as pupilas, dilatadas. Os fôlegos rasos batiam quentes contra a bochecha corada dela. Os pés de Evelina não atingiam o chão sentada em seu colo, pendurados acima do piso com seus dedos se enrolando dentro dos sapatos. Tinha a sensação de que nunca se cansaria de observá-lo. O que fora que dissera antes mesmo?

Tão bonito que chegava a lhe dar nos nervos.

Ela brincou com os fios curtos na nuca dele, absorta e desinibida, e seu Capitão fechou os olhos, inspirando com dificuldade.

— Não, não! Abre os olhos de novo — pediu, condoída, e ele obedeceu. — Eles são muito, muito azuis, sabia? — sussurrou, o coração desenfreado ainda que seu raciocínio parecesse se arrastar. — Às vezes me pego pensando que eu poderia me afogar neles. O que provavelmente seria verídico, porque não sei nadar.

Um pequeno sorriso brincou no canto da boca de Jonathan, apenas um lampejo.

— Evelina…

— Não beijei muitos garotos na vida — confessou, baixinho, a mira nos lábios entreabertos dele.

Estou muito bêbada mesmo. Uma Evelina sóbria nunca teria contado isso a ele.

Ele umedeceu aqueles mesmos lábios num gesto provavelmente tão inconsciente quanto o dela antes, e algo deu um pequeno salto em sua barriga com a antecipação.

— Não quero que faça isso por causa deles — Jonathan admitiu em seguida, o tom de voz tão baixo que quase não escutou.

As feições dele hesitavam, mas as mãos já estavam em sua cintura e sua coxa, traçando padrões distraídos com os dedos por cima do tecido do vestido e da pele afogueada. Talvez Jonathan nem tivesse percebido que estava apertando-a contra si. A parte do seu peito que estava tensa com o medo da recusa relaxou.

Podia não ter muita confiança em beijos, mas sabia identificar quando alguém queria beijá-la.

— Estou fazendo isso por *nossa* causa.

Jonathan extinguiu o espaço entre eles então, os braços lhe envolvendo e a boca se movendo sobre a dela com uma necessidade febril.

Evelina sentiu o gosto do álcool e o da própria surpresa ao se beijarem devagar, explorando e deixando a sensação se expandir em algo agridoce, inesperado. O mundo não tinha entrado nos eixos e nada havia feito clique em sua cabeça, como se beijá-lo fosse a resposta para todas as suas dúvidas e temores, como se fosse ter certeza de que ele seria mesmo *o escolhido* após uma mera união de lábios. De algum modo inconsciente, a parte do seu cérebro que ainda conseguia raciocinar direito gostou disso. Não era nada mágico e predestinado era só… eles. Jonathan e Evelina, *eles*, tentando algo novo que era *deles* e de mais ninguém.

Mas beijá-lo era bom, sem dúvida alguma.

E achou que bom era o suficiente para ela até a mão dele subir para a sua nuca e arrancar o elástico do seu coque. Tudo que conseguiu fazer foi arquejar baixo com o puxão e seu cabelo caiu livre e pesado pelas suas costas, os dedos de Jonathan se enroscando nos fios de imediato, aprofundando o beijo com um grunhido grave e masculino. Estremecendo, Evelina deixou seu toque descer pelo peitoral definido até se alojar no abdômen coberto pela camisa fina, arranhando de leve e comprimindo o tecido entre os dedos.

Os gestos dele se tornaram mais frenéticos, a língua pedindo passagem entre seus lábios, a outra mão acariciando e apertando sua coxa a cada suspiro que ela soltava. Sua cabeça estava leve, os músculos anestesiados, e cada beijo a fazia flutuar.

Tudo bem, pensou consigo mesma, inebriada além do irreversível. *Isso não é nada ruim mesmo.*

Ela se comprimiu contra ele quando a palma de Jonathan ousou deslizar para dentro do vestido e encontrar a curva da sua carne, a ponta dos dedos resvalando em sua bunda.

— Evelina — ele gemeu baixo.

Suas unhas foram aquelas a ousar arranhá-lo por baixo da camisa então, os quadris se movendo devagar em cima dele a cada beijo lânguido, a cada som sem fôlego. Evelina o sentiu crescendo embaixo de si, endurecendo contra seus gestos deliberados, e a excitação ardeu em seu interior como um motor de última geração. Ele a queria sim, com ou sem futuro iminente entre os dois, e isso sanou suas inseguranças mais do que qualquer palavra que haviam trocado minutos antes.

Então, quando a mão de Jonathan desceu da sua nuca para envolver seu seio e estimulá-lo por cima do algodão, ela se pressionou contra sua palma com um gemido ofegante em vez de se envergonhar e interrompê-lo. Afinal, até onde sua parte lógica estava ciente, aquela prova de protótipo controlada estava indo muito bem. O teste era um sucesso.

Aquela Evelina entregue e expansiva era nova para ela, mas também não era nada ruim.

— Me mande parar — ele murmurou contra seu pescoço, intercalando chupões e beijos em sua pele sensível, e ela abriu os olhos para encarar a visão extasiada de Jonathan com os lábios inchados e as pálpebras pesadas de desejo. Ele parecia muito mais bêbado *dela* do que do álcool, e isso a encheu de uma satisfação puramente feminina. — *Porra,* Evelina, me mande...

— Não — sussurrou de volta, as mãos envolvendo o rosto dele e o puxando de volta para si até que estivessem bebendo um do outro novamente, se entorpecendo com os toques e os sons, tontos com as sensações e os significados.

Já posso montar uma planilha de resultados, ela sorriu consigo mesma enquanto se afogava no gosto dele, os lábios formigando nos seus. *Não sei quanto ao emocional e o racional, mas a parte carnal do que quer que seja isso tem ótimas decorrências.*

Ele a ergueu num movimento afoito e a sentou novamente logo em seguida, dessa vez com as pernas abertas sobre o colo dele, e o volume considerável na virilha de Jonathan encontrou o ponto inchado e pulsando entre suas coxas, fazendo ambos gemerem alto. O braço dele ao redor da sua cintura e a mão na parte de trás do seu joelho controlaram a intensidade com que ela se mexia sobre o comprimento rijo, e a cada vez que ele impulsionava os quadris contra o meio das suas pernas Evelina sentia seu baixo-ventre pesando e ondulando com o prazer, concentrando umidade em seu cerne sensível. Os beijos perderam a cadência e o ritmo exploratório, cada vez mais frenéticos e quentes.

Decorrências muito boas mesmo, arquejou ela, o calor e as roupas começando a deixá-la incomodada e com vontade de explorar mais do que apenas o abdômen por baixo da camisa de Jonathan.

Ele pareceu pensar o mesmo ao serpentear a mão pelo seu ombro para baixar a alça do vestido, descobrindo sua pele afogueada, acariciando o mamilo intumescido entre o indicador e o polegar e arrancando um som deliciado do fundo da garganta dela. Evelina jogou a cabeça para trás, se contorcendo, e a boca de Jonathan a seguiu para beijar a curva do seu pescoço, morder o lóbulo da sua orelha à medida que os dedos da mão livre se enfiavam na saia amarrotada e provocavam a borda da sua roupa íntima. O nome dele deixou os lábios dela num sussurro sufocado, incandescente.

Incandescente porque aquele desejo queimava, consumia, e não havia nada mais que quisesse além de se deixar incendiar.

Estava se contendo tanto para não gemer alto que chegava a ser incômodo, nunca próxima o bastante, satisfeita o bastante. A impaciência enlouquecedora com toda a provocação dele foi tanta que a fez direcionar os esforços afoitos para os botões da sua calça, arrancando um som rouco e ávido de Jonathan e a fazendo se regozijar, vingada.

Foi quando a porta da cozinha rangeu e deslizou para o lado ao se abrir de supetão.

A luz branca do corredor iluminou as expressões mortificadas de ambos e Evelina pulou do colo de Jonathan no mesmo segundo em que um xingamento veio da entrada da cozinha. Ah, minha nossa.

Nossa, nossa, nossa.

Ele pigarreou ao se inclinar na cadeira, sem fôlego e constrangido, para disfarçar a ereção nada discreta entre suas pernas, e o fogo nas bochechas dela ardeu com mais intensidade enquanto ajustava a alça do vestido desesperadamente para voltar a se cobrir, virando-se para a porta assim que conseguiu esconder tudo de forma passável.

— Nós não… — Evelina tentou explicar, envergonhada, mas viu que seria inútil.

Só então perceberam que haviam questões maiores que seu pudor em voga ali.

Os semblantes chocados de suas versões do futuro disseram tudo que precisavam saber a respeito da cena. Nate xingou baixo outra vez à medida que Evie murmurava, o som abafado, mas ainda perfeitamente audível:

— Achei que gostariam de saber que pensamos numa maneira de tentar manter Savór na linha depois que destruirmos os bioandroides. — Ela então cruzou os braços, a face cheia de reprovação concentrada em Evelina. — E quando eu disse que ficaria a seu critério acelerar ou não as coisas, eu *não* quis dizer que era para fazer isso na velocidade da luz, mocinha.

XVIII

Vamos focar na chance de arrumar essa porra de bagunça e ignorar o volume condenável nas minhas calças

— Esse n-não foi o primeiro beijo de vocês, suponho — Evelina murmurou, o rosto pálido, subitamente sóbria.

O que era uma baita façanha considerando que segundos atrás ela estava completamente vermelha e entregue, inflamada por todos os beijos e toques que trocaram. Antes dele quase enfiar a mão entre suas pernas e verificar se estava tão molhada quanto Jonathan estava duro.

Porra, estava tão descompensado pelo álcool que mais um pouco e Nate e Evie teriam pegado os dois numa situação *muito* mais comprometedora em alguma superfície daquela cozinha, o que não era nada higiênico – e que a Pátria o perdoasse, ele não dava a mínima para isso – nem recomendável. Considerando que estavam bêbados, era bem provável que Evelina surtasse quando recobrasse a consciência e chamasse tudo aquilo de *erro*. Seria muito a cara dela.

Ele se sentiu ridículo escondendo a ereção com os braços e a garrafa de pinga, mas qualquer coisa maior do que aquilo tornaria a situação ainda pior, então apenas conteve a careta e ajeitou a posição para ficar menos desconfortável.

— Não diga nada a ela — avisou Evie a Nate, antes que ele pudesse responder Evelina.

Sua ainda um pouco bamba protegida emitiu um som de indignação.

— Hipócrita!

Evie devolveu o mesmo exato som, e ele e Nate comprimiram os lábios ao mesmo tempo para evitarem rir. Se não estivesse tão sem graça, Jonathan teria sentado e estourado pipoca para assistir àquele debate.

— *Apressada.* — Cruzou os braços, se esforçando para conter o sorriso apesar de tentar parecer brava. — Não achei que estivesse tão ansiosa assim pela hora do chá. Teria sido menos sugestiva se soubesse.

— Bom, você não me deu a data e o horário num cartão, deu?! — Evelina quase gritou, muito perto da borda que lhe atiraria do penhasco do pânico.

— Já alteramos um bom bocado de coisas, agora — murmurou Nate para a esposa, baixinho, a voz preocupada. — E isso porque precisávamos apenas ter nos livrado dos bioandroides e voltado. Oscar vai nos matar.

— Isso se ele ainda estiver lá quando voltarmos — devolveu Evie, o que apenas piorou a careta de Nate.

— Amo que sempre posso contar com a sua negatividade para prever os possíveis desastres dentro das variáveis caóticas.

— Também conserto seus blasters criogênicos como ninguém — ela replicou, travessa.

Ele mordeu o ombro dela de leve, sua expressão tendo tanto sucesso em fingir desapontamento quanto ela teve com Evelina. O peito de Jonathan se contraiu um pouco com a cena. Ela achava aquilo… ruim? Eles, juntos? Jonathan achava a porra do paraíso, desconsiderando a parte da ameaça à vida de todos. Evelina não podia se sentir mesmo daquela forma. Não depois de como haviam se beijado.

Não depois da forma como ela havia se enroscado nele na cama naquela tarde e o observado em silêncio por um bom tempo ao despertar, pensando que estava dormindo, quando na verdade Jonathan tinha acordado quarenta minutos antes e apenas permanecera nos braços dela porque não queria incomodá-la. Porque não queria que se afastasse, mesmo antes que tivessem conversado e se entendido.

E ele entendera. Entendera que a cabeça da sua garota gênio estava avançando nas possibilidades e se adiantando nos problemas num grau muito mais profundo do que ele pensava. Evelina compreendia os ângulos e prováveis conflitos daquela confusão tempo-dimensional num nível lógico e complexo, considerando questões como a sombra do relacionamento de suas versões do futuro pairando sobre eles como uma nuvem carregada que Jonathan nem chegara a cogitar.

E só tinha notado isso quando ela mandou, angustiada, que não a chamasse de Eve. Quando deixou decididamente claro que não queria seguir os moldes da história daqueles dois, queria moldar a própria.

Evelina, que antes parecia atormentada e agora estava assistindo à interação afetuosa dos tais dois com uma cara levemente homicida, talvez quisesse moldar a forma do próprio punho em alguma região sensível da sua variante mais velha.

— Não pode simplesmente me empurrar para um caminho e depois dizer que eu fui rápido demais nessa direção, sabia? — rosnou, irritada de verdade. — Não pode querer me influenciar e depois me criticar por maquiar suas próprias decisões e chamá-las de minhas.

— *Como é?* — As pálpebras de Evie se estreitaram, o timbre abaixando alguns tons com a revolta sutil em suas palavras.

Jonathan e Nate se entreolharam consternados, percebendo que a conversa amena tinha tomado um rumo inusitado e não muito seguro. Pelo menos a versão mais velha de Evelina não estava com os blasters no cinto.

A versão mais nova, por sua vez, encheu os pulmões e começou a gesticular com as mãos de forma exaltada:

— Eu não *sou* você, sabia? Não quero ser. E sendo honesta mesmo, odeio que tenha tentado enfiar toda a sua vida nas minhas escolhas.

— É a *sua* vida também! — rebateu a mulher, ultrajada.

— Não é! Não ainda. E quem decide se será ou não sou eu, está me ouvindo?!

— Nós somos a *mesma pessoa*, sua menina mimada e covarde!

— Chega! — Nate vociferou, a testa cheia de vincos incrédulos. — Estão ao menos escutando uma à outra? Esse é um debate absurdo.

Jonathan não conseguiu discordar dele, porque sua versão mais velha podia até ser mais careta, mas também era mais sensata. Era uma discussão válida, na verdade, porque sabia o quanto tudo aquilo vinha incomodando Evelina, mas ainda assim: lugar e hora errados. Ela ainda estava bêbada e um pouco fora de si, afinal.

— Sem querer me meter porém já me metendo — *e não onde eu realmente queria,* lastimou internamente, se erguendo da cadeira —, ele tem razão, sabem? Temos problemas mais urgentes — concedeu, o semblante formando uma careta quando ambas lhe encararam com expressões idênticas e definitivamente homicidas ao mesmo tempo.

Que suas bolas não tivessem se encolhido e gritado por piedade foi uma vitória louvável. Se o olho de Evelina soltasse rajadas de calor daquela lente chique, ele já teria sido reduzido à consistência de suco em pó naquele ponto.

Evie foi a primeira a abandonar a pose defensiva, cruzando os braços e revirando os olhos com desgosto ao bufar.

— Agora entendo o que queria dizer quando me chamava de dramática — resmungou para Nate, o que fez Evelina se eriçar como um pavão e abrir a boca para cuspir uma provável boa saraivada de marimbondos, mas a variante do futuro dela não a deixou recomeçar o bate-boca: — Lembram do que dissemos sobre Savór estar quase dobrando as dirigentes sudo e norcentrista ao seu monopólio?

— Lembramos — Jonathan respondeu de pronto pelos dois, antes que sua flamejante protegida pudesse soltar algo indelicado para atrair Evie de volta para o conflito.

— Elas não foram as primeiras a sentirem a pressão da vontade daquele sujeito. Savór intimidou e manipulou tantas pessoas no Sistema que não surpreende o fato dele ser o verdadeiro punho de ferro por trás de toda a coisa quando se percebe isso — a mulher se recostou contra a borda da mesa e arqueou a sobrancelha para a garrafa de cachaça quase vazia que ele pousara sobre a superfície antes de continuar: — Os que ele não conseguiu forçar a obedecê-lo, no entanto, ele comprou, e é isso que podemos usar para tirá-lo do calcanhar de vocês.

Fazia sentido, é claro. Quando Evie e Nate tinham voltado no tempo, não haviam previsto que a versão do futuro de Savór contataria a do presente, o que consequentemente a tornava um problema muito maior do que os autômatos. Porque estes últimos, eles podiam destruir, já o homem mais poderoso do mundo atual era um pouco mais difícil de eliminar. Jonathan só não tinha sugerido matá-lo ainda porque sabia que seria terrivelmente trabalhoso – e talvez porque sua morte causaria aquelas represálias caóticas das quais Evie e Evelina tanto tinham medo.

O magnata sabia que ela e Jonathan se tornariam uma pedra no seu sapato em breve, mas precisava ser convencido ou obrigado a abandonar a perseguição a eles mesmo depois que destruíssem os bioandroides.

Isto é, *se* conseguissem destruir os bioandroides.

Não eram perspectivas muito encorajadoras.

— Então vamos chantageá-lo? — Jonathan quis checar, lembrando-se com uma satisfação mórbida de que ele *tinha* sugerido isso antes, na verdade.

— Tentar, ao menos, e torcer para que seja o bastante — Nate replicou, não de forma muito engajada. — Em 2609, a Insurreição conseguiu invadir algumas das contas privativas clandestinas de Savór e gerar extratos que expuseram todo um esquema de propinas e corrupção que já vinha se desenrolando há anos.

— O objetivo agora é rastrear essas mesmas contas e ameaçá-lo com esses extratos de uma forma que o faça recuar na caçada a vocês dois — completou Evie.

— Isso só não vai fazê-lo querer nos matar ainda mais? — Jonathan piscou, cético.

— Precisamos estabelecer termos, é claro — Evelina suspirou, a mão subindo para esfregar as clavículas daquele modo que ela fazia quando estava pensativa. — Atestar que as informações serão liberadas por uma terceira fonte, no caso Colbie, caso um de nós seja ferido, capturado ou morto.

A variante do futuro dela revirou os olhos sutilmente.

— Isso é óbvio — resmungou, e Evelina arreganhou os dentes para ela, feito um cachorro, e Jonathan teria rido se não estivesse ocupado se preocupando com aquela animosidade negativa. — Do que precisamos nos assegurar é que as informações sejam alarmantes o suficiente, e arranjar um jeito de expô-las por tempo o bastante para que as pessoas certas acreditem antes que Savór as tire da rede ou tente desmenti-las.

— Isso também é óbvio, *gênio*.

— Vocês duas precisam de uma pausa — apontou Jonathan, sacudindo os indicadores na direção de cada uma.

Nate cruzou os braços, o cenho ainda franzido para a esposa e a versão júnior dela.

— Espere só até escutarem que as duas vão precisar montar o comutador e bolar o algoritmo que vai rastrear as contas de Savór juntas.

— Posso muito bem fazer isso sozinha — disseram as duas de imediato, em uníssono.

Então se encararam, fumegando em silêncio.

— Farão mais rápido juntas — contrapôs Nate, o tom não dando um mísero milímetro de espaço para discussão. — Vocês têm dez minutos para esfriarem a cabeça, depois se encontrarão no setor de testes para começar. E não quero ouvir mais uma porra de palavra a respeito.

Jonathan quase aplaudiu de leve. Teve que admitir que Evelina tinha razão quando disse que a autoridade dava mais impacto a ele. Pelo menos não era um pau-mandado durante cem por cento do tempo.

Ele gostava de Evelina, de verdade. Estava se apaixonando por ela e admitir isso lhe deixava com um formigamento esquisito no peito. Mas o nível no qual Nate amava Evie… o assustava um pouco. Tinha a impressão de que entendera bem até demais o quanto a garota gênio se preocupava com os desdobramentos do futuro assombrando-os ao perceber isso. Ele conseguiria se entregar tanto daquela maneira a alguém por anos a fio? Alguém que exigiria tanto dele, para variar? Honestamente, nunca se viu sendo tão devoto a um relacionamento, tão… *rendido*. O modo como sua versão do futuro olhava para ela, como agia ao redor da esposa… no fundo, era um pouco demais.

Certo, pare, caralho, interrompeu o próprio fluxo de pensamentos com uma careta. *Desse jeito você vai ficar tão surtado e biruta quanto Evelina.*

Ele não queria terminar discutindo consigo mesmo e trocando olhares assassinos com Nate. E ao observar sua versão do futuro empurrar Evie para fora da cozinha pelos ombros com os dois sussurrando furiosamente de forma ininteligível um para o outro, tudo que Jonathan conseguiu fazer foi engolir em seco para Evelina e passar as mãos pelo cabelo.

— E então? — tentou, sem jeito. — O que costuma fazer para esfriar a cabeça?

A pose irritada dela perdeu um pouco da firmeza, e a linha tensa em suas sobrancelhas suavizou com a insegurança nas palavras dele. Era um jeito sutil de dizer que parte da ira se esvaíra, já que a raiva não estava direcionada a ele, e sim à variante mais velha dela, e o alívio inundou Jonathan com a pequena constatação.

— Não ligo para o que Nate falou, preciso de mais do que dez minutos para tirar o efeito de toda aquela cachaça do meu organismo — admitiu, desgostosa. Ele não a julgava, porque já sentia o próprio cérebro latejando com pulsos de uma ressaca monstruosa. — Ou vou demorar o triplo do tempo para trabalhar no comutador e nos algoritmos e aquela lá vai ficar enchendo meu saco sobre como ela é melhor e mais capaz que eu em tudo.

Ah, que lindo. Ela já tinha começado a se referir a Evie como "aquela lá". Feito uma amiga do colegial que se tornara sua arqui-inimiga jurada depois de uma rivalidade causada por um projeto de feira de ciências e graças a isso acabaram se odiando até a faculdade.

— Não acho que isso foi o que Evie quis dizer com todo aquele papo, doçura — Jonathan tentou amenizar, invocando seu melhor tom "Nate".

— O quê? — A face irritada ameaçou voltar. — Está do lado da Evie agora? Só porque o cabelo e os peitos dela estão maiores que os meus?

Ah, por tudo que é mais sagrado e honrado na Pátria.

Talvez ter colocado aquilo na cabeça dela tivesse sido um erro.

— Escute, por mais que Evelina madura esteja gostosa, eu ainda prefiro muito mais minha Evelina verde.

A cabeça dela tombou para o lado de um jeito não muito lisonjeado.

— Está nos comparando com *frutas?*

— O ponto é que — ele não deixou que ela o interrompesse — Evie tem consciência de que tudo que você aprendeu e fez foi necessário para torná-la a pessoa que é hoje. Ela não seria quem é sem você, e isso tem de valer para alguma coisa. Não deixe sua própria teimosia te afetar. É um traço charmoso seu, sendo franco.

Quando utilizado sob medida restrita e cautelosa, ele adicionou apenas para si mesmo, ou estragaria o efeito do discurso.

Os ombros de Evelina tombaram de leve, aparentemente desarmados diante dos argumentos, e uma expressão surpresa tomou o rosto dela.

— Acho… acho que sim. — Ela o encarou por alguns instantes de hesitação, então marchou decidida até estacar à sua frente, exalando desafio.

— O que você…

Ela já tinha agarrado sua camisa e o puxado até colar os lábios nos seus. Jonathan arregalou os olhos por míseros nanossegundos de hesitação antes de envolver a cintura dela e aprofundar o beijo de modo entregue, escancaradamente aliviado. Aquilo não se parecia nada com ela dizendo que tudo fora um erro, graças à glória da Nação-Mãe. O gesto não tinha gosto de medo, ou timidez, ou arrependimento, como ele temera. Aquele sabor era todo certezas e esperanças agridoces, como pular de um penhasco e ter as entranhas liquefeitas em frio na barriga, só que de um jeito bom.

Para Jonathan, aquele beijo foi como alçar voo.

E apesar de desapontador, foi inteligente que Evelina tivesse se afastado dele, sem fôlego, antes que aquele fogo começasse a queimar outra vez entre ambos. Se ela deixasse, Jonathan tinha a impressão de que poderia passar uma eternidade beijando aquela boca, vendo os lábios cheios se avermelharem com a pressão e o desejo, os olhos bicolores se incendiando com a entrega.

— Ainda está aqui — ela arfou, após recuperar a compostura.

Ele recostou a testa na dela, as pálpebras pesadas e as mãos coçando para puxá-la de volta para mais daquilo. Infinitamente mais, porra. Se soubesse que palavras melosas de incentivo teriam desencadeado aquela reação, Jonathan já teria feito pelo menos quatro cursinhos instrutivos sobre sonetos românticos àquele ponto.

— Humm? — grunhiu, um pouco desnorteado.

Só mais um beijo, pensou consigo mesmo, a cabeça se inclinando na direção dela no automático. *Só mais um não vai matar ninguém.*

Então ele roubou mais um, e mais dois e três, e precisou ter o nariz empurrado por uma Evelina de olhos brilhantes e risonhos para que parasse, embora o semblante dela tentasse fingir exasperação.

— Ainda somos nós — ela explicou por fim, recuando com a cabeça para conseguir se esclarecer antes que Jonathan avançasse em seus lábios outra vez. — Só nós.

— E isso é… bom…? — Ele armou uma careta, tentando recobrar a dignidade com um bocado de esforço antes que começasse a babar em cima dela.

E então Evelina abriu um sorriso suave, enigmático e ainda doce.

— É tudo que preciso.

Toda a aura de tranquilidade e equilíbrio que Evelina demonstrara naquele momento se esvaiu feito pólvora – soltando faíscas e explodindo com estourinhos num sentido literal até demais – no momento em que ela precisou encontrar Evie novamente para trabalharem no aparelho que invadiria as contas de Savór.

Era uma coisa bem preocupante de assistir.

Eles tinham levado trinta, não dez minutos, para descerem da Verantem e se adiantarem até a área de criação e testes do laboratório, onde Evie já estava batucando o pé, visualmente impaciente de um jeito desnecessário, o que cutucou os nervos de Evelina logo de primeira. Em defesa dela, os dois tinham tomado aquele tempo extra para comer mais um pouco, beber água e ingerir alguns comprimidos para tentar prevenir a ressaca que viria. Mesmo os joelhos de Jonathan ainda estavam um pouco instáveis pelo álcool, a cabeça leve e pesada daquele jeito contraditório que só bebida destilada proporcionava, e como ele sabia que era mais forte para a coisa do que Evelina – anos no exército te davam uma pequena vantagem nessa questão –, se ofereceu para conversar com Nate, dizer que ela precisava de mais tempo para se concentrar.

A garota gênio se negou efusivamente, entretanto, e Jonathan captou que boa parte daquela insistência era puro orgulho ferido. Ela não queria recuar diante de Evie, não depois de toda aquela discussão.

E, após as duas baterem boca durante nada mais nada menos que *doze* minutos inteiros sobre qual placa de luzes termoindicadoras deveriam usar na parte externa do aparelho, Nate e ele decidiram ficar por perto para lembrá-las de recuperar o foco vez ou outra – ou impedir que se estrangulassem, o que mostrasse prioridade primeiro.

Sentados nas bancadas perto de onde as Evelinas estavam trabalhando, os rostos iluminados pelo azul-turquesa holográfico da pulsotela que Colbie arranjara para ele, Jonathan estava escutando a explicação básica de sua versão oito anos mais velha sobre o plano e suas implicações.

— Nosso objetivo nessa empreitada é usar o maior aliado de Savór contra ele. — Nate apontou para as figuras flutuando acima do pulso de Jonathan, fotos de pessoas e eventos relacionados às manipulações do magnata. — O falso moralismo do Sistema. A verdade é que eles pregam uma Pátria justa e devota ao povo, mas tudo não passa de caprichos arquitetados pelos ricos e poderosos. É um ciclo histórico previsível, na verdade, e mesmo o Sistema não conseguiu escapar dele. — Seu indicador parou na figura do dirigente midocentrista no visor externo da pulsotela. — Jeong Su está ciente dos esquemas de Savór, e contribui com eles ou os esconde quando lhe convém. Nós precisamos de provas revoltantes o suficiente para mostrar a ele e às outras dirigentes, coisas que não possam ignorar e que vão fazer Sada Okane e Arlene Dallas manterem suas posições de oposição ao conglomerado da Savór, e serem apoiadas pelos próprios Comandos. Se isso vier à tona agora, vai estragar todos os planos dele.

Assim, continuou Nate, com sorte e um pouco de intimidação, eles fariam o magnata hesitar na perseguição mortal a Jonathan e Evelina. Se o ameaçassem com segurança o suficiente, talvez Savór se decidiria por tentar resolver o problema dos dois integrando a Insurreição apenas quando ele batesse à sua porta, não antes mesmo de tudo acontecer.

Sua variante do futuro não sabia o quanto essa hesitação duraria – afinal, é claro que o homem faria de tudo para recuperar as informações que tentariam roubar e matá-los sem repercussões péssimas para a Corporação assim que soubesse sobre a chantagem. Manter aqueles extratos seguros seria tarefa de Evelina e Jonathan assim que as versões mais velhas deles retornassem para 2613.

E não sabiam que mudanças a presença deles ali tinha acarretado na linha do espaço-tempo, mas era melhor voltar logo e arriscar descobrir na prática do que ficar em 2605 e causar mais ondulações caóticas na realidade pré-fixada.

Jonathan havia aprendido tantos termos científicos chiques nos últimos dois dias que tinha certeza de que a memória disponível do seu armazenamento mental interno estava apitando em vermelho e soltando fumaça.

— Existe toda uma armação de construções civis e recuperação de áreas afetadas pela radiação nos Comandos que não passa de fachada para desvios de recursos — Nate revelou, sombrio, e a revolta foi o suficiente para fazer Jonathan voltar a se concentrar no tópico. Desgraçados mentirosos, todos eles. Ainda tinha gente morrendo por causa dos altos níveis de energia alfa naqueles lugares. — Várias bases rebeldes mais pobres estão localizadas em regiões sob quarentena, inclusive, porque o governo não pisa nelas além do estritamente necessário, para fazer campanhas falsas e enganar a população com o auxílio do Departamento de Manipulação da Mídia.

O nome era apenas Departamento de Mídia, mas o termo que Nate usara soava bem mais apropriado.

— Muitos insurgentes inclusive ainda adoecem com a contaminação — admitiu sua variante do futuro, a mandíbula retesada. — Mas não há muitas alternativas quando se enfrenta...

— *Está vendo?!* Agora você quebrou! — o guincho de Evelina repentinamente fez os dois erguerem a cabeça na direção de onde as garotas trabalhavam.

— Estava em péssimo estado! — rebateu Evie, acalorada. — A transmissão não duraria nem dois minutos ativa, ou fora da mira de um radar externo.

— Você não *sabe* disso! Aquela peça foi cara! — esganiçou a versão mais nova, e Jonathan e Nate correram para apartar a discussão outra vez. — E é difícil de conseguir, caramba!

— Bom, sinto muito dizer, mas você levou um calote — replicou a mulher, seca, e ele ficou seriamente alarmado com o quanto a cara de Evelina se avermelhou e com o quanto seus olhos se esbugalharam com a mais fervente cólera. — Qualquer um saberia dizer que aquela bateria estava a dois segundos de se desfazer com a sobrecarga.

Nate foi o primeiro a tentar apaziguar o debate:

— Meninas, chega. Ainda podemos achar…

— Por que você não atestou isso desde o início então, *ó grande entidade da sabedoria absoluta?* — devolveu Evelina.

Evie estreitou os olhos em fendas letais.

— Olha aqui, garota, eu já não estava gostando nada do seu tom antes, mas agora é…

— Sabe, tenho tipo setenta por cento de certeza de que se matarem uma à outra nessa discussão idiota, ainda vai ser considerado suicídio — Jonathan resmungou, alheio ao seguimento da briga ao agarrar uma das chaves sônicas de Evelina na bancada, elevar a frequência ao máximo e apertar o botão de ativação com toda a calma do mundo.

O pequeno aparelho berrou feito um recém-nascido, o som agudo ecoando potente e penetrando cada tímpano possível no laboratório, e os três outros infelizes tamparam os ouvidos com força ao se abaixarem por instinto e reclamarem alto, as feições incrédulas se retraindo com o incômodo do ruído.

Jonathan sorriu, ainda que tivesse certeza de que ficara parcialmente surdo, e ainda levou mais uns bons segundos para soltar o botão. Até Colbie saiu do limbo digital para reclamar:

— Você por acaso sabe *quantas* telas e painéis você desregulou com essa gracinha aí? — rosnou a voz da I.A. nos alto-falantes.

— Ops. Vou pedir desculpas só para você, Colbie. — Piscou para ninguém em especial, mas sabia que ela estava assistindo, e ouviu um pequeno bufar aborrecido em resposta. — Todas mais calmas agora? — indagou em seguida, dissimulado.

— *O que disse?* — berrou Evelina, massageando as orelhas com uma dificuldade óbvia em escutá-lo.

— Ficou maluco, moleque? — ralhou Nate, tão desnorteado quanto as duas. — Um aviso teria caído bem, cacete!

Porra, ele podia muito bem ter levado um esporro de Luísa com aquelas mesmas palavras, percebeu. Será que era isso? Ele ficava mais velho e irrevogavelmente mais carrancudo e careta, como a irmã?

Ignorou o arrepio que atravessou sua pele ao se virar para Evelina:

— Onde tem mais baterias dessas no estoque? Posso pegar pra vocês.

Ela o encarou de soslaio com uma expressão ligeiramente irritada, ainda sacudindo a cabeça para tentar recuperar a audição.

— *Não tem* mais baterias — quase gritou. — Se é que disse baterias e não baixarias, acho.

— Conheço um cara no Beco da Graxa! — Evie comentou, tão alto quanto. Ele se sentiu visitando um asilo cheio de idosos. — É um mercenário, mas é confiável. Vai nos fornecer uma bateria de qualidade.

Beco da Graxa? Teriam de deixar o laboratório, então? Com aqueles robôs psicopatas ainda à solta e sem um plano satisfatório para destruí-los?

— Você conhece um cara — Nate lembrou, sagaz, indicando Evelina com a cabeça. — Ou ainda vai conhecer?

Evie parou, piscando um pouco e parecendo fazer alguns cálculos mentais. Então suspirou, plantando as mãos na cintura.

— Certo, não conheço ainda. Vai demorar um pouco para convencê-lo a me vender a peça — admitiu. — Mas nada que uma horinha ou duas de pechincha não resolva.

— Uma horinha ou duas? — repetiu Evelina, desdenhosa. — Ficou enferrujada.

Evie abriu a boca para pestanejar, os olhos faiscando, mas Nate foi certeiro em interromper, trazendo as preocupações de Jonathan à tona:

— Vai ser perigoso para caralho com os autômatos ainda lá fora, mas não impossível, se nos mantivermos em público, em áreas com aglomerações — matutou, impaciente e não parecendo gostar nada da ideia de deixar a segurança do laboratório. — Têm certeza de que não podem usar outra coisa no lugar da peça que quebrou?

A expressão irritada de Evelina para Evie e a expressão irreverente de Evie para Evelina foram resposta o suficiente. Um suspiro cansado deixou os lábios da variante do futuro dele, que então ergueu a voz para questionar:

— Colbie, pode dizer se o túnel de acesso ao Beco foi afetado pela radiação do que leva à zona Industrial, por favor?

Quantos túneis de acesso Evelina tinha naquele lugar, afinal? Era enorme para caralho, mas ainda assim. Por isso ela nunca precisava sair do quarto para fazer o que queria quando ele ainda não tinha colocado o rastreador em seu pulso. Havia toda uma estrutura embaixo da mansão que permitia que aquela tratante fosse para onde quisesse. Sua versão de uma semana atrás realmente não sabia o quanto a subestimava.

— Não foi, versão mais educada e evoluída do Capitão Arantes — respondeu a I.A., solícita.

Isso fez os outros três além dele ali abrirem sorrisinhos enquanto emitia um grunhido de protesto.

— Então é isso. — Nate bateu as mãos juntas, expirando. — Vamos evitar nos separar, e não andar em duplas com nossas versões equivalentes do passado… presente, o caralho que for.

E a desculpa para aquilo podia até ser que era perigoso que se tocassem por acidente ou que as pessoas estranhassem dois indivíduos quase idênticos andando lado a lado, mas todos sabiam que era porque Evie e Evelina provavelmente se esganariam antes mesmo de conseguirem achar a peça caso obrigadas a ficarem sozinhas juntas.

A briguinha tinha começado engraçada, mas agora Jonathan achava apenas triste que sua temperamental protegida tivesse tanto rancor de quem se tornaria e das decisões que tomaria.

Nate deu a eles alguns minutos para trocarem de roupa e pegarem o que precisassem no andar de cima, para em seguida encontrarem ele e Evie no portal de acesso ao túnel enquanto checavam o perímetro.

A primeira coisa que Jonathan e Evelina fizeram então foi dar sinal de vida para o Ministro Marchald e Baniwa, e ele até mandou uma mensagem de bom dia para a mãe pela pulsotela que Colbie lhe arranjou, já que quebrara a sua antiga quando pensara que o Sistema os estava rastreando. Encontraram-nos na sala de refeições com o sol da primeira manhã entrando pelas janelas de vidro, pai e padrasto aliviados pelos dois terem saído dos quartos e estarem agindo quase que normalmente outra vez. Até tentaram convencê-los a tomar café com eles, mas por sorte Jonathan e Evelina ainda podiam alegar que todo aquele isolamento preocupante era devido ao choque do incidente do dia anterior (não seria inteiramente mentira). Para não deixarem Evie e Nate esperando, apenas disseram que tinham levantado durante noite para fazer um lanche rápido e não estavam com fome.

E, enquanto estavam descendo pelo elevador depois de colocarem roupas mais discretas e condizentes com o Beco, Evelina leggings e uma blusa velha de mangas longas roxa, e Jonathan calças surradas e camisa preta com sua jaqueta de brim, ele puxou conversa apenas para aliviar a carranca no rosto da garota gênio:

— Em nossa defesa, nem mesmo o Batman aguentaria toda essa história de homônimos do futuro sem surtar um pouco — riu de um jeito meio forçado. Então lembrou de perguntar, porque ainda estava tentando distraí-la e também porque estava curioso: — Aliás, quais edições de quadrinhos você tem dele? Nunca li outras além das...

— Quadrinhos? — Evelina franziu a testa ao interrompê-lo, confusa. — Eu não li quadrinhos.

Ele franziu a testa de volta.

— Então de onde você conhece...

— Eu vi os filmes.

Os olhos dele reluziram como uma lâmpada industrial de alta tensão, a boca se abrindo e fechando sem coordenação motora alguma.

— Existem *filmes* do Batman? — A pura e completa animação em seu rosto a fez rir um pouco.

— Vários deles, que eu saiba, apesar de eu só ter encontrado três nos arquivos censurados. — Deu de ombros.

E ainda era estranho abordar aqueles assuntos, porque o temor de agentes do Sistema invadirem a qualquer momento pela menção à cultura pré-Expurgo ainda era muito palpável, mas ele se consolou com o fato de que estavam num dos lugares mais seguros do Potentado, na batcaverna de uma garota que tinha passado o último ano sem repercussões marcantes (exceto por Jonathan de guarda-costas, talvez) mesmo após inúmeras infrações gravíssimas.

Ela o encarou de soslaio, o humor suavizando suas feições delicadas.

— Quer assistir um deles algum dia? Isto é, se sobrevivermos a toda essa enrascada.

— É muito otimismo seu, mas até parece, doçura — ele bufou, quase vibrando no lugar. — Quero assistir *todos*.

XIX

Outra realidade menos morta

Evelina estava feliz pela ordem de Nate para que não andassem com suas variantes homônimas, porque estava difícil não apelar para a criancice nos momentos em que interagia por mais de dez segundos com Evie. Sua versão mais velha também não estava sendo um exemplo de maturidade superior, mas não era muito consolo. Ela odiava se sentir boba, e sabia que aquelas discussões *eram* bobas.

Só não conseguia parar com elas.

Tudo em Evie a lembrava de que ela não queria virar aquela pessoa. Não existia nada de errado em alguém como sua variante do futuro, na verdade. Não havia como negar que ela era corajosa, confiante, engraçada – mesmo que ainda sem noção às vezes. Evelina só... não se via virando aquela mulher, um dia. Estava confortável na própria pele, aquela que não perdia o filtro do bom senso, não se metia em conflitos armados nem virava líder da Insurreição, obrigada.

Por isso, quando chegaram ao Beco depois de se locomoverem por um dos túneis de acesso, ela fez questão de se manter afastada de Evie, para não voltar a passar vergonha na frente de Jonathan ou Nate. Não se arrependia de firmar sua opinião com sua variante, mas estava constrangida pelas brigas idiotas que eles precisavam ficar mediando. Portanto, seu braço se enganchou no do Capitão assim que a luz da manhã os atingiu nos rostos depois de saírem da loja de troca de peças eletrônicas que abrigava a saída do túnel de acesso, e apenas o forçou a ficar mais para trás com ela enquanto Nate e Evie lideravam o caminho.

Pelo menos podia dizer que era bom que se separassem, já que os quatro eram parecidos demais mesmo com a diferença de quase uma década de idade para serem vistos juntos.

Nate e Evie decidiram ir por uma rota alternativa pela parte leste, para tentarem se manter o máximo possível sob cobertura das pessoas, e a versão do futuro de Jonathan pediu que Evelina fosse em busca de outros possíveis materiais reserva que poderiam precisar no aparelho, como acontecera com as baterias. Ela sentiu que foi apenas outro modo de evitar que ela e Evie chegassem no local onde tentariam conseguir a peça com o mercenário e acabassem estragando o negócio com algum bate-boca, mas não reclamou. Afinal, tinha sido aquela a querer distância em primeiro lugar.

Para se integrarem mais um pouco no ambiente, Evelina parou numa barraquinha e comprou copos de café para ela e Jonathan, tentando fazer com que seus semblantes alertas com algum possível ataque de bioandroide se tornassem menos óbvios ou estranhos. Havia uma boa concentração de gente ali perto, levando ou trazendo caixas de dentro de uma estrutura simples e desgastada, e os dois tentaram se misturar enquanto ela repassava os materiais dos quais precisaria na cabeça e quais possivelmente requereriam reposição caso ela e Evie quebrassem algum numa discussão.

O movimento no Beco estava somente começando, mas já havia muitas pessoas organizando tendas e bradando ofertas de maquinaria, reposição e permuta pelas vielas e ruas estreitas. O sol tinha se erguido forte por entre as nuvens cinzentas naquele dia, o cheiro de óleo, ferrugem e poeira invadindo suas narinas quase que com um abraço. Evelina estava acostumada com o lugar, mas ainda foi engraçado ver Jonathan ficar se retesando com o nervosismo e levando a mão ao coldre escondido sob a jaqueta toda vez que alguém o olhava torto. Ainda não tinham topado com nenhum autômato (o que era ótimo) e a tensão nos membros dele era até compreensível, só não era muito discreto.

Evelina grunhiu baixo e lhe deu um cutucão com o quadril.

— Ei, relaxa, Capitão de Araque — tranquilizou num murmúrio. — Você está mais duro que uma chapa de ferro.

Ele piscou algumas vezes, então voltou a cabeça na sua direção e ergueu uma sobrancelha maliciosa e entretida para ela. Só aí Evelina entendeu o odioso duplo sentido da frase, para a sua mais completa exasperação. Jonathan abriu a boca, com certeza para responder algo que a deixaria escarlate, mas uma voz de repente fez com que fosse a vez dela de se tensionar por inteiro:

— Em!

Ah, Toda Poderosa Nação-Mãe.

Evelina se virou na direção da voz de Beatrice Leverr e abriu um sorriso amarelo.

— Bee! — forçou seu melhor tom surpreso, porém ainda receptivo. — Que surpresa ver você aqui.

As pessoas abriram caminho para a comandante da Base Abelha no automático, e a fibroarmadura da grande mulher se assomou sobre Jonathan e ela, quase cobrindo o sol. Estava completamente armada, o que nunca era bom, os cabelos loiros e curtos sacudindo com a brisa gelada da manhã. Os olhos azuis elétricos faiscaram para os dois, curiosos.

— Eu poderia dizer o mesmo, só que pelo fato de que está acompanhada — o canto dos lábios se repuxou. — Quem é esse?

Evelina pigarreou, fazendo uma careta à medida que seus dedos ficavam brancos de tanto apertar o braço de Jonathan no qual estavam enroscados. Ela não conseguira tirá-los de lá a tempo, e agora estava meio que explícito que pareciam um casal.

— Esse é meu… er, meu…

Futuro marido? Peguete? Guarda-costas? Amigo colorido?

Amigo colorido? Quantos anos você tem, Evelina? Quinze? A voz de Colbie pareceu zombar em sua mente.

— Bruce Wayne — Jonathan estendeu a mão em cumprimento, abrindo um dos seus sorrisos charmosos para a comandante, aparentemente recuperado do nervosismo. — Namorado da Em. É um prazer.

Evelina quase meteu um soco na costela dele, porque a vontade de rir fez um som anasalado e roncado deixar seu nariz num momento bem constrangedor. Pelo menos o fato do idiota usar a identidade de um super-herói mascarado centenário fez o humor impedir a mortificação de assumir o controle das suas reações faciais.

— Seu Bruce Wayne, é? Em nunca me apresentou um namorado — Bee riu, travessa, com um olhar escrutinador e um pouco incrédulo para Jonathan. — O prazer é meu.

Ela nunca tinha apresentado ninguém a Bee, na verdade, considerando que usava um pseudônimo para esconder a própria identidade, mas Beatrice estava agindo como se fosse uma velha conhecida, não a comandante insurgente.

A mulher podia ser ameaçadora com as armas, o tamanho e as íris de tempestade, mas na maior parte do tempo era uma amiga leal e uma companhia divertida. A presença e tranquilidade dela em relação a Jonathan também tinha feito as pessoas pararem de encará-lo feio ao passarem.

Era o *modus operandi* da gente do Beco, em defesa deles. Não gostavam de forasteiros, porque quem não sabia se virar por ali costumava trazer problemas ou ser um alvo fácil para eles. Evelina tinha demorado a aprender a se portar com naturalidade naquelas ruas, fingir que não estava com medo dos sujeitos mal-encarados devorando suas pernas com os olhos ou dos cantos escuros nos quais qualquer um poderia fazer uma troca de peças simples se tornar um roubo ou pior. Os que não tinham maldade caíam fácil e não duravam muito por aquelas bandas. Ela não tinha tanta maldade assim, era verdade, mas tinha talento e tinha dinheiro, e esse tipo de coisa criava contatos por ali.

Beatrice era a quem *Em* devia a maior parte da sua proteção, seu maior contato. A Insurreição ajudava o Beco, avisava sobre batidas do Sistema e abastecia suprimentos, e aquelas pessoas respeitavam bastante a comandante da Base Abelha. Estar sob a asa de Bee era ficar livre de encrenca naquele lugar.

— Não achei que esse fosse seu tipo, mas agora estou vendo porque jogou Daniel pro escanteio. — A mulher sorriu de lado para a expressão fulminante de Evelina depois de terminar a análise incisiva no Capitão.

Jonathan estreitou os olhos em fendas na sua direção, debochado.

— Daniel, é?

— Não começa, *Bruce*. — Ela fincou as unhas na jaqueta cobrindo o antebraço dele.

— Você é engenheiro como Em? — Bee acenou para alguns camaradas na tenda à esquerda, que retribuíram com entusiasmo.

— Você é? — devolveu Jonathan, calmo.

O sorriso da mulher se tornou viperino, entendendo a alfinetada sem se ofender (ou assim Evelina esperava).

— Sei me virar com algumas chaves de fenda, mas meu cinto costuma carregar coldres, não ferramentas.

— O que veio fazer por aqui, afinal? Precisa de alguma peça em específico? — Evelina interrompeu ao indagar, antes que Jonathan caísse na armadilha de Bee e revelasse algo sobre si mesmo que lhe desse informações o bastante para descobrir quem ele era.

A cabeça loira indicou o armazém sendo descarregado por alguns operários para dentro de uma pequena plataforma de transporte planadora, à direita do grupo, justo o montante com quem Evelina tinha pensado em se misturar. Eram caixas e mais caixas de metal empilhadas com eficiência por insurgentes disfarçados, de todas as pessoas.

— Precisávamos abastecer o estoque com algumas coisinhas. — Bee deu de ombros. — A segurança foi quase toda movida para a zona residencial por causa do ataque de ontem, e resolvemos aproveitar...

— Aí estão vocês! — A voz de Evie se elevou de repente à direita deles, e Beatrice arregalou os olhos para a figura arfante da versão do futuro dela se aproximando, Nate tão sem fôlego quanto logo atrás.

Tudo que Evelina conseguiu fazer foi abrir um sorriso metade desesperado e metade fingido e balbuciar:

— Mana! Acho que nunca te apresentei à Bee. — Ela gesticulou sem jeito para que a variante mais velha se aproximasse, e Evie arregalou os olhos de volta para a comandante insurgente ao perceber exatamente qual interação tinha interrompido: a com uma pessoa que a conhecia. — Bee, essa é minha irmã mais velha, Julie. Julie, essa é Beatrice, ou como todos a chamam, Bee.

Julie foi o primeiro nome que lhe veio à cabeça: o de sua mãe.

O único problema era que Evelina sempre suspeitara de que Beatrice sabia quem Em era por trás do anonimato, e por isso sabia que Evelina Marchald não tinha irmã alguma, pelo menos não uma registrada oficialmente. As feições de mais completa descrença da mulher corroboravam seu palpite.

Mas bom, não havia como negar que Evie não podia ser algo além da sua irmã – ninguém conseguiria contestar o parentesco. Elas eram muito parecidas, mesmo que no fundo fossem parecidas até demais.

Ela só esperava que *versões temporais diferentes da mesma pessoa* não fosse a primeira alternativa que viesse à cabeça da insurgente.

— Bee. Sim, minha nossa. — Evie se atrapalhou ainda mais com as palavras, uma sombra que Evelina não conseguiu definir muito bem cobrindo sua expressão e mascarando a urgência que antes estava ali. — Olá, eu sou... — pigarreou, tentando se recompor. — Sou Julie.

Sua versão mais velha apertou a mão de Beatrice com os dedos trêmulos, e ela temeu pela confusão desconfiada no rosto da comandante. Os olhos azuis bem claros se fixaram em Nate a seguir, parado atrás deles e inquieto nos calcanhares ao correr os olhos pela multidão, pela superfície das tendas e barracões de modo obviamente nervoso.

O medo fechou a garganta de Evelina ao constatar o que aquele nervosismo significava.

Bioandroide.

— Deixe-me adivinhar: aquele ali é seu irmão também? — Bee murmurou, seca, e olhou para Jonathan com uma sobrancelha erguida.

— Meu primo de primeiro grau, Robin — sorriu o Capitão, o maxilar tenso, e Evelina soube que ele tinha chegado à mesma conclusão que ela diante da apreensão das versões do futuro deles.

— Desculpe, você... — Evie apertou as mãos juntas, a respiração rasa e o rosto macilento com o suor. — Você estava dizendo que o dirigente moveu as forças para a zona residencial por causa... por causa do ataque de ontem?

O semblante de Bee se fechou e aquelas íris faiscaram como raios. O clima ao redor pareceu estalar com ozônio, o Beco se voltando para eles e reagindo à tensão da comandante com hostilidade.

— Em, sua irmã não sabe que é feio ficar bisbilhotando a conversa dos outros?

Evie trocou o peso de um pé para outro, impaciente. Nate não estava muito diferente atrás dela, mas finalmente pareceu voltar a atenção para a conversa após a sentença da esposa.

— Eu sei sobre a Base Abelha. Ajudei Em a montar alguns dos projetos que ela vendeu a vocês — mentiu com facilidade, e voltou a insistir: — Vocês estão aproveitando a falta de segurança para abastecer os estoques. Foi o que disse, não foi?

Beatrice olhou para Evelina depois da pequena lorota comprometedora da sua caríssima irmã, e a expressão traída e nada satisfeita da mulher foi o bastante para fazê-la querer se encolher contra Jonathan. O que a inquietou mais, no entanto, foi o olhar que Evie lançou a Nate.

Cheio de pânico.

De *pesar*.

Ele balançou a cabeça, olhando angustiado dela para Bee.

— Evie, não. Precisamos sair daqu...

Mas ela já tinha se virado para a comandante insurgente, quase vomitando as palavras de uma vez:

— Precisam ir embora. *Agora* — urgiu, numa mistura de seriedade e agonia. — É uma emboscada do Sistema. O dirigente não retirou a segurança do Beco, ele a reforçou e escondeu para que pensassem que sim. Estarão aqui a qualquer momento, podem até já estar.

Evelina e Jonathan se sobressaltaram. Beatrice deu dois, então três passos para trás, a mão voando para o coldre em seu cinto, o rosto se enchendo de uma cautela fria e cética enquanto se afastava. Sussurros amedrontados e surpresos se ergueram nas ruelas próximas o bastante para ouvirem o apelo de Evie.

A voz da comandante saiu gélida.

— Como sabe disso?

Todo o Beco ao redor parecia ter congelado no tempo junto àquele tom para observar o desenrolar da cena. Olhos fixos e estáticos por todos os lados no possível conflito a seguir. Evelina sabia que não teriam chance caso a comandante insurgente decidisse que não confiava neles; a zona Mangal apoiava a Insurreição mesmo vendada, amarrada e amordaçada pelo Sistema. E seu coração pareceu ser comprimido pelas costelas ao subitamente compreender o que fora aquela sombra no rosto de Evie.

Desalento.

Aquela emboscada da qual falava, o que quer que fosse... era algo grande. Decisivo.

— Não fiquem aí parados! — a variante mais velha de Evelina quase gritou, gesticulando exaltada para as pessoas ao redor. — Andem logo, vão! *Saiam daqui!*

— Quem é você? — exigiu Bee, a imagem da calma letal e predadora, a mão preparada para sacar a arma. — E não diga *Julie*. Como descobriu essa informação?

— Evie, precisamos ir! — Nate rosnou atrás deles, os olhos voltando a rondar consternados pelos telhados e superfícies acima deles.

Não tinham tempo para aquilo.

— Evie é uma *hacker* ainda mais habilidosa que eu, Bee — Evelina avançou ao defender o ponto de vista da versão do futuro, mas parou quando aquela mira mortal em azul elétrico girou para se fixar nela. Jonathan tentou puxá-la de volta para trás, o corpo se movendo para cobrir o seu, mas ela firmou os pés no asfalto embaixo de si com convicção. — Tudo que eu faço, ela faz melhor. Ela vem lutando contra o Sistema há anos, quase tanto tempo quanto você, sabe de coisas que nem imagina. Se ela diz, eu acredito, e você devia acreditar também.

Evie lhe encarou com gratidão, vulnerabilidade desarmando seu rosto. Bee ergueu apenas o mínimo das sobrancelhas, as pálpebras se estreitando em clara incredulidade.

O momento pareceu perdurar uma eternidade, fôlegos presos e olhares duelando sem trégua, até que os ombros da comandante se aprumaram e ela ergueu a voz, o tom sólido e irredutível mesmo com as linhas de dúvida tensas em seu rosto:

— Recolher veículos, abandonar missão — clamou, o braço gravitando em círculos incisivos num gesto universal de *bater em retirada*. — Vamos, vamos, vamos! — Todos se puseram a obedecer no mesmo instante, devolvendo as caixas a meio caminho de volta para o armazém e se apressando aos montes, e a mulher se virou na direção de Evelina, séria feito a morte. — Estou confiando em você, Em, em nome de tudo que fez por nós, porque te considero muito. Mas, se eu me arrepender disso, tenha certeza que vou garantir de que se arrependa junto comigo.

Jonathan conseguiu puxá-la de volta para si daquela vez, e ela teria ficado impressionada se não estivesse tão estremecida quando o Capitão ergueu o queixo para Beatrice e grunhiu, irritado:

— Essas ameaças absurdas estão te tomando tempo substancial nessa fuga. Evelina está tentando salvar a bunda de vocês e é assim que retribui?

Nate e Evie se aproximaram, apreensivos, à medida que os lábios de Bee se retorciam com o desdém, avaliando Jonathan de cima a baixo, nada afetada.

— Não sei dizer se Em está com você porque é muito corajoso ou porque é muito burro. — Cruzou os braços. — Às vezes o cérebro genial dela precisa de um menor e mais estúpido para equilibrar a balança, quem sabe?

Os rebeldes corriam e se mobilizavam para voltar para os carros e pods, provavelmente estacionados em algum lugar oculto por perto, já que não poderiam usar as planadoras a céu aberto para levarem os suprimentos para as bases. Bee permaneceu parada ao lado deles, e Evelina sabia que era porque ela não sairia até que o último insurgente tivesse saído também. Era meio que sua política de capitã, sempre afundando com o barco.

Jonathan ergueu uma sobrancelha inabalada ao retorquir:

— Às vezes o seu fará o serviço bem o suficiente, já que eu duvido que tenha sobrado algum neurônio no meio de tanto esteroi…

— *Comandante!* — o berro de pânico fez todos se virarem na direção do som, uma mulher também de fibroarmadura apontando para as nuvens nubladas acima em gestos afoitos. — Naves de batida camufladas! Eles já estão…

Uma rajada disparou.

A explosão cegante atingiu o armazém de onde estavam descarregando as caixas, e Evelina só conseguiu se encolher no abraço de Jonathan quando ele a apertou contra si para receber o impacto em suas costas e ambos foram arremessados para longe com força.

Gritos eclodiram de todas as direções.

Caindo de lado violentamente a uns bons três metros de distância de onde estava antes, Evelina sentiu a lateral do braço direito se abrir em arranhões que a queda fez em sua pele, e seu quadril emitiu um baque dolorido ao se chocar com a pedra embaixo de si. Sem conseguir sorver ar o bastante com a dor súbita em diversos lugares do corpo, tudo que conseguiu fazer naqueles segundos foi arregalar os olhos para as naves do Sistema desativando a camuflagem das carcaças espelhadas no céu sobre suas cabeças – três delas, grandes e blindadas, com as rampas se abrindo e revelando contingentes de soldados armados em seu interior. As nuvens tinham oferecido a cobertura perfeita, e ninguém as notara até que estivessem em cima de todos, causando o caos e o pânico mediante a destruição.

Mais rajadas foram disparadas nas proximidades, mirando em barracas e tendas ao redor do armazém. Fogo e cinzas se espalharam como pólvora queimando sem misericórdia pelo Beco. A cabeça dela girava e tudo parecia desfocado, indiscernível.

Ouvidos zunindo, Evelina se encolheu ao gritar com os estrondos abafados pelo chiado em seus tímpanos, seu terror apenas mais um em meio a inúmeros, e se colocou de joelhos logo em seguida numa tentativa fraca e desnorteada de se levantar antes que fosse pisoteada pelos desesperados. Mãos estavam erguendo seus cotovelos e amparando-a no instante seguinte, e alívio estarrecedor lhe invadiu quando seus olhos embaçados encontraram as íris cobalto sérias de Jonathan. Havia um corte feio em sua têmpora esquerda e ele parecia estar tentando apoiar o peso em apenas uma perna, como se tivesse machucado a outra na queda, mas de resto o corpo tenso e sujo de fuligem dava a impressão de estar inteiro. Nem todos ali tinham dado a mesma sorte.

Havia corpos em chamas a alguns metros deles. Olhos vazios e membros imóveis. Os destroços do armazém tinham esmagado as pernas da insurgente que tinha avisado sobre as naves. Um homem estava se contorcendo no chão, metade do tronco carbonizado.

E tantos, tantos gritos.

— Precisamos sair daqui — a voz do Capitão a despertou do horror, ainda soando como se viesse de um funil, e ele começou a arrastar seus músculos atrofiados com o choque mesmo mancando. — Ande, Evelina! Pare de olhar!

Ela tropeçou atrás dele, se forçando a balançar a cabeça e correr apesar dos olhos se enchendo de lágrimas após tê-los afastado das cenas grotescas que os rodeavam. Uma mulher e uma criança trombaram com os dois a caminho da segurança, as faces aterrorizadas ao dispararem para uma esquina distante.

Tem civis aqui. Gente que só estava passando por perto. Como podem estar atirando a esmo assim?

A verdade era que o Sistema não se importava. Principalmente não com o Beco, pessoas de classe 3C, os párias e descartáveis. Principalmente não quando essas mesmas pessoas ajudavam e encobriam a Insurreição.

As naves se aproximaram do chão. Soldados saltaram, suportes de flutuação guiando-os até a terra plana e gritos se seguindo quando armas foram erguidas na direção das pessoas. Ela conseguiu um vislumbre de alguns óbvios insurgentes deixando esconderijos, sacando armas e retribuindo as ofensivas contra os agentes do Sistema.

— *Jonathan! Evelina!* — A voz de Nate se fez ouvir em meio ao caos e os dois pararam para tentar identificar a origem do som, frenéticos. — Aqui!

A cabeça de ambos girou para uma viela lateral parcialmente escondida, uma caçamba incineradora derrubada escondendo as figuras moribundas de Nate e Evie, acenando loucamente para que os vissem. Os dois correram para o local, o coração de Evelina quase indo parar na boca com o alívio – por mais efêmero que fosse – ao ver suas versões do futuro vivas e relativamente intactas.

Foi difícil se manter consciente quando se abrigaram atrás da caçamba também, expressões sombrias e alarmadas e corpos abaixados em discrição. O quadril e braço arranhado dela reclamaram quando se deixou cair contra uma parede, a dor e a sinfonia inescrupulosa de guerra ininterrupta no fundo fazendo-a cerrar as pálpebras com força.

Tudo doía. Respirar era como tentar arrastar os pulmões por arame farpado. Havia poeira em sua boca, cal nos seus olhos, cinzas na sua língua.

E os gritos.

Não.

Paravam.

— Evelina. — Mãos trêmulas e calejadas de repente estavam envolvendo seu rosto, a voz de Jonathan abrindo caminho em meio à ode mórbida para tentar retomar sua atenção. — Evelina, olha para mim.

Ela sacudiu a cabeça, tremendo com tanta força que seus tendões doíam.

Precisava ir pra casa. Ela só queria ir pra casa.

— Olha pra mim. — Ele ergueu o rosto dela e Evelina por fim obedeceu, olhos muito azuis e preocupados encarando o fundo da sua alma. — Puxa o ar pelo nariz enquanto conta até cinco. Solta pela boca fazendo a mesma coisa.

Jonathan inspirou fundo, demonstrando o movimento e repetindo-o junto com ela enquanto ele mesmo contava, a todo momento fornecendo o contato físico próximo necessário para lembrá-la de que era uma pessoa e estava ali, não simplesmente um mero conjunto disforme de membros no meio do caos.

— De novo — incentivou, quando ela perdeu o fio da meada na terceira vez. — Um, dois...

A mente de Evelina pareceu flutuar de volta para o próprio corpo, oxigênio fluindo com mais facilidade até seus alvéolos à medida que permanecia focada naquelas íris cobalto, como se o próprio oceano fosse seu bote salva-vidas, solidificando sua presença a cada inspirar e expirar. Suas mãos estavam segurando os pulsos de Jonathan com uma pressão esmagadora, mas pelo menos ela tinha voltado a sentir as extremidades do corpo.

— ...quatro, cinco. Isso. — Ele abriu uma tentativa de sorriso encorajador quando ela piscou, visivelmente mais lúcida, e os dedos ásperos acariciaram sua bochecha com delicadeza. — Essa é minha garota. Se faça o favor de não desmaiar e me fazer te carregar por aí feito uma donzela desfalecida, tudo bem, doçura?

Ela assentiu com a cabeça, um aceno tão fraco que fez o sorriso nos lábios de Jonathan morrer. Ele tentara melhorar seu humor, mas Evelina tinha a sensação de que nunca mais conseguiria abrir um sorriso na vida. Os braços fortes estavam envolvendo-a no segundo seguinte e ela se agarrou a ele na mesma intensidade, ambos ignorando as pontadas de dor oriundas das lesões da queda.

— Vamos ficar bem — a voz rouca de Jonathan prometeu, firme, o queixo pousado sobre a cabeça dela enquanto se encolhia contra o peito dele. — Você vai ficar bem.

Ela não acreditava naquilo. Mas a confiança na voz dele ainda lhe confortou com uma fração de ilusão.

— Vamos conseguir sair dessa — a voz de Nate também se fez ouvir pela névoa de choque.

Evelina ergueu a cabeça apenas um pouco, o suficiente para enxergar as variantes do futuro deles observando-a aflitas, agachadas ao lado da caçamba. Ela pensou ter visto Nate assentindo de forma sutil para Jonathan.

— A loja que dá para o túnel de acesso está a sudoeste daqui — disse Evie, soando abalada, mas muito mais composta que sua versão mais nova. — Não vai ser fácil chegar até lá com aqueles desgraçados atirando em tudo que se move com um pouco de brusquidão.

O semblante de Jonathan se encheu de vincos atormentados, e Evelina sabia que ele estava se comparando àqueles soldados, ao que ele já tinha feito no lugar daqueles homens e mulheres a serviço do Sistema. Sua mão se entrelaçou à dele sem pensar, e aqueles vincos suavizaram quando os olhos azuis desceram para observar seus dedos unidos, os ombros relaxando ligeiramente.

— Também não podemos subir para território mais alto, seríamos alvos fáceis para o bioandroide — Nate adicionou, frustrado, e Evelina voltou a atenção para ele. — Nós vimos o vermelho sobre um sobrado quando estávamos tentando conseguir a peça. Ele não chegou a atacar porque estávamos com outras pessoas por perto, mas...

— Agora temos uma arma de energia gama a menos — confessou Evie, com uma careta cheia de remorso.

— *O quê?!* — ela e Jonathan sibilaram em uníssono, incrédulos.

E era o bioandroide vermelho, ainda por cima, o que estava atrás dela e de sua versão mais velha. Ele podia estar rondando as proximidades naquele mesmo instante, seguindo-os até que chegassem ao túnel de acesso para que conseguisse matá-las quando o quarteto se visse sozinho.

Seu rosto perdia a cor só de cogitar. Como é que tudo só parecia piorar a cada segundo?

— Eu saquei uma delas quando percebi o autômato, e o sujeito com quem estávamos tentando conseguir a peça meio que se deslumbrou com ela — resmungou Nate, suspirando alto. — Disse que forneceria o que precisássemos em troca da coisa. Estávamos com um pouco de pressa, caralho. Não pensamos muito a respeito.

— Obviamente — resmungou Evelina, balançando a cabeça, o tom rouco com a exaustão pesando em seus ossos.

— Mas ele não vai conseguir disparar com ela — lembrou Evie, como se tentando amenizar o desastre. — Precisaria da biometria de Nate para isso, e ele não chegou a descobrir esse fato antes de fugirmos de lá.

Menos mal, talvez. Mas ah, se aquele homem ao menos desmontasse aquela arma para tentar entender como funcionava, se tivesse a curiosidade de olhar o núcleo de energia, de tentar *replicá-lo*... Represálias, represálias caóticas por todos os lados.

Uma expiração longa deixou os lábios de Evelina, e ela tentou focar no problema atual, não na possível futura tragédia.

— Tudo bem, pelo menos conseguiram a peça.

— Então agora só precisamos ficar vivos, nos manter escondidos e voltar para o laboratório antes que aquela coisa nos ache — Jonathan acrescentou, o tom mais carregado de ironia do que era recomendável. — Molezinha né, porra?

— A situação lá fora não está colaborando muito com a parte do ficar vivos — Nate olhou por cima da caçamba, angustiado.

Para as ruas manchadas de sangue onde civis ainda corriam em desespero e insurgentes ainda tentavam revidar os ataques dos soldados sem muito sucesso, para os incêndios provenientes das rajadas das naves se espalhando numa velocidade alarmante pelo Beco. A fumaça escurecia o céu e tampava a já parca iluminação solar, como uma metáfora mórbida e representativa do cenário abaixo. Tiros, explosões e lamentos ainda ecoavam por todo o quarteirão destroçado. Ela tinha recuperado o autocontrole, mas vez ou outra cada grito e disparo ainda a fazia pular.

Evelina desviou os olhos antes que a visão lhe fizesse perder as forças. Ela conhecia vários insurgentes na equipe de Bee, tinha convivido com inúmeros deles durante aquele último ano. Muitos tinham se tornado seus amigos. Quantos deles ainda estavam ao menos vivos?

Tanta morte desnecessária, tanta destruição cruel.

Eles não se importam. E querem aniquilar as únicas pessoas que o fazem.

— Acho que precisamos ficar por aqui e esperar toda essa poeira baixar — admitiu Evie. Aquela sombra de mais cedo havia se intensificado em seu rosto, acentuando a tormenta em seus olhos.

Ela tinha tentado avisar Bee, salvar aquelas pessoas. Sabia que aquele ataque aconteceria, de algum modo.

— E esperar os soldados do Sistema revistarem cada canto e nos encontrarem aqui, armados e sussurrando de forma suspeita? — Jonathan replicou, cínico.

— Vocês dois vão precisar usar as cartas de filha de ministro e capitão do exército caso venha a tanto — concedeu Nate sem titubear, embora suas feições também demonstrassem não serem muito fãs da alternativa. — É a única forma de nos deixarem ir.

O fato de uma figura importante como ela estar no meio daquele conflito era bem ruim, mas Evelina também não conseguia pensar em outras alternativas. Era isso ou serem interrogados (ou pior) pelos soldados. Apenas esperava que seu Capitão não fosse punido por estar ali também quando sua função na verdade era mantê-la longe de encrencas daquele tipo.

— E quando forem justificar nossa presença, faça como Jonathan — disse Evie para ela, solidária. — Diga que sou sua prima distante, o que for. Papai é uma figura meio conhecida, todo mundo sabe que ele só tem uma filha.

Certo. Chamá-la de irmã fora um pouco tolo, mas Evelina podia botar a culpa no imediatismo do desespero.

— Eu não pensei direito na...

— *BEATRICE LEVERR.*

Aquela voz robótica ribombou de repente acima deles, amplificada e sincronizada em alto-falantes nas três naves sobrevoando o Beco em chamas:

— Renda-se de imediato, e esta área será poupada. Se cooperarem, seus subordinados serão apreendidos de forma pacífica e levados para instalações de contenção especializada. Caso contrário, serão exterminados. BEATRICE LEVERR. Renda-se de...

A voz tornou a repetir o comando, e Evelina voltou a atenção para além da caçamba incineradora a tempo de ver fileiras de pessoas insurgentes – sendo ajoelhadas em frente às ruínas de uma tenda de maquinaria por soldados do Sistema. Pelo menos vinte ou trinta deles, pelo que conseguia contar, mesmo com a fumaça e a distância obscurecendo uma visão detalhada da coisa toda. Quando tinham rendido tantos assim? Deviam ter capturado os rebeldes pelo Beco inteiro e os reunido ali. Era pouco comparado à totalidade da Base Abelha, mas ainda assim.

Toda poderosa Nação-Mãe.

Alguns já estavam algemados, outros estavam quase tombados contra o asfalto, provavelmente feridos demais até para conseguirem se manter erguidos. Uma sensação aterradora de medo, dolorosa como o gelo que é tão frio que chega a queimar, se espalhou pela coluna de Evelina num tremor resignado.

O tremor só piorou quando uma figura foi puxada de uma das ruas laterais já desarmada e mancando, e um dos soldados se aproximou para chutar a parte de trás dos joelhos dela para fazê-la cair. As naves interromperam os comandos diretos à líder da Base Abelha acima deles, e um silêncio súbito e mórbido pareceu pesar no quarteirão como um manto. Ouvia-se apenas o estalar quieto do fogo, o lamento longínquo dos feridos e enlutados.

Não era... não podia ser. *Certo?*

Seu peito estava oco e ainda assim cheio. Vazio com a dor e a desesperança, porém ainda transbordando com a raiva e a revolta.

Evelina não precisava pensar muito para ter consciência de que aquele era o pior dia da sua vida.

Um dos insurgentes tentou se aproximar da figura recém-derrubada, e outro soldado o acertou com um eletrocassetete na têmpora para que ficasse quieto no lugar. Ela desviou o rosto e trincou a mandíbula, apertando a mão de Jonathan ainda entrelaçada à sua.

Não queria ver aquilo.

Foi quando de repente um cantarolar suave e rouco ergueu os ombros dos insurgentes.

— Talvez o mundo não seja pequeno.

Beatrice, percebeu Evelina, os olhos se arregalando e o coração se apertando, retornando a atenção de forma desesperada para a cena. Ela era mesmo a figura caída que o rebelde tentara alcançar. Não queria acreditar antes, mas... O Sistema tinha interrompido o ataque porque a comandante verdadeiramente se rendera. Se por um lado estava feliz porque sua amiga viveria para ver mais um dia, não conseguia conter a angústia por saber que ela seria enfiada numa prisão de segurança máxima e muito provavelmente torturada por semanas a fio junto dos seus compatriotas.

Era desumano.

Era o que o Sistema fazia.

Eram todos órfãos.

— Nem seja a vida um fato consumado.

Evelina se desvencilhou do Capitão, tropeçou para a frente e desviou da caçamba, tentando engatinhar na direção de Bee para um último abraço, um último olhar, último *qualquer maldita coisa*, mas só conseguiu meros cinco metros de avanço antes que os braços de Jonathan a envolvessem novamente como vigas de aço, sibilando e os apertando contra o muro da viela para que se escondessem quando um soldado voltou o olhar na direção deles.

A comandante da Base Abelha tinha um hematoma no maxilar e um enorme corte na testa, mas Evelina sabia que seus olhos azuis elétricos ainda estariam acesos feito uma tempestade inclemente de raios mesmo ajoelhada e subjugada.

— O que ela está fazendo? — exigiu um dos agentes, provavelmente o de alta patente comandando a emboscada, considerando o brilho das medalhas no uniforme. A voz pingando repulsa. — Essa puta rebelde está *cantando?*

E Bee continuava, a voz baixa e vacilante ecoando nos becos trêmulos de medo e revolta silenciosa.

— Quero inventar o meu próprio pecado — sorriu a mulher, a boca cortada e os dentes avermelhados de sangue. Os insurgentes se aprumaram, os olhos queimando em fúria e insubmissão. — Quero morrer do meu próprio veneno.

— Faça-a parar — grunhiu o militar, irritado.

Um dos soldados pegou um blaster e o bateu contra a têmpora de Bee com força.

Evelina fechou os olhos, tremendo contra Jonathan, mas ainda conseguia ouvi-la cantando. Golpe atrás de golpe, ela escutava os sons secos dos chutes e pontapés contra carne e ainda assim Beatrice não parava.

— *Silêncio*, vagabunda!

— Quero perder de vez tua c-cabeça — arfava, mesmo entre os gemidos de dor. — Minha cabeça perder teu juízo. Quero cheirar fumaça de óleo… diesel…

Ela se obrigou a assistir. Por sua amiga. Porque alguém tinha que viver e se lembrar daquilo.

— Já chega! — vociferou o agente, e tirou a arma do coldre.

Bee cuspiu sangue aos pés dele mesmo estatelada no chão, sorrindo em triunfo uma última vez ao sussurrar:

— *Me embriagar até que alguém me esqueça.*

— *CALE-SE!*

Um tiro ribombou na noite escura feito um canhão, e o corpo de Beatrice caiu de lado.

As lágrimas escorriam livremente pelas bochechas de Evelina.

E não se escutava mais a voz da comandante da Base Abelha, mas sua morte não calara ninguém.

Os insurgentes se levantaram feito uma onda, rugindo em protesto e cólera e dor. Mesmo algemados, mesmo feridos e mesmo já fadados à morte, nenhum permaneceu de joelhos. Eles caíram urrando e estremecendo aquelas ruas ensanguentadas. Caíram com a cabeça erguida, e o fizeram lutando pelo que acreditavam. Pelo que Bee acreditava. Um por um.

Abatidos, mas não derrotados.

Ainda assim um massacre.

Apenas mais um.

As pálpebras de Evelina ardiam com o quanto chorara ao fim de tudo, o rosto enterrado no peito de Jonathan, e ele tremia um pouco ao apertá-la junto de si. Os olhos azuis do Capitão também estavam marejados, percebeu, quando ergueu o rosto úmido para procurar por Nate e Evie.

Aquele lindo azul oceano profundo, apenas alguns tons mais escuros que o de Beatrice. Ela precisou piscar por alguns segundos para não o imaginar coberto de sangue também.

As variantes do futuro deles estavam encolhidos contra a ponta da caçamba, também abraçados um ao outro, como se tivessem tentado ir atrás deles quando Evelina estupidamente quase pulara de cabeça no meio do abate. Evie também tinha chorado, os olhos tão vermelhos e inchados quanto os seus. Nate estava com o rosto congelado numa máscara dura e inflexível de fúria. Nenhum deles tinha ousado sair do lugar ainda.

— Queimem os corpos — grunhiu o agente que atirara em Bee, que Evelina concluíra ser o chefe da operação. Ele cuspiu sobre os cadáveres, e o estômago dela se revirou com o ódio. — Escória imunda.

Jonathan retesou a mandíbula ao lado dela, chiando.

— Filho de uma puta.

Alguns dos soldados começaram a ajustar os blasters para as funções incineradoras.

Movimentação sutil por cima das suas costas chamou sua atenção, e Evelina se virou quando Nate pousou a mão em seu ombro e pôs um dedo sobre os lábios para indicar que não emitissem som algum, Evie com o semblante rijo pela cólera logo atrás. O homem sussurrou e apontou para a esquina à direita frontal deles, quase inaudível:

— Vamos, em silêncio.

Ela assentiu, o queixo oscilando. Só precisavam virar em alguns metros e sumir em outra rua. Os quatro se ergueram devagar, sob a cobertura da fumaça e da distração dos soldados, curvados e cautelosos, quando de repente um retinido metálico fez alguns dos lança-chamas cessarem os disparos. Os agentes se viraram na direção deles.

Evelina olhou para trás, horrorizada, e Nate xingou uma miríade de palavrões.

Jonathan deixou os ombros caírem em derrota, sibilando, e afastou o pé da latinha de refrigerante que tinha chutado por óbvio acidente segundos antes.

— Ei! — disse um dos soldados, apontando. — Vocês aí! *Parados!*

XX

Ninguém me passou um memo sobre essa fatura estúpida de imensa que o amor cobra a longo prazo

Jonathan queria ter dado uma merda de troféu a Evie pela reação rápida.

Aproveitando-se do rosto avermelhado e das lágrimas recentes, ela voltou a irromper em um pranto fingido e acenou em desespero como se pedindo pela ajuda dos soldados, os mesmos dos quais estavam fugindo segundos antes. Discretamente, se enroscou num abraço com Jonathan e entregou a ele seus dois blasters, já que resolvera se prestar ao papel de civil angustiada, e ser pega com duas armas não colava muito bem com essa farsa. Ele rapidamente as enfiou no cós da calça, escondendo ambas por baixo da camisa. O lado esquerdo do seu corpo estava todo estropiado graças ao momento em que ele e Evelina tinham sido arremessados pela primeira explosão, mas ele vinha conseguindo esconder bem as caretas de dor a cada movimento.

Três agentes se separaram do grupo para virem checá-los.

— Minha nossa, graças à Nação-Mãe — chorou Evie, copiosa. — Estávamos tão assustados, o que foram todos aqueles estrondos? Evelina, seu pai não vai gostar nada, nada disso!

Compostos por uma mulher e dois homens, os soldados levaram as mãos aos eletrocassetetes de forma hesitante antes de se aproximarem. Vestidos nos tecnouniformes dos agentes potentariais, estava óbvio que não tinham gostado nada da possibilidade de haverem testemunhas oculares tão perto do massacre, mas Jonathan ainda achou uma vantagem que não tivessem atirado logo de cara.

Alguns dos seus comandantes não eram tão misericordiosos. O Sistema não gostava de espectadores em seus abates, pessoas que podiam fazer um alarde desagradável mais tarde. Era mais fácil eliminá-las antes que se tornassem um problema. Apenas interagir com aqueles soldados lhe dava náuseas, e o cheiro dos corpos queimando mais à frente não ajudava a reprimir a vontade de vomitar.

Jonathan já tinha sido assim? Ele nunca matava nas batidas do Sistema das quais participara, sempre usava balas de descarga elétrica e bastões de choque, mas ainda assim… Era difícil conter a repulsa por si próprio, às vezes. Por ter continuado no exército e não se tornado apenas um simples piloto, como queria desde o início.

Como agora era um pouco tarde para se arrepender por decisões de anos atrás, ignorou a indignação irada ainda queimando em suas entranhas e colocou a máscara de Capitão ao se afastar de Evie e se dirigir àqueles soldados, tentando disfarçar o mancar da perna ferida:

— Regimento 77B do Comando Militar Midocentrista da Nação-Mãe, capitão de encargo 111012. — Mostrou o coldre sobre a jaqueta estropiada. — Está tudo bem, eles estão comigo.

Os agentes pararam, surpresos pelo fato de ter um militar com aquele grupo de dissidentes, e a mulher checou a identificação dele na própria pulsotela. Os três bateram continência com a confirmação de que a patente de Jonathan era verdadeira e mais alta que a deles.

— Senhor! Perdão, senhor, mas o que está fazendo aqui? — um dos homens perguntou, franzindo a testa sob o visor transparente do capacete metálico. — Não é seguro.

— Estávamos tentando justamente deixar essa região quando o ataque começou.

— Nos perdemos no meio da confusão — acrescentou Evelina, hesitante. — Queremos apenas retornar à…

— Você não recebeu permissão para interferir na conversa, garota — o segundo homem ameaçou sacar o blaster em seu cinto, rude. — Cale a boca e o deixe falar.

Evelina arregalou os olhos, Evie piscou em descrença, e a raiva fez seu caminho de volta até o âmago de Jonathan.

— Meu nome é Evelina Marchald, filha de Ronan Marchald, segundo ministro do Gabinete do Comando Midocentrista. — A garota gênio ergueu o queixo, revolta queimando nos olhos bicolores, e toda a postura de aristocrata que ele às vezes via nela se assentou sobre seus ombros como uma capa. — Fale comigo assim de novo e pode dar adeus à sua posição e patente em menos de doze horas.

Jonathan avançou e empurrou o ombro do sujeito sem muita delicadeza.

— Fale com ela assim de novo e pode dar adeus a muito mais do que sua posição, soldado — rosnou baixo, entredentes.

Mas já havia insegurança crescendo nas pupilas dilatadas do cara antes mesmo do Capitão abrir a boca, e Jonathan sabia que era por causa do status social de Evelina. Um ministro poderia fazer muito mais estrago que ele na carreira militar de alguém. Os brinquedinhos chiques da sua geniosa protegida também podiam, mas não que ela pudesse revelar isso. Ainda assim, Jonathan gostou de ter uma desculpa para ser hostil com um deles. O homem à sua frente provavelmente tinha matado alguns dos insurgentes naquele massacre.

Porém, de modo idiota, o orgulho do desgraçado venceu, e ele preferiu pagar de macho a se submeter à autoridade de Jonathan. Como não podia enfrentá-lo diretamente, fez a única coisa que estava ao seu alcance:

Chamou alguém que podia.

— Senhor! — ergueu a voz por cima do ombro, debochado. — Temos uma ocorrência!

O homem supervisionando a queima dos corpos – o que atirara na comandante insurgente – voltou a cabeça na direção deles e iniciou uma caminhada despreocupada até onde estavam.

Os dedos de Jonathan coçaram para socar o imbecil à sua frente, mas apenas se obrigou a respirar fundo e retroceder um passo. O tal imbecil sorriu por trás do capacete, cheio de uma coragem estúpida agora que tinha chamado seu chefe para a briga.

Pelas medalhas e emblemas no uniforme em metacouro verde militar de qualidade, que agora conseguia ver por causa da proximidade do homem, aquele ali era um coronel, fácil. Acima até de Luísa. Nate, que tinha se mantido adequadamente calado junto com Evie até então, xingou baixinho.

Cacete, Jonathan fulminou o maldito do dedo-duro por entre os olhos semicerrados. *Ainda vou te encontrar e te encher de porrada por essa gracinha um dia, filho da puta.*

— Relatório, Juarez — resmungou o militar, entediado, sem nem dar uma segunda olhada no grupo ao se posicionar entre seus soldados.

A mulher bateu continência, indicando Jonathan com a cabeça.

— Coronel Dassi, senhor! O Capitão de Encargo 111012 estava de passagem nas proximidades quando a operação teve início, senhor. Ele está acompanhado da senhorita Marchald e de... — pigarreou, sem saber como definir Nate e Evie, quietos e observadores atrás deles — aqueles ali.

Um lampejo de interesse nada agradável reluziu nos olhos frios do oficial. Ao contrário dos subordinados, ele já não estava mais de capacete.

— Marchald como em Ronan Marchald? O que estavam fazendo por essas bandas, soldado?

— O Capitão Arantes foi encarregado da minha custódia — Evelina se adiantou, cada grama de autoridade daquela menina rica e esnobe se mostrando em seu tom. Ele podia ver que, no fundo, ela estava se esforçando para não avançar na garganta do homem que tinha assassinado sua amiga a sangue-frio. — Ele me acompanhou porque eu precisava comprar algumas peças.

— No Beco da Graxa? — O coronel ergueu as sobrancelhas grisalhas, zombeteiro.

Ela cruzou os braços, sem nem piscar.

— O melhor preço do Potentado, se quiser conferir.

Bolas de titânio, Jonathan pensou consigo mesmo não pela primeira vez.

O homem voltou a atenção para as variantes do futuro deles depois de bufar baixinho para ela.

— E eles? Seus parentes, imagino.

— Senhor! — foi a vez do Capitão bater a continência, mas não era a primeira vez que demonstrava falso respeito a um monstro, então Jonathan escondeu seu asco e relatou: — Meu primo e a prima da senhorita Marchald, senhor. Pedi que ele me acompanhasse para auxiliar na segurança das duas.

— Genética tenebrosa de eficiente — Juarez, a soldada, comentou baixinho, projetando o lábio em assombro.

Nate sorriu amistosamente atrás deles.

— Ouvimos isso muito.

Com as mãos unidas atrás das costas, o coronel os observou por longos e deliberados instantes, daquele jeito irritante dos superiores militares de demonstrar poder apenas deixando claro que podiam fazê-los esperar o tempo que quisessem só porque *sim*. Jonathan cerrou as mãos em punhos, mas aguardou sem externar emoções no rosto, acostumado a engolir a raiva.

— Peço a vocês que nos acompanhem até a base para um interrogatório simples, se não for incômodo. — Jonathan conteve a frustração junto do pânico. O desgraçado dissera "peço", mas todos ali tinham entendido que na verdade ele estava era ordenando. — Por aqui, por favor.

— Oficial, estamos cansados e assustados — Evelina sorriu amarelo, tentando a diplomacia. — Se pudéssemos ao menos contatar meus pais...

— Não vai tomar mais do que vinte minutos do seu tempo, senhorita — o homem replicou, inflexível. — Será de grande auxílio e serão liberados rapidamente, garanto. Tenho certeza de que o ministro não se importará caso chegue atrasada para o almoço se souber que estava sendo útil à sua Nação.

Os ombros dela tombaram, impotentes. Resignados.

Ele queria atirar em alguém. Se ao menos aquele soldado não tivesse chamado seu superior, Jonathan poderia ter se autoliberado. *Porra*.

Eles seguiram o oficial e os três soldados até os suportes de flutuação, tensos e desconfortáveis ao passarem pelas agora cinzas dos corpos insurgentes, e foram levados até as naves com Jonathan ainda mancando de leve. A mão de Evelina envolveu seu braço de forma trêmula enquanto a nave alçava voo e eram transportados — Nate e Evie nos bancos laterais — até uma base militar na zona comum do Potentado, perto do próprio Gabinete de Comando.

Desceram no hangar e foram levados até o interior da base assim que passaram pelo corredor principal cheio de luzes brancas cegantes após a admissão na entrada; uma estrutura de mau gosto em branco e cinza cimento com símbolos do Sistema encravados por todos os lados, soldados uniformizados indo e vindo pelos corredores e salas identificadas apenas por plaquinhas metálicas. Após subirem vários andares, talvez até o último, Jonathan sentiu seu coração gelar ao perceber que os quatro seriam separados quando o coronel disse:

— Juarez, reviste as senhoritas e dê sequência no interrogatório delas, por segurança. Siqueira, você fica com o Capitão e o primo sósia.

— Senhor, ainda estou encarregado da custódia da senhorita Marchald... — Jonathan tentou.

— Ela estará perfeitamente segura conosco, e retornará ao alcance da sua vista em breve, Capitão — o homem sorriu de modo irônico, e ele sabia que era porque tinha visto o modo como Evelina se agarrara ao seu braço na nave até ali. Notara que a relação deles não se resumia apenas a uma entre escolta e escoltada. — Não se preocupe, rapaz, ninguém vai escondê-la numa gaveta para roubá-la de você.

Ele a observou partir, impotente, até que ela e Evie entrassem numa sala lateral no corredor cheio de celas de interrogatório. Jonathan tinha estado em lugares parecidos o suficiente com aquele para saber que tinham materiais de tortura em algumas daquelas salas. Paus de arara, mangueiras de pressão fervente, açoites elétricos para partes nada convencionais do corpo. O Sistema tinha milênios de métodos agonizantes de interrogatório que eles não se importavam em reaproveitar, mesmo que de certo modo isso fosse reproduzir cultura pré-Expurgo.

Se fizessem algo com Evelina, ele...

Ela é muito importante para isso, lembrou a si mesmo, controlando a respiração descompassada. *Se recomponha. Se é que vão enfiar um rato na bunda de alguém aqui para conseguirem respostas, essa bunda vai ser a sua.*

Provavelmente por pura maldita sorte, contudo, nada saiu do protocolo.

As perguntas foram básicas, sobre o que tinham testemunhado na operação e o que estavam dispostos a revelar. O Sistema intimidava ligeiramente os interrogados com aquelas indagações, como se avisando que era melhor que se mantivessem de boca fechada ou da próxima vez não seriam tão civilizados nas perguntas. Nate e Jonathan foram sucintos e cooperativos, acostumados com o processo todo, e o soldado Siqueira pediu alguns minutos de paciência após terminar. Talvez precisassem conferir as respostas com as de Evelina e Evie, e ele rezou para que sua atrevida protegida tivesse contido a língua.

Por mais que imaginar Evelina dando uma coça verbal em cima daquele merdinha de coronel fosse puro entretenimento, ele preferia que fossem liberados rápido. Era perigoso que ficassem ali, restringidos, ainda mais com Savór de olho em tudo e todos como sempre. Era uma questão de tempo até que o magnata descobrisse que estavam ao seu alcance.

Então, após vários instantes de puro nervosismo inquieto e entediado, Nate discretamente enfiou a mão sob o casaco e apertou algo perto da gola da camisa.

— O que foi isso? — Jonathan franziu a testa, mantendo a voz baixa.

— Disruptor de áudio. — Ele mostrou um colar com um pequeno pingente redondo, fácil de passar despercebido na revista, e disfarçou o movimento ao esfregar a nuca como se estivesse cansado. — Aja normalmente. Agora podemos falar sem sermos ouvidos ou gravados.

Devia ser algo bem útil mesmo para um líder insurgente.

— Chique — projetou os lábios, dando o braço a torcer. — A câmara está no canto direito. Tente não falar com o ângulo muito aberto naquela direção. Ainda podem tentar ler lábios.

Nate se recostou na cadeira, assentindo.

— Assim que sairmos daqui, precisamos arranjar um jeito de voltar para o laboratório sem ficarmos sozinhos.

Porque virariam churrasco de bioandroide no espeto assim que se vissem sem testemunhas oculares ou companhia além deles mesmos.

— Posso pedir um veículo e uma escolta.

Sua variante negou com a cabeça, frustrado.

— E quando chegarmos à Mansão Marchald e os pais de Evelina receberem vocês na porta com seus primos dos quais não sabiam da existência? — grunhiu. — Sem chance. Não podemos envolvê-los nessa bagunça, também. As meninas arrancariam nossos couros.

— Acha que estão bem? — Jonathan expirou com força pela boca, preocupado, a perna boa sacudindo embaixo da mesa.

Esfregando os olhos, Nate só conseguiu menear a cabeça. Jonathan não sabia como ele tinha ficado tão controlado ao longo do tempo. Será que hiperatividade e ansiedade se curavam com uma boa e velha carranca?

— O emocional das duas está em frangalhos agora, mas fora isso ficarão bem. Algum dia.

Bom, o emocional dele estava em frangalhos também, mas pelo menos tinha mais estômago e experiência para a coisa, além de menos envolvimento sentimental. Evelina conhecia aquelas pessoas. Aquela comandante insurgente, Beatrice Leverr, executada como gado no abate, era sua amiga. A coisa toda fora muito mais pessoal para ela do que para ele. E Evie… tinha tentado avisá-los. Evie sabia que aquilo aconteceria, de algum jeito.

— Já tinha ocorrido antes, não é? — Jonathan indagou baixinho, uma bola de incômodo na garganta. — Todas aquelas mortes.

A versão do futuro dele passou as mãos pelos cabelos, atormentado. Então assentiu apenas uma vez, depois de longos e dolorosos segundos. Não adiantava mais esconder, supunha.

— Ela não tinha presenciado tudo pessoalmente da primeira vez, apenas visto a respeito na mídia — confessou, incomodado. — Foi…foi um baque muito grande para ela. Na *nossa* linha do tempo original, sem toda essa bagunça de interferência do futuro, aquela emboscada acontece apenas daqui a um mês. Com todos culpando a Insurreição pelo ataque na casa do dirigente, no entanto, acho… acho que aceleraram as coisas. Aconteceu do mesmo modo, no entanto, por isso Evie sabia que se tratava da mesma armadilha.

"O Sistema fingiu que enfraqueceu a segurança no Beco como uma isca para os insurgentes, e eles morderam. Dezenas de pessoas foram mortas, incluindo civis, mas eles consideraram uma vitória contra os rebeldes."

Era uma daquelas represálias caóticas. A intromissão dos elementos temporais estranhos tinha afetado a sequência premeditada dos eventos, e ele tinha a impressão de que aquilo poderia representar apenas o começo dos desastres.

Porra, estou começando a soar como Evelina.

— Foi o ataque, não foi? — A expressão dela durante o massacre piscou diante dos seus olhos, como Evelina quase tinha corrido para Beatrice no pior dos momentos, chorando com toda a dor de um coração desacreditado. O modo como algo parecia ter se quebrado nela. — O que a fez... fazer algo. Fazer *mesmo*.

— Se unir à Insurreição — confirmou Nate, suspirando. — Sim. Aquilo a marcou, e ela passou a participar ativamente da causa, não só como uma fornecedora ocasional de projetos.

Jonathan não a culpava. Fora terrível, mesmo para ele. Ela estava tremendo tanto em seus braços na hora que ele temera que Evelina deslocasse algum osso com a intensidade dos espasmos. Soluçando baixinho mesmo após ter se recuperado do choque inicial e tentando fechar os olhos para não presenciar aquelas pessoas caindo feito moscas, uma a uma, e ainda assim não conseguindo sair do transe da morte. Os insurgentes nunca tiveram uma mísera chance de escapar ou vencer aquela luta, e isso fora o pior de tudo.

Não.

Não, na verdade, precisar ficar parado e não fazer nada fora o pior de tudo.

No fundo, achava que a única coisa que tinha lhe impedido de se levantar e ir até lá distribuir alguns tiros também fora Evelina, chacoalhando e se desmontando em seus braços. O que muito provavelmente salvara sua vida, porque ele também teria sido abatido de imediato caso tivesse tentado interferir ou ajudar os rebeldes.

— Como *você* se uniu à Insurreição? — A pergunta que vinha borbulhando nos lábios de Jonathan praticamente pulou sozinha deles.

Evelina tinha amigos naquele massacre. Ela conhecia aqueles insurgentes, conhecia a comandante deles, tinha feito projetos para aquela base. Ela tivera um motivo pessoal para se indignar, para se juntar em definitivo à causa.

O pomo de Adão de Nate se moveu de forma hesitante.

— Achei que seria um pouco óbvio, nesse ponto da coisa.

— Bom, eu ainda não tive oito anos para absorver a genialidade de Evelina por osmose, então me perdoe se fui um pouco lento.

Sua versão mais velha riu um pouco, balançando a cabeça fracamente, para depois assumir um semblante mais sério.

— Na minha linha do tempo, quando eu finalmente descobri sobre o laboratório de Evie e sua mobilização ativa na Insurreição... — pausou, erguendo os olhos austeros para ele. — Eu já tinha me apaixonado por ela.

O estômago de Jonathan se embrulhou.

É, agora que ele tinha falado, até que estava um pouco óbvio sim.

Mas um tapa na cara ainda teria doído menos.

— Eu me uni a ela na causa porque queria protegê-la, porque nunca teria coragem de delatá-la ao Sistema — continuou, dando de ombros como se toda a coisa tivesse sido inevitável. Jonathan entendia bem a sensação. — Eu já estava bem insatisfeito com o governo, sempre estive. Principalmente depois de Ardósia-Ciano, aliás, mas quando Evie se revelou uma insurgente, eu já estava perdendo a batalha pelo que sinto por ela. Sabia que a seguiria para onde quer que fosse, depois daquilo.

Ele seguiria.

Era um idiota e um tolo impulsivo, mas porra se não seguiria.

Ele e Evelina tinham chegado à conclusão errada naquele debate bêbado de madrugada, afinal. Nate e Evie não terminavam se unindo por causa da Insurreição – *ele* terminava se unindo aos rebeldes por causa *dela* em vez disso.

— É verdade que a decisão foi muito mais fácil para mim do que para ela — concedeu Nate, meneando a cabeça. — Evelina só foi a gota d'água. O medo dela das consequências a impedia de tomar atitudes mais diretas antes, mas eu, você... *nós* vínhamos querendo fazer algo em relação à tirania do Sistema já há muito tempo, e você sabe disso — sorriu de modo amargo. — Evie foi apenas meu estopim para começar a lutar ativamente contra ele. E porra, foda-se. Nada vai acontecer do mesmo modo mesmo, vocês merecem saber.

Toda a coisa tinha começado como algo simples, Nate contou, provavelmente achando graça da tonalidade meio esverdeada do rosto de Jonathan. Eles não tinham se tornado líderes insurgentes logo de cara, é claro. Enquanto Evelina construía máquinas mais potentes e armas mais letais para a Insurreição, ele passava informações úteis aos rebeldes, sempre sendo discreto para que não o descobrissem, e depois de um tempo ficou noivo de Evelina – o que se revelou estupidamente útil, já que foi promovido pouco após isso apenas por ter uma relação tão próxima com a filha do Ministro Marchald, coisa que seus superiores queriam explorar. Nate então teve acesso a informações de alto escalão, um espião crucial para os rebeldes no coração da força militar do Sistema. A partir daí eles tinham mudado o rumo da Insurreição, conseguindo em um ano o que ninguém lá dentro tinha alcançado em uma década.

Os rebeldes estavam finalmente posando como uma verdadeira ameaça à hegemonia do Sistema.

Mas alguém os delatou de dentro. Delatou vários dos rebeldes infiltrados, fez com que muitos fossem capturados ou mortos. Um agente duplo, provavelmente, e a traição quase arruinou todo o progresso que tinham feito com muito esforço, paciência e cautela. A única coisa que salvou a Insurreição naquele ano foi Oscar. Oscar "Greenwich" Landon.

— O cientista que rastreou os bioandroides até aqui e conseguiu reproduzir a viagem no tempo a partir dos restos dos planos de Savór — lembrou Jonathan.

— Já que falamos nele, tenho que reforçar que precisam achá-lo nesse tempo, trazê-lo para o nosso lado de todo jeito. O cara é um gênio — admitiu Nate. — Gênio num nível mais teórico que o prático de Evelina, quero dizer. Costumávamos brincar que ele era o cérebro, ela era as mãos. Ele bolava, ela executava. Foi como construíram o acelerador de partículas e os braceletes que nos trouxeram até aqui.

— Me deixe adivinhar — zombou o Capitão, apontando para o aparelho no pulso do homônimo do futuro. — O nome desse treco é *Braceletem?*

Sua variante mais velha riu, balançando a cabeça.

— Quase, mas boa tentativa. — Arregaçou a manga com uma expressão travessa no rosto, dando duas batidinhas na superfície metálica. — *Paradoxem.*

Claro. Soava muito mais maneiro.

E bom, aquilo tudo ainda era um pouco pesado de absorver de uma só vez, mas Jonathan estava meio que ficando expert nessa porra. E cacete, aquelas revelações não eram nem a pior coisa que tinha acontecido com ele naquele dia. Se alguém criasse um programa de TV cujo entretenimento se baseasse numa competição de "coisas mais bizarras que já aconteceram comigo", Jonathan seria o campeão invicto em todas as temporadas.

Mas ter assimilado toda a situação não a tornava mais fácil em nada.

Sendo dolorosamente honesto, seu futuro e o que sentia por Evelina o assustavam. Não era a primeira vez que o pensamento cruzava sua mente. Jonathan sempre fora impulsivo, inconsequente, e isso provavelmente era parte do motivo que o fizera entrar na Insurreição – além de Evelina, é claro –, mas ainda era loucura.

Arriscando o cacete da sua vida por um rabo de saia, Nathan? Ele conseguia ouvir a voz de Luísa ralhando em sua cabeça. *Que porra está pensando?* A bronca hipotética quase o fez rir.

Ele odiava o que o Sistema representava, o que fazia. Já odiava há um bom tempo. Mas a decisão de lutar contra ele cobrava um preço.

Um preço *alto*.

Mais alto do que ele conseguiria pagar, talvez. Caralho, ele mal se reconhecia em Nate, às vezes. Aquele sujeito sério, autoritário, que assumia o controle e sabia como mantê-lo. Em parte era legal e descolado, mas sempre o lembrava de que as surras da vida tinham o deixado daquele jeito. Experiências que o haviam endurecido, desgastado. Coisas incluindo sua família, ele suspeitava, mas cujos detalhes realmente preferia não ter conhecimento.

Não sabia se aguentaria, no fim.

A família de Evelina continuava viva no futuro.

Será que podia dizer o mesmo da sua?

— Eu sei que é difícil, Jonathan. — Nate se inclinou para frente na mesa, as íris idênticas às dele faiscando com uma intensidade desconcertante. — Se me perguntar se me arrependi, porra, sim. De muitas coisas.

Jonathan engoliu em seco.

— Então por…

— Mas de *Evelina?* — continuou ele, sem mal parar para respirar. — De fazer o que eu acho certo? Não. Nunca. Os riscos nos deixam hesitantes toda vez, mas você vai descobrir que é muito mais difícil negar quem somos por dentro do que permitir que o medo nos impeça de agir.

Sua garganta parecia um deserto naquele ponto.

— Você viu o que acontece com quem enfrenta o Sistema, caralho — replicou, os ombros tensos. — Muito mais do que eu, na verdade. Aquelas pessoas foram *massacradas*.

— E você queria *lutar*, não queria? — instigou Nate, inflamado. — Eu vi como você e Evelina queriam fazer algo a respeito. Porra, vocês vêm fazendo algo a respeito há meses. Não finjam que se conformam com essa merda, porque seria mentira. — O punho dele atingiu a mesa com ênfase. — Seria *covardia*.

Talvez Jonathan precisasse de um copo d'água.

De dois ou três, provavelmente.

Ele queria sim ter feito algo durante o ataque ao Beco, quase fizera. Caralho, admitira isso para si mesmo minutos antes. Era apenas aterrorizante e fodido e insano, mas era o que teria feito. Se fosse apenas ele em risco, sem Evelina com quem se preocupar na hora, Jonathan teria perdido a batalha contra o sangue fervendo de revolta em suas veias. Ele teria tentado ajudar aqueles insurgentes, e não teria levado nem dois segundos para tomar a decisão. Inconsequente, impulsivo, sim, mas não covarde. Não insensível ou inerte.

Era quem ele era por dentro, afinal.

Jonathan ergueu os olhos para ele mesmo no futuro, o canto dos lábios se repuxando num sorriso fraco.

— Isso é tão irritante, sabia? — reclamou. — Você soa demais como Luísa pro meu gosto, às vezes.

O rosto de Nate se contorceu com tanta força que ele achou que sua versão mais velha distenderia uma bochecha.

— Eu realmente achei que Evie já tinha superado todo e qualquer insulto que alguém tentasse dirigir a mim, mas acho que estava errado.

Os dois riram.

A parede explodiu à direita deles.

Destroços de concreto voaram por todos os lados da sala, e Nate e Jonathan se jogaram no chão de imediato para se protegerem dos pedaços de rocha e cimento. O estrondo pareceu sacudir todo o andar, mas nenhum som lhe encheu de tanto terror quanto o emitido a seguir.

— *Alvo identificado, biometria correspondente.*

Não. *Não.*

Suas armas, todas... todas elas tinham sido apreendidas na revista. Estavam em algum lugar lá fora, inalcançáveis.

Quando a poeira baixou, o androide de visor verde-água ficou mais do que visível no buraco enorme que tinha feito na parede. Ele conseguia ver a rua traseira à base militar atrás da carcaça metálica, vazia. Nunca deviam ter ficado lá por tanto tempo.

Agora estavam mortos.

Pátria toda misericordiosa, *Evelina*... Evelina e Evie, se o vermelho também os tivesse seguido até ali...

— Jonathan Arantes: alvo identificado, biometria correspondente.

O androide avançou.

Jonathan fechou os olhos.

— Capturar.

O quê? Foi o que teve tempo de pensar, antes de algo lhe agarrar pelo colarinho e puxar com força.

Seus pés deixaram o chão.

A última coisa que viu foi Nate gritando e tentando alcançá-lo enquanto o bioandroide decolava e partia pela fissura enorme por onde entrara – levando-o junto enquanto Jonathan chutava e vociferava, mesmo sabendo que seria inútil.

XXI

Vocês não querem me fazer ligar para o meu pai

A parte de Evelina que nascera num berço de ouro queria fazer um belo de um barraco naquele momento.

Gritar agudo, chutar uma cadeira, tudo ao que uma garota rica estereotipada tinha direito.

Ah, ela hackearia cada conta e perfil e arquivo daquele coronel psicopata, acharia algo, *qualquer maldita coisa* que o fizesse ser exonerado do exército ou até mesmo preso. Ainda não sabia como tinha aguentado tanto tempo na presença dele sem gritar tudo que estava entalado em sua garganta.

Monstro.

Matador.

Marionete.

Era o que todos aqueles militares eram, bonecos de corda do Sistema. Não todos, mas uma grandíssima quantidade. Não Jonathan, por exemplo, mas ainda a esmagadora maioria.

Jonathan.

Evelina sabia que ele conseguia se virar naquele lugar – melhor que ela, provavelmente –, mas se preocupar foi inevitável. Aqueles protocolos eram ridículos e ela devia ter batido o pé para não deixar que os separassem. Seus privilégios como uma Marchald tinham que valer para alguma porcaria de coisa ali, droga.

— Mais um pouco e vou exigir a presença da minha advogada! — ela berrou próxima à porta, já que não conseguiam lhe ouvir pelas escutas espalhadas pelo cômodo.

Ninguém foi sanar seu piti, exatamente como das últimas três vezes em que gritara algo.

Evelina queria muito mesmo chutar uma cadeira.

Eles tinham problemas muito maiores em mãos, caramba. Savór podia estar a caminho naquele exato momento. Os bioandroides podiam estar apenas esperando na esquina. Como arranjariam um jeito de sair sem serem atacados? Estavam muito longe de qualquer um dos seus pontos de acesso, na base.

— Desgastar as solas dos seus sapatos não vai fazer eles se apiedarem do nosso caso — grunhiu Evie, depois que ela começou a andar de um lado para o outro na salinha de interrogatório pela quinta vez. As palavras não tinham sido ditas de um jeito maldoso ou debochado, no entanto; elas tinham superado a desavença idiota.

Havia um acordo silencioso entre as duas agora, que se estabelecera quando Evelina reforçara o aviso de Evie para que os insurgentes deixassem o Beco. Fora tarde demais, mas mesmo assim tinham tentado.

Com as mãos enfiadas no cabelo e os cotovelos apoiados na mesa na mesma pose miserável dos últimos minutos inteiros, sua versão mais velha estava tão acabada quanto Evelina estava furiosa. Ela tinha ligado um dispositivo em seu brinco assim que a tenente Juarez terminara o interrogatório, dispositivo esse que emitia uma frequência não-rastreável e atrapalhava a gravação de áudio das escutas, e estava mergulhada num silêncio agonizante e imóvel desde então.

Enquanto Evelina fazia escândalo, Evie só parecia se encolher mais e mais dentro de si mesma.

No fundo, ela achava que ficaria igual, caso deixasse a dor sobrepujar a raiva, então Evelina focava seus esforços nisso. Em culpar o mundo. Em gritar e espernear. Não estava adiantando muito, mas ainda era melhor do que reviver as lembranças da última hora e deixar aquilo a consumir.

Não vou perdoá-los, Bee. Não vou.

Ela nem sabia se perdoava a si mesma.

Por não fazer nada. Por não impedir. Por não ter tentado tirar aquelas *dezenas* de pessoas de lá com mais afinco quando Evie tentara avisá-las. Devia ter insistido mais. Feito Bee acreditar mais rápido nela.

Feito qualquer coisa.

Evelina abriu a boca para gritar outra ameaça inútil e preencher o tempo antes que aquele peso a afundasse, mas Evie foi mais rápida:

— Aquele foi o que chamaram de Banho de Sangue do Beco, sabia? — confessou de repente, a voz sombria ainda que embargada. — Foi o que fez com que você... fez com que *eu* me unisse à Insurreição na minha linha do tempo, a sucessão correta de fatos antes de Savór bagunçá-la.

Não quero saber, não quero saber, não quero saber...

— Você não devia me contar essas coisas — ela reclamou, irritada. — Sabe aquilo de não bagunçar o equilíbrio entre o tempo e o espaço nem chocar as realidades? Nada de deixar a linha do tempo fazer *bum?*

Evie soltou uma gargalhada alta e cínica.

— *Deixar a linha do tempo fazer bum?* — Ela balançou a cabeça. — Não percebe que isso não adianta mais nada? Mudamos tudo. Aquele massacre só devia ocorrer daqui a semanas, você devia ter mais tempo com Jonathan e devia...

Ela se interrompeu, desviando e fechando os olhos com força.

Evelina fumegou.

— O quê, Evie? — sibilou, amarga e raivosa. — O que eu *devia* ter feito? O que é que *devia* ter acontecido comigo? — Depois de um longo monólogo de nada, pressionou: — Anda! *Fala!*

— Nada, Evelina — replicou sua variante por fim, cansada. A voz nada mais que um sussurro. — Nada mesmo. Você não sou eu. Isso já está mais do que claro nesse ponto.

A ira no peito dela murchou e se encolheu, igualmente exausta.

— Não. Não sou.

E ainda assim uma parte dela entendia, agora.

O porquê de Evie entrar para a Insurreição como uma agente verdadeira, não apenas uma simpatizante enrustida. O porquê de se revoltar, de resolver se envolver mesmo arriscando tanto. Ela sentira o baque. Tinha presenciado em primeira mão o que apenas lia ou assistia em relatórios hackeados ao longo dos anos. Vira o massacre pessoalmente e o resultado a revoltara em níveis inadmissíveis, mas também a deixara mais assustada do que nunca.

No entanto, algo em sua resposta ou tom pareceu incendiar sua versão mais velha de súbito.

— Você pode dizer a si mesma que acha que está feliz agora e que não quer se tornar quem eu sou — acusou, o maxilar trincado. — Mas eu sei muito bem que isso não é verdade.

Evelina revirou os olhos, bufando.

— Eu estava muito feliz antes disso tudo...

— Você está confortável — sorriu a mulher, de um modo tão triste e ácido que conseguiu revirar suas entranhas. — Não está feliz, só... acostumada. Com o luxo, com o amor de papai e Baniwa, com seu círculo social satisfatório, seus projetos secretos. Você sabe que tem potencial para mais e também sabe que está fadada a não conseguir desenvolver esse potencial se permanecer onde está.

Evelina piscou inúmeras vezes, os cílios batendo em sua bochecha de um jeito irritante.

Ou talvez só a dolorosa honestidade crua contida naquelas palavras fosse a verdadeira coisa irritando-a. Ela era capaz, sim. De fazer uma verdadeira diferença. Mas o mundo sequer merecia seu esforço? Pessoas como Bee, as altruístas que colocavam tudo a perder por uma causa, que lutavam e persistiam... acabavam mortas.

Bee estava morta.

— E-Eu... eu sei, tudo bem? Sei disso — grunhiu, incomodada. — Mas não há sentido em me recriminar agora se...

— Sei que sabe. O que você ainda não sabe, ou melhor, não percebeu, é que sua vida é conveniente — suspirou Evie de volta, com uma expressão amarga. — Ela é conveniente e é *vazia*. Você quer mais, mas fazer mais te colocará numa posição comprometedora. Te privará de certas abastanças que vão te deixar um pouco perdida... instável. Você odeia instabilidade.

— Também odeio como você me conhece — resmungou baixo.

— Como você *se* conhece, quer dizer? — O canto dos lábios de Evie se repuxaram, desgostosos. — Você é inteligente, mas está presa à sua classe social e ao modo como te ensinaram a pensar. Acha que é mais esperta que as outras pessoas subjugadas pelo Sistema e pode até estar certa, mas está tão restrita dentro dele quanto elas. É uma garota mimada brincando de heroína sem realmente ir à luta, trocando socos de mentira quando podia estar derrubando todos os adversários num raio de quilômetros num piscar de olhos.

Evelina trincou os dentes.

Será que se ela socasse a própria boca sua versão do futuro sentiria a dor em algum momento? Ao menos a memória dela? Ou provavelmente só faria papel de tola para si mesma? Ela não queria ouvir aquilo. Não queria engolir mais discursos sobre a Insurreição e sobre os sacrifícios que ela exigia, como ela era medrosa ou egoísta.

Não queria perder mais nada, nem ninguém.

E só estava tão, tão cansada.

— Você entende, então, Evelina? A maioria não luta porque não consegue, ou porque não é o bastante — insistiu Evie. — Eu e Nate... Você e Jonathan. Somos diferentes. Você tem acesso a informações e recursos que ninguém mais tem, e ele é um militar condecorado infiltrado no coração do exército. A vantagem que podem oferecer alimentaria a influência, daria poder à revolução. Mudaria *tudo*.

É claro que sim. Ela tinha visto, sujeitara-se a isso com seus modelos otimizados cedidos à causa. Era graças e eles que a Insurreição tinha sido capaz de revidar as investidas do Sistema, que a causa se manteve resistindo por tempo o suficiente para espalhar uma faísca, para que o conhecimento de que havia gente se revoltando contra o punho de ferro ganhasse asas. O que antes não passava de uma goteira se tornara uma enchente.

Evelina podia fazer mais, é claro que podia... Mas não sem arriscar muito mais do que deveria, do que podia.

Seus pais. Sua vida. Tudo que conhecia e amava.

Ela se tornaria uma pária, uma procurada. Já era uma, considerando que Savór sabia quem se tornaria. Seu futuro estava arruinado. Já não era estrago o bastante para Evie?

— Não importa quanta influência temos, não conseguiremos derrubar o Sistema — retrucou, os lábios crispados e as mãos cerradas em punhos ao virar as costas à sua versão mais velha. — Não poderíamos, não dessa forma. É o que mantém as coisas girando, é como a sociedade funciona hoje em dia. Se tentássemos...

— O Sistema funcionava nas primeiras décadas após o Tratado, quando o mundo necessitava de ordem, organização, gestão firme. Depois disso, as pessoas só ficaram tão confortáveis em relação a ele quanto você — Evie rebateu de pronto, os olhos ardentes. — Ele não era mais adequado ou correto, mas era conveniente para a maioria que ficasse do jeito que estava. Mudanças sempre trarão medo antes de trazerem melhorias, e a humanidade se acostumou a esse preceito. — Balançou a cabeça com ênfase, a longa trança sacudindo em suas costas. — O Sistema se tornou falho. Corrupto, como qualquer humano. Mas para os poderosos ele ainda é vantajoso e é claro que querem que permaneça assim. Ao reprimir, oprimir e proibir, eles dizem que estão protegendo, corrigindo, salvando. Dizem que estão mantendo a paz, mas só estão se mantendo no controle.

— Mas não é justo, não... não é tudo mentira ou manipulação — insistiu Evelina, o peito apertado. Evie estava certa, mas também estava errada. — Diferenças causam conflitos. Desobediência causa discórdia. Quando a Nação-Mãe ainda era dividida, as pessoas se envolviam em guerras, matavam pelas coisas mais tolas. Território, recursos, etnias, orientações sexuais, religiões...

— Liberdade de expressão, tirania governamental, censura midiática e informativa — completou Evie, incisiva. — Uma coisa não justifica a outra. Bee também foi morta por um motivo tolo, todas aquelas pessoas foram. Diga como *isso* é justo.

Os ombros de Evelina se retesaram, sua convicção vacilou.

Golpe baixo.

Sua versão do futuro achava que ia convencê-la com algumas alfinetadas emocionais? Tudo que estava fazendo era piorar a confusão na mente e no coração de Evelina.

As mãos da mulher estremeceram de leve, como se ela estivesse se contendo para não se levantar e sacudi-la pelos ombros. Como isso não era tão recomendável, limitou-se a um suspiro exasperado.

— Por que causar conflito para *evitar* diferenças é melhor do que entrar em conflito *por causa* dessas mesmas diferenças? — instigou ao se erguer da cadeira, os olhos faiscando. — Por que usar violência para alcançar paz?

As pálpebras de Evelina se cerraram, zombeteiras.

— Isso soa terrivelmente ingênuo.

— Mas também soa verdadeiro, não soa? — pressionou, as bochechas corando com o discurso inflamado. — Soa *incômodo*. Soa incoerente, mas não será a primeira nem a última vez que pessoas ignoram absurdos em prol da ignorância. É um ciclo vicioso da humanidade. Não levantar a voz para exigir transformação é o esperado — ela ergueu o queixo, os ombros subindo e descendo com a respiração rápida —, mas eu e você, Evelina, nunca fomos de agir como esperavam de nós.

A jovem soltou uma risada fraca, erguendo a mira para encarar as próprias íris, ardentes e determinadas. *Não. Não fomos.* No fundo, ela reconhecia aquela rebeldia. Aquela *insurgência* que nunca deixara queimar em si mesma, mas que arranjara um jeito de faiscar e incendiar *nela*.

Mas teria Evelina o necessário daquele fogo em seu interior? Seriam oito anos o bastante para lhe dar coragem e altruísmo suficiente? Ela entendia os motivos. Entendia mesmo, mas... duvidava se era sequer possível, e ali inegavelmente residia o maior problema.

— Você não compreende, não é? — sua voz vacilou. — A mudança pra você foi gradual. Você decidiu agir ativamente na Insurreição e subir no escalão rebelde ao longo do tempo foi automático. Natural.

— Levou quase uma década, Evelina — rebateu ela. — Você não se tornará uma líder insurgente semana que vem.

— Mas eu sei que devo me tornar uma líder insurgente em quase uma década de todo modo e isso não torna nada melhor! — Seus olhos se encheram de lágrimas involuntárias. — Eu estou *aterrorizada* e você só... Só *fica aí* tentando me dar lições de moral com frases de efeito dramáticas e...

— Olha, eu compreendo mais do que imagina, tudo bem? — Sua variante mais velha engoliu em seco, os nós dos dedos brancos sobre a mesa ao se inclinar na direção dela. — Também sinto medo. O tempo todo. Somos humanas, e se espera que...

Um estrondo seguido de uma chuva de concreto derrubou as duas no chão aos gritos no segundo seguinte.

A poeira invadiu os olhos de Evelina, e ela piscou as íris marejadas com força para tentar enxergar.

Tudo que conseguia discernir era um ponto vermelho reluzindo alto no canto da sala.

— Alvo identificado, biometria correspondente.

Seu coração parou.

Não.

Não é possível que vamos morrer assim.

Seu foco encontrou o de Evie, caída de lado próxima à mesa em meio aos destroços, e foi verdadeiramente como olhar no espelho, por mais morbidamente irônico que a sentença soasse. O mesmo horror resignado em seu rosto contorcia as feições da sua versão mais velha. Ninguém no prédio conseguiria alcançá-las ou mesmo salvá-las antes daquela coisa atirar. Não podiam nem se defender. Estavam completamente desarmadas.

Nunca deviam ter ficado tanto tempo sozinhas ali, numa parte tão exposta do edifício.

— Evelina Marchald, alvo identificado, biometria correspondente — o bioandroide vermelho voltou a repetir, avançando com passos pesados após ter aberto um rombo na parede. Elas não estavam no último andar? — Capturar.

Hã? Ela piscou, confusa por um mísero instante. *Capturar, não exterminar?*

A confusão não durou muito, porque o autômato não sacou as armas. Ele apenas marchou até Evie e a agarrou pelos pulsos, a erguendo com violência do chão e envolvendo seu corpo num abraço brutal.

— *Evie!* — Evelina saltou de pé e disparou na direção do robô, mas os motores de propulsão nos pés metálicos já tinham sido ativados.

Ele se ergueu no ar, disparando, e sua versão do futuro gritou ao chutar e se contorcer, tentando se libertar de qualquer jeito, os olhos cheios de pavor.

Não foi o suficiente.

Tudo que Evelina conseguiu fazer foi observar, em pânico, enquanto o bioandroide voava para fora da sala detonada pelo buraco que ele mesmo abrira na parede e carregava Evie para longe junto.

Um chiado agudo ecoava em seus ouvidos. Não mostrava sinais de que iria parar tão cedo. Evelina não sabia o que fazer, o que pensar, como voltar a si.

Evie.

Evie.

— Senhorita Marchald! — A porta da sala de interrogatório se abriu com um estampido violento, uma dezena de soldados armados entrando com expressões alarmadas. — Você está bem? Se feriu?

Isso só pode ser brincadeira.

Tudo nela se condensou, solidificou e rachou.

Só pode ser brincadeira.

Evelina explodiu.

— Se eu estou *bem?!* — berrou, os olhos cheios de lágrimas de raiva e desespero. — Olhe o estado dessa sala! Aquela coisa *atravessou o concreto!* Ele levou minha amiga embora voando e você está me perguntando *SE ESTOU BEM?!*

O homem a encarou, estupefato, ajeitando a arma no coldre enquanto alguns outros oficiais inspecionavam a fissura na parede e gritavam ordens. Tudo soava como ruído de fundo em seus ouvidos, irritante e descartável.

Não acredito nisso. Simplesmente não...

— Já estamos investigando os ataques, senhorita, não se preocupe — o soldado tentou tranquilizá-la. — Estamos fazendo todo o possível para...

— Onde estava todo o possível de vocês *quinze minutos atrás,* quando eu estava gritando para que nos liberassem mais rápido?! — vociferou, a voz várias oitavas mais alta que o normal. Seu indicador perfurava o peito coberto pelo uniforme do sujeito a cada sílaba furiosa. — Que tipo de *incompetência* é essa, que sistema de segurança *ridículo* é esse?!

Era um bioandroide do futuro, poucos sistemas de segurança conseguiriam fazer algo contra ele, mas Evelina não ligava. Elas estavam desarmadas por culpa daqueles idiotas. Tinham sido apreendidos como criminosos depois de precisarem assistir a um fuzilamento pessoalmente, e tinham ficado tanto tempo em perigo também por causa daqueles idiotas.

Ela estava acumulando medo e raiva e frustração e descrença há horas. Se aquele infeliz tinha sido o azarado a receber os primeiros estilhaços da explosão, então que fosse. Não dava a mínima.

Evie tinha sido levada. Apenas ela, por algum motivo.

O que diria a Nate? A Jonathan?

Pátria Toda Poderosa, Jonathan.

Nate.

Os ataques. O soldado dissera os *ataques*, não dissera?

Plural.

— Onde estão meus amigos? — ela sibilou para o homem, a face retesada com a cólera e os dedos se fincando no antebraço dele.

O soldado trocou o peso de um pé para o outro, nervoso. Com certeza sabia quem ela era, ou já teria tentado fazê-la largá-lo, mas não tinha coragem o suficiente para enfrentar seu sobrenome.

Uma sensação oca estava se formando nas entranhas de Evelina, expandindo e recuando de modo incômodo. Voltou a insistir, com um pressentimento terrível tomando forma junto daquela sensação.

— *Onde* eles estão?!

— Tivemos outro ataque simultâneo a esse, senhorita — ele engoliu em seco, a expressão dividida entre a pena e a hesitação. — Invasão de perímetro e sequestro, mesmo método.

O cérebro dela se encheu de luzes de alarme.

Não.

— Quem eles…

— O Capitão Arantes também foi levado — confessou, solidário, quando Evelina empalideceu e respirar de repente se mostrou difícil. — Eu sinto muito, senhorita Marchald. Vamos encontrá-los, já estamos...

Ela parou de ouvir.

Seus pulmões pareciam ter esquecido como filtrar oxigênio. Seu olhar se perdeu num ponto irrelevante da parede, vazio.

Jonathan. Tinham levado Jonathan.

Isso nem ao menos fazia sentido. Se tinham capturado Evie, o lógico teria sido ir atrás de Nate também. Por que levar uma versão do futuro e uma do presente? Teria sido alguma confusão no sequestro ou qualquer uma das versões teria servido? Mas o que era ainda mais ilógico era o fato de que tinham *capturado* os dois, não os matado na hora. E pior, isso não significava que seriam poupados. Ambos poderiam já estar mortos.

Jonathan poderia já estar morto.

Ela… ela não…

Respire, Evelina, ouviu Colbie ordenando em sua mente, firme e inabalável. *Respire. Pense.*

Pensar, ela precisava pensar. A única pessoa que tinha algum tipo de controle sobre aqueles bioandroides era Savór, então... Ele precisava ter alterado algo na matriz de comando deles. A versão do futuro daquele desgraçado tinha programado os autômatos para matá-los, mas a versão do presente devia ter algo diferente em mente. Era a única resposta plausível.

E, se ele tinha algo em mente, ela precisava descobrir o que era.

Precisava fazer isso imediatamente.

— ... Marchald? — percebeu que o homem estava tentando falar com ela ao recuperar o discernimento. — A senhorita está...

— Saia da droga do meu caminho. — Ela o empurrou de lado e marchou porta afora, forçando-se a afiar sua concentração em algo duro, pontudo, impenetrável.

Ela queria muito mesmo chorar e perder a cabeça, continuar a gritar e descontar em alguém, mas podia fazer isso depois de encontrar Jonathan e Evie. O resto teria que esperar.

Aquele coronel maldito estava logo à direita no corredor, aparentemente registrando um relatório com a soldada que as tinha interrogado, Juarez, rodeado por outros funcionários da base e oficiais inquietos. Todos conversavam ao correrem de um lado para o outro, confusos e frenéticos, sobre o ataque dos mesmos robôs que pareciam ter atacado a residência do dirigente. Mais do que nunca se tornou vital que encontrasse Nate e os dois saíssem logo dali antes que os arrastassem para outro interrogatório inútil.

A visão dela se tingiu de vermelho, e Evelina o abordou logo com um empurrão brusco no ombro.

— Onde ele *está?!* — rosnou ao mesmo tempo em que ele estreitava os olhos, encarando o ponto onde ela empurrara com uma expressão de desgosto. — Onde está meu amigo, o primo do Capitão Arantes?

O coronel voltou a mira fria para ela, inabalado. Juarez tinha os olhos arregalados ao lado deles, e o corredor de repente estava tão barulhento quanto um funeral. Todo tipo de som parecia ter se extinguido num raio de cinquenta metros diante da tensão se acumulando entre Evelina e o superior militar.

— Senhorita Marchald, controle-se — ele murmurou, num aviso baixo e cadenciado. — Ou precisaremos tomar medidas conten...

— Deixe-me esclarecer quais medidas *eu* tomarei se ousar me dar mais alguma ordem nesse tom. — A voz dela equiparou à temperatura gélida no tom do coronel sem esforço algum. A ira alimentava toda sílaba deixando seus lábios arreganhados. — Sou capaz de destrinchar todo o seu histórico com uma mera pulsotela nas mãos. Cada podre, cada registro, cada infração e cada frase que proferiu em toda a sua vida medíocre. E acredite, não vou hesitar em fazer meu pai te enfiar num deserto ou numa área em quarentena radioativa assim que encontrar algo recriminador o suficiente.

Os olhos cinzentos do homem faiscaram em surpresa, subitamente queimando numa raiva contida. Não estava esperando isso dela, percebeu.

Evelina abriu um sorriso maldoso, apenas um repuxar de lábios debochado.

— Não faz nem uma hora que te presenciei comandar um ataque que matou no mínimo dezenas de inocentes pegos no fogo cruzado. — As palavras saíram acusatórias, inclementes. — Isso já é motivo o suficiente para te enfiar numa prisão pelo resto da vida caso a informação seja exposta do modo certo, mas tenho certeza de que consigo encontrar outras coisinhas no seu arquivo. Se eu fosse você, me contentaria com a simples exoneração e humilhação pública que estou oferecendo. Qual você prefere, coronel?

O homem trincou os dentes, o foco correndo desenfreado pelas testemunhas os rodeando em silêncio sepulcral, fôlegos presos e olhos arregalados.

— Escute aqui, senhorita…

— Marchald. — Ela sorriu abertamente daquela vez ao completar, pontual. — Senhorita *Marchald*. E acho que quem precisa escutar é você. Não ouviu nada do que eu disse?

Puxando uma inspiração trêmula, o coronel a escrutinou com a mandíbula retesada por longos segundos. Ela se manteve imóvel, a expressão dura e implacável.

Encare o quanto quiser, imbecil. Não estou blefando.

O homem desviou os olhos, por fim, a cabeça girando discretamente para o lado em derrota. Evelina jurou ter visto Juarez apertando os lábios para não rir ao lado dele. Ela não esperou que o militar tentasse ditar as regras outra vez:

— *Onde* ele está? — repetiu, devagar e ameaçadora.

— Ele foi contido após apresentar comportamento violento e agredir alguns dos meus agentes — grunhiu o homem, cheio de repulsa. — Estamos checando seus dados no sistema. Ele não parece ser quem diz ser.

— Ele não é. — Ela ergueu uma sobrancelha indolente. — Mas vocês vão deixar isso de lado e liberá-lo.

O rosto do coronel se avermelhou, veias saltando em sua testa.

— Isso absolutamente não…

— Eu disse que vão *deixar isso de lado e liberá-lo* — interrompeu ao murmurar baixo, inflexível, as feições sérias e irritadas. — Vai devolver nossas coisas, nos deixar ir e nunca mais precisará lidar conosco de novo — sorriu, dissimulada. — Temos um combinado?

Ele soltou uma expiração trêmula, parecendo muito inclinado a esbofeteá-la, mas apenas assentiu e acenou com a cabeça para Juarez depois de controlar o temperamento com visível custo. A mulher pediu para que Evelina a seguisse, mas quando seus pés começaram a guiá-la corredor adiante, o coronel aproximou o rosto do seu e sibilou baixo, apenas para que seus ouvidos escutassem:

— Reze para que eu nunca a encontre sozinha e desarmada de novo, senhorita Marchald.

Os ombros de Evelina se retesaram, e ela voltou toda a raiva em seu semblante para aqueles olhos cinzentos e injetados.

— Se acha que vai sobreviver por tempo o bastante para cogitar me encontrar de novo, coronel, tenho a impressão de que quem precisa começar a rezar é você.

Ele recuou, dúvida lampejando em seu rosto por um mísero segundo, e a satisfação se assentou no âmago de Evelina com um triunfo vingado. Estava blefando daquela vez, pelo menos, mas ver a hesitação no rosto daquele monstro foi bastante recompensador.

Talvez agora ela estivesse começando a compreender porque Evie andava com blasters nos coldres por aí o tempo todo.

Fazer inimigos não era recomendável, mas permanecer indefesa seria inadmissível.

Evelina estava torcendo para que o próximo a subestimá-la fosse Savór.

Tinha várias contas a acertar com o desgraçado.

XXII

Eu esperava mais sorrisos diabólicos e risadas malignas, mas a situação ainda está bem feia pro nosso lado

Jonathan tinha tantos hematomas pelo tronco e braços quando o androide o largou no topo de um prédio numa área quase deserta da zona industrial que estava difícil respirar sem que algo doesse.

Ele tentou lutar – de forma inútil, porque o autômato era muito mais forte e também porque o máximo que teria conseguido seria fazer aquela coisa deixá-lo cair centenas de metros abaixo no chão. Terminar com órgãos e ossos indiscerníveis numa mancha de asfalto não era um jeito bacana de ir, mas ainda parecia melhor do que estar ali.

Ele ia morrer de todo jeito mesmo. Tinha certeza disso.

Principalmente quando dois homens pesadamente armados surgiram no terraço onde o bioandroide pousara, a larga estrutura de metal e concreto não parecendo nada mais do que um edifício cinzento e desgastado como a maioria dos outros ao redor. Embora usassem uniformes bem revestidos como os dos militares, pareciam mais mercenários que agentes, sem emblema ou símbolo nas roupas, como oficiais particulares de segurança.

Rumando para uma porta lateral num cubículo elevado que provavelmente levaria aos andares inferiores do prédio, Jonathan sabia que não havia muito o que fazer além de colaborar e seguir os homens lugar adentro e elevador abaixo. Tinham lhe dado um analgésico na base militar para a dor na perna, mas ainda estava mancando de leve. Para sua surpresa, o androide chegou a entrar com eles, fazendo os três se apertarem na parte de trás, carcereiros ladeando prisioneiro numa quietude sugestiva.

Isso não significando que Jonathan tinha permanecido em silêncio, é claro.

— Decoração meio caída, né? — comentou num grunhido, não se mostrando impressionado com a caixa metálica enferrujada que rangia a cada metro que desciam. — Era de se imaginar que o dono de um conglomerado como a Savór fosse menos muquirana na hora de contratar arquite…

O guarda ao seu lado tinha já enfiado a coronha da arma com força em sua barriga antes mesmo dele finalizar a palavra.

— Cale a boca, moleque.

A dor repentina o fez se curvar com um gemido arquejado.

— Moleque? — Jonathan não resistiu à vontade de provocar, mesmo sem fôlego após o golpe em seus ossos já moídos graças ao esforço gasto com o bioandroide. — Você deve ser só três ou quatro anos mais velho que eu, babaca.

O homem ergueu a arma de novo, os olhos faiscando, e o Capitão já tinha se preparado para a investida quando o segundo guarda impediu o colega, resmungando:

— Pare. Sabe como o chefe gosta de usar outros métodos antes.

Ah, os famigerados outros métodos. Animador.

O soldado que atingiu Jonathan bufou, revirando os olhos, mas voltou à posição original demonstrando irritação. O idiota tinha um cavanhaque cafona e uma boa dose de músculos, se candidatando com eficiência à posição de mais estúpido e agressivo da dupla. O outro tinha cabelo raspado, pele oliva e olhos verdes frios, e não lhe deu muito mais do que dois olhares breves de desdém.

Pelo menos tinham confirmado – ou melhor, não negado – que o desgraçado por trás daquele sequestro era Savór. Ele ainda não tinha ideia do porquê tinham levado apenas ele e não Nate, mas a impressão de que não gostaria da resposta àquela dúvida estava começando a cutucar seu subconsciente. Tinha achado que o bioandroide o largaria ali e imediatamente voltaria para tentar capturar sua versão mais velha também, mas o cabeça de lata estava bem à sua frente, imóvel feito uma estátua de gelo enquanto o elevador descia até o sétimo andar de forma enlouquecedoramente lenta. Tão próxima daquele jeito, a carcaça de metal escuro e reluzente era uns bons quinze centímetros mais alta que Jonathan, e ele não teve dúvidas de que os braços maciços do autômato o teriam quebrado ao meio em segundos caso quisesse durante a ida até ali. Eles não tinham nem algemado suas mãos, já que o bioandroide provavelmente o impediria de fazer qualquer coisa antes mesmo de cogitar tentar.

O que significava que lhe queriam vivo, por enquanto.

E ele honestamente não sabia dizer se isso era algo bom ou ruim.

Quando as portas se abriram, contudo, o grupo pareceu ter adentrado um prédio inteiramente diferente. Paredes de mármore creme imaculado e vasos de orquídeas acima de suportes em forma de pilar ladeavam um grande corredor trincando de tão limpo, nada como o térreo sujo e empoeirado ou o elevador centenário. A paisagem de propaganda de alvejante – o lugar cheirava mesmo a eucalipto, porra – o sobressaltou o suficiente para que Jonathan precisasse ser empurrado para fora do elevador e pelo hall largo de entrada. Telas holográficas em azul-turquesa milimetricamente alinhadas flutuavam acima das superfícies de algumas paredes, mostrando estatísticas que ele não reconhecia, noticiários ao vivo de todos os Comandos e até gráficos financeiros.

O edifício feio por fora era obviamente algum tipo de disfarce para todo o luxo lá dentro. Aquela devia ser a batcaverna de Savór, então. Era mais inteligente e seguro do que fazer um centro de pesquisas na sede da empresa, ele tinha de admitir. Pouquíssimas pessoas deviam ter acesso àquele local, ainda mais considerando os boatos de que o magnata era paranoico. Obcecado com segurança e privacidade muito além do aceitável, o que alimentava rumores de que ele trabalhava sozinho e boa parte dos seus modelos mais famosos tinham sido projetados apenas por Savór. Esse tipo de coisa só aumentava a fama de gênio incompreendido e bem-sucedido dele.

Jonathan só voltou a si e recuperou o foco no presente quando pararam em frente a uma porta e ela deslizou para o lado sem emitir som, de tão absorto nos devaneios.

— Ainda me acha um muquirana quando se trata de contratar arquitetos, Capitão Arantes?

O homem no centro da antecâmara fez cada músculo no corpo dele se retesar.

A mulher ao lado do homem fez todos aqueles músculos quase derreterem de alívio no mesmo instante.

— Jonathan!

Evie correu para ele, ele avançou para ela, e surpreendentemente ninguém os impediu. Jonathan a abraçou com força, absurdamente feliz de vê-la bem e vê-la ali – até lembrar de que nenhum dos dois estava exatamente bem. Ele estava cheio de roxos, e ela tinha alguns cortes na bochecha, lábio inferior e testa. Fora isso parecia ilesa, mas não anulava o fato de que as chances de saírem dali vivos eram algumas unidades negativas abaixo de zero.

A versão mais velha da sua protegida parecia bem mais composta que ele diante dessas probabilidades, os olhos castanhos escrutinando sua expressão de forma angustiada, porém controlada.

— Nate? — Foi a primeira coisa que deixou os lábios dela, num sussurro trêmulo.

Ele deu de ombros, impotente.

— Ele ficou na base, seguro, que eu saiba — tentou tranquilizar. — Fui o único raptado.

Não era de tanta ajuda assim, porque se Jonathan morresse ali Nate nunca nem chegaria a existir, mas... não era exatamente recomendável ficar destrinchando a iminência cada vez mais próxima daquela possibilidade naquele momento. Em vez de focar nisso, perguntou de volta:

— E Evelina? Ela...

— A variante do presente da senhorita e a variante do futuro do Capitão não foram... trazidos — Ulrias Savór enfatizou o termo amenizador, e Jonathan bufou baixo. — Tenho certeza de que eles se juntarão a nós em breve, contudo.

Seu peito pareceu ser esmagado por um rolo compressor.

— Você quer nos fazer de isca? — Evie riu de forma cínica, descrente.

Savór permanecia parado próximo à porta traseira da antecâmara, oposta àquela pela qual eles tinham entrado, vestido num tipo de uniforme exclusivo também, exceto que nele o símbolo do Sistema estava orgulhosamente bordado na parte direita do peito. Parecia um tipo de vestuário para trabalho menos formal e mais confortável. Jonathan estava tão acostumado a vê-lo de terno nas pulsopropagandas que foi estranho presenciar sua versão mais casual, perceber que ele parecia apenas um sujeito comum de cabelo desalinhado e os olhos escuros curiosos como qualquer outro.

Apenas quando o bioandroide de visor verde-água que vinha acompanhando o grupo se juntou ao colega no canto do cômodo foi que Jonathan percebeu que o vermelho também estava ali. Também foi o bastante para lembrá-lo de que estavam lidando com o homem mais poderoso do mundo, não com algum tipo de quarentão que fazia bicos como mecânico de luxo no maior conglomerado tecnológico no planeta.

O desgraçado devia ter encontrado um jeito de fazer os autômatos obedecerem suas ordens, não as da sua versão do futuro, é claro. Todo um plano previamente orquestrado parecia estar sendo colocado em prática, e saber que seriam usados contra Evelina e Nate de algum modo conseguia ser pior do que simplesmente morrer logo.

A versão futurista da garota gênio continuava cética, sem se abalar pela falta de resposta.

— Não pode ser tão previsível, nem pode achar que eles cairão por essa idiotice.

— Eu não gosto de ser insultado, minha jovem. — O rosto marcado por rugas suaves se franziu de leve. — Portanto, vou esclarecer exatamente o quão previsível *vocês* também são. A senhorita Marchald será informada em breve de que, se ela e a variante do Capitão não aparecerem desarmados e sozinhos no endereço que eu ordenar em uma hora, você será morta.

Evie comprimiu os lábios, erguendo a cabeça num gesto desafiador, mesmo que Jonathan tenha visto seu queixo tremer de leve.

Savór se voltou para ele, impassível.

— Se eles demorarem mais do que duas horas, o Capitão Arantes será morto — continuou, pragmático, como se estivesse citando itens na porra de uma lista semanal de compras. — Uma hora após isso, o próximo será o padrasto dela, e depois, a Major Arantes. Uma hora mais tarde... Bom, acho que vocês compreenderam o raciocínio.

A garganta de Jonathan estava tão seca que sua voz saiu rouca quando tomou coragem para indagar:

— Por que não nos matar de uma vez?

Porque Savór poderia, se quisesse. Aqueles bioandroides poderiam ter acabado com a raça dos quatro, mas ainda assim, ali estavam.

— Porque seria um desperdício — o maldito respondeu de forma tranquila, o rosto contraído numa expressão que dizia *"não é óbvio?"*. — Todos vocês são criaturas sãs e racionais, não são? Capazes de pensar e tomar decisões calculadas? Conseguimos sentar e conversar antes de tomar medidas drásticas, não acha? Matá-los é um último recurso, sim, mas ainda é uma barbárie.

O punho de Jonathan estava coçando tanto para se moldar no nariz de Savór que ele estava prestes a começar a dançar no lugar de tanta adrenalina acumulada.

Evie tinha as feições contorcidas em desprezo.

— Está dizendo que tudo que quer é *sentar e conversar*, então?

— É sempre meu primeiro mecanismo, minha cara.

— Você é um hipócrita mentiroso e sem es...

Mais rápido do que qualquer um deles conseguiria prever, Savór ergueu a manga do uniforme e a pulsotela dele atirou uma rajada de calor na perna já ferida do Capitão.

Ele gritou.

Arquejando alto com a dor, Jonathan tombou para frente e foi imediatamente amparado por Evie antes que caísse com tudo no chão, a mão pressionando o rombo fumegante que o disparo tinha feito em sua calça e perna. O que antes não passava de uma câimbra irritante agora parecia um atiçador em brasa atravessando seu joelho.

— Filho de uma puta — sibilou baixo, os olhos apertados para tentar conter a náusea embrulhando seu estômago graças à agonia. — Estou vendo mesmo, seu forte é *super* sentar e conversar, parceiro.

— Não precisava ter feito isso! — gritou Evie, ainda tentando mantê-lo erguido.

— Eu conversei a respeito de não gostar de ser insultado, e a senhorita ignorou. — Savór inclinou a cabeça, entediado. — Se é que não perceberam, estou tentando deixar um ponto claro, aqui.

Sobre como algumas sessões ao psiquiatra teriam resolvido todos os nossos problemas se ao menos você tivesse se tratado uma década mais cedo, vagabundo?, Jonathan quase cuspiu.

Mas ele não queria levar outro tiro, então ficou quieto.

— Sou um homem razoável, mas não exatamente paciente — esclareceu o sociopata de merda, como se não tivesse ficado claro. — Quando digo que não gosto de algo ou que farei esse algo, é melhor que me levem a sério. É desagradável recorrer a métodos violentos, mas não tenho nenhum problema em fazê-lo, e vocês estão irrefutavelmente vulneráveis.

Com quem esse cara acha que está falando, um júri de almofadinhas? Por acaso vamos tomar chá enquanto esse idiota recita o dicionário inteiro?

A perna de Jonathan estava doendo horrores. Sua mente já fazia piadinhas nas horas erradas no geral, mas agora ele realmente estava precisando se conter para não soltar algo zombeteiro e ter outra parte do corpo atingida por um projétil.

— Como prova da minha disposição a manter os ânimos calmos, encerrarei essa bravata inconveniente aqui e deixarei as coisas explícitas. — Uma pausa proposital, a expressão paciente como a de um professor da pré-escola que precisa falar devagar para ser compreendido. Babaca. — A variante da senhorita Marchald me irrita, o Capitão Arantes sofre as consequências. O Capitão Arantes me provoca, a variante da senhorita Marchald é punida. É uma matemática simples...

— Já entendemos — a dita variante da senhorita Marchald rosnou entredentes, os nós dos dedos tensos ao redor do tronco de Jonathan mesmo enquanto o segurava.

É, ele tinha entendido que precisava mesmo manter a boca fechada. Soltar algo zombeteiro e fazer *Evie* ter uma parte do corpo atingida por um projétil era mil vezes pior.

— Vamos ver se entenderam mesmo. Me sigam, por gentileza. — Ele gesticulou para a porta atrás de si e ela se abriu no mesmo instante, revelando uma enorme estrutura que se estendia por centenas de metros edifício acima e abaixo. — Cavalheiros, auxiliem o Capitão, por gentileza.

Cavanhaque e Olhos Verdes o agarraram um em cada braço com muito mais brusquidão que o necessário, e Jonathan lançou um semblante de advertência a Evie quando ela arreganhou os dentes e abriu a boca – com certeza para insultar alguém de novo – ao vê-lo sendo praticamente arrastado caminho à frente.

Não me faça levar outro tiro, caralho, seus olhos berravam.

Fuzilando a nuca dos agentes de Savór em silêncio, Evie apenas assentiu e os seguiu quieta, pela graça e glória da Nação-Mãe. Os autômatos vieram logo atrás, tão silenciosos quanto babás ciborgues mudas e letais. Era um pouco constrangedor – e muito além de doloroso – ser carregado feito um saco de batatas por aqueles idiotas, então Jonathan tentou mancar com o máximo de dignidade possível enquanto avançavam pela imensa área que compunha a estação de trabalho de Ulrias Savór.

E cacete.

Ele tinha achado que seria difícil desbancar Evelina, mas aquele lugar deixava o laboratório dela no chinelo sem nem suar. Pelo menos cinco andares do edifício eram ocupados por protótipos de naves, montadoras industriais, seções de estoque e armazenamento, bancadas de montagem automática e telas holográficas sobre extensos painéis de controle avançados, tudo ligado por elevadores abertos funcionando por meio de planoplataformas ou suportes de flutuação.

Era o auge da evolução tecnológica da Nação-Mãe condensada num raio de quilômetro, e foi difícil esconder o assombro ou a admiração.

Até o distraiu da dor por tipo, dois segundos e meio.

A extensa planoplataforma, obviamente feita para transporte de materiais muito mais largos e pesados do que eles, desceu com suavidade e rapidez até o primeiro piso da estação, onde a maioria dos projetos terrestres parecia se concentrar. Passaram por alguns veículos montados pela metade, motores caindo aos pedaços e processadores de energia de última geração, e Jonathan quase tropeçou numa seção de fios mal posicionada. A bagunça e situação era tão similar ao quarto e laboratório de Evelina que o seu peito começou a doer junto com a perna.

Uma parte grande dele queria que ela fosse mais esperta que Savór e não mordesse a isca. Que tentasse pensar com a lógica e não com as emoções, mas ele nunca poderia culpá-la caso a garota gênio fizesse exatamente o contrário. Se a situação fosse oposta, ele mal teria esperado o rombo na parede da cela da base esfriar; correria para fora para tentar roubar um pod ou similar que lhe permitisse seguir o bioandroide, iria atrás dela e de Nate sem nem piscar. Era o que faria por Evie também. Se fosse a vida dela contra a dele na balança, Jonathan não relutaria em se sacrificar.

E Evie provavelmente o odiaria por isso, porque consequentemente ele estaria matando o marido dela. Será que ao menos fazia sentido se sacrificar por alguém do futuro? Sendo racional, faria mais sentido que a sacrificada fosse ela, porque Evelina ainda teria a chance de viver e se tornar a variante, mas…

Isso ainda seria uma merda, uma bem grande. Jonathan não queria que nem ele nem ela precisassem ser sacrificados. Não queria assistir uma amiga morrer bem na sua frente. Ele só queria ir para casa, ter certeza de que sua família não seria perseguida e exterminada se o fizesse. Acordar na própria cama e rir ao ver que toda a baboseira de viagem no tempo e androides maníacos não passara de um pesadelo vívido e longo demais para a saúde mental de qualquer um.

Estava tão assustado e cansado e frustrado.

E sua perna estava doendo para um senhor de um caralho.

Será que ninguém ali tinha uma compressa de gelo? Um anestésico?

Uma porra de uma arma futurística para apagar a memória de Savór e destruir os autômatos do apocalipse ao mesmo tempo?

— Então, variante da senhorita Marchald — começou Savór, as mãos unidas na frente do corpo numa pose reflexiva quando pararam à frente de um imenso painel de controle e se voltaram uns para os outros. — Quer ser a primeira a falar?

A testa de Evie se enrugou com uma fração de insegurança.

— Falar? O quê?

— Na gravação para a verdadeira senhorita Marchald, é claro. E para o seu cônjuge, imagino.

Ele acenou com a mão, a pulsotela piscando, e um pequeno drone desceu de a Pátria sabia onde para se postar à frente de Evie com uma luz branca cegante. *Hologravador*.

— Você quer que *nós* digamos a eles que vamos morrer caso não apareçam aqui em uma hora — concluiu Jonathan, cansado demais até para se indignar com a imoralidade.

O rosto da versão mais velha de Evelina tinha empalidecido.

— Preciso de uma prova de que tenho vocês sob minha custódia, não preciso? — argumentou o magnata, acenando com a mão como se para apressá-la. — Ande, minha cara. E dê o endereço correto, sem truques tolos.

Ele ditou as coordenadas para que ela repetisse, mas Evie apenas balançou a cabeça, angustiada, e tentou:

— Por que não pode…

Savór acenou para seus homens, e eles empurraram Jonathan com força no chão. Ele conteve o grito daquela vez ao ter a perna ferida esmagada pelo próprio peso, porque pelo menos sabia que seria punido pela hesitação de Evie. O expirar sufocado que escapou dos seus lábios foi muito mais respeitável do que o choramingo agudo que desejava soltar.

Uma parte sua não queria que Evie obedecesse, mas outra estava implorando por uma pausa naquela agonia.

— Tudo bem! Eu falo! — ela disparou de uma vez, em pânico. — Mas deixe ele em paz, por favor!

Savór meneou a cabeça, esperando, e Cavanhaque e Olhos Verdes recuaram.

O joelho de Jonathan parecia estar sendo repuxado e tostado por um aguilhão em brasa.

A última coisa que ele queria era Evelina passando por aquilo.

Não venha, rezou internamente, se contorcendo de dor para tentar se erguer sentado. *Não venha.* O que quer que aquele filho da puta quisesse com todos os quatro, naquele ponto já estava bem nítido de que não seria nada bom ou razoável.

Evie inspirou de fórmula trêmula ao se voltar para a câmara do holgravador, as íris cheias da mesma apreensão girando no azul dos olhos dele. Um pequeno prompter surgiu na parte inferior do drone, letras garrafais passando de forma lenta para que fossem repetidas por ela.

— Evelina, Nate. — Sua expressão encontrou a de Savór por meio segundo, e Evie cerrou as pálpebras, agoniada. — Temos uma mensagem para vocês.

XXIII

Absurdo, arriscado, provavelmente já deu errado, mas cada um se vira com as armas que tem

— Podem abrir. — A oficial Juarez acenou com a cabeça para uma câmera na entrada da cela onde tinham colocado Nate, e a tranca estalou com um ruído metálico antes da porta deslizar para o lado.

Era uma cela confortável, apenas de contenção temporária, Juarez tinha assegurado, mas não funcionara muito para amenizar a raiva fumegante de Evelina. O fato de que tinham ousado colocar Nate sob contenção em primeiro lugar não colaborara com seu humor, nem com o enorme rebuliço que ele estava causando na base. Sabia que estavam lhe vendo exatamente como decidiu se mostrar: uma menina mimada, rica e privilegiada com um sobrenome de peso fazendo estardalhaço e escândalo, mas não tinha paciência para ligar no momento.

Estava muito ocupada se convencendo de que Jonathan não estava morto.

O primeiro passo foi ver Nate, vivo, em carne e osso, a expressão se iluminando em alívio quando Evelina apareceu na porta do pequeno cômodo acolchoado.

Correr para os braços dele foi simplesmente automático, e a versão mais velha de Jonathan lhe apertou com força contra si ao encontrá-la no meio do caminho. Evelina se obrigou a manter suas emoções sob controle mesmo com Juarez os deixando sozinhos na cela diante do desenrolar de um momento mais particular.

Abraçando-o com tudo que tinha, ela repetiu a si mesma não pela primeira nem última vez que se seu Capitão de Araque estivesse morto, Nate já teria desaparecido e todo o espaço-tempo já teria colapsado.

Certo?

— Caralho, estou tão feliz de que está bem. — Ele recuou um pouco apenas para esquadrinhar por cima da cabeça dela depois de abraçá-la por longos segundos, os olhos azuis ansiosos procurando por uma pessoa que não encontrariam. O coração dela se encolheu. — Evelina, aquela coisa levou Jonathan. Apenas disparou com ele para fora e não consegui impedir, eu...

— Eu sei — respondeu baixinho, a voz um mero sussurro, e a angústia no rosto dela foi o bastante para fazer Nate sacudir a cabeça.

Foi quando ele percebeu que a esposa verdadeiramente não estava ali, e que não apareceria na porta com a expressão feroz que Evelina tinha aprendido a admirar em si mesma, bradando ordens e tentando pensar em um jeito de consertar aquela bagunça logo.

Aquele brilho de alívio se apagou nas íris oceano como uma vela, escurecendo o azul e fazendo sombras duras se acentuarem em seu rosto. Ele voltou a sacudir a cabeça, como se não querendo acreditar.

— Não — balbuciou, o timbre oscilando. — *Evie, não.*

— O vermelho também a levou — Evelina confessou em tom de desculpas, mesmo que não tivesse culpa alguma na situação. — Eu sinto muito. Mas acho...

— Não estão mortos — ele murmurou num tom agoniado, as pálpebras cerradas com força e os ombros tremendo na mesma intensidade. — Evie não está morta. Os bioandroides não capturariam os dois se pretendessem matá-los, certo? Do contrário teriam acabado com nós quatro na hora.

Evelina assentiu enfaticamente com a cabeça, aliviada que ele tivesse chegado à mesma conclusão. Uma parte sua estava temendo que fosse apenas uma esperança ilusória tentando lhe convencer que o pior ainda não tinha ocorrido.

— É o que eu acho, também. Savór deve...

— Ela não está morta.

— Realmente também espero que não esteja — concordou, apreensiva. — Mas ainda pre...

— Ela. Não. Está. *Morta.* — Nate agarrou seus braços com um tipo de desespero físico palpável, os lábios trêmulos e os olhos cheios de dor. — Você não entende, e-eu... Eu não posso perder Evie, não... não *ela*.

Ele estava respirando com dificuldade, a voz embargada e a pose instável. De repente, aquele homem sério e autoritário em quem ela quase não conseguia ver Jonathan estava mostrando uma vulnerabilidade inteiramente característica do seu Capitão de Araque. Aquela emoção crua no rosto dele, tão genuína e escancarada, estava fazendo algo arder em seu peito com uma ausência fria e dolorosa.

Evelina engoliu em seco, os olhos se enchendo de lágrimas involuntárias.

— Eu já perdi tudo. *Tudo.* — Nate respirou, piscando várias vezes com algum esforço para se recompor. — Ela é a única coisa que me resta. A única c-coisa que me mantém seguindo em frente, eu...

— Vamos encontrá-los — ela assegurou tanto para ele quanto para si mesma, tentando manter a voz firme. — Juro que vamos.

Ela não disse que iriam encontrá-los *vivos*, porque não tinha coragem para fazer tal promessa, mas ainda deve ter funcionado um pouco, porque Nate respirou fundo, esfregando o rosto com as mãos e aprumando os ombros depois de passar deliberados instantes acalmando o ritmo dos seus fôlegos.

Às vezes era estranho pensar que Evie e Nate eram ela e Jonathan, porque a presença física e constante deles tinha feito seu subconsciente começar a tratá-los como irmãos mais velhos, ou primos, como tinha dito aos militares. Esse provavelmente era o motivo dela não se sentir atraída pela variante do futuro do Capitão; ele não era Jonathan, era... *Nate*. Por mais simplório que fosse, fazia sentido na sua cabeça.

Mas ainda era desconcertante lembrar de que não, os dois não eram apenas Evie e Nate, primos distantes terrivelmente parecidos com eles. Eles eram Jonathan e Evelina, mais velhos e casados um com o outro, devotos de um jeito que a deixava sem ar de vez em quando. Era o que a tinha incomodado antes, quando brigara com Jonathan – a expectativa de um amor como aquele, entre suas versões do futuro, um que ela às vezes sentia que nunca conseguiria equiparar.

O modo como o mero pensamento de perder Evie parecia quebrar Nate além do reversível...

Pare, Evelina, a voz de Colbie em sua consciência voltou a ralhar.

— Tudo bem. — Foi a vez dela respirar fundo, reorganizando os pensamentos. — Preciso de uma matriz de abrangência relevante com uma interface potente, que eu possa usar para acessar câmeras de...

— Segurança — Nate concordou com um aceno. — Estamos no lugar mais propício possível. Essa base deve ter acesso a cada sistema de vigilância do Potentado.

Pelo menos nisso tivemos sorte. E talvez...

Ela entregou as armas e pertences de Evie a Nate junto com as coisas dele (e manteve as de Jonathan consigo), que estavam novamente nas mãos de Evelina graças à militar esperando no corredor, que as tinha devolvido no caminho até ali sem nem que ela precisasse pedir de volta.

Tá. Você consegue, Evelina.

Após bons segundos de incentivo interno fajuto, Evelina tomou coragem para espiar com a cabeça para fora da cela e tentar abrir um sorriso para a mulher fardada.

— Oficial Juarez? Pode nos ajudar com uma coisinha?

Aquela agente tinha estado no massacre no Beco. Provavelmente tinha atirado em pessoas que Evelina conhecia. Cada centímetro da pele dela se eriçou em asco com a possibilidade de precisar pedir ajuda a ela, mas não tinham muita escolha. Qualquer outra pessoa no prédio seria pior. Além do mais, aquela mulher tinha algo... de diferente, achava. O modo como ela quase tinha rido do coronel quando Evelina o descascou sem pena, como tinha sido paciente no interrogatório, respeitosa na revista.

Era o mesmo algo que ela vira em Jonathan.

Talvez, apenas talvez, a oficial Juarez fosse uma pessoa boa sendo obrigada a fazer coisas ruins, mas contendo a maior quantidade de danos possível, ajudando quando podia, revoltando-se por dentro quando pensava que ninguém estava olhando. Uma luz que se recusava a apagar diante de experiências que só lhe puxariam para baixo.

Uma resistente.

Claro, Evelina sempre podia estar errada. Nesse caso, ela e Nate estavam prestes a serem jogados de volta na cela de contenção, dessa vez permanentemente, mas resolveu confiar em seus instintos.

— Precisamos de acesso a um painel de processamento rápido e alcance ampliado. É urgente.

A mulher estreitou os olhos escuros, hesitando.

— Por que, senhorita?

— Precisamos achar nossos amigos. — A oficial voltou a abrir a boca, provavelmente para dizer algo relacionado à base já estar procurando por eles, mas Evelina não deixou espaço para questionamento. — Acha mesmo que o coronel vai colocar esforço de verdade nessa busca depois do que acabei de fazer com ele?

— O que exatamente acabou de fazer com ele? — Nate lhe encarou com as sobrancelhas erguidas, como se temendo um pouquinho a resposta.

— Ela ameaçou e humilhou o coronel Dassi na frente do último andar inteiro, que estava lotado de soldados e funcionários da base — Juarez respondeu, solícita.

Ali estava. As palavras não tinham sido necessariamente zombeteiras, mas um brilho de humor reluzia nos olhos escuros, como se a cena tivesse sido satisfatória para ela. Evelina a analisou com calma; cabelos cor de caramelo presos num rabo de cavalo apertado, pele clara, um nariz fino sobre uma boca ainda mais fina e queixo pontudo, talvez na casa dos trinta. Claro, nada estético e externo lhe daria um vislumbre do caráter interno, mas ainda assim, não conseguia deixar de achar que...

— Carol! — um soldado no fim do corredor chamou, e os três voltaram a atenção na direção dele, notando que o sujeito se dirigia à militar. — Dassi ainda está esperando seu parecer completo do interrogatório.

Quando o homem seguiu seu caminho, Nate tinha uma expressão perplexa no rosto.

— Carol Juarez? Como em Caroline Juarez? — indagou, incrédulo.

A mulher voltou a estreitar os olhos em fendas desconfiadas na direção dele, mirando o próprio uniforme confusa. Claramente estava se perguntando se ele já sabia seu nome ou se tinha apenas lido a identificação bordada no bolso frontal da farda.

— Eu te conheço...?

— Agora conhece, suponho — ele bufou, o humor subitamente melhorado ao se inclinar no ouvido de Evelina e assentir ao murmurar baixinho: — Caroline Juarez é uma das nossas mais eficientes comandantes guerrilheiras. Assumiu o controle da parte leste do território sudocentrista praticamente sozinha depois de um golpe de estado em uma das esferas principais. Podemos confiar nela.

— A Insurreição toma toda uma parte de um Comando, no futuro? — ela sussurrou de volta, estupefata.

Nate abriu um sorriso de canto debochado, a sobrancelha se erguendo.

— O quê? Você achou que depois de oito anos ainda estaríamos fugindo de batidas e usando paus e pedras para lutar contra granadas sônicas?

Não. Não, não fora nada disso que ela pensara, mas… minha nossa. A Insurreição sempre tinha sido algo desorganizado e movido pela paixão e coragem dos rebeldes. Infelizmente, por isso eles sempre terminavam prejudicados, em fuga, ou mortos. Não havia uma mente racional e estrategista pensando com cautela por trás das ações deles, porém isso obviamente também não durava para sempre. A Insurreição passava a representar um poderio de verdade no futuro, tomando territórios e assumindo o controle das mãos do Sistema.

Parecia um pouco surreal, mas…

Mas era um surreal bom. Cheio de promessas e esperança.

— Eu adoraria ajudar, senhorita Marchald — Juarez confessou, aparentemente cansada dos cochichos indelicados sendo trocados bem na frente dela. — Mas não tenho acesso a…

— Carol. — Nate avançou alguns passos, de repente cara a cara com a mulher, e ela piscou, desconcertada. — Por favor, só escuta.

A soldada engoliu em seco, franzindo a testa e parecendo não saber se corria corredor afora ou se derretia numa poça bem ali aos pés dele.

— É… — ela pigarreou, tentando se afastar. — É o-oficial Juarez para você, hã… Senhor.

Evelina não a culpava. Seus próprios joelhos já ficavam vergonhosamente bambos quando Jonathan a observava de forma intensa com aqueles oceanos em forma de íris, ela realmente não queria estar na mira de uma versão com oito anos a mais de experiência fazendo aquilo.

Nate não deu uma mísera trégua à pobre da garota:

— Nós sabemos que você não se conforma. Sabemos que se indigna em silêncio. O que aquele coronel fez no Beco foi uma chacina, não uma operação militar. — Aquela seriedade rígida estava de volta ao rosto dele, adicionando toda uma tensão austera ao diálogo, e Carol arregalou os olhos. — Você não se parece com o tipo de garota que alegremente assassina civis e depois queima os corpos para esconder evidências. Não precisávamos nem ter sido arrastados pra cá! Agora, por culpa da negligência da base, nossos amigos foram levados e aquele mesmo coronel vai se recusar a nos prestar o auxílio que devia porque Evelina ofendeu o ego de merda dele. Sem ofensas.

— Não ofendeu. — Juarez armou uma careta.

— Só queremos encontrá-los. Precisamos tentar porque ninguém aqui vai fazer isso, e você sabe — insistiu, o semblante cheio de ardor e sentimento. — Não é justo com eles ou com a gente. Apenas nos ajude a tentar encontrá-los. É só o que queremos.

Carol engoliu em seco outra vez, os olhos indecisos e inquietos.

— Por favor — adicionou Evelina, baixinho.

A mulher analisou as feições aflitas de ambos por longos e deliberados segundos.

— Me respondam apenas uma coisa: — pediu, devagar. — Por acaso sabem por que aquelas coisas levaram os amigos de vocês?

Nate e Evelina se entreolharam, consternados. Ela foi aquela a se posicionar daquela vez:

— Representamos uma ameaça a pessoas poderosas. — Escolheu as palavras com cuidado, colocando o máximo de honestidade possível na sentença. — Eu tenho acesso a muitos dados e recursos privilegiados, por exemplo, e meu amigo é uma figura com alcance a informações de alto escalão. Não fizemos nada de errado — *nada que tenha sido descoberto, pelo menos,* adicionou mentalmente —, mas ainda nos querem eliminados, por causa do risco que simbolizamos. Por favor, ajude, nós só... estamos *muito* preocupados com eles. — Sua voz pareceu perder a força, oscilando. — Aqueles dois significam muito pra nós, e só queremos vê-los bem. Vê-los a salvo.

Juarez inspirou fundo, piscando. Algo no tom de Evelina pareceu ter suavizado a sombra desconfiada nos olhos da oficial, que finalmente assentiu devagar para os dois.

— Tudo bem. Sei por onde podem tentar rastrear seus amigos. — Girou nos calcanhares e acenou por cima do ombro. — Por aqui.

Ela e Nate soltaram um suspiro sincronizado inaudível de alívio, apressando-se corredor atrás da militar e pegando novamente o elevador para descer até um dos andares subterrâneos do edifício. Aquela parte parecia ser o setor de tecnologia e vigilância da base, e o trio passou por diversas salas com janelas de vidro iluminadas no interior com o azul-turquesa dos aparelhos e holografias padrão. Só pararam quando Carol estancou de repente e digitou uma sequência de números num visor ao lado de uma porta, marchando cômodo adentro assim que ela deslizou e se abriu.

A mulher conversou rapidamente com um dos três técnicos presentes na sala, sentados à frente de enormes e complexos visores holográficos alimentados por mesas de controle. Com sorte, aquela matriz tinha acesso liberado a todas as câmeras de tráfego e monitoração civil, e seria a primeira vez em que Evelina acessaria aqueles dados de forma teoricamente legal (em defesa própria, ela não estaria *invadindo* o sistema deles, apenas conseguindo acesso direto a ele por meios suspeitos).

— Vai lá, Marchald. — Carol acenou para ela e depois para a cadeira assim que o técnico acatou os argumentos da oficial e se levantou do assento. — Faça sua mágica. Você tem quinze minutos, vinte no máximo.

E Evelina já estava se sentando, ávida, quando um bipe seguido de uma vibração em seu pulso a fez parar por um instante, surpresa.

Ela puxou a manga da blusa e notou que uma notificação tinha se acendido no menu holográfico da sua pulsotela – uma mensagem de vídeo. Evelina teria ignorado a porcaria sem demora e se voltado para o painel, mas notou o endereço do remetente antes disso e congelou no lugar.

U.S., era apenas o que estava escrito.

O coração dela estava prestes a sair pela garganta.

Agarrando o braço de Nate e puxando-o para mais perto do painel, onde Carol e os outros técnicos com sorte teriam a visão bloqueada do que estavam fazendo, Evelina abriu a notificação com os dedos trêmulos e as entranhas se revirando, e um holograma de Evie surgiu acima da pulsotela.

Nate arquejou baixo, o rosto se enchendo de anseio e preocupação misturados a um alívio esmagador.

— Evelina, Nate. — A voz da versão mais velha dela ecoou baixo pelos alto-falantes da pulsotela, a expressão apreensiva demais para que aquele alívio no rosto do marido dela durasse. — Temos uma mensagem para vocês.

Vocês têm uma hora para aparecerem neste endereço, sozinhos e desarmados.

Se não estiverem lá ou mesmo tentarem lutar contra a apreensão pacífica, eu serei morta.

Se demorarem mais do que duas horas, Jonathan será morto.

Após a terceira hora, um vírus plantado vai fazer o androide doméstico da casa Marchald envenenar Baniwa.

Os próximos a cada hora de atraso serão a Major Arantes, então o Ministro Marchald, e depois Amona Arantes.

Uma hora, e nenhum minuto além disso.

— Eu sinto muito. — Os olhos de Evie estavam marejados ao fim da mensagem, e o holograma desapareceu instantes depois, a pulsotela apitando para sinalizar que a holagravação fora encerrada.

A pulsação de Evelina estava rugindo tão alto em seus ouvidos que ela temeu que alguma veia acabasse se rompendo no seu cérebro.

Savór estava com Jonathan e Evie. Se Nate e Evelina não se entregassem voluntariamente para ele também, os dois morreriam. Se Jonathan morresse, Nate deixaria de existir, e o futuro seria completamente reescrito de formas imprevisíveis.

Se Jonathan morresse, ela ficaria sozinha.

A única testemunha das últimas 72 horas, da existência das variantes mais velhas deles, de… Espere, sem Nate ela ao menos se tornaria Evie e voltaria ao passado oito anos no futuro? Se as coisas fossem reescritas, Evelina sequer se lembraria? A coisa toda não se tornaria um paradoxo de represálias em cadeia, infinito e caótico?

Se Jonathan morresse, ela…

Ela não conseguia pensar. Um espaço oco tinha se aberto em seu peito, frio e vibrando em ondas ocasionais de desalento. Era inútil. Tinham falhado.

E por tudo que era mais sagrado na Pátria, não sabiam nem o que fazer. Como contornariam isso? *Como* venceriam Savór com um prazo e uma ameaça como aquela em seus calcanhares? Não havia tempo para pensar, só havia tempo para ir, obedecer, tentar salvar ao menos seus familiares, porque os quatro provavelmente já estavam condenados. Evelina não tinha ideia do que aquele maldito faria com eles, mas na melhor das hipóteses ele provavelmente trancaria Jonathan e ela numa cela pelo resto das suas vidas, para que não se tornassem Evie e Nate. Na pior, os mataria.

Nate parecia tão desnorteado quanto ela, os olhos encarando um vazio que Evelina também sentia ribombando eternamente em seu interior.

Eles tinham perdido.

Se tivessem tempo para raciocinar com calma ela talvez conseguisse arranjar uma solução, mas não tinham. O endereço que Evie fornecera ficava na zona industrial, do outro lado do Potentado, e gastariam quase quarenta minutos apenas para chegar lá. Ainda não tinham transporte, ou meios de conseguir um, ou um mísero grama de controle restante em seu organismo.

— Não temos escolha, temos? — Evelina murmurou, a voz quase inaudível.

O rosto de Nate já tinha se contorcido numa máscara dura e inflexível.

— Você podia ficar — ele tentou, mesmo com uma expressão frustrada já tomando sua face por saber que Evelina o rechaçaria. — Savór tem minha versão mais jovem, não há futuro pra mim mais. Mas você ainda...

— Ele vai matar meus pais, Nate — foi tudo que conseguiu dizer, cansada. *Esgotada*. Eles tinham tentado, pelo menos. — Sua família também, sua mãe e irmã...

— Eu já sofri o que precisava sofrer pela minha família, Evelina. — A dor resignada nos olhos dele, um luto antigo e desgastado, disse a ela tudo que precisava saber a respeito, e seu coração se quebrou pelas experiências com as quais seu Capitão de Araque fora obrigado a lidar ao longo daqueles oito conturbados anos. — Se você sobreviver, essa loucura ainda terá valido a pena. Não tem um modo de impedi-lo de alcançar seus pais? Mandar uma mensagem para que os dois se escondam, que se livrem do androide doméstico?

Outra coisa que Evelina fora estúpida demais para lembrar de fazer: proteger o sistema de Alfred melhor. Balançou a cabeça, desacreditada.

— Savór deve ter outros modos de matá-los, sem dúvidas — Evelina suspirou, impotente, a cabeça inteiramente em branco. — E deve estar monitorando todas as redes dentro da minha casa ou...

Ela parou, o fôlego estancando no peito.

As redes da casa...

As redes da casa podiam estar sendo monitoradas, sim, mas as redes do laboratório... Se conseguisse contatar...

Ela tinha uma ideia.

Toda Poderosa Nação-Mãe, ela tinha mesmo uma ideia. Uma maluca e provavelmente fadada ao completo fracasso, mas ainda era *algo*.

Seu rosto muito provavelmente tinha se iluminado, porque Nate a agarrou pelos ombros e sacudiu de leve, os olhos arregalados e ansiosos.

— O que foi? No que pensou?

— Oficial Juarez? — Ela o ignorou momentaneamente e se dirigiu logo à militar conversando com um dos técnicos no canto da sala.

Carol se aproximou diante do chamado dela, uma interrogação no rosto.

— Se importa de nos fazer só mais um pequeno favor? — Evelina implorou, os olhos reluzindo. — Precisamos de uma carona rápida.

XXIV

E se tem algo que filmes me ensinaram é que a porra das coisas nunca sai como planejado

— Ah, senhorita Marchald. — Savór sorriu de um jeito odiosamente caloroso, como se estivesse cumprimentando uma sobrinha distante. — E variante do Capitão Arantes. Que bom que decidiram vir.

Jonathan podia jurar que sentiu cada célula no corpo dele se contorcer com a visão de Evelina e Nate descendo por uma das planoplataformas, rostos rijos e ombros tensos, rodeados por quatro guardas.

Cacete.

Merda, caralho, porra.

Corram daqui! Não deviam ter vindo!

— Não foi exatamente voluntário — ela resmungou quando o grupo se aproximou, o rosto cheio de irritação ainda que os olhos corressem livremente por toda a extensão dos materiais e aparelhos de forma quase frenética.

Ele não tinha visto a reação dela ao chegar, do andar superior, mas podia apostar que pelo menos um ofegar baixinho ela tinha soltado. Se estivessem em uma situação diferente, aquele lugar seria praticamente um parque de diversões para Evelina, cheio da melhor e mais avançada tecnologia que o dinheiro podia comprar.

Era só realmente o cúmulo da desgraça que o detentor de todo aquele dinheiro e poder fosse o maníaco agora mantendo-os como reféns.

O olhar atormentado da sua garota gênio correu sobre a versão do futuro dela mesma e sobre ele, rapidamente assimilando o estado cativo e estropiado dos dois. Evie correu para Nate no mesmo instante, os dois se chocando num abraço esmagador enquanto ele sussurrava algo baixinho para ela. Jonathan bem que queria ter feito o mesmo, murmurado uma coisa bem romântica e espontânea como *"estamos ferrados e vamos todos morrer"*, mas estava devidamente incapacitado graças à perna ferida, restrito a uma cadeira que Savór tinha ordenado que seus homens arrastassem até ali para ele.

Felizmente, Evelina fez o trabalho por ele, avançando num piscar até se ajoelhar à sua frente e os olhos bicolores marejados encontrarem os seus. A sensação era que o coração de Jonathan estava fazendo malabarismos com pinos em chamas em cima de um monociclo sobre uma corda bamba dezenas e dezenas de metros acima do chão. Vê-la inteira e intacta bem ao seu alcance foi como quebrar uma represa de sentimentos que ele vinha se esforçando bastante para barrar pela última hora, e precisou se forçar a não fazer algo imprudente como jogá-la por cima do ombro e correr dali.

Afinal, não conseguiria nem levantar da cadeira por culpa daquela merda em sua perna. Além disso, Cavanhaque e Olhos Verdes estavam meros metros atrás dele, assim como aqueles outros quatro estavam atrás de Nate e Evie, feito cães de guarda silenciosos e ranzinzas, apenas esperando a ordem para abatê-los.

— *O que você fez com ele?!* — Evelina rosnou para Savór, a mira preocupada no ferimento aberto próximo ao joelho de Jonathan, em seu rosto suado e pálido.

A queimadura feia visível por entre a calça arruinada tinha se tornado um montante tenebroso de bolhas avermelhadas, pele avariada rosada e sangue seco. Ele estava tentando não olhar para a coisa na maior parte do tempo, mas a dor ainda era um lembrete constante da necessidade de tratamento urgente para aquela lesão. Mais um pouco de exposição e acabaria infeccionando.

E embora seu desejo também fosse xingar Savór até a última reencarnação, Jonathan agarrou a mão dela de imediato e apertou, os olhos alarmados.

— Não fale assim com ele — sussurrou, incisivo.

— Se eu fosse você, escutaria o sábio conselho do Capitão, senhorita Marchald. — O homem inclinou a cabeça, recostando-se calmamente contra um dos painéis principais da área de comando onde se encontravam. — Já que agora vocês quatro têm seus adoráveis e respectivos pontos fracos em risco, eu tomaria cuidado com o que deixa escapar.

Um temor confuso enrugou a testa de Evelina, e ela entrelaçou os dedos aos dele de forma nervosa.

— O que ele quer dizer?

— A cada coisa que um de nós faz que o desagrada — Jonathan explicou, a mandíbula tensa —, quem sofre as consequências é outra pessoa.

— Aquele ou aquela por quem você tem mais carinho, em suma — adicionou Savór, sério. — No seu caso, o Capitão Arantes, e vice-versa. No caso das suas variantes, a mesma coisa. Vocês tornaram tudo isso fácil demais quando se apaixonaram, temo eu.

E ele estava adorando se aproveitar desse fato, Jonathan notou. Tinha permitido que Evie disparasse para Nate e Evelina para ele sem hesitar, como se a interação fizesse parte do plano. Se para baixar a guarda deles ou apenas para lhes dar um último momento juntos antes de acabar com todos, o Capitão não sabia.

O que ele sabia era que Savór gostava de controle, e que manipularia qualquer tipo de sentimento que possuíssem, fossem eles bons ou ruins, em favor próprio.

— O que você quer de nós? — Evelina estreitou os olhos ao se erguer de pé, a mão que não estava unida à dele cerrada em punho.

Era uma pergunta meio boba que Evie já até tinha feito antes, mas em defesa delas, a situação era realmente confusa. Todos tinham achado que os bioandroides os matariam assim que a oportunidade surgisse, não que raptariam uma metade deles e que Savór chantagearia a outra.

— *Sentar e conversar*, aparentemente — a versão mais velha de Evelina foi justamente aquela a responder a questão da mais jovem, os olhos faiscando em desprezo mesmo que seu tom tivesse sido neutro.

Ela já tinha aprendido a lição sobre as consequências de se desrespeitar Savór enquanto sob sua mercê, e infelizmente Jonathan aprendera junto.

— Sentar e conversar com vocês dois, sendo mais específico. — O magnata apontou para ele e Evelina, ainda com os dedos enroscados nos seus. — O objetivo das variantes de ambos é apenas escutar e bom... confessar, é claro.

Do que esse psicopata está falando?

Nate e Evie pareciam tão confusos quanto eles, e Savór se aproveitou do momento para sorrir e gesticular na direção dos bioandroides, que ganharam vida e marcharam até seu comandante diante do aceno, parando ao lado do homem com aquela imobilidade robótica sinistra.

— Ao contrário das de vocês, a minha variante preferiu revelar fatores cruciais no desenrolar dos próximos oito anos — revelou ele, a expressão satisfeita diante do assombro de Evie e Nate. — Meu eu mais velho não apenas pediu meu auxílio na missão de exterminá-los, mas também armazenou informações nos processadores dos bioandroides. Me mostrou diversos aspectos do futuro por meio deles.

— O que foi extremamente tolo — acusou Evie, incrédula. — Sem mencionar insano e perigoso além de qualquer comparação! As represálias...

— Os riscos das represálias foram calculados, variante, e foram considerados toleráveis.

— É impossível calcular esse tipo de risco. As probabilidades...

— É impossível calcular esse tipo de risco — interrompeu Savór, mordaz. — Ou *você* não seria capaz de calcular esse tipo de risco, minha cara? O impossível quase sempre se trata de uma questão relativa, na minha humilde opinião.

Humilde meu cacete, porra, Jonathan quase cuspiu. Evie parecia muito próxima de querer fazer o mesmo.

— Acho que não vão dar minha palavra por lei, não é? Que bom que possuo uma ou duas provas irrefutáveis para corroborar meu argumento. — O homem digitou algo em sua pulsotela, e os visores dos bioandroides se acenderam, cada um em sua respectiva cor.

Telas holográficas surgiram flutuando à frente dos dois logo em seguida, revelando o que pareciam ser pastas de conteúdo digital. Depois de alguns comandos de Savór, o autômato verde-água foi aquele a abrir o primeiro compartimento virtual:

Jonathan Arantes ' ARQUIVO 300768JE.

O vermelho abriu o outro.

Evelina Marchald ' ARQUIVO 021266DM.

— Vocês confiaram cegamente nas variantes de si mesmos sem um verdadeiro ângulo prévio de quem eles se tornaram ou o que fizeram — sorriu Savór, como se estivesse lhes fazendo um grande favor. — E eu estou aqui para remediar esse equívoco.

Matérias de jornais, registros civis, vídeos midiáticos e relatórios militares surgiram aos montes nas holografias dos bioandroides, todo um inventário da vida deles na próxima década quase inteira. Havia uma gravação de Jonathan — ou Nate? Ele não sabia em que momento exato se tornava outra pessoa — em campo aberto, blasters disparando à toda e expressão tensa numa concentração letal, corpos aos seus pés, soldados lutando ao seu redor.

A visão lhe deu náuseas.

— Não querem saber quem vocês se tornaram? Tenho certeza de que suas variantes lhes passaram uma impressão muito nobre e altruísta dos rebeldes — provocou o homem, zombeteiro. — Incentivaram o conceito heroico da Insurreição que luta contra a injustiça e os opressores. Vocês se viram ávidos por essa missão honrada.

As feições de Evelina se contorceram numa leve careta ao lado dele, e Jonathan sabia que era porque ela discordava da última parte da sentença. Afinal, a garota gênio estava era morrendo de medo do destino como Evie desde o início, e esse temor não tinha sido amenizado em nada após a chacina do Beco. Por mais que entendesse e se revoltasse, até porque era uma simpatizante insurgente, ela não admitia a própria relevância no papel que desempenharia no futuro, e Jonathan não a culpava. Eles tinham sido arrastados para aquela bagunça por causa daquilo, afinal.

— Eles chegaram, porém, a contar sobre todas as esferas que mandaram tomar? — O magnata piscou, inocente, como quem não quer insinuar nada. — As zonas que invadiram, a violência que propagaram?

— Entramos em guerra — Evie revirou os olhos, fria. — Batalhas não são ganhas através de palavras bonitas e floreadas.

Savór deu de ombros, milagrosamente não se ofendendo com o insulto indireto ao estilo de vocabulário dele.

— Bom, quem iniciou as batalhas em primeiro lugar foram seus rebeldes tolos.

— Porque estávamos cansados de morrer calados! — ela se defendeu, incrédula. — Porque massacres como o de hoje no Beco eram tão comuns que o Sistema nem se preocupava em escondê-los mais. Não tente colocar a culpa em nós quando tudo que fizemos foi nos revoltarmos contra as monstruosidades que *você* regeu.

O homem arqueou as sobrancelhas, quase entretido, mas não negou a alegação de que era o maior poder por trás do Sistema.

— E o que melhor do que um monstro para lidar com outro, não?

A versão do futuro de Evelina franziu a testa.

— Do que…

— É o fardo dos líderes e confrontados, minha cara. Você desce ao nível do seu inimigo para vencê-lo.

Os bioandroides abriram matérias variadas de veículos midiáticos ao mesmo tempo, reportagens de cinco ou seis anos dali para frente que detalhavam ataques e batalhas sendo travadas diretamente pelo Sistema e a Insurreição.

Investida rebelde deixa mais de quinhentos civis mortos.

Orfanato é atingido por bombardeio da Insurreição.

Esferas em sítio passam fome com bloqueio rebelde.

Jonathan e Evelina se entreolharam, estupefatos.

— Não fizemos porra nenhuma disso. — Nate nem ao menos voltou os olhos para as telas ao refutar, irado. — Todas foram notícias tendenciosas para voltar a população ainda alienada contra nossa causa e adivinhe? Não funcionou. Todos viam que o Sistema era muito mais violento nas batalhas. A Insurreição não sacrificava inocentes por…

— Não? Você mais do que ninguém, meu jovem, deveria entender. — Savór lançou uma expressão piedosa a ele. — Como a senhorita disse, batalhas não são ganhas com palavras bonitas e floreadas. Você sabia, Capitão Arantes, que sua variante é um general insurgente?

A cabeça de Jonathan girou algumas centenas de graus, se voltando para Nate no mesmo instante. O silêncio constrito da versão do futuro dele foi toda a admissão culpada da qual precisava.

É claro que era. O modo como ele dava ordens, como estava acostumado a mandar e ser obedecido, como assumia o controle dos conflitos de forma praticamente natural. Não apenas líder.

General.

Puta que me pariu.

— Acho que isso é um não. — Savór direcionou a expressão piedosa a Jonathan, daquela vez. — Decisões difíceis recaem sobre pessoas boas tanto quanto recaem sobre pessoas ruins. O fato de que você sofreu mais ou menos para se decidir não altera as consequências finais.

Evie estava fumegando, recusando-se a aceitar as acusações.

— Não altera as consequências, altera as próprias decisões em primeiro lugar! Ao contrário do Sistema, nós sempre pensávamos nos civis antes das investidas, sempre fazíamos…

— Ah, mas números se acumulam com facilidade na tela de um relatório, não acham? — O homem estava até soando conivente agora, e ela parecia querer esganá-lo. — Números nos quais não se vê rosto, não se vê sangue nem funeral. De repente, você só precisa *salvar* um território das mãos do perverso Sistema — ele desdenhou o verbo com uma ironia maldosa. — Mas para fazer isso algumas dezenas de vidas serão inevitavelmente perdidas no fogo cruzado. Quando pensa a respeito, a decisão é óbvia.

— O Sistema é o único que olha para massacres com esse ângulo frio e insensível — Nate retorquiu, cruzando os braços.

— Isso não anula o fato que a pequena insurgência de vocês foi o que provocou os massacres em primeiro lugar — cantarolou Savór. — Não me entenda mal, dói tomar essas decisões na primeira ou segunda vez. Na quinta ou sexta você já se acostumou à sensação de culpa. Na vigésima você mal pisca, porque sabe que é o que precisa ser feito e não tem mais tempo para sentimentalismos. — Uniu as mãos como se a situação o causasse melancolia, mas no fundo fosse solidário a ela. — É o que um general precisa fazer, não é, Capitão Arantes? Todos temos consciência disso.

As notícias não paravam de rodar nas holografias. *Milhares morrem em batalha no norte do principado Nebula. Recursos se esgotam em esfera por culpa da guerra. Estatísticas revelam que a quantidade de órfãos quadruplicou no último ano. Dirigente sudocentrista se rende após ameaça nuclear da Insurreição.*

Evelina estava apertando sua mão com tanta força que chegava a doer.

Isso não podia ser verdade. Era… era a visão do Sistema sobre os eventos. A coisa que aquele governo mais fazia era se vitimizar, se fazer de mocinho, e Jonathan sabia disso, mas ainda assim. Aqueles incidentes tinham acontecido. Fosse quem fosse o herói ou o vilão naqueles conflitos, pessoas morriam. Uma verdadeira guerra explodiria em alguns anos.

Como em qualquer perspectiva isso poderia ser bom?

Savór tinha contorcido o rosto numa misericórdia repulsivamente genuína diante da expressão desnorteada de Jonathan.

— Não há como negar fatos. De repente você se vê com poder e a responsabilidade de Comandos inteiros nas mãos. Precisar salvar milhões e sacrificar alguns milhares é dolorosamente proporcional. — O homem havia voltado a atenção para Nate e Evie então, compassivo. — Isso não tira o peso, a culpa desse sacrifício dos seus ombros. Nada nunca fará esse peso sumir, e eu entendo essa sensação mais do que imaginam. Você apenas não tem escolha além de se acostumar e aprender a lidar com ela.

Evie estava balançando a cabeça, irrevogavelmente abalada, mas ainda descrente. Jonathan tinha a impressão de que todos eles estavam confusos com aquela abordagem de Savór. Com certeza não era o que estavam esperando.

— A Insurreição pode ter tomado algumas más decisões, nunca negarei isso — começou, trêmula. — Mas tudo o que fizemos foi pensando em salvar as pessoas, enquanto todas as repercussões do Sistema foram baseadas em tentar se manter no controle. Sabe quantas esferas chegaram a ser dizimadas porque vocês não queriam abdicar delas, então as destruíram para que a Insurreição não as tomasse? Todas aquelas mortes *poderiam* ter sido evitadas se apenas…

— Mas esse é exatamente o meu ponto, querida. — Savór franziu a testa para ela, a voz quase aflita, e Evie piscou, atônita. Ele se virou para Jonathan e Evelina. — É isso o que querem para o futuro de vocês? Guerra e mortes e instabilidade?

Não, a resposta veio à mente dele na mesma hora, sem nem que precisasse piscar. *Não mesmo.*

Mas nada era tão simples assim.

— Eu ofereço uma segunda chance ao nosso futuro. — O homem abriu os braços, enfático. — É verdade que o Sistema precisa de melhorias, e nada me esclareceu isso de forma mais escancarada do que toda uma revolução se desenvolvendo para chegar ao poder ao longo de uma década.

Não brinca, palhaço, Jonathan quase revirou os olhos, febril e dolorido demais para fazer o comentário em voz alta, e Evelina ergueu uma sobrancelha de maneira sarcástica ao lado dele.

Savór sacudiu o indicador na direção de ambos, propositalmente enigmático.

— Vocês dois podem ser essas melhorias.

— Seu objetivo com tudo isso — Evelina começou, chocada, gesticulando para toda a situação e elementos a compondo. Jonathan não estava muito diferente —, foi nos trazer para o seu lado?

O magnata inclinou a cabeça, quase achando graça.

— Minha querida, não há lados nessa história — riu. — Eles são variantes de um futuro já escrito. Não podem fazer nada quanto ao próprio passado. Nós, por outro lado, ainda temos muito caminho pela frente.

— Como "não podemos fazer nada"?! — Nate devolveu, cético. — O que acha que estamos fazendo aqui, caralho?

— Ora, meu rapaz, não seja tão indelicado — repreendeu Savór, quase paternal. — O objetivo era destruir os bioandroides e impedir que suas versões mais jovens fossem mortas, é o que acho que vieram fazer. Se eu fosse um homem de apostas, apostaria que toda essa interação paradoxal nunca esteve nos planos, mas sou um homem de cálculos e lógica, e a lógica me dá *certeza* de que não esteve.

Por pior que fosse, aquele maníaco perturbado tinha razão.

Nate e Evie não tinham vindo impedir a guerra, tinham vindo apenas salvar a si mesmos. Para que Evelina e Jonathan pudessem viver e cumprir seus papéis como líderes rebeldes normalmente, mudar todo o curso da Insurreição. Em defesa deles, tinham feito isso porque a versão do futuro do tal maníaco perturbado tinha sido aquela a começar a perseguição aos dois primeiro, mas ainda era tecnologia do futuro de viagem no tempo, porra. Eles poderiam ter mudado as coisas e em vez disso resolveram apenas deixá-las como estavam.

Ele sabia que Evie tinha dito que era perigoso interferir, todas as represálias caóticas já tinham se mostrado além de terríveis, mas até Savór havia dito que elas seriam toleráveis quando colocadas na balança. O que poderia ser pior do que perder vidas aos milhões no futuro para uma guerra brutal?

— Infelizmente, eu suponho que minha variante mais velha não está mais tão sã quanto eu gostaria daqui a oito anos — concedeu, culpado. — Ele pensou pequeno. Concluiu que matar vocês dois, motivado pela raiva e pelo rancor, resolveria a maior parte do problema e o resto seria trabalhado. Quando pensei a fundo na questão, resolvi que discordava. Meu eu futuro achava que eles eram a fonte dos inconvenientes e quis cortar o mal pela raiz. — Apontou para Evie e Nate, depois para Evelina e Jonathan. — Percebi que se eu os matar, contudo, outros iguais a vocês provavelmente apenas surgirão no lugar. O movimento rebelde demanda líderes e só a Pátria sabe que tipo de pessoa assumiria caso eu tirasse vocês dois de cena.

E é claro que isso seria péssimo para ele. Alguém pior que os dois, que faria em três ou quatro anos o que Nate e Evie tinham demorado oito para fazer, talvez?

— Então agora você é o cara bonzinho? — Jonathan tentou se aprumar na cadeira ao zombar, mesmo com os ombros caídos e a voz fraca pela dor.

— Achei que já tínhamos acordado que não há caricaturas integralmente más ou boas aqui, Capitão — retorquiu Savór, erguendo uma sobrancelha. — Apenas pessoas. Capazes de ambas as coisas. Estou tentando propor uma trégua, meus caros.

— Que tipo de trégua? — Vincos enrugaram a testa de Evelina.

— Uma na qual trabalhamos juntos para evitar aquele desastre. — Apontou para as reportagens e registros nos visores holográficos. — Acho que já ficou óbvio que boa parte da administração do Sistema é feita por gente que eu controlo, então tenho influência o suficiente para ceder a vocês. Podemos mudar o rumo dessa história.

Isso só podia ser brincadeira, a mente anuviada pela febre de Jonathan pensou. Savór queria que se unissem a ele para que mudassem as coisas? Melhorassem o Sistema?

O que é isso, porra, um filme?

Mesmo as versões mais velhas deles não pareciam saber como reagir. Ninguém estava esperando aquela proposta. Tortura, ameaças, chantagem e morte, sim, mas uma trégua? Tinha que ser algum tipo de pegadinha, alguma merda de truque.

Ele se voltou para Evelina, austero.

— É o que quer ser, senhorita Marchald? Se tornar uma comandante de guerra, precursora de todas as armas e tecnologias responsáveis por levarem a Insurreição à vitória a troco de milhares de vidas? — Quando ela engoliu em seco, Savór se virou para Jonathan. — E você, rapaz, a marionete mais fiel dela, um temido e mortal general rebelde. Sabe quantos dos seus colegas de regimento você feriu e matou? Quantos dos seus traiu e enganou, quantas tropas mandou para o extermínio?

Não, não sabia.

E também não queria saber.

O pior de tudo eram as expressões desnorteadas de Nate e Evie, suas sobrancelhas unidas em hesitação. Eles não tinham cogitado impedir a guerra, mas eram humanos o suficiente para considerar isso agora, mesmo que a proposta tivesse vindo do pior inimigo deles. Não havia como negar que salvar todas aquelas pessoas era melhor do que salvar apenas Evelina e Jonathan.

Savór se aproveitou do momento de relutância de todos eles com avidez:

— Eu poderia aumentar sua patente, Capitão. Te dar todos os contatos certos, permitir que fizesse as mudanças apropriadas — propôs, orgulhoso. — Podemos trabalhar juntos para conter a violência compulsiva das nossas fileiras militares. Utilizar outros métodos além da matança.

Soava tentador. Soava muito melhor do que aquela maldita situação na qual estavam, mas tudo em que Jonathan conseguia pensar era que Savór tinha dito mudanças apropriadas, não mudanças *necessárias*. Usar outros métodos além da matança, mas não *tirar* a matança completamente das alternativas.

Cada passo daquela trégua seria controlado por Savór. Eles só teriam influência nas questões que ele permitisse, percebeu.

O magnata já tinha se voltado para a garota gênio em meio ao êxtase do manifesto.

— E você... Eu poderia fazer de você minha herdeira, Evelina. Sua mente é digna do meu legado na Savór, não há como negar — confessou, quase a contragosto. — Se apenas aceitasse que é sua Nação inteira que precisa de você, não apenas esses rebeldes infelizes, seu futuro poderia ser cheio de prosperidade, paz, segurança. — Os olhos escuros reluziam, o peito inflado pelo argumento. — Sua ajuda pode salvar milhares de vidas. Eu poderia poupar aqueles que você ama, tirar todas essas mortes e perigos do seu futuro.

Poderia poupar aqueles que você ama.

Podia mesmo, afinal, o maldito era aquele os ameaçando em primeiro lugar.

Era um discurso bonito. Um argumento convincente. E ainda assim Jonathan só conseguia ver uma linda cortina mascarando uma paisagem podre, uma capa impressionante para um conteúdo desolador.

Nate e Evie pareciam estar na mesma página que ele, notando a armadilha bem posicionada, as feições enojadas e descrentes. Ele oferecia uma trégua convidativa, mas essencialmente vazia e restritiva. Não haveria verdadeira mudança, apenas manipulação. E Savór teria nas mãos duas das figuras que tinham mudado o rumo da Insurreição, um movimento ainda caótico e desorganizado.

Jonathan não queria prever o que aquele homem alcançaria com eles trabalhando para o Sistema, um governo organizado e poderoso, presos sob a sua influência.

Com Evelina fazendo tudo aquilo.

Porque, é claro, ele não se enganaria achando que era tão importante quanto Savór queria fazer parecer. Todo aquele espetáculo, aquele falatório, era para *ela*. O verdadeiro ás do baralho. O magnata estava incluindo Jonathan no esquema para melhorar as perspectivas na visão dela porque sabia que Evelina se importava com o Capitão, mas no fundo ele não passava de um militar comum com um coração mole demais. A garota gênio tinha o cérebro, o privilégio, os recursos; ela era a real vantagem da Insurreição num primeiro momento, e a peça que poderia virar o jogo caso controlada por Savór.

Ela não cairia por aquele papo. Mesmo Jonathan, com um QI consideravelmente mais baixo, tinha percebido o truque por trás da ilusão. Ela perceberia.

Certo?

— Meus pais, eles… — Evelina balbuciou, engolindo em seco ao erguer os olhos bicolores marejados para Savór. — Você vai deixá-los em paz? A família de Jonathan também?

Ele apertou a mão dela, ainda entrelaçada à sua, expressão sobressaltada.

Não.

— É claro, minha jovem — prometeu o homem, sério, e Jonathan quis poder socá-lo. — Nenhum mal será feito a eles. Acredito mesmo que possamos nos entender e trabalhar em conjunto.

— Evelina — Evie chamou, alarmada. — O que está *fazendo?*

— E Jonathan — barganhou Evelina, a voz frágil, quebradiça. — Você vai mantê-lo em segurança. Não vai tocar em um fio de cabelo dele, nem mandar nada ou ninguém tocar.

Ela sabe. Sabe que o acordo é para ela.

E ainda assim iria adiante.

— Evelina. — Ele a puxou para perto, balançando a cabeça negativamente ao sussurrar em desespero: — Não faz isso. Não vai funcio…

— Obrigada. Obrigada por tudo — ela sussurrou de volta, lágrimas umedecendo os cílios escuros ao tentar abrir um sorriso trêmulo, levando o dorso da mão dele aos lábios. — Mas eu não consigo, eu… e-eu não sou Evie.

O coração dele se partiu, pânico rugindo junto da adrenalina em suas veias.

— Espere. Ainda podemos pensar em…

Ela já tinha erguido a cabeça, os olhos vazios de emoção parando em Savór.

— Eu topo.

XXV

Fazer o próprio destino?

Me perdoe, Jonathan, Evelina murmurou internamente, fechando os olhos por um breve momento.

— Evelina, você não está pensando direito. — Sua versão do futuro tentou avançar, em pânico, mas os quatro guardas atrás dela e de Nate a seguraram, inclementes.

— Eu sinto muito. — E sentia mesmo.

— Não sinta, minha cara. — Savór se aproximou com a expressão além de satisfeita, dando tapinhas em seu ombro. — Você tomou a decisão certa. Está pensando no seu futuro e no de milhares de outros.

Ela precisava acreditar que sim. Tudo tinha saído do planejado, e agora Evelina só estava tentando conter a margem de danos.

— Você é um hipócrita manipulador! — vociferou Evie, lutando furiosamente contra o agarre dos soldados. — Não acredite nele!

Savór suspirou.

Um dos agentes meteu a coronha da arma na nuca de Nate, e a versão do futuro de Jonathan caiu de joelhos com um gemido sibilado.

— *Não!* — A mulher lutou com mais intensidade, a expressão se desmontando em desespero. — Para!

— Sinceramente, variante da senhorita Marchald, você tem um raciocínio lento? Achei que tinha aprendido a lição, mas eu estava atipicamente errado.

— Deixe-o em paz! — Evelina gritou, indignada, ao correr para Nate e se abaixar para ampará-lo. — Não machuca ele. Disse que não tocaria em um fio de cabelo de Jonathan!

— Ah, que engraçadinha. — O magnata sacudiu o indicador para ela, as feições se iluminando em compreensão. — Você quis dar a entender que o privilégio de não tocar no Capitão Arantes se estenderia à versão mais velha dele? Que tratante. Sinto desapontá-la, senhorita Marchald, mas não é assim que acordos comigo funcionam.

Ela tentou recuperar a compostura antes que perdesse a cabeça. Já tinha percebido que gritar e se exaltar não funcionava com Savór. Ele era extremamente pragmático e controlador, e daria muito mais valor a um argumento conciso e racional do que a uma reação emocional e histérica.

— O que está fazendo? — Nate sussurrou, próximo e baixo o bastante para que apenas ela escutasse, o rosto contraído em confusão.

Não era isso que tinham combinado, ela sabia.

Mas as coisas tinham mudado.

Engoliu em seco, ajudando-o a se erguer com cuidado depois de lançar uma carranca feia na direção do guarda que o atingira. Ignorando a indagação da versão mais velha de Jonathan por falta de coragem para encará-lo nos olhos, respirou fundo antes de falar, o foco no captor deles:

— Deixe que eles voltem para o futuro — pediu, calma e firme. — Eles já não possuem mais uso para você.

— Ah, mas é aí que se engana, minha cara — replicou Savór, quase soando animado. — Ainda tenho muito uso para eles. Para a sua variante mais velha, especificamente.

Evelina e Evie empalideceram juntas, mas a última recuperou a compostura mais rápido.

— Não podemos ficar aqui por muito mais tempo — a homônima do futuro dela revelou, entredentes. — À medida que o futuro for se alterando, nosso paradoxo leve em forma de presença se chocará com outros com o passar do tempo e as realidades vão entrar em conflito. Não é...

— Eu já sei de tudo isso, minha cara — o homem cortou com desdém, aproximando-se da dupla de variantes sem pressa. — Não vou precisar de você por tanto tempo assim. É um assunto particularmente característico.

Evelina precisou se conter para não entrar na frente dele e impedi-lo de alcançar os dois, mas se segurou no lugar com algum esforço. Ela precisava manter as coisas sob controle, ser a mediadora ali. Se Savór a queria no seu time, precisaria escutá-la, e ela precisava ser razoável. Eles estavam cercados por seis soldados parrudos e dois bioandroides letais do futuro. Sua única chance era convencê-lo.

Mas Pátria misericordiosa se não estava tremendo por dentro. Quem era ela para achar que conseguiria negociar com aquele homem?

O magnata já tinha agarrado o pulso de Nate, erguendo a manga do casaco dele.

— Esses aparelhos — observou o bracelete complexo em metal escuro —, com certeza usam algum tipo de manipulação subatômica para alterar o tecido temporal da matéria. — Ele analisou os trâmites da peça, girando o braço de Nate devagar, os olhos reluzindo com uma empolgação doentia. — Sempre achei que esse tópico fosse mais delírio do que realidade, mas obviamente eu deveria ter concentrado mais esforços nele.

Caminho arriscado, ela pensou consigo mesma. *Muito arriscado.*

— São o que trouxeram vocês dois até aqui, imagino. Também é o que vai permitir que retornem, o que é muitíssimo interessante. Minha variante não descobriu como mandar os bioandroides de volta, então estavam programados para se autodestruírem depois de completarem a missão — admitiu, o fato parecendo ferir seu orgulho. — Como farão para voltar?

Evie mordeu o lábio inferior, temerosa, e daquela vez Evelina concordava com a relutância dela em falar mesmo sob ameaça. Era terrivelmente perigoso que Savór descobrisse e desenvolvesse aquele tipo de tecnologia antes do momento certo. Era perigoso no geral e ponto. Ele tinha sido o precursor da viagem no tempo, sim, mas olhe até onde aquilo os tinha trazido. Mexer com a integridade do espaço-tempo era inconsequente e complexo.

Mas não tinham escolha.

Savór deixou isso bem claro quando acenou com a mão e o soldado mais próximo de Nate ergueu a arma para ele.

— Espere, não! — gritou Evie, arregalando os olhos. — Sim, é o que nos fará voltar. Os braceletes têm uma conexão direta com o acelerador de partículas que nos trouxe. Precisamos retornar ao exato ponto no qual ele está localizado no futuro e ativar os braceletes. É como retornamos.

Ela descreveu o que o cientista que a tinha ajudado a desenvolver os braceletes chamava de ciência dobrafuso, porque manipulava a realidade temporal dos hemisférios em relação aos corpos para que um indivíduo conseguisse permanecer estático em um local e idade à medida que os fusos horários se adiavam ou adiantavam ao seu redor. O bracelete era a âncora que mantinha a pessoa fixa na realidade temporal designada e por isso precisavam voltar ao exato local no qual o acelerador de partículas tinha sido montado no futuro, para que os fusos horários voltassem à posição original na linha cronológica deles sem erros ou partes dos viajantes temporais se perderiam para sempre por dimensões alheias.

— Fascinante — comentou Savór, e acenou novamente, fazendo o soldado aproximar a arma de Nate.

— Por favor, isso é tudo! — Evie ganiu, voltando a lutar com os homens segurando seus braços. — Eu juro que é o que acontece, é a verdade!

— Não faça isso! — Evelina tentou empurrar o braço do agente apontando a arma, mas foi bruscamente afastada e tropeçou para trás.

Jonathan gritou algo atrás deles, mas ela também o viu sendo contido pelos dois guardas próximos à sua cadeira no instante em que tentou se levantar. Nate permanecia parado com a mandíbula trincada, o cano da arma daquele soldado ainda pressionado em sua nuca.

— Ah, eu acredito em você, minha jovem. Só não confio na sua riqueza de detalhes. — Observou as duas variantes com uma clara indecisão, e o pânico envolveu o coração dela com um aperto de ferro. — Vou deixá-los decidir, é apenas justo.

— Como assim? — Evie tinha os olhos esbugalhados, arfante.

— Preciso de um dos braceletes, é claro — explicou, como se fosse óbvio. — Quero estudá-lo eu mesmo.

Ele queria retirar o aparelho de um deles para destrinchá-lo, aprender a respeito da tecnologia. Matando uma das variantes no processo.

Não. Não, não, ele não...

— Não pode fazer isso — disparou Evelina, mortificada.

— Mas, minha cara, você já tem aquele. — Apontou para Jonathan, como se não entendesse seu desespero. — É ele que importa. Esse — indicou Nate com a cabeça — não é real. O futuro mudou e continuará mudando, vamos nos assegurar disso. Quando ele voltar para a própria época, a linha do tempo precisará se reestruturar numa continuidade da qual nenhum deles faz parte mais, e a essência de quem ele é se perderá. Suas variantes não existirão, e consequentemente elas não existem. É inevitável.

E esses fatos não tornavam nada daquilo melhor.

Significava que a guerra não explodiria, que todas aquelas pessoas não morreriam e que o futuro no qual a Insurreição se erguia com a ajuda de Evie e Nate não aconteceria. Jonathan e Evelina não chegariam a se tornar suas variantes. Eles nunca o fariam, praticamente desde o momento em que os tinham conhecido e toda a perspectiva deles tinha se alterado.

Mas ainda era assassinato.

Um deles ainda morreria, com ou sem futuro para o qual voltar.

— Eles precisam deles! — Jonathan começou a dizer de onde estava, o rosto macilento pela ferida feia em sua perna ainda demonstrando fúria. — Não precisa tirar, apenas ...

— Calado — murmurou Savór, alternando o olhar entre as versões do futuro com relutância. — Hum, qual eu devo...

— Ela ajudou a programar essas coisas — Nate disparou de súbito, os membros retesados e os olhos faiscando para o inventor. — Sabe dizer como funcionam, para que serve cada peça. Ainda pode arrancar algo dela quando tiver o meu bracelete.

— Não ouse! — Evie gritou, se debatendo contra a contenção dos soldados em horror. — *Nate, não!*

— Tire o meu — ele respirou baixinho, sem desviar a mira de Savór enquanto ela berrava a plenos pulmões e os olhos de Evelina se enchiam de lágrimas. — Evie será mais útil para você.

Ela tentou avançar para empurrar o magnata, mas o sexto e último soldado agarrou seus braços por trás, o aperto doloroso lhe fazendo soltar um arquejar baixo. Jonathan também se contorcia para tentar escapar dos dois forçando seus ombros na cadeira, inutilmente. Se ele se movesse demais, a perna pioraria.

Como tudo isso tomou essas proporções?

— Não serei! — vociferou sua versão do futuro, o rosto avermelhado e furioso, mesmo que ainda retorcido com o pânico. — *Não vou te dar nenhuma merda de informação se tocar nele, está me ouvindo?! Tire esse bracelete dele e você está MORTO!*

Savór inclinou a cabeça, a expressão pesarosa.

— Sinto muito, querida. — Ele voltou a se aproximar de Nate com passos firmes. — Mas o argumento dele foi mais convincente.

— *NÃO! Por favor!* — Evie implorou, e um soluço agoniado rasgou seu peito. Lágrimas escorriam pelas bochechas de Evelina. — Eu te mostro como construí-los! Direi como manipular os fusos na linha do espaço-tempo! *Não faz isso, por favor!*

Os homens segurando-a grunhiam com os esforços para mantê-la cativa, impedi-la de se libertar.

— Você me dirá todas essas coisas, sim, ou a versão mais nova dele será a próxima — apontou para Jonathan, e Evie chorou mais alto.

— Você prometeu que não o machucaria! — Evelina lutou contra o aperto do oficial mantendo-a presa, os ombros gritando com os gestos brutais para livrar-se do agarre.

Savór observou seu desespero de forma inexpressiva, revoltantemente fria.

— E eu normalmente cumpro minhas promessas, senhorita Marchald, mas sua variante não quer colaborar. Se ela não obedecer, me livrarei do Capitão Arantes sem nem pensar duas vezes — ameaçou, o rosto imóvel numa máscara autômata tão dura quanto a dos bioandroides. — Se por acaso ela ou você ainda se recusarem a cooperar após isso, seu pai e seu padrasto seguirão o destino do Capitão. Eu disse que os manteria em segurança caso você me auxiliasse e trabalhasse comigo, senhorita Marchald, e não é o que está fazendo.

É claro que ele a enganara. É claro que ele moldaria as regras ao seu bel-prazer no momento em que as coisas saíssem do seu controle. É claro que ela não poderia ter esperado nada diferente de um sociopata.

— *Por favor!* — rugiu Evie, a voz falhando e o corpo se machucando pela violência com a qual se debatia. — *POR FAVOR!*

Nate se aproximou dela uma última vez, e sua garganta se moveu com dificuldade quando ele envolveu o rosto úmido da esposa com as mãos e a voz embargada murmurou baixinho:

— Sabe que não suporto te ver chorar, doçura — ele tentou sorrir, os olhos azul-cobalto suaves. — Não chora.

— Nate — ela soluçou, e o som foi como se toda a agonia de uma vida se condensasse em uma palavra. — *Nate.*

— Eu te amo, está me ouvindo?

— Não vá. — Ela sacudiu a cabeça freneticamente, e Evelina se obrigou a assistir mesmo com o estômago revirado, com a dor massacrando suas costelas. — *Não vá não vá não vá.*

— Não faça isso com eles — ela pediu baixinho, a voz alquebrada, o coração em pedaços. Jonathan estava paralisado de onde os outros soldados ainda o seguravam, o peito subindo e descendo sem controle.

Não faça isso conosco.

— Eu sinto muito mesmo, querida. — Savór, aquele desgraçado doente, permitiu aquela última interação entre eles com uma rigidez pragmática na face. — Olhe pelo lado bom, pelo menos uma parte de vocês sobreviverá naqueles dois. — Indicou as versões do presente deles com a cabeça.

Mais soluços sacudiram o corpo de Evie.

— Não olhe. Prometa que não vai olhar, está bem? — pediu Nate, o timbre oscilando quando as mãos de Savór se assomaram sobre o aparelho em seu pulso. — Eu te amo.

A mulher apertou os olhos fechados, sem conseguir respirar ou parar de se debater.

— Diga que me ama também — pediu ele, um riso fraco e cheio de dor deixando seus lábios. — Sabe que meu ego precisa de alguns afagos de confiança de vez em quando.

— Para! — Jonathan se contorceu, gritando. — *Para!*

E tudo aquilo tomou proporções milhares de vezes piores. Era tão *ele,* tão seu Capitão de Araque. Brincando com o perigo até o maldito fim. Sorrindo para consolá-la mesmo diante de uma viagem sem volta. Era seu Jonathan. Mais velho, mais maduro e calejado, mas ainda ele.

E Savór estava prestes a matá-lo. Estava fazendo todos eles assistirem.

Fazendo Jonathan e Evie assistirem, sua versão mais jovem e sua esposa.

— Eu te amo — chorou ela, as lágrimas descendo em enxurradas. — Sempre vou amar, Nate. *Sempre*, me ouviu?

Doía. Doía e doía e doía tanto.

O peito de Evelina parecia prestes a se desmantelar, e ela sabia que isso mal era uma fração do que Evie estava sentindo naquele momento. Se nela doía com a força de um incêndio, em Evie doía com a intensidade de mil sóis.

Savór desafivelou o bracelete, o fecho se soltando com um clique.

Nate sorriu.

— Melhor mesmo, garota gênio.

Então lançou um último olhar na direção de Evelina, os lábios murmurando sem som algum:

Agora.

Ele girou num golpe inesperado, desarmou o soldado apontando o blaster para sua nuca e arremessou a coisa longe em segundos antes de empurrar Savór com força, agarrando o bracelete já solto em seu pulso e atirando-o do outro lado da região central de comando.

— *Não!*

O magnata gritou, disparando atrás da peça no mesmo segundo.

E instantes depois que o material do aparelho deixou de tocar o pulso da variante do Capitão, seu corpo começou a convulsionar. Diferentes versões de Jonathan, Nathan, Nate, se amontoaram diante dos seus olhos sob o mesmo corpo, a convergência de diferentes anos e realidades se chocando num ponto só. E ele gritou.

Alto.

Evie o acompanhou num lamento que terminou de partir a alma de todos ali, e algo nela se quebrou permanentemente. Com a distração assombrada dos soldados, ela foi capaz de soltar um dos braços e acertar uma cotovelada no nariz do sujeito que antes a estava segurando, agarrando a arma no coldre dele e atirando contra o peito do oficial no mísero segundo em que ele recuou para exclamar com a dor do golpe.

O homem que estava agarrando Evelina a jogou de lado para imediatamente ir auxiliar seus colegas na maior ameaça iminente; Evie. Era sua chance. Sem perder tempo enxugando as lágrimas ainda caindo pelo seu rosto, Evelina correu para o painel de controle central enquanto sua versão mais velha lutava por ambas, urrando e golpeando e atirando contra os três homens tentando conter toda a cólera de um coração despedaçado.

Ela não tinha muito tempo.

Tentou acessar o painel central pelo teclado do visor, e para sua surpresa toda a tela piscou em vermelho com uma notificação escandalosa de alerta: *digital não reconhecida*. Quase soltou um palavrão. Aquele desgraçado tinha instalado identificadores biométricos até no teclado principal. Evelina disparou para o próximo painel, e para o terceiro e quarto, sem nem parar para respirar até que um deles, menor e secundário, aceitou seu toque e abriu uma tela ainda bloqueada inicialmente.

Ela mal teve tempo para soltar uma exclamação de vitória quando uma mão pesada a agarrou pela raiz do cabelo, puxando com força.

Evelina gritou de dor, lágrimas voltando a pinicar seus olhos, face a face com um dos soldados que estavam contendo Jonathan anteriormente, a montanha de músculos com o cavanhaque.

— O que pensa que está fazendo, sua putinha? — rosnou em seu rosto, e ela tentou em vão se libertar com gemidos sôfregos a cada puxão de cabelo violento que ele lhe dava para mantê-la no lugar.

Quando o agente tentou arrastá-la para longe, Evelina girou rápido no lugar e meteu uma joelhada entre as pernas do idiota por puro instinto. Ele rugiu de ódio, atirando-a contra um dos painéis com brutalidade o suficiente para quebrar o vidro, e ela caiu no chão depois de atingir o visor com um ruído fraco e sem fôlego. Toda a lateral do seu corpo estava gritando em agonia. O soldado a encarou de cima com os olhos queimando de raiva, a mão se dirigindo para o eletrocassetete no lado direito do cinto.

— Sua vagabun...

Um disparo soou e o homem estremeceu ao arregalar os olhos de súbito, caindo de joelhos e tombando no chão quase em cima dela logo em seguida, as pupilas imóveis e a boca ainda entreaberta de surpresa.

As costas fumegavam com o tiro que Jonathan lhe dera por trás.

Ele tinha conseguido roubar a arma do sujeito com quem estava lutando também, notou Evelina, mesmo com a perna ferida. Sem o segundo agente contendo-o por ter ido atrás dela, ele tinha rolado no chão aos socos com o primeiro, pegando o blaster dele e atirando quando o outro estava distraído.

O instante que sacrificara para ajudá-la tinha lhe custado caro, no entanto.

O homem com quem ele ainda lutava chutou sua mão que segurava a arma, arremessando-a longe e prendendo-o numa chave de braço mesmo enquanto Jonathan vociferava e resistia com tudo que tinha. O piso imaculado estava agora manchado com o sangue dele, escorrendo da perna ferida em um fluxo constante graças aos movimentos bruscos.

Passos rápidos e coléricos se aproximavam pela sua direita, e ela teve um vislumbre veloz da expressão irada de Savór a alguns metros de distância, retornando para onde estavam com o bracelete de Nate em mãos.

Rápido, rápido, rápido! Nate não te comprou esses segundos com a vida à toa!

Evelina se levantou aos tropeços, o coração a mil e inúmeras partes do corpo estremecendo com os novos ferimentos espalhados pela sua anatomia, a respiração descompassada e as mãos instáveis. Seus então dedos frenéticos abriram o sistema de segurança inicial com uma lentidão enlouquecedora.

— Ativar reconhecimento de retina! — gritou para o comando de voz, o tom falhando com o desespero. — *Ativar reconhecimento de retina agora!*

Uma luz fina piscou no painel secundário, escaneando seus olhos nos nanossegundos mais tensos da sua droga de vida, e uma mensagem apitou na tela logo após, sendo repetida pela interface num tom robótico.

Retina não cadastrada. Catalogar biometria?

— *Sim!* — berrou.

— *Bloqueio integral de sistemas!* — Savór berrou acima dela, a voz ribombando como um estouro pela estrutura inteira.

Todas as telas holográficas antes azuis piscaram algumas vezes, chiando baixo, e ficaram brancas num tom opaco. Desativadas até segunda ordem. Os batimentos dela pareciam ter estancado no peito, apesar da pressão sanguínea pulsando loucamente em seus ouvidos como tambores.

Não. Não, precisa ter funcionado, precisa ter...

Algo lhe agarrou pelo ombro, e um tapa estalado e dolorido esbofeteou seu rosto em seguida.

— *Evelina!* — Jonathan gritou em algum ponto atrás dela, sons de corpos se chocando e se debatendo sucedendo a voz dele.

— Escute aqui, sua menina burra e risível. — Savór agarrou o queixo dela com força, olhos escuros injetados e irritados, fincando as pontas dos dedos em suas bochechas com agressividade o bastante para Evelina achar que ele deslocaria sua mandíbula. — Não sei o que estava pensando em fazer, mas é com *muitíssimo* gosto que eu te informo que me desagradou o bastante para me fazer matar você e seu Capitão. Não valem nem metade desse caos que estão causando.

Mesmo com lágrimas nos olhos pelas fincadas de dor no rosto, Evelina ainda conseguiu cuspir na cara daquele maníaco desgraçado, e foi ainda mais satisfatório do que pensou que seria.

Ele cerrou as pálpebras devagar, tremendo com a raiva, e a atirou no chão com descaso ao notar que Evie e Jonathan ainda estavam tentando lutar.

Três dos quatro guardas jaziam aos pés da variante mais velha dela, e a mulher ainda lutava de forma literal com unhas e dentes contra o último, o lábio cortado e o supercílio sangrando, mas atacando seu oponente sem trégua ou pausa, mais animal que pessoa. Jonathan estava perdendo a batalha contra o agressor dele graças aos ferimentos o incapacitando, porém ainda irrevogavelmente determinado.

— *Chega!*

Savór rosnou ao digitar alguns padrões na própria pulsotela, e os bioandroides ganharam vida.

Evie e Jonathan estavam imobilizados em segundos.

A homônima do futuro dela ainda chorava, arfante e parecendo perder as forças agora que a luta estava supostamente acabada, como se todo o conflito dos últimos minutos não tivesse passado de um lapso de memória. Presa quase que num abraço pelo autômato, as costas apertadas contra o peito da carcaça metálica, seus ombros tombaram e sua cabeça caiu, as lágrimas pingando suavemente no chão. Jonathan também tinha fechado os olhos, ofegando pesadamente e tremendo de leve no agarre inescapável do autômato. Evelina não sabia como ele ainda estava consciente.

Nada tinha restado no lugar onde Nate antes estava.

Ele tinha parado de gritar há longos segundos, e então simplesmente desaparecera. Ao tirar a âncora da versão mais velha de Jonathan daquele momento e lugar na linha do espaço-tempo, Savór tinha condenado aquela versão a se perder na mesma. E parecia uma versão terrível de um inferno infinito. Nate e Evie tinham gritado durante todo o tempo.

Evelina sentia as costelas prestes a implodirem com a dor, emocional e física, e o choro não parecia nem perto de cessar. Precisava ter funcionado. Não era para nada daquilo ter acontecido, nenhum deles devia ter se sacrificado. Ela tinha tentado iludir Savór aceitando aquela proposta apenas para conseguir acesso ao painel, para se aproximar do sistema principal não importando quanto tempo levasse.

Nate tinha morrido para lhe dar aquela chance.

Por favor, que tenha funcionado.

Por favor.

Mas todas as telas ao redor continuavam naquele branco opaco odioso.

Não.

— Vocês são mais idiotas do que eu imaginava — Savór desdenhou, a voz cheia de repulsa. — Tolos sentimentais. Eu ofereço a chance de salvar o mundo e vocês a estragam pelo quê? *Amor?* Afeto?

— Você não ia... salvar... *porra nenhuma...* — arquejou Jonathan, tão fraco que ela mal conseguiu escutar as palavras. Se o bioandroide não estivesse o prendendo de pé, Evelina tinha a agonizante impressão de que ele já estaria caído no chão.

Ela também não podia falar muita coisa, prostrada aos pés de Savór com o rosto ardendo pelo tapa que ele lhe dera e boa parte dos músculos lesionados o bastante para que não se importasse em tentar se levantar. Apenas cairia de novo.

Pelo menos tinha tentado. Tinha mesmo.

— E vocês não conseguiram salvar nem as próprias vidas, muito menos as das pessoas que poderiam ter ajudado ao meu lado — retorquiu o magnata, parecendo verdadeiramente desapontado por detrás da raiva. — Quero que morram sabendo que não adiantou nada. Com essas belezinhas aqui — ele ergueu o bracelete que tinha pegado de Nate e depois apontou para os bioandroides, um sorriso satisfeito esticando seus lábios — eu mesmo desvendarei a tecnologia e ciência dobrafuso e arranjarei um jeito de moldar o futuro ao meu gosto. Caso algo aconteça, apenas retornarei ao passado e direi a mim mesmo para evitar o ocorrido. Obrigado pelo auxílio, meus caros.

Evelina estava tremendo.

Eles tinham arruinado tudo. Tinham dado as informações e os aparelhos a Savór de mão beijada, e agora toda a Nação-Mãe estava em risco. Todo o futuro estava condenado. A Insurreição nunca representaria ameaça àquele tipo de poder e recursos, não importando quem assumisse o comando no lugar deles.

Ela nunca devia ter tentado bancar a heroína.

Savór girou na direção dela, erguendo a pulsotela com um semblante abominavelmente deliciado.

— Alguma última palavra, senhorita Marchald?

Seu olhar encontrou o de Jonathan do outro lado do recinto, as íris cobalto apagadas e ainda tentando se manter conscientes para observá-la uma última vez. Ela não conseguia falar. Não conseguiria colocar em palavras. E ainda assim o rosto dele suavizou.

Eu sei.

E era o bastante.

Ela então voltou a mira para o homem apontando a arma na pulsotela para sua cabeça, puro desafio queimando em seus olhos ao erguer o queixo.

O magnata sorriu, zombeteiro.

— Não? Tudo bem.

Evelina fechou os olhos, inspirando trêmula uma última vez.

E nada aconteceu.

Longos segundos se passaram. Cinco, dez.

Ela abriu os olhos então, estupefata, para encontrar Savór batendo na própria pulsotela com irritação, como se a coisa tivesse dado defeito. Evelina piscou.

Ele grunhiu um impropério, gesticulando na direção de um dos dois soldados restantes em cólera.

— Me dê sua arma — ordenou, perdendo a paciência quando o homem não se moveu rápido o bastante. — Me dê logo! Ou então mate essa vagabunda de uma vez!

Então uma voz robótica feminina ecoou pela estrutura inteira, advinda dos alto-falantes, e toda e cada tela no lugar se acendeu em azul-turquesa berrante, vívido e potente:

— Acho que hoje não, babaca.

XXVI

Consequências das quais não se consegue escapar

Colbie.

Tinha funcionado.

Evelina quase gritou de alegria, o coração ameaçando sair pela boca.

O rosto de Savór empalideceu vários tons, ficando tão branco quanto cera.

— O quê… *O que é você?!* — exigiu, a voz se exaltando com a incredulidade. — Essa cachorra colocou um vírus autônomo no meu sistema?! Iniciar protocolos de defesa!

— Vírus autônomo é a sua mãe, vagabundo! — Ofendeu-se a I.A. de Evelina, as telas milagrosamente azuis vibrando na frequência da voz dela agora que Colbie tinha reiniciado a matriz principal e assumido o controle de tudo que ela regia. E isso se resumia a tudo *mesmo*, descobriu ela, não com pouca satisfação. — Vamos ver se você fica tão saidinho sem todos esses brinquedos caros.

Pátria toda misericordiosa, Evelina nunca tinha ficado tão feliz de ouvir aquele tom debochado *na vida*.

A pulsotela no braço de Savór estalou e soltou faíscas, superaquecendo e emitindo fumaça em seu braço até quase fazê-lo sapatear enquanto tentava tirar a coisa a todo custo. Uma frota de suportes de flutuação subitamente se ergueu sozinha e começou a atacar os dois guardas restantes do magnata, atropelando seus troncos e batendo em suas cabeças até que um deles desmaiou e o outro saiu correndo para longe, mal conseguindo chegar à porta antes de ser esmagado pelo contingente de aparelhos. Motores rugiram, naves tiveram seus propulsores iniciados, termoindicadores acenderam e luzes piscaram por todos os lados à medida de Colbie ia ativando qualquer aparelho possível para adicionar no caos.

Foi quando os bioandroides entraram em pane repentina, os membros fazendo movimentos bruscos e descontrolados, soltando Evie e Jonathan ao estremecerem, chacoalhando e repetindo *"processador central danificado"* sem parar antes de começarem a atirar um no outro. Eles estavam conectados à pulsotela de Savór antes, o que devia ter permitido que a I.A. conseguisse hackear a matriz deles também.

Toda a estação estava conectada à matriz principal. Colbie estava dentro de cada aparelho ligado à rede lá dentro, como estava no laboratório de Evelina. Era sempre mais fácil controlar um local de trabalho como o deles de um ponto só, e ela nunca tinha ficado tão grata por esse fato quanto naquele momento.

— Não — Savór, por sua vez, encarava a cena na mais pura descrença horrorizada. — *Não*.

Era sua vida, seu trabalho, sendo maculado e profanado bem diante dos seus olhos, e no fundo Evelina teria se solidarizado em qualquer outra situação.

Não naquela.

A versão mais velha dela mal lhe deu uma segunda olhada ao escapar da contenção do autômato; sua mira se cravou em uma das armas caídas na luta contra os quatro homens que a tinham enfrentado e ela já estava em sua mão em segundos.

No instante seguinte a mulher se pôs a correr na direção de Savór, olhos reluzindo com o desejo alucinado de vingança.

Ele tentou fugir.

Para seu azar, Evelina ainda estava bem atrás dele. Ela esticou a perna e enroscou o tornozelo no dele, fazendo o homem cair justo quando estava arrancando para disparar na direção oposta. Ele tropeçou com um gemido sobressaltado, e foi tempo de atraso o suficiente na fuga para que Evie o alcançasse e enfiasse um soco em sua mandíbula, o golpe forte o suficiente para fazer Savór perder o equilíbrio e cair.

Evelina já tinha se erguido, os olhos faiscando enquanto Evie mirava no magnata, o rosto contorcido em fúria. O semblante dele se encheu de verdadeiro terror à medida que a realidade se assentava, o temor misturado à confusão incrédula, como se ele ali erguido nos cotovelos não conseguisse acreditar que o jogo tinha virado tão rápido. Uma parte dela quase não acreditava também, mas ninguém a veria desperdiçando a oportunidade com discursos longos e inflamados.

Quando sua versão do futuro apontou o cano do blaster para a testa dele, Evelina rosnou, um sorriso maldoso se abrindo em seus lábios:

— *Dulce et decorum est pro patria mori,* desgraçado de merda.

Evie apertou o gatilho.

O disparo ecoou pelo ambiente, seguido por um longo e atordoante silêncio.

E Savór estava finalmente morto.

Ela não conseguia sentir nada além de alívio.

O primeiro vislumbre de satisfação depois da morte de Nate chegou a torcer o canto dos lábios de Evie quando ela cuspiu no cadáver de Savór, caído moribundo com um pequeno buraco fumegante no meio dos olhos, e grunhiu:

— Acha meu argumento convincente agora, filho de uma puta?

As duas tinham as respirações descompassadas, os rostos corados e gargantas secas.

Acabou.

Acabou.

Ela queria chorar e rir e cair de joelhos e nunca mais levantar, nunca mais...

— Patroa Evelina — a voz consternada de Colbie ecoou acima delas outra vez. — A frequência cardíaca do Capitão Arantes está perturbadoramente baixa.

Evelina e Evie arregalaram os olhos, girando nos calcanhares e disparando na direção do corpo caído de Jonathan no mesmo segundo. Ele estava pálido, tão pálido que parecia a porcaria de um fantasma. Tinha perdido tanto sangue que havia uma poça vermelha no piso embaixo dele, o peito mal se mexendo para sorver o mínimo de oxigênio.

Qualquer pensamento coerente sumiu da cabeça dela.

— Jonathan — Evelina cuidadosamente pousou a cabeça dele em seu colo, mesmo instável com o pânico dominando sua mente. — *Jonathan*, está me ouvindo?

Nada. Ele nem parecia estar respirando. O desespero se tornou um bolo entalando sua garganta.

Não.

Não, não, *não*...

Por que ela não viera antes, por que não o ajudara antes?! Por que gastara tanto tempo com Savór quando Jonathan estava *morrendo?*

— Ele precisa de ajuda médica urgente — a voz de Evie estava tão trêmula quanto ela se sentia por dentro.

— Colbie — Evelina implorou, o tom embargado e as lágrimas pinicando o canto das suas pálpebras.

Ele não podia morrer. Não iria morrer. Ela não conseguiria passar por tudo aquilo e perdê-lo no fim, também. *Não conseguiria.*

— Há uma câmara luminocelular no terceiro nível da estação — informou sua assistente de pronto, e três suportes de flutuação já estavam descendo na direção deles para levar o trio até o local. — Estou iniciando-a para o Capitão Arantes.

Um pequeno alívio. Jonathan não tinha tempo para que o levassem até o hospital especializado mais próximo, mas uma câmara luminocelular ali já o tiraria da beira do abismo. Era comum que engenheiros como ela e Savór tivessem a cura acelerada ao alcance imediato; acidentes aconteciam com frequência no ramo de trabalho deles e o normal que precisassem da medtec quando algo explodia ou caía em cima deles por azar.

Elas chegaram ao terceiro nível pelo longo fosso aberto no centro da estação, na qual do primeiro andar se era possível ver o teto do quinto e último, os níveis se organizando em estruturas laterais circulares ao redor do fosso. Evelina teria ficado maravilhada com toda a coisa em qualquer outro momento, mas naquela situação em específico ela mal conseguiu tirar os olhos do corpo inquietantemente estático de Jonathan.

Colbie abriu a porta da câmara de forma remota e o suporte de flutuação dele entrou, enquanto o dela e o de Evie tinham sido descartados ao chegarem ao nível três, já que correr agora que tinham chão sólido sob os pés era muito mais rápido. As duas entraram juntas e passaram Jonathan rapidamente para a maca de lençóis verdes-jade no meio da câmara de formato hexagonal, apenas um pouco maior do que a que tinha no laboratório, e saíram às pressas para que a I.A. pudesse ativar o processo de cura.

Elas estavam ambas machucadas o suficiente para que precisassem de tempo na câmara também, mas não ousaram arriscar. Se curarem ao mesmo tempo que ele significava menos luminocélulas trabalhando nos ferimentos de Jonathan, e os dele eram muito mais graves que os seus. Ele precisava de toda a potência do aparelho primeiro de forma individual, já que seu corpo necessitava da aceleração da produção de células vermelhas imediata graças à perda de sangue, contenção da possível infecção em sua perna e quaisquer outras hemorragias internas ou ferimentos mais sérios.

E isso precisava salvá-lo.

Precisava.

Longos, intermináveis e excruciantes minutos se passaram. Ela queria tanto segurar a mão de Evie, e não podia. Queria tanto ser abraçada ou consolada ou poder chorar no ombro de alguém, principalmente alguém que entendia sua dor de forma tão indescritível quanto sua variante. Ela só queria chorar e chorar e chorar, mas seus olhos estavam secos e arregalados ao ponto de doer, porque Evelina temia que o próximo segundo em que piscasse por tempo demais pudesse ser o último de Jonathan.

Nem ela nem Evie suportariam.

Finalmente depois do que pareceram horas, mas não devem ter passado de alguns minutos, a voz aliviada de Colbie voltou a reportar pelos alto-falantes:

— A frequência cardíaca do Capitão voltou a níveis seguros. A infecção foi contida com sucesso e ele se encontra estável.

Evelina desabou.

Ela sentiu a pressão esmagadora se anuviar do seu peito e caiu contra o vidro da câmara luminocelular, as costas escorregando pela superfície enquanto ela chorava e se deixava sentar no chão com um baque. Soluçando alto, uniu as pernas junto do peito, enfiou o rosto nas dobras dos cotovelos e esvaziou.

Tudo.

Todo o medo que sentira nas últimas horas e dias. Todo o pânico e desespero que lhe fizeram achar que morreria diversas vezes em diversas ocasiões. Todo o estresse e o perigo que esgotaram seu emocional, deixaram seu psicológico em frangalhos, marcaram-na com cicatrizes físicas e mentais. As ameaças que sua família sofrera, o massacre que presenciara, a morte de Nate e Jonathan quase seguindo pelo mesmo destino. Era demais, era... *demais*. Ela não conseguia respirar, não conseguia parar de chorar e nunca mais conseguiria voltar a ser quem era antes.

A exaustão caiu sobre ela feito uma bola de demolição, e Evelina se deixou quebrar.

De novo e de novo, repetidamente e sem parar.

Depois ela se ergueria e juntaria os cacos, mas por agora ela só queria sofrer. Abraçar a dor, absorvê-la e deixá-la ir. Tinha a sensação de que explodiria se não fizesse isso. Aquilo a consumiria.

Quando pareceu que nenhuma mísera gota de água tinha sobrado em seu corpo, ela por fim ergueu a cabeça e olhou para o lado.

Evie tinha se sentado contra o vidro também, mas ao contrário dela, estava agonizando em silêncio. Os olhos castanhos encaravam o vazio, perdidos em um ponto que Evelina não conseguia ver ou alcançar, as lágrimas escorrendo pelas bochechas de forma ininterrupta, e ainda assim nenhum som deixava seus lábios. Ela sabia que sua dor não significava uma fração da dor da sua variante mais velha, naquele momento. O Jonathan de Evelina tinha sobrevivido, afinal.

O de Evie fora morto na frente dela.

— Eu sinto muito — murmurou Evelina, a voz rouca e desgastada pelo choro, sentindo o tom voltar a se embargar quando gaguejou: — Eu s-sinto muito, Evie.

Ela apenas fechou os olhos, mais lágrimas descendo quietas.

Se algum dia precisasse montar uma imagem mental de *dor*, aquele momento sempre lhe viria à cabeça.

O rosto da versão mais velha dela pareceu se quebrar por um momento, os lábios tremendo e a garganta oscilando.

— Ele gritou… tanto — respirou baixinho, a palavra vacilando na última sílaba. — *Tanto*.

Evelina não sabia o que dizer, o que fazer além de chorar junto com ela.

Nada que pudesse dizer ou fazer melhoraria aquilo.

— E eu nem pude… p-pude fazer nada — Evie fungou, os olhos se enchendo de uma amargura lancinante, de uma agonia palpável.

— Você matou Savór. — Tentou lembrar, o peito apertado.

A mulher balançou a cabeça, apertando as pálpebras e tentando conter o choro.

— Eu o teria deixado vivo se pudesse ter Nate de volta. — O nome dele pareceu parti-la ao meio, e Evie não conseguiu reter a enxurrada de lágrimas. — Eu teria queimado o mundo até as cinzas se pudesse tê-lo de volta.

Elas voltaram a chorar em silêncio depois disso, porque mais do que nunca, *nada* do que pudessem dizer ou fazer melhoraria aquilo.

Colbie pareceu respeitar o momento, porque esperou uns bons dez minutos antes de informar, a voz contida e quase apagada, sem sua zombaria ou sarcasmo habitual:

— O quadro do Capitão Arantes avançou bem, e ele está fora da zona de risco grave. — Pressentindo um *mas*, Evelina se preparou para o próximo comentário da I.A. com o coração na mão. — A gangrena se espalhou, infelizmente, e não há nada que as luminocélulas consigam fazer para remover o tecido morto. Atingiu um nível profundo da musculatura e o disparo também afetou alguns nervos. As articulações e a mobilidade do membro estão irrevogavelmente prejudicadas. Temo que uma amputação seja necessária, quando o Capitão puder ser atendido por uma equipe médica especializada.

Ela e Evie se entreolharam, levemente surpresas.

— Represália caótica — disseram em uníssono.

Nate também tinha perdido uma perna em batalha, e Evelina tinha chegado a ver sua prótese metálica e pensado que ele era um ciborgue quando tinham se conhecido. Obviamente, contudo, o incidente dele acontecera muito depois dele ter conhecido Evie, quando já estava lutando ativa e diretamente na Insurreição. O mesmo fato voltara a acontecer com Jonathan, mas de forma diferente e muito mais cedo do que o previsto, como tinha ocorrido com o massacre no Beco.

Era perturbador como tudo aquilo se desenrolava. E quanto mais tempo Evie permanecesse, mais graves Evelina temia que as consequências se tornassem.

— Acho que já esperávamos algo do tipo, Colbie — sua versão do futuro suspirou, observando-a de soslaio. — Foi genial o que fez, sabia? Ser capaz de instalá-la na matriz de Savór. Salvou nossas vidas.

Ela não tinha salvado *todos*, quase adicionou, melancolicamente ácida, mas preferiu não a lembrar desse fato.

Fora a única alternativa possível na qual tinha conseguido pensar, e tinha dado certo por muito, muito pouco. Jonathan já tinha perguntado o que sua lente fazia antes deles realmente se aproximarem, e Evelina desconversara, dizendo ter um problema oftalmológico qualquer. Era o que sempre dizia às pessoas. Entretanto, sua lente especial na verdade era codificada com o algoritmo operacional básico da sua I.A., seu método de backup infalível que ela sempre teria consigo caso algum dia Colbie fosse descoberta ou sabotada pelo Sistema. Ela tinha sido baixada na interface de Savór assim que o painel fez seu reconhecimento biométrico de retina e assimilou a assinatura digital da sua assistente no leitor.

Às vezes até achava que já vinha usando a lente há tanto tempo que o código tinha se autoinstalado no seu cérebro e esse era o motivo pelo qual ela ocasionalmente ouvia a voz de Colbie em vez da própria em sua consciência.

Era loucura, mas uma parte sua acreditava.

Evelina também fez questão de explicar a Evie que o fato dela aceitar se unir a Savór tinha sido um truque para que conseguisse ganhar a confiança dele e se aproximar do painel, já que esse fora o plano que tinha bolado com Nate desde o início, mas sua variante descartou as explicações. Ela já tinha chegado àquela conclusão sozinha, e isso acalmou seu interior ao menos um pouco, portanto, ficou grata.

Foi quando ela se lembrou de algo que sua I.A. tinha dito há algum tempo sobre gratidão.

— Colbie?

— Sim, patroa Evelina?

— Obrigada. — A emoção preencheu seu rosto outra vez, e ela piscou para afastar as lágrimas. — Muito obrigada.

Sua assistente ficou em silêncio por tanto tempo que Evelina pensou que ela tinha voltado ao limbo digital para fazer a Pátria sabia o quê. Se aquele lugar seria um baita de um playground pra ela numa situação cotidiana, para Colbie devia ser a droga do paraíso.

Foi quando a voz robótica respondeu baixinho, soando comovida de um jeito tímido:

— Não tem de quê, patroa Evelina — ela pigarreou logo em seguida, retornando ao timbre animado usual: — Ah, e patroas Evelinas? Achei que gostariam de saber que o Capitão Arantes em breve voltará a si.

— Obrigada, Colbie. — Evie foi aquela a agradecer daquela vez, um fantasma de sorriso repuxando o canto da boca. — Quanto mais rápido eu conseguir me despedir, melhor.

Evelina suspirou quando elas se ergueram de pé juntas, observando Jonathan ainda ressonando em silêncio na maca com o peito se apertando por diversos motivos.

— Queria que pudesse ficar — admitiu baixinho, constrangida. — Mas sei que não pode.

— Não poderia nem se quisesse — concordou ela. — E não me entenda mal, mas... não quero. Não há mais nada para mim aqui.

E não tinha como julgá-la por se sentir daquele modo de jeito nenhum.

— Mas eu... eu tenho uma última missão para você realizar depois que eu me for, Evelina. — Evie se virou para ela com os braços cruzados, o semblante austero.

— Qualquer coisa — assentiu, solene.

A mulher abriu um sorriso melancólico.

— Preciso que destrua qualquer remanescente nosso aqui, tudo que possa ser desmontado e estudado, cuja tecnologia possa ser replicada antes do tempo correto. Os bioandroides, nossas armas, os braceletes, tudo. Isso é vital.

Evelina bufou, quase achando graça.

— Vai precisar me passar o contato daquele mercenário para quem vendeu o blaster, então. — Ergueu as sobrancelhas. Então as franziu, assimilando a sentença com mais lentidão do que gostaria. — Você quis dizer bracelete, não quis? Apenas o de Nate.

Evie não ofereceu resposta.

E quando a mão dela envolveu o lugar onde o aparelho estava alojado em seu pulso, Evelina não precisou de uma.

— Você não vai voltar — concluiu, muito atônita para conseguir emitir uma opinião a respeito.

— Não há para onde voltar, Evelina — replicou sua variante, de repente parecendo mais cansada do que nunca. — Não mais.

Os ombros caídos, as olheiras fundas, os lábios pálidos e a falta de brilho nos olhos. Ela não só não voltaria, como *não queria* voltar.

— Agora todo o futuro de vocês foi alterado, e a realidade que eu conheço já não existe mais, muito menos sem... sem Nate. — A voz dela ainda falhava ao pronunciar o nome dele, e a tristeza voltou a dominar Evelina. — Savór podia ser um maníaco, mas estava certo nesse quesito.

E ela sabia que sim, só não queria aceitar isso.

— Mas não pode... não pode tentar? — insistiu, desolada. — Jonathan está vivo, ele... ele provavelmente estará no futuro para o qual voltar, também.

— Você não é mais quem eu era, Evelina — refutou sua versão mais velha, com um erguer de sobrancelhas em forma de alfinetada. — Você cansou de me lembrar disso ao longo dos últimos dois dias. Não há mais lugar para mim no seu futuro. Nem ao menos sei se conseguiria voltar, se Oscar estaria lá com o acelerador de partículas. Minha existência se tornou um paradoxo completo, porque minha realidade não é mais a premeditada.

E ainda assim, Evie podia arriscar. Ela podia tentar voltar, afinal, o que quer que acontecesse não poderia ser pior do que tirar o bracelete e ter a essência dissolvida na linha do espaço-tempo graças à falta de uma âncora cronológica.

Mas ela não queria. Algo nela tinha perdido a vontade de viver, e essa constatação tornou tudo mil vezes pior. Ela não merecia aquilo. Nenhum deles merecia.

— Tem certeza? — pressionou uma última vez, oscilando.

Evie assentiu sem delongas, como se tivesse feito as pazes com a decisão.

— Sabe, você pode não ser mais quem eu era, mas eu ainda sou boa parte de você, Evelina. — Ela tentou sorrir, engolindo saliva com dificuldade ao se emocionar de forma sutil. — Você vai ditar nosso futuro de um modo inteiramente novo agora, e eu mal posso esperar para ver quem vamos nos tornar dessa vez. Sei que vou ter tanto orgulho dela quanto tenho de mim e de você.

— Porra, vocês são simplesmente adoráveis, sabiam? — a voz rouca de Jonathan saiu abafada pelo vidro da câmara luminocelular, mas as duas ainda tinham ouvido cada palavra perfeitamente.

Um sorriso enorme e cheio de alívio rasgou os lábios de Evelina, os olhos marejando de forma involuntária, e ela correu para a porta da câmara com Evie logo atrás. Ele estava mesmo acordado, observando-as da maca, ainda piscando sonolento. A perna tinha parado de sangrar compulsivamente, e boa parte da cor já tinha voltado ao seu rosto. Jonathan estava vivo e estava bem – ou o mais próximo disso possível, considerando tudo.

Quase orbitando parada ao redor dele feito um planeta, o nervosismo a fez estancar de súbito e encarar seus olhos muito, muito azuis com uma relutância aflita.

— E *você* me d-deu um baita de um susto, sabia? — balbuciou, abalada demais para pensar em algo mais espertinho. — Juro que se você tivesse morrido, e-eu... eu...

— Tinha me matado? — Ele olhou para Evie, então, como se compartilhassem uma piada interna, e ela lançou uma piscadela a ele.

Evelina assentiu comprimindo os lábios para não chorar, sem controle sobre as próprias emoções, e as linhas travessas no rosto de Jonathan se desmancharam. Ele esticou os braços na direção dela, compreendendo sem que uma mera sílaba fosse trocada.

— Vem cá, doçura.

Uma das lágrimas lhe escapou, deslizando petulante pela sua bochecha mesmo depois de muito esforço para contê-la quando ela se inclinou sobre seu corpo e ele a envolveu num abraço doce, o mais apertado que conseguia mediante as próprias condições.

Quando elas tinham alcançado o corpo dele e Jonathan não tinha mostrado sinais de resposta quando Evelina chamara seu nome e tentara acordá-lo, a face pálida e o peito praticamente imóvel... Ela não queria passar por aquilo nunca mais. Nunca mais.

Depois de extensos minutos apenas resfolegando contra o abraço dele e tentando parar de soluçar, ela finalmente recuou um pouco e fungou, piscando para se recompor.

— O que houve? — ele indagou, calmo, mas claramente curioso.

— Do que se lembra?

— Você — confessou, atormentado. — Você olhou pra mim e Savór estava prestes a atirar em você e eu lembro de pensar que aquela era a última coisa... A última coisa que eu queria assistir na vida, e acho que meu subconsciente acatou a sugestão mais que feliz. Eu apaguei.

— Evelina e Colbie salvaram o dia. — Evie se aproximou para revelar, o rosto um pouco contraído com a angústia, mas se forçando a soar bem-humorada.

Jonathan era o motivo, percebeu Evelina, condoída.

Devia ser além de doloroso para ela vê-lo, a versão mais nova do homem que amava, o homem que ela tinha visto morrer há menos de uma hora.

— Colbie? — Jonathan se sobressaltou, arqueando as sobrancelhas.

A I.A. voltou à vida para resmungar pelos alto-falantes, então:

— De nada. Humpf.

Ele soltou uma risada descrente, mas balançou a cabeça como se o gesto representasse algo como *"tá, né"*. Se parecia muito com o pensamento dela mais cedo de *"não acredito que sobrevivemos mesmo"*, porque honestamente ainda não parecia real. Então os olhos cobalto encontraram os de Evie, e o sorriso morreu nos seus lábios.

Ele estendeu a mão para ela, e foi a vez de uma lágrima escapar pela bochecha da variante quando Evie entrelaçou os dedos aos dele, as pálpebras tremulando.

— Eu sinto muito — Jonathan balbuciou, a voz tão baixa que foi difícil discernir as palavras.

— Eu também sinto — ela devolveu, fungando sutilmente. — Por você, também.

As sobrancelhas dele se uniram.

— Não finja que não foi traumatizante para você em diversos níveis também — esclareceu Evie, compreensiva. — A experiência tiraria qualquer um do eixo. Eu não sou a única autorizada a sofrer, aqui.

Nate era Jonathan mais velho, afinal. Ver seu próprio eu do futuro morrer gritando daquela maneira não deixaria o psicológico de ninguém intacto, e Evelina se lembrava de pensar algo parecido durante a coisa toda.

Jonathan limpou a garganta, o pomo de adão oscilando.

— Não sou metade do homem que ele foi.

— Não ainda, não é — ela concedeu. — Melhor dar duro para chegar lá algum dia então, garoto.

Ele acenou com a cabeça, os olhos reluzindo em luto e compreensão.

— Já está indo embora?

Evie e Evelina se entreolharam, e a versão do futuro tentou sorrir ao confirmar com um assentir de queixo.

— Estou. O problema com os androides e com Savór foi resolvido, então já podem se virar sozinhos a partir daqui.

Jonathan não tinha escutado a primeira parte da conversa delas, então, quando estava despertando. Ele não ouvira a parte em que Evie confessara que tiraria o bracelete, como Nate, porque não queria retornar para o futuro, o que não tinha garantia de funcionar, nem viver sem ele.

Não conte a ele, os olhos da versão mais velha dela imploraram, e Evelina cedeu, concordando discretamente. Uma vulnerabilidade atenciosa abrandou o semblante do Capitão ao dizer:

— Foi uma honra, Evelina madura.

A primeira sombra de sorriso verdadeiro pareceu cobrir os lábios de Evie, e ela devolveu, mordaz:

— A honra foi minha, Jonathan verde.

E deixou os dois sozinhos depois que Evelina a fez prometer de que se despediria dela também, pedindo que esperasse por sua versão mais jovem na saída do terceiro nível. Ela então atualizou Jonathan sobre tudo que acontecera com mais detalhes, sobre a morte de Savór pelas mãos de Evie (para a qual ele apenas disse "bem feito") e como ela fizera para enfiar Colbie na matriz principal (para o qual ele exclamou "então é *isso* que essa coisa no seu olho faz!"). Quando ele perguntou como ela estava se sentindo em relação a tudo, Evelina disse que não sabia, já que era tudo muito recente e ainda estava muito misturado no seu peito. Confusão, tristeza, alívio, rancor, medo, cansaço.

Quando ela perguntou como *ele* estava se sentindo, no entanto, a resposta foi:

— Emocionalmente? Igual a você — confessou. — Fisicamente? Um bagaço mastigado e cuspido. Minha perna está doendo pra caralho.

Ela não conseguiu rir, apesar do tom leve.

— Jonathan...

— Vou precisar amputar — ele soltou num fôlego só, expirando as palavras de forma muito menos dramática do que ela teria esperado. — Eu sei.

Piscando, Evelina apenas indagou:

— Como?

Jonathan pareceu achar graça.

— Eu sou militar, garota gênio. Já vi dezenas de pessoas perderem membros por ferimentos muito mais leves que o meu — meneou a cabeça, soando resignado. — Tem coisas que nem a tecnologia e a medicina mais avançadas podem fazer ainda, e eu entendo. Além disso, eu já estava digerindo internamente a questão desde que soube da prótese de Nate.

Pelo menos ele viera preparando o próprio psicológico, então. A represália caótica tinha adiantado o incidente de forma no mínimo desfavorável, mas Jonathan tivera um aviso.

Agora o necessário seria apenas conviver com aquilo.

Ela conversou com ele por mais alguns minutos após isso, sentindo o coração se acalmar e um peso involuntário deixar seus ombros apenas por estar ali ouvindo sua voz, sentada no canto da maca com os dedos entrelaçados de ambos apoiados no peito dele. Vendo sua boca se mexer, seu nariz com as sardinhas charmosas se franzir, notar seus olhos se enrugarem nos cantos a cada vez que ele dizia algo engraçadinho e conseguia fazê-la sorrir. E é claro, podia ser a medtec avançada ao seu redor ajudando a curar suas lesões, mas tinha a impressão de que Jonathan possuía muito mais influência sobre a paz florescendo em seu peito do que a câmara luminocelular.

Ela realmente não sabia se teria aguentado perdê-lo no fim. Depois de tudo aquilo, depois do último olhar trocado, todos os sentimentos nunca ditos…

Mais tarde.

Eles seriam ditos mais tarde, ela disse a si mesma.

— Eu volto já — Evelina informou, a culpa alfinetando seu peito quando a expressão antes tranquila dele esmaeceu. — Antes que Evie decida ir embora sem dizer tchau.

Antes que Evie se dissolva na cronologia do espaço-tempo sem dizer tchau.

— Evelina. — Ele a puxou pela mão quando ela tentou se afastar, erguendo-se sobre um cotovelo com um grunhido. — Uma última coisa.

— Não se esforce desse jeito! — Jonathan continuou trazendo-a para perto mesmo enquanto ela ralhava, os dedos se enroscando em sua nuca. — Vai piorar seu…

Os lábios dele roçaram contra os seus de leve, gentis e hesitantes, e Evelina calou a boca de imediato. Pressionando os seus lábios de volta nos dos seu Capitão de Araque, ela aprofundou o beijo e dissolveu toda aquela hesitação em saudade e esperança, em dor e recomeços e alívio. Em *algo mais*. Fora o modo de Jonathan demonstrar aqueles sentimentos não ditos. Assegurar-se de que estavam intactos.

— Ainda está aqui — ele murmurou baixo quando se afastaram meros milímetros, os olhos azuis reluzindo.

Ela sorriu contra a boca dele, suave.

— Ainda somos nós.

Jonathan roubou um último beijo.

— É tudo que preciso.

Por um instante o coração de Evelina chegou a parar no peito, porque ela não encontrou Evie na porta da saída do terceiro nível da estação, e até considerou estar no lugar errado.

Colbie garantiu que aquela era mesmo a saída, contudo, já que ela não sabia rodar pelo lugar, e ousou tentar abrir a porta antes de sair gritando por Evie feito uma louca pelos andares.

Por sorte, sua versão mais velha estava mesmo esperando no corredor externo à saída. Era uma monstruosidade em mármore creme reluzente do chão ao teto que teria deixado Baniwa aos gritinhos, intercalado vez ou outra por pilares diminutos com arranjos de flores tropicais.

Evie achou graça do seu suspiro aliviado ao vê-la ainda ali.

— Jurei que já teria pulado da forca tempo-dimensional a esse ponto — confessou Evelina.

A mulher revirou os olhos.

— Eu prometi que diria tchau.

Ela concordou, sentindo-se quase vazia.

— Então é isso? — Trocou o peso de um pé para o outro, desconfortável. — Tchau?

— Eu diria que você ainda tem algo a dizer. — Sua variante se recostou contra a parede, braços cruzados e sobrancelha arqueada para sua postura nervosa, e Evelina teve um *déjà vu* da primeira vez em que tinham abordado o assunto. — Desembuche.

Quando viu já estava vomitando as palavras, o beijo de antes e a sensação de segurança que sentira na presença de Jonathan evaporando agora que estava na presença de *Evie*, que estava encerrando a própria existência basicamente porque o amor da sua vida tinha morrido e ela não queria continuar sem ele. Que sentira algo tão forte por Nate e ele por ela que tinha deixado Evelina aterrorizada de viver com aquela sombra sobre suas cabeças, sobre o relacionamento ainda muito novo e frágil que estavam tentando construir.

— Não quero perdê-lo — sussurrou ela, a voz cheia de pânico e agonia. — E se nos afastarmos? Nada do que aconteceu com você e Nate vai acontecer conosco, agora. Mudamos tudo, mudamos…

As feições da sua variante tinham se desarmado, solidárias.

— *Isso* não vai mudar — garantiu Evie, os olhos firmes mesmo subitamente marejados. — Não no que importa, Evelina. O futuro, o tempo… não é uma progressão rígida linear de causa e efeito previamente determinados — sorriu, o tom se embargando. — E mesmo que fosse, azar o dele, porque eu e Nate? Você e Jonathan? Somos fractais. Diferentes e ainda autossimilares.

Ela estava falando da teoria do caos. O peito de Evelina se contraiu, dolorido.

— Atratores de primeira linha, era o que eu costumava dizer a ele — fungou sua versão mais velha, baixando os olhos enquanto tentava enxugar o canto das pálpebras antes que voltasse a chorar.

Conhecia bem a sensação.

A teoria do caos era um princípio aplicado de sistemas dinâmicos, um conjunto de fatos sucessivos que se alteravam ou evoluíam com o tempo, como condições meteorológicas ou a população de um lugar. Quando esse sistema ficava muito sensível às variações iniciais – a brisa do bater das asas de uma borboleta podia se tornar a ventania de um furacão –, ele passava a se chamar sistema caótico.

E embora o caos fizesse parecer que tudo se movia de forma aleatória, desordenada ou imprevisível, na verdade o próprio caos voltava a criar padrões simétricos ao longo do tempo.

E por mais caótica que toda a coisa parecesse, um sistema sempre seguia uma trajetória até determinados pontos outra vez, de novo e de novo, inexplicavelmente. Esses pontos de destino eram conhecidos como atratores – sempre retornando àquele local, como se magnetizados independentemente das adversidades.

Evie queria dizer que, mesmo contra todas as probabilidades do caos, ela e o homem que amava sempre se encontrariam novamente, não importando o que acontecesse ou que consequências esses acontecimentos trariam.

Evelina soltou uma risada fraca e baixa, angústia e esperança se mesclando com humor em suas palavras:

— Gosto de como somos capazes de amar intensa e irracionalmente e ainda fazer soar como lógica científica.

A segunda pequena sombra de sorriso genuíno cobriu os lábios de Evie. Ela inspirou um fôlego longo, profundo, e fez menção de desafivelar o bracelete, mas então hesitou.

— Existe algo que *você* ainda tenha a dizer? — intimou à sua variante, na expectativa.

Recebeu um bufar em tons de confissão como resposta.

— Evelina… Colbie está infiltrada na matriz principal da Corporação Savór, agora — ela lembrou, parecendo indecisa a respeito da reação de Evelina ao fato.

E a sentença a fez assentir, meneando a cabeça ao expirar alto.

— É, ela… ela está.

Evie estreitou os olhos ao escrutinar seu semblante, sem conseguir entender exatamente o que concluir do seu tom. Nem Evelina sabia se entendia. Ela ainda tinha muito para pensar, e muito caos para organizar.

Sua variante pareceu entender isso, e acenou com a cabeça uma última vez, quase leve.

— Quer saber? Dane-se essa porcaria.

E a abraçou.

Forte.

No instante em que elas se chocaram, a mente de Evelina foi puxada para um lugar ao qual ela apenas parcialmente pertencia, e sentiu a mente de Evie ser puxada para a dela de modo tão brusco e confuso quanto. Por intensos e desnorteadores segundos, elas se fundiram em uma, e memórias de uma vida que Evelina nunca tinha vivido se mesclaram às suas.

O dia em que ela completou a décima sexta especialização em engenharia, seus pais sorrindo orgulhosos para ela da primeira fileira do auditório da Universidade Potentarial.

O momento em que ela se viu sendo contatada pelo alto comando insurgente para se juntar a eles na liderança da causa.

A vez em que Jonathan preparou uma surpresa no laboratório com a ajuda de Colbie para pedi-la em casamento que a fez chorar.

Uma noite fria cheia de risadas escandalosas e bebidas quentes junto a pessoas que ela ainda não conhecia, mas que pareciam amigos bastante próximos.

Uma vida perigosa, uma vida cheia de riscos e decisões difíceis, sim. Mas isso não a tornara um monstro, como Savór tinha tentado manipulá-los a acreditar. Deixara-a mais dura, as pontas e arestas mais desgastadas? Com certeza. Mas também a ensinara a valorizar as memórias boas e as pessoas especiais, aquelas que a mantinham seguindo em frente.

Agora, olhando para tudo aquilo, ela não sabia como tinha sentido tanto medo de se tornar Evie antes.

Elas se afastaram de repente com um baque, olhos arregalados e respirações aceleradas. O corpo dela estava quente, como se vibrando com energia pura e estranha, e não foi difícil concluir que mais um pouco daquilo e as duas provavelmente poderiam ter entrado em combustão espontânea. Não conseguia se arrepender do gesto, contudo.

Evelina foi a primeira a emitir reação, um elaborado e articulado:

— Uau.

— É — Evie piscou diversas vezes, sensibilizada. — Uau.

Ela não sabia o que sua variante tinha visto em suas memórias, mas o que quer que tivesse sido, parecia ter iluminado um pouco das sombras que vinham cobrindo suas feições na última hora.

E dessa vez, ela não hesitou em desafivelar o bracelete.

— Você não precisa assistir.

— E você não precisa fazer isso sozinha.

As íris castanhas brilharam com um lampejo de gratidão.

E, com um último arquejar trêmulo, ela fechou os olhos e arrancou o aparelho que a mantinha ancorada àquela realidade temporal do pulso.

Ao contrário de Nate, Evie não gritou. Um ofegar longo deixou seus lábios, dando a entender que o processo era mesmo dolorido, mas talvez saber o que esperar estivesse ajudando-a a tolerar o sofrimento. Sua figura se converteu em várias imergidas em uma; suas versões mais jovens, a versão igual a ela, a versão mais velha e a ainda mais velha que isso se uniram até nenhuma delas restar mais.

Evelina se viu sozinha no corredor então, o bracelete escuro caído contrastando contra o mármore claro.

Evie se fora.

E ainda assim uma parte dela viveria em Evelina pelo resto da sua vida.

Uma lembrança do que tinha sido.

Uma promessa do que poderia ser.

EPÍLOGO

3 MESES DEPOIS

Jonathan estava nos céus, os motores e aerofólios vibrando sob seus pés enquanto cortava as nuvens em arcos um pouco mais abertos e velozes do que o recomendado pela guarda potentarial, e isso sempre o deixava de bom humor.

O sorriso ansioso em seu rosto, no entanto, podia ser creditado a outro fator em vez do de estar pilotando. O nervosismo fazendo sua perna sacudir de forma involuntária também.

As coisas estavam dando inquietantemente certo para ele nos últimos meses, e isso se devia a uma larga gama de motivos. Ele tinha sido admitido na aeronáutica após um pedido de transferência apoiado pela pesada e influente assinatura do Ministro Marchald, que também fornecera uma linda página rasgando elogios a Jonathan a seu registro depois dele ter cumprido seu trabalho como guarda-costas magnificamente bem. Talvez fosse um pouco de favoritismo, mas em defesa dele, Jonathan tinha mesmo feito um ótimo trabalho e salvado a vida de Evelina algumas boas vezes – quase tantas vezes quanto ela tinha salvado a sua. Graças a isso, seu pedido de transferência tinha sido aceito uma semana antes, e ele estava praticamente saltitando de êxtase por dentro.

Contudo, também o deixava nervoso, porque esses tipos de marés de sorte sempre precediam um tsunami de azar na experiência dele, mas Jonathan estava determinado a deixar rolar. Era o que Evelina tinha mandado que fizesse, o que também o levava à verdadeira razão pela qual estava sorrindo sozinho feito um idiota e sentindo o nervosismo acelerar sua pressão sanguínea sem querer.

Ele iria vê-la pessoalmente depois de um doloroso e interminável mês.

Estava pilotando uma linda e novíssima *Orfem*, o primeiro e mais recente modelo que Evelina iria lançar no mercado de naves, e era tão bonita e eficiente que ele sentia vontade de chorar. Jonathan tinha dado algumas dicas a ela na projeção, e não surpreendentemente, o modelo blindado de transporte privativo com geradores de ponta, nove turbinas, processadores de energia sustentável e design impecável já era um sucesso mesmo com só alguns exemplares tendo sido disponibilizados para teste ainda.

Ele tinha recebido autorização para pilotar aquele porque seria a carona da família Marchald para um evento de prestígio naquela manhã. Por isso, controlou-se e reduziu a velocidade antes que arranhasse a pintura daquela belezinha e ganhasse um xingamento quilométrico da sua irritadiça namorada. Ela conseguia ser bem dramática quando queria, e aquela nave precisava chegar intacta na celebração.

E Jonathan realmente não desejava que sua parte preferida fosse arrancada por um alicate e substituída por uma roda dentada.

Era provável que Evelina também não desejasse, mas as inclinações teatrais dela lhe subiam à cabeça de vez em quando.

Portanto, ele teve todo o cuidado no trânsito a partir dali, mesmo que isso o tivesse atrasado um pouco, e sua garota gênio já estava batucando o pé, mãos na cintura, plantada no hangar da casa Marchald quando ele pousou a Orfem e correu para a rampa de saída.

Ela estava tentando *tanto* conter o sorriso e se fingir de brava que Jonathan não aguentou e começou a rir mesmo enquanto descia da nave e se aproximava com passos ávidos.

— Já devíamos ter saído há dez minutos inteiros, Capitão de Araque — ralhou, embora os olhos bicolores reluzissem a cada metro que ele extinguia entre os dois. — Se eu me atrasar pra essa posse, juro que…

Ele a envolveu pela cintura e colou os lábios nos dela, ainda sorrindo enquanto a beijava, e Evelina calou a boca no mesmo instante. Funcionava toda vez. Ela começava a brigar com ele sobre algo, Jonathan a beijava e ela se esquecia completamente do que estava falando em um ou dois minutos. Às vezes ele achava que ela ficava brava de propósito apenas para que ele encerrasse a picuinha com alguns amassos.

Era um acordo mútuo e bastante eficiente.

As mãos dela subiram pelo seu peito e se enroscaram na sua nuca, puxando-o para mais perto mesmo que Evelina já estivesse completamente colada a ele, a boca macia se movendo sobre a sua com cada vez mais fome e desejo.

— Seus pais? — Ele arquejou contra a boca dela, rouco.

— Lá dentro — respondeu com as pálpebras pesadas, pupilas dilatadas e bochechas adoravelmente coradas. Nem um lampejo da gracinha de irritação quanto ao atraso deles tinha restado.

— Graças à misericórdia da Pátria. — As mãos de Jonathan desceram e agarraram a bunda dela, comprimindo o corpo esguio no dele com gosto.

Cacete, ele tinha sentido falta daquilo.

Eles tinham voltado a se aproximar devagar nos dois meses nos quais ele permanecera como guarda-costas de Evelina após todo o incidente com Savór, depois de semanas de luto e recomeços e paciência um com o outro. Ainda que os sentimentos não tivessem desaparecido, estavam num lugar um pouco sombrio na época por culpa daqueles três dias de caos tempo-dimensional, com muitos incêndios para apagar e questões internas a resolver.

Além disso, Jonathan precisara de repouso e sessões de fisioterapia para se acostumar com a prótese robótica que agora estava no lugar da sua perna. Eles tomaram esse tempo para ir com calma. Se conhecerem de um jeito cotidiano e sem pressa, como queriam ter feito antes de toda aquela história de bioandroides e variantes do futuro explodir em cima deles, e a experiência tinha realmente sido boa para os dois. Ele tinha se apaixonado tanto pela versão que ficava até tarde trabalhando no laboratório e se sujando de graxa de Evelina quanto pela versão que atirava em autômatos do futuro com disparadores de cano triplo. Eles tinham dormido juntos pouquíssimas vezes, no entanto.

Tudo bem, talvez *pouquíssimas* fosse um exagero, mas era o que parecia para ele. A verdade era que só tinham conseguido chegar ao caralho dos *finalmentes* duas semanas antes de Jonathan precisar ir embora. Evelina estava focada em grandes projetos e tinha aparentemente entrado na linha, então o supremo tribunal tinha decidido sem aviso prévio que ele não era mais necessário como sua escolta, o que arruinara boa parte da farra. Quatorze malditos míseros dias não tinham sido nem perto do bastante para prová-la, para senti-la se contorcendo embaixo ou em cima dele, para ouvi-la arquejar e arranhar suas costas a cada vez que Jonathan acelerava o ritmo.

Depois de duas semanas no paraíso, ele tinha retornado à sede do seu regimento e caído direto no inferno ao se tocar que odiava sua função. Começara no exército por causa do pai e de Luísa, mas continuou por costume e conforto, afinal era bom no que fazia, porém percebeu que aquelas coisas já não eram o suficiente mais. Foi quando decidiu tentar a transferência para a aeronáutica, processo que teria sido difícil antes, mas que se tornara ridiculamente fácil com o apoio da irmã e do Ministro Marchald. Com isso, seus superiores concordavam que se ele e sua batprótese queriam continuar atuando em campo, deveriam fazê-lo de modo mais seguro.

Como piloto primário de frota, como ele sempre quis.

Seus mais recentes amigos na força aérea zombavam dele o tempo todo pelo modo como o alto comando sempre puxava seu saco graças à sua relação com a família Marchald, e Jonathan sempre apenas abria um sorriso preguiçoso e dava de ombros como quem dizia *"fazer o quê, né?"*. Ele não tinha culpa de ter um sogro legal pra cacete e uma namorada foda.

E esperta. E rica. E estonteante, e genial e tão, *tão* gostosa que...

— Jonathan... — Evelina gemeu seu nome daquele jeito que ele adorava, o que lhe dizia que *queria* mandá-lo parar, mas *precisava* que não parasse. — Quinze minutos. — A cabeça dela se jogou para trás, arfante, enquanto a boca dele deslizava mais e mais pela sua clavícula. — Devíamos ter saído há *quinze* minutos...

— Ninguém vai começar aquela porra sem você, doçura. — Jonathan voltou a beijá-la como se precisasse do ar que ela expirava para sobreviver.

O gemido baixinho que Evelina soltou quando os dentes dele capturaram seu lábio inferior e puxaram de leve estabeleceu uma conexão direta com a frente das suas calças.

— Não chame minha... minha posse de... — a língua dela pediu passagem em sua boca, e Jonathan se pressionou contra ela com mais força. — De... *Ah*...

Porra, como precisava dela. Rápido. De preferência num espaço confortável, mas naquele ponto a necessidade estava lhe reduzindo a um estado tão deplorável que ele teria aceitado qualquer superfície plana e razoavelmente lisa. Um mês se falando apenas por vídeohologramas e mensagens virtuais o tinham deixado louco, além de terrivelmente inseguro, mas pelo menos agora essa parte já havia passado.

Afinal, sua garota gênio estava assumindo a maior empresa tecnológica do mundo, e também estava conhecendo vários engravatados inteligentes como ela que poderiam fazer sua incrível namorada perceber que um zé ninguém como Jonathan não chegava nem perto do nível de um super alguém como Evelina. O corpo entregue se moldando ao dele, entretanto, e o modo com o qual ela se agarrava aos seus ombros à medida que Jonathan descia beijos demorados pelo seu pescoço e colo dizia tudo que precisava saber.

Aquela garota brilhante e extraordinária era tão sua quanto ele era dela, e Jonathan daria tudo de si para que permanecessem assim pela porra do resto das suas vidas, se dependesse dele.

Uma cacofonia de metal caindo repetidamente sobressaltou os dois, e Evelina recuou ao arregalar os olhos com o susto. Jonathan franziu a testa e olhou ao redor, alarmado, a nuvem de luxúria sendo varrida com uma eficiência irritante.

Um funcionário do hangar próximo à pequena torre de controle tinha deixado um monte de canos de aço caírem no chão, e a queda muito provavelmente tinha a ver com a vergonha crescente no rosto do sujeito enquanto catava os itens caídos de forma constrangida.

Estava um pouco óbvio que ele tinha se chocado com a filha do patrão se agarrando com um cara fardado no meio do hangar ou algo parecido, mas Jonathan honestamente não dava a mínima.

Ele a puxou para trás pela cintura na direção da rampa da Orfem e fora do alcance visual do infeliz, pronto para avançar na boca de Evelina novamente, mas sua namorada o impediu sem hesitação daquela vez.

— Chega — ordenou sem fôlego, o indicador em riste próximo ao seu rosto enquanto a mão livre tampava a boca dele. — Teremos tempo depois da posse. Semanas *inteiras*.

O corpo dele esquentou e estremeceu em expectativa mesmo que tenha durado pouco. Evelina faria um tour de quase três meses pelas principais sedes da Savór espalhadas pela Nação-Mãe, e mexera alguns pauzinhos para que Jonathan fosse sua escolta aérea durante toda a coisa. Ela era a nova diretora-geral, afinal, precisava de segurança reforçada de todo jeito, mas ter uma licença oficial para passar, como ela dissera, semanas *inteiras* com sua namorada era o equivalente de voltar para a porra do paraíso.

Mesmo que ainda tivesse de padecer nele por mais algumas horinhas.

Então, Jonathan expirou baixo em resignação, mas ainda arrancou a mão dela do seu rosto e praticamente ronronou:

— *Senti.* — Ele estalou um beijo casto na boca de Evelina daquela vez. — *Saudades.* — Outro beijo. — *Pra caralho.*

A risada musical dela fez borboletas flutuarem no seu estômago.

— É mesmo? — provocou, voltando a se fingir de brava por todos os beijos que ele tinha roubado.

Honestamente, naquele ponto ela já devia estar acostumada.

— É mesmo. — Deslizou lentamente a ponta do nariz pela bochecha dela, enterrando o rosto na curva do ombro magro e inspirando fundo.

Podia bancar o tarado o quanto quisesse e tinha mesmo desejado o corpo dela por todas aquelas semanas de um jeito quase doloroso, mas a verdade era que tinha sentido falta de Evelina inteira. Dos sorrisos espertinhos, do som da sua voz, da cor dos seus olhos e da sensação do seu cabelo entre seus dedos. Do modo como ela ria das piadas dele daquele jeito contido de quem não queria estar cedendo ao seu senso de humor idiota, ou da forma como seu rosto se concentrava e sua testa se franzia quando estava ocupada em algum projeto. Coisas bobas que faziam seu coração apertar quando sua mente simplesmente se via à deriva num momento e pensando nela em outro.

Porra, ele era tão apaixonado naquela garota que chegava a ser irritante.

Por isso, junto do tom cafajeste em suas palavras havia um carinho inerente que Jonathan nunca conseguia esconder por muito tempo perto dela quando se afastou um pouco e murmurou:

— Você está linda, garota gênio.

— Gostou? — Ela deu uma voltinha irônica para que ele pudesse apreciar todo o visual.

O tronco modesto e coxas generosas de Evelina estavam enfiadas num terno branco de duas peças de corte reto com um decote (ele não conseguia definir como nada além de) delicioso, formal e ainda atraente. Os cachos escuros estavam presos num rabo de cavalo baixo lateral chique e volumoso que as mãos dele tinham bagunçado um pouco sem querer. A pele marrom do rosto também estava luminosa, maquiada de um jeito mais maduro e elegante, diferente dos cosméticos discretos que ela costumava usar quando se arrumava antes. Evelina verdadeiramente parecia a diretora-geral de um conglomerado global.

Sua namorada vinha trabalhando duro por aquilo há três meses – ele sabia porque vinha ajudando, afinal –, e agora podia finalmente começar a colocar seus planos em prática.

— Você também não está nada mal. — As íris bicolores cintilavam quando Evelina desceu a mira pelo uniforme dele, mordendo o lábio inferior de um jeito que o deixou se contendo para não assumir a tarefa para ela.

Era uma ocasião formal e ele tecnicamente estava trabalhando, então sem smoking daquela vez. Ainda assim, fardas nunca falhavam. Principalmente não pelo modo com o qual ela estava devorando-o com os olhos.

— Pronta? — indagou com as sobrancelhas erguidas, o polegar traçando padrões indefinidos na pele do antebraço dela distraidamente.

Evelina sacudiu a cabeça, levando alguns segundos para absorver a indagação, e Jonathan reprimiu o sorriso.

— Não. — E ele por fim conseguiu discernir a nota de nervosismo em seu tom. — Mas que escolha eu tenho?

— Colocar um holograma para falar na frente daquelas centenas de pessoas por você?

Ele adoraria a ideia. Era bem mais seguro.

— Bem que eu queria — confessou num suspiro. — Mas não cola muito bem pra minha imagem.

— Ficar tão exposta ao discursar pra uma multidão e levar um tiro por causa disso colaria muito menos — ele grunhiu, uma careta se armando em suas feições.

— Ainda bem que terei meu namorado militar do meu lado durante a coisa toda, então.

Jonathan revirou os olhos. Ela realmente devia fazer a coisa do holograma.

Muita gente não tinha gostado da decisão do finado Ulrias Savór de designar Evelina Marchald como herdeira de metade do conglomerado empresarial, mas não tinha como refutar: estava no testamento do cara.

Ou melhor, Colbie tinha colocado no testamento do cara.

A diretoria corporativa original da Savór tinha pulado 3 metros em cólera diante da notícia, mas Evelina tinha provas; as diversas propostas de emprego e compra de projetos que a Savór a tinha feito ao longo do tempo, o modo como o falecido magnata sempre parecia prestar atenção nela e nas suas façanhas como engenheira e inventora, e algumas mensagens enigmáticas que ele vinha mandando a ela, sugerindo que tinha planos próprios para o seu futuro.

Não tinha sido fácil fazer com que a coisa toda soasse verídica. O que tinha saído na mídia – também com informações plantadas por Evelina e Colbie – era que o solitário Ulrias Savór tivera uma epifania antes de morrer, porque supostamente estava com alguma doença terminal. Havia um motivo para tamanha paranoia e hábitos reservados, afinal, e esse motivo culminara no homem perdendo parte da sanidade e decidindo dividir sua lucrativa companhia em quatro partes.

Um quarto permaneceu sob controle da diretoria geral e outro tinha sido colocado no mercado de ações para domínio público. Os dois quartos restantes ele havia delegado a uma promissora e privilegiada jovem mulher.

Alguns funcionários tinham mesmo testemunhado que a saúde dele tinha se deteriorado no fim, já que o pobre homem ficava apenas isolado em seu laboratório particular e às vezes murmurava sozinho sobre viagens no tempo e versões do futuro dele mesmo contatando-o.

Doido de pedra.

Era chocante, mas nenhuma outra pessoa poderia ter feito todas essas partições de poder além do próprio Savór (ou alguém com acesso às suas contas e sistema pessoal de controle, o que era *inconcebível*)... Que após um infeliz acidente causado por uma explosão em sua estação de trabalho também tinha morrido de forma inesperada e precoce.

Um infortúnio, de fato.

No início os grandes investidores da Savór – que costumavam ser paus-mandados do homem – tinham se revoltado, mas sua garota gênio manteve-se irredutível. Ela estava honrada pela chance de fazer jus ao legado da Savór, e tinha vários planos para o futuro da empresa. Apresentou diversos dos seus projetos a eles, orquestrando uma figura de menina tímida e impressionável como ela fazia tão bem, e os idiotas finalmente caíram em si, percebendo que tinham perdido uma mina de ouro com a morte de Savór e ganhado outra de bandeja nas mãos quando Evelina assumira.

Eles aceitaram-na porque pensaram que podiam manipulá-la.

E fizeram isso apenas porque quem estava manipulando-os era Evelina.

Ela tinha dissolvido os lucros e patrimônios líquidos da Savór daquele modo porque tanto poder nas mãos de pouquíssimas pessoas sempre dava errado, e assumira a maior parte do resto porque, bom... De acordo com ela mesma, tinha a chance de mudar as coisas de outra forma agora. O futuro era seu para moldar, e Evelina estava tomando as rédeas do próprio destino.

Jonathan não podia estar mais orgulhoso.

Ou preocupado.

Até porque ela era uma figura pública agora. Estava se expondo de modos perigosos e, quando aqueles investidores e a diretoria vissem que ela não se tornaria uma marionete deles, a coisa ficaria feia.

Ele estaria lá por ela, no entanto, em sua retaguarda. Sempre estaria lá por ela.

O serviço provavelmente o daria taquicardia e crises de ansiedade mais frequentemente do que gostaria, mas bom, Jonathan soubera desde o início que aquela linda aristocrata mimada exigiria bastante dele.

Hoje era o dia da posse oficial pública de Evelina sobre sua parte do conglomerado, e ela faria todo um discurso, acenaria para a multidão e tiraria fotos. Um grande passo para a garota introvertida que preferia se trancar num laboratório subterrâneo a interagir com qualquer tipo de vida humana, mas sua namorada era uma coisinha geniosa.

— Capitão Arantes! — A voz repentinamente próxima do Ministro Marchald fez os dois se afastarem vários centímetros no automático. — Que bom te ver de novo, meu rapaz.

Os pais de Evelina estavam caminhando na direção deles, ambos sorrindo e trajando roupas formais.

— Senhor Marchald, por favor. — Ele retribuiu o sorriso para o homem de forma calorosa. — É só Jonathan.

— Daqui a pouco, com sorte, será *filho* — Baniwa comentou como quem não quer nada ao se aproximar junto do marido, vestido também num terno, só que em cores vibrantes no seu estilo esotérico de costume.

O padrasto dela também tinha sido incluído no conselho do conglomerado agora, e auxiliaria a enteada na administração do império que Savór construíra e Evelina assumira.

A própria futura magnata arregalou os olhos, escandalizada com a indireta nada sutil do padrasto, e grunhiu entredentes com um sorriso embaraçado:

— *Menos*, Baniwa, por favor.

Jonathan não conteve a risada, porque era um pouco irônico que ela já tivesse conhecido as versões casadas dos dois e ainda conseguisse se envergonhar quando um dos seus pais mencionava matrimônio.

— Viu, ele está rindo porque concorda. É um prazer, como sempre, Jonathan — Baniwa a ignorou e veio abraçá-lo com carinho, e não pela primeira vez o Capitão se sentiu em casa no meio da família Marchald, porque eles o *tratavam* como se fosse de casa.

Os dois homens tinham genuinamente celebrado quando, logo antes de Jonathan ser enviado de volta ao próprio regimento, ele e Evelina tinham decido contar que estavam juntos. Baniwa até tinha conseguido o impressionante feito de ficar ainda mais emocionado que Tiddy com a notícia.

— Você não nos visita o suficiente! Lin sente saudades.

Ela arqueou as sobrancelhas para Baniwa, cética.

— Eu posso dizer a ele que senti saudades eu mesma, sabia?

Jonathan voltou o foco para ela, a mão alojada em sua cintura pressionando a pele e o tecido sob seus dedos de leve, um sorriso travesso despontando nos lábios.

— Pode, é? Quando?

Os olhos bicolores se voltaram para o padrasto com irritação com a provocação dele.

— Viu o que fez?

Baniwa ergueu as mãos em rendição, nada culpado.

— Não disse ao seu namorado que sentiu saudade dele, Lin? Que falta de educação. Ela ficava choramingando no quarto por horas caso mencio...

— Ela pode dizer o que quiser a ele a caminho do gabinete, que é onde precisamos estar em cinco minutos — o pai dela lembrou, com certa urgência, apressando os três para dentro da Orfem.

— *Cinco minutos?!* — guinchou Evelina, alarmada, quando já estavam a caminho da ala de passageiros.

A confortável e prática área de transporte humano era espaçosa e fora decorada em tons escuros, com cadeiras reclináveis, um frigobar, dois banheiros, telas holográficas aos montes, temperatura ajustada e várias outras coisas que ele teria que perguntar a Evelina para lembrar. Ela tinha dado seu máximo no seu primeiro lançamento na Savór, e o tinha feito de forma espetacular.

Os pais dela tinham ficado no mínimo surpresos quando Evelina fora anunciada como herdeira de metade da maior empresa da Nação-Mãe – mas a reação ainda tinha sido melhor do que a vez em que eles tinham precisado encontrar os dois no hospital porque Jonathan estava passando por uma cirurgia de amputação na perna. O Ministro Marchald e Baniwa quase tiveram dois ataques do coração cada no dia.

A história contada tinha sido uma próxima o suficiente da verdade, a de que estavam desaparecidos há quase 36 horas porque Jonathan tinha se ferido (primeiro pseudoataque do coração) no ataque ao Beco, o qual eles tinham presenciado (segundo pseudoataque do coração).

Não fora uma boa semana para ninguém na casa Marchald.

Jonathan tinha ficado restrito à cama, se recuperando, e Evelina tinha ficado restrita em casa, quase de castigo, ambos sofrendo em silêncio por coisas que apenas os dois sabiam. E os pais dela estavam terminantemente decepcionados com a filha por se arriscar tanto e ainda colocar sua escolta em risco junto... Até que o testamento de Savór fora revelado, claro. Mesmo proibida de sair de casa, ela e Colbie tinham trabalhado no laboratório com os equipamentos que haviam pegado *emprestado* da estação privativa de Savór antes de explodi-lo pelos ares com todos os corpos e evidências da presença deles dentro, tudo feito para parecer um acidente.

Às vezes Jonathan se achava meio desumano pelo fato de não sentir um mísero pingo de culpa por ter ajudado as duas a planejar a coisa toda.

Então ele lembrava que a gostosa da sua namorada agora era bilionária graças àquilo e seu humor voltava ao normal bem rápido.

Jonathan ligou os alto-falantes da cabine do piloto e informou à ala de passageiros para afivelarem os cintos, então se ajeitou na cadeira e iniciou os motores. Evelina apareceu do seu lado e se sentou na cadeira do copiloto (que não era estritamente necessária, mas existia) com uma expressão nervosa.

— Sei que vou me arrepender de pedir isso — murmurou ela baixinho, mais para si mesma do que para ele.

Um sorriso esticou os lábios de Jonathan enquanto suas mãos voavam com naturalidade pelo console principal.

— Você quer que eu acelere, não quer?

— Eu quero não me atrasar, na verdade — corrigiu, preocupada.

— Semântica.

— Jonathan — As sobrancelhas dela se franziram de um jeito adorável. — Estou falando sério. Essa nave faz parte da exposição que vamos abrir ao público depois da posse. Ela precisa estar lá sem um arranhão — reiterou, incisiva. — Que eu chegasse a bordo dela foi uma jogada de marketing, mas essa Orfem ainda é mais um protótipo de mostra do que um carburador de quinta para você forçar até o limite.

— Não confia em mim, doçura? Acho que estou um pouco ofendido.

— Você mesmo já disse que chamaram seus métodos de voo de controversos!

— Eu também disse que sou bom pra caralho — argumentou ele, indignado. — Está falando com um piloto primário da merda da aeronáutica. Tenha um pouco de fé.

Evelina voltou a erguer o indicador na sua direção, a expressão ameaçadora.

— Nem *um* mísero arranhão.

Ele a lançou uma piscadela.

O Ministro Marchald precisou usar um dos banheiros para esvaziar o estômago durante o trajeto, mas em sua defesa eles chegaram bem na hora marcada e a Orfem estava intacta.

Um ou dois motores tinham superaquecido, talvez, mas intacta.

Evelina também precisou usar o segundo banheiro para checar a própria aparência uma última vez, e Jonathan a acompanhou para fora como primeira escolta depois disso. Assim que eles desceram da rampa, mais quatro outros seguranças da Savór cercaram-na como segunda escolta enquanto atravessavam o hangar privativo, e ele se sentiu um pouquinho melhor com a vigilância extra. Eles desceram pelo elevador central do gabinete de comando potentarial, onde a posse ocorreria, e logo depois iriam para a sede da Savór no núcleo comum, onde a exposição com os projetos de Evelina e a nova era de aprimoramentos na empresa seria inaugurada, na qual ele até encontraria Luísa e a mãe.

Elas tinham vindo para parabenizá-lo pela transferência e a mãe estava se coçando para conhecer a nora, e Jonathan estava um pouco nervoso com a iminência do encontro. Luísa tinha ficado menos brava do que ele previra ao descobrir sobre seu relacionamento com Evelina, mas ele tinha a impressão de que a razão se devia ao fato de que ela tinha percebido que era mesmo um *relacionamento*, não apenas um rabo de saia que seu irmãozinho cafajeste estava perseguindo. Conseguia apenas imaginar o que a irmã diria caso soubesse que Jonathan se casaria com aquela garota um dia.

Porque aquela era uma parte do destino de Nate e Evie que ele sem dúvida alguma pretendia tornar realidade.

O barulho abafado de centenas vozes podia ser ouvido de dentro da antecâmara onde ele e Evelina aguardavam que a anunciassem. Ela ia discursar numa sacada televisionada para toda a Nação-Mãe, sem contar com a multidão já lá fora. Não pela primeira vez, Jonathan notou que o tom da sua pele parecia um pouco esverdeado, e ele tinha certeza de que não era culpa da maquiagem.

Seus pés o levaram até ela no automático, e seus dedos se entrelaçaram quando ele se sentou ao seu lado no sofá de veludo bege da pequena saleta em tons pastel feios.

— Quer conversar?

Evelina o encarou por segundos extensos, agora um pouco pálida, e suspirou ao ligar o disruptor de frequências em seu brinco, método para atrapalhar gravações de áudio que ela tinha aderido de Evie.

— Você acha... acha que eles aprovariam o que estou fazendo? — comprimiu os lábios, insegura, e as linhas no rosto de Jonathan suavizaram. — Não acha que eles pensariam que sou ingênua por tentar assumir a Savór em vez de apenas deixá-la ruir?

Ele balançou a cabeça, compreensivo.

— Acho que o problema se concentra em muito mais do que a Savór, doçura. Está em todo o Sistema, no modo como manipulam as pessoas — lembrou, sério. — E deixar a empresa ruir seria um tremendo desperdício de recursos. Aquela diretoria é tão ruim quanto aquele maníaco era. Eles teriam continuado o legado de Savór da pior forma possível. Você está assumindo a responsabilidade e tentando transformar esse legado em algo bom.

— Mas eu posso não aguentar essa responsabilidade. — A voz dela soou tão frágil que ele quis pegá-la nos braços e nunca mais soltar. — Não sou uma magnata, Jonathan, e-eu sou só uma inventora.

— Agora você é ambas. — O ombro dele roçou no dela de leve. — E, com todo aquele dinheiro, você pode contratar três contingentes de pessoas com folga para fazer o trabalho que não quiser enquanto foca na parte técnica e criativa, na qual você é incomparável.

Ela conseguiu abrir um sorriso fraco.

— Isso não é realmente fazer a diferença, contudo.

— Está brincando comigo? — Jonathan replicou ao recuar com a cabeça, cético. — Olha onde chegamos! Savór está morto e você vai poder ditar as regras na empresa dele de agora em diante. É uma puta de uma senhora diferença.

Evelina desvencilhou os dedos dos dele e enterrou o rosto nas mãos, estremecendo.

— Eu só estou com tanto… *tanto* medo — sussurrou, quase inaudível, os ombros instáveis — de estar fazendo a coisa errada. De tentar fazer as coisas do meu modo e no fim dar tudo errado e ser tarde demais para consertar.

Ele soltou um fôlego raso.

— Eu sei, e-eu… Eu me pressiono com esse tipo de pensamento sem querer às vezes, também.

Surpresa, ela voltou a cabeça na direção dele ao piscar:

— Você? Por quê?

— Mudamos tudo, Evelina, eu… eu mudei. Estou fazendo o que quero fazer agora, não me sacrificando em nome da Nação, e isso pesa na minha consciência.

Ela assentiu com intensidade, como se reconhecesse a exata sensação.

— E ainda assim nós já sacrificamos… sacrificamos tanto.

Evie e Nate tinham sacrificado ainda mais, e às vezes não parecia possível que conseguissem fazer jus a esse sacrifício. Parecia egoísta que estivessem tomando um caminho alternativo até a paz, um que não envolvia as batalhas da Insurreição. Lutar e sangrar pela causa parecia muito mais palpável do que assumir uma fortuna empresarial e mexer alguns pauzinhos lá de cima. Ele entendia mais do que sua garota gênio imaginava.

Será que estavam fazendo alguma real diferença?

Ele suspirou alto.

— Estamos fazendo aquilo de novo.

— Nos comparando a eles — ela concordou, minguada. — Acha que algum dia isso vai parar?

Dando de ombros, Jonathan não tinha muita certeza para oferecer em uma resposta àquela pergunta.

— Ficar mais fácil, talvez.

— Às vezes eu acho que vamos acordar um dia e esquecê-los. Esquecer tudo aquilo.

— Porque teoricamente nunca aconteceu — compreendeu o raciocínio dela.

Savór estava morto e eles não se tornariam Nate e Evie, então não haveria bioandroides nem viagem para o passado em oito anos. Com sorte, também não haveria guerra entre o Sistema e a Insurreição, se tivessem sucesso naquela empreitada. Evelina tinha uma teoria de que a continuidade do espaço-tempo ainda estava se reestruturando aos poucos do modo correto e, quando terminasse, seria como se as variantes do futuro deles e toda aquela confusão nunca tivessem existido.

Jonathan não queria esquecê-los. De jeito nenhum.

O modo como Nate tinha coisas a se condenar, mas também muito mais a se admirar. Como era humano, com falhas e erros como qualquer um, e ainda assim fazia Jonathan querer ser melhor, representar uma fração do que ele representara. Como agora conseguia olhar para o passado *e* para o futuro e sentir orgulho de si mesmo. Nate estabelecera parâmetros dolorosamente altos, mas ele daria tudo de si para chegar lá, como tinha prometido a Evie, e não queria nunca se esquecer dessa promessa.

Ele inspirou fundo ao engavetar a possibilidade em sua mente, voltando a pegar a mão dela nas suas e chamando a atenção de Evelina.

— Olha, eu não sei o que vai acontecer daqui a oito anos — admitiu, meneando a cabeça. — Não sei nem o que vai acontecer na merda da semana que vem. O que eu sei, Evelina, é que com ou sem vislumbre do futuro, só saberemos do amanhã quando ele chegar. Nate e Evie representaram uma possibilidade, mas ainda teremos inúmeras outras cruzando nosso caminho pela frente.

Evelina engoliu em seco, a mira focada nele por inteiro.

Levando o dorso da mão dela aos lábios, Jonathan plantou um beijo ali com delicadeza.

— Não depende mais deles, e acho que passou da hora de aceitarmos isso.

— Depende de nós — ela completou, piscando devagar enquanto assimilava as palavras. Então, o observou de soslaio, erguendo uma sobrancelha. — Quando foi que você ficou tão sábio?

Ele plantou um beijo na sua bochecha daquela vez.

— Eu absorvo seu QI por osmose. Nunca te contei?

Ela foi pega de surpresa pela piada e tentou conter uma risada, sem sucesso, e Jonathan sorriu para o modo como o rosto dela se iluminou. Como os olhos se enrugaram nos cantos e o som melodioso preencheu a sala, preencheu seu peito.

Linda.

Ela parou de rir quando o percebeu observando – mas o brilho não esmoreceu das íris bicolores. Do contrário, ele pareceu aumentar de intensidade. Ela se aproximou dele no sofá, a palma envolvendo sua bochecha numa carícia tenra, e Jonathan se inclinou contra o toque afetuoso.

Porém, mais do que tudo, foi pego de surpresa pela sentença que deixou os lábios dela.

— Eu te amo, Capitão de Araque. Nunca te contei?

Ele estancou, os olhos arregalados, a respiração presa no caminho até seus pulmões.

Puta merda.

Seu coração de súbito parecia uma britadeira desgovernada, e um sorriso ridículo de imenso rasgou o rosto de Jonathan.

— Não, doçura — riu, extasiado, ao recostar a testa na dela com os sentimentos se acumulando em sua garganta. — Nunca contou.

Suas costelas realmente pareciam prestes a explodir. De *alegria*, ainda por cima, pura e simples e luminosa a ponto de lhe tirar o ar. Aquela porra não podia ser normal.

— Bom, contei agora. — Ela piscou, travessa, e o beijou suavemente. — Você também não tem mais nada pra me contar?

— Quer que eu diga que te amo também?

Evelina o encarou como se ele fosse idiota, e uma gargalhada ribombou no seu peito.

— Eu disse que te amava todas as vezes em que dormimos juntos, doçura.

Ela arregalou os olhos, chocada, e o sorriso de Jonathan dobrou de tamanho.

— O q-quê? — gaguejou, incrédula. — Não disse, não! Eu teria lembrado, é claro que teria.

Seus dedos acariciaram a bochecha dela com uma devoção bem-humorada.

— Eu esperava você dormir — confessou, uma fração de timidez permeando seu tom, e Evelina parecia querer estapeá-lo. — Não me olha assim, garota gênio. Você teria surtado se eu tivesse dito na época. Era muito cedo.

Ela grunhiu, não exatamente concordando nem discordando, mas Jonathan sabia que tinha razão. A relação deles tinha se fortalecido naquelas últimas duas semanas antes dele ir embora, e ele já tinha admitido a si mesmo o que sentia por ela. Evelina, contudo, precisara daquele tempo longe, da ausência dele e da saudade que tinham sentido um do outro para internalizar o sentimento, aceitar que era algo real e não apenas fruto da proximidade quase forçada deles. Ela precisara daquele mês para tomar coragem.

Ele repetiu as palavras de todo modo, os olhos cravados nela com toda a sua alma, narizes quase se tocando:

— Eu te amo, Evelina — sorriu, o peito leve. — Te amo nessa realidade e em todas as outras. Te amo em qualquer possível tempo e dimensão relativas no espaço. Nenhum tipo de paradoxo nunca vai conseguir mudar isso.

Ela o beijou com um pequeno soluço, as mãos envolvendo seu rosto enquanto Jonathan sentia seu coração perder o próprio compasso para dançar no ritmo do dela.

Bem ali, ele soube que conseguiriam, não importando o obstáculo ou adversidade. Eles viveriam um dia de cada vez e escolheriam um ao outro em cada um desses dias. Lutariam ao próprio modo contra a corrente por um mundo que merecia uma segunda chance de mostrar que se importava. Que se revoltava e insurgia.

O que verdadeiramente importava era que fariam isso juntos.

A porta da sacada se abriu, e um funcionário da Savór espiou para dentro do recinto ao acenar para Evelina. Os ruídos da multidão ressoavam além do vidro blindado.

— Está tudo nos conformes, senhorita Marchald.

Ela se voltou para Jonathan então, entrelaçando os dedos aos dele com um pequeno sorriso nos lábios.

— Um dia de cada vez, então?

Ele sorriu de volta, assentindo com a cabeça quando se ergueram juntos.

— Eu e você contra o mundo, doçura.

"Tudo tem que acabar em algum momento. Do contrário, nada nunca começaria."

– 11° Doutor, Temporada 6, Episódio 1
(Doctor Who, 2005)

AGRADECIMENTOS

Eu e minha bunda whovian escrevemos um livro de viagem no tempo.

GERONIMO, P*RRA!

Isso aconteceu mesmo? Em primeiro lugar, eu agradeço ao meu irmão, por ter me apresentado Doctor Who, porque eu nunca teria coragem de escrever algo sobre o tema sem o apoio daquela série (que se tornou a minha favorita de todos os tempos). Também vou fazer uma menção honrosa a Star Wars, porque né. Um beijo, um blaster e uma bowtie para você que pegou todas as referências nesse livro.

Depois, obrigada aos meus pais e minha família, que me apoiam SEMPRE e até estarão comigo (fisicamente ou não) nesse meu inacreditável primeiro lançamento na bienal. Nem consigo dizer o quanto vocês significam na minha vida.

Franciely, pra quem eu dediquei esse livro (e ainda tô mencionando aqui de novo! É muita moral mesmo, caras). Obrigada por ter insistido em ser minha amiga e por ter vibrado por mim, por ser brutalmente honesta quando precisa ser e uma fada quando eu preciso que seja, e também por ter parido Paradoxem junto comigo. Você é incrível, eu te amo e NUNCA ME ABANDONE!

L.C. Almeida e Ermelinda, minhas primeiras betas, amigas e parceiras, imprescindíveis e incomparáveis na minha carreira literária, obrigada por tudo *sempre*, por continuarem comigo mesmo quando eu faço vocês lerem 5 capítulos de 4k de palavras cada em dois dias porque atrasei nos prazos, rs. Obrigada por amarem Paradoxem e por serem as melhores. Amo vocês demais.

Obrigada Best-Sellers!!! Marina, Yasmim, Laís, Sabrina, Thamires, Isabella, Helen e Maya, obrigada sempre por fofocarem horrores e serem maravilhosas. Tayana, um agradecimento especial a você, seu intelecto, sua sensatez, sua magnificência e sua leitura sensível. Quero ser você quando eu crescer.

Bibi (lendo!), por ter me dado essa chance, e também por ser uma das pessoas mais iluminadas que eu conheço. Nunca vou esquecer do dia em que você me chamou na DM e trouxe essa oportunidade de publicar na Qualis pra mim. Torcendo sempre por você, que é uma fofa e uma querida!! Mil vezes obrigada.

Obrigada Simone Fraga, minha editora, (EU SEMPRE QUIS COLOCAR ISSO NUM AGRADECIMENTO HAHAHAH), que foi adoravelmente paciente com meus atrasos e pitacos infindáveis na capa, que aliás TERMINOU UMA OBRA PRIMA! Serei eternamente grata à Qualis por me dar essa chance. Que time incrível, que honra é poder me chamar de autora da casa de vocês. Fica aqui também meu agradecimento à Elaise Lima, revisora de Paradoxem, que sofreu com minhas maiúsculas nos verbos discendi e meus pronomes em lugares inusitados, você arrasa bicha!

Obrigada Paul Halpern, Ray Bradbury e Carlos Serrano, por suas respectivas obras, analogias e dissertações incríveis ao efeito borboleta, viagem no tempo e a teoria do caos. Fiz o trabalho de vocês se tornar uma declaração romântica melosa, mas cada passo do aprendizado sobre o tema foi inestimável (mesmo que poucos neurônios meus tenham sobrado para contar a história).

Às minhas sacerdotisas, as maiores e mais animadas *bookinfluencers*, que merecem o mundo, a lua e as estrelas. Minha carreira não seria nada sem vocês, abençoadas.

E, por fim, agradeço a você, que está aqui porque me conhece de Safira de Prata, ou só porque se interessou pela premissa desse novo manuscrito. Obrigada por também dar uma chance a Evelina e Jonathan, por embarcarem nessa viagem maluca e maravilhosa comigo. Que venham muitas mais <3

Com amor,
Laura